BESTSELLER

Biblioteca

FREDERICK FORSYTH

Odessa

Traducción de
Ana M.ª de la Fuente

DEBOLS!LLO

Título original: *The Odessa File*

Tercera edición: mayo de 2012
Segunda reimpresión: febrero de 2018

© Harghinson & Co. (Publishers) Ltd.
© 1973, Penguin Random House Grupo Editorial, S. A. U.
Travessera de Gràcia, 47-49. 08021 Barcelona
© Ana M.ª de la Fuente, por la traducción

Printed in Spain – Impreso en España

ISBN: 978-84-9759-511-7 (vol. 221/4)
Depósito legal: B-16.147-2012

Compuesto en Lozano Faisano, S. L.

Impreso en BookPrint Digital, S. A.

P 8 9 5 1 1 C

Penguin
Random House
Grupo Editorial

A todos los reporteros de prensa

NOTA DEL AUTOR

Es costumbre que los autores den las gracias a quienes los han ayudado a compilar un libro, particularmente sobre un tema difícil, y, al hacerlo, mencionarlos. Todos aquellos que me han ayudado, de cualquier modo, por poco que sea, colaborando conmigo en obtener la información que necesitaba para escribir *Odessa*, son acreedores de mi profundo agradecimiento, y si no los nombro es por tres razones.

Algunos, a causa de haber sido antiguos miembros de las SS, no consideraron prudente, al confiarse a mí ni al hacerme revelaciones, que sus nombres figuraran en un libro. Otros pidieron concretamente que sus nombres no fuesen nunca mencionados como fuentes de información acerca de las SS. Por fin, en otros casos, la decisión de que no aparezcan sus nombres es sólo mía, a fin de no perjudicarlos en modo alguno.

F. F.

NOTICIA PRELIMINAR

ODESSA —nombre que da título a la presente obra— no es ni la ciudad en el sur de Rusia ni el pueblecito de América. Es una palabra compuesta por seis iniciales, que en alemán corresponden a «Organisation Der Ehemaligen SS-Angehörigen». Nosotros diríamos «Organización de Antiguos Miembros de las SS».

Las SS, como muchos lectores saben, fue el ejército dentro de un ejército, el Estado dentro de un Estado, ideado por Adolf Hitler, dirigido por Heinrich Himmler y encargado de tareas especiales por el Gobierno nazi que rigió los destinos de Alemania de 1933 a 1945. Se suponía que dichas tareas concernían a la seguridad del Tercer Reich: en realidad, incluían la realización de las ambiciones de Hitler de desembarazar Alemania y Europa de todos los elementos que consideraba «indignos de vivir»; de esclavizar a perpetuidad a las «razas subhumanas de las tierras eslavas» y de exterminar a todos los judíos, hombres, mujeres y niños, de la faz del continente.

Al llevar a cabo estas tareas, las SS organizaron y ejecutaron el asesinato de cerca de catorce millones de seres humanos, comprendidos alrededor de seis millones de judíos, cinco millones de rusos, dos millones de polacos, medio millón de gitanos y medio millón de otros varios, incluyendo, aunque ello es apenas mencionado, cerca de doscientos mil no judíos alemanes y austriacos. Éstas eran personas taradas mental o físicamente, o apodadas enemigas del Reich: comunistas, socialdemócratas, liberales, editores, periodistas y sacerdotes, quienes no se recataban de hablar de modo muy inoportuno, hombres de conciencia y valor; y, en los últimos tiempos, oficiales del ejército, sospechosos de falta de lealtad hacia Hitler.

Antes de ser destruidas, las SS convirtieron las dos iniciales de su nombre y el símbolo, parecido a unas luces gemelas, de su estandarte, en sinónimo de inhumanidad como ninguna otra organización ha sido nunca capaz de ser.

Antes de que terminara la guerra, sus miembros más antiguos, conscientes de que la guerra estaba perdida y no haciéndose ilusiones de cómo considerarían sus actos las personas civilizadas a la hora de pasar cuentas, se prepararon en secreto para desaparecer en una nueva vida, dejando que el pueblo alemán acarreara y soportara el vituperio caído sobre los delincuentes que se habían esfumado. A tal propósito, grandes sumas del oro de las SS fueron alijadas y depositadas en numerosas cuentas bancarias, fueron preparados falsos papeles de identidad, y abiertos canales de escape. Cuando, al fin, los aliados conquistaron Alemania, la mayoría de estos asesinos de multitudes había huido.

La organización que formaron para efectuar la evasión recibió el nombre de Odessa. Cuando quedó terminada la primera tarea de asegurar la evasión de los asesinos hacia climas más hospitalarios, crecieron las ambiciones de aquellos hombres. Algunos, nunca abandonaron Alemania, prefiriendo quedarse a cubierto bajo falsos nombres y falsos papeles de identidad, mientras mandaban los aliados; otros regresaron, convenientemente protegidos bajo una nueva identidad. Los pocos altos dirigentes se quedaron en el extranjero para manipular la organización desde la seguridad de un cómodo exilio.

El objetivo de Odessa era, y sigue siendo, quíntuple: rehabilitar antiguos hombres de las SS en profesiones de la nueva República Federal creada en 1949 por los aliados; infiltrarse por lo menos en los primeros peldaños de la actividad de los partidos políticos; pagar la mejor defensa legal a favor de cada asesino SS conducido ante un tribunal y, por todos los caminos posibles, entorpecer el curso de la justicia en la Alemania Occidental cuando ésta se cierna contra un antiguo *Kamerad*; asegurar a los ex SS establecerse en el comercio y la industria a tiempo de tomar buenas posiciones en el milagro económico, que volvió a levantar el país a partir de 1945; y, finalmente, propagar entre el pueblo alemán el punto de vista según el cual los asesinos SS no eran, en realidad, más que soldados patriotas que cumplieron con su deber hacia la Madre Patria, y no merecedores de la persecución a la que la justicia y la conciencia los habían sometido ineficazmente.

En todas estas tareas, sostenidos por fondos considerables, hasta cierto punto habían triunfado, y en ninguna tanto como en reducir a una irrisión el justo castigo impuesto por los tribunales de Alemania Occidental. Cambiando su nombre varias veces, Odessa consiguió negar su propia existencia como organización, con el resultado de que muchos alemanes llegan a afirmar que Odessa no existe. La respuesta es: existe, y los *Kameraden* que ostentaron la insignia de la calavera siguen vinculados a la organización.

A pesar del éxito en casi todos sus objetivos, Odessa, ocasionalmente, es derrotada. La peor derrota que ha sufrido acaeció a principios de la primavera de 1964, cuando un paquete de documentos llegó, sin previo aviso y anónimamente, al Ministerio de Justicia en Bonn. Para las pocas autoridades que vieron la lista de los nombres que aparecían en aquellas hojas, el paquete fue conocido como «Los archivos de Odessa».

1

Todo el mundo parece acordarse muy claramente de lo que estaba haciendo el 22 de noviembre de 1963, en el preciso instante de saber que había muerto el presidente Kennedy. Fue abatido a las 12.22 del mediodía, hora de Dallas, y la noticia de que había muerto fue dada a la una y media del mismo horario. Eran las 2.30 en Nueva York, las 7.30 de la tarde en Londres, y las 8.30 de una fría noche en Hamburgo, azotado por el aguanieve.

Peter Miller regresaba en su coche hacia el centro de la ciudad, después de haber visitado a su madre en su domicilio de Osdorf, uno de los más extremos suburbios de la ciudad. Siempre la visitaba los viernes por la tarde, en parte para ver si necesitaba algo durante el fin de semana, y en parte porque consideraba que debía visitarla una vez por semana. La hubiese podido llamar por teléfono, pero ella no tenía, y por eso iba a verla: tal era la razón de que ella no quisiese tener teléfono.

Como de costumbre, había conectado la radio, y estaba escuchando un programa musical que emitía la Radio Alemana Noroccidental. A las 8.30 corría por la carretera de Osdorf, a diez minutos ya del apartamento de su madre, cuando la música cesó en mitad de un compás y llegó, tensa, la voz del locutor.

—*Achtung, Achtung!* Voy a dar una noticia. El presidente Kennedy ha muerto. Repito: el presidente Kennedy ha muerto.

Miller apartó su mirada de la carretera y la dirigió hacia las mal iluminadas indicaciones de las frecuencias a lo largo del canto superior de la radio, como si sus ojos fueran capaces de desmentir lo que los oídos habían escuchado, de afirmarle que era falso lo que decía la emisora de radio, que se trataba de una emisión disparatada.

—¡Jesús! —murmuró; luego frenó y se detuvo en el lado derecho de la carretera. Miró hacia arriba. A todo lo largo de la ancha y recta carretera que cruzaba Altona hacia el centro de Hamburgo, otros conductores habían oído la misma emisión de radio y se apartaban a un lado de la carretera, como si conducir y escuchar la radio se hubiesen convertido de pronto en cosas incompatibles y así había ocurrido en cierto modo.

Desde donde estaba podía ver el brillo de las luces rojas de los frenos, mientras los conductores que tenía delante aparcaban a la derecha, en los arcenes, y escuchaban la información suplementaria que daban sus radios. A la izquierda, las luces delanteras de los coches que iban hacia la ciudad oscilaban vivamente como si se balancearan asfalto adelante. Dos coches lo alcanzaron, el conductor del primero gritó con acritud, y pudo ver un destello del conductor señalando con sus dedos la frente en la dirección de Miller con el habitual y grosero signo, indicando locura, que un conductor alemán dirige a otro cuando está molesto con él.

—Muy pronto lo sabrá —pensó Miller.

Había cesado la música de la radio, sustituida por una marcha fúnebre, que evidentemente era todo lo que el programador tenía a mano. A intervalos, el locutor leía recortes de nuevas informaciones recibidas por telégrafo directamente en la oficina de noticias. Empezaban a llegar detalles que llenaban huecos: el coche descubierto corría por la ciudad de Dallas, el hombre armado con un rifle en el almacén de la escuela. No se decía que hubiesen arrestado a nadie.

El conductor del coche que estaba delante de Miller se apeó y volvió atrás hacia él. Se acercó a la ventanilla de la izquierda, y dándose cuenta de que, inexplicablemente, el asiento del conductor estaba a la derecha, rodeó el coche. Llevaba una chaqueta con cuello de piel. Miller bajó su ventanilla.

—¿Ha oído? —preguntó el hombre, agachándose hacia la ventanilla.

—Sí —contestó Miller.

—Fantásticamente sangriento —dijo el hombre.

Por todo Hamburgo, por toda Europa, por todo el mundo, la gente se dirigía a desconocidos para hablar del acontecimiento.

—¿Cree usted que han sido los comunistas? —preguntó el hombre.

— No lo sé.

—Puede significar la guerra, ¿sabe usted?, si han sido ellos —opinó el hombre.

—Es posible —dijo Miller.

Deseaba que el hombre se marchara. Como periodista, podía imaginar el caos apoderándose de las redacciones de los periódicos de todo el país, en el momento en que todo el personal directivo era llamado para lanzar una edición sensacional que entraría en los domicilios a la hora del desayuno. Era urgente preparar noticias necrológicas, los centenares de homenajes que habría que poner en orden e imprimir, las líneas telefónicas abarrotadas a causa de personas alocadas pidiendo más y más detalles sobre un hombre con la garganta rota que yacía sobre un mármol en una ciudad de Texas.

En cierto sentido, deseó formar parte de nuevo de la redacción de un periódico de la mañana, pero desde que, tres años antes, se había convertido en colaborador libre, estaba especializado en noticias de sucesos en el interior de Alemania, principalmente conectadas con el crimen, la policía y los bajos fondos. A su madre le disgustaba su trabajo, acusándolo de mezclarse con «gente asquerosa», y sus argumentos de que se estaba convirtiendo en uno de los más solicitados entre los reporteros-investigadores del país no conseguían persuadirla de que el empleo de periodista era lo mejor para su único hijo.

Mientras iban llegando las informaciones por radio, su mente trabajaba, intentando pensar desde otro «ángulo» lo que podía ser presentado al público alemán y dar la historia del acontecimiento bajo una luz original. La reacción del Gobierno de Bonn podía ser comentada por los redactores de esta ciudad; los recuerdos de la visita de Kennedy a Berlín en el mes de junio anterior, podían ser dados desde allí. No parecía que pudiese obtener un buen archivo fotográfico para venderlo a cualquiera de las controvertidas revistas alemanas, que eran los mejores clientes de aquella clase de periodismo.

El hombre que estaba apoyado en la ventanilla se dio cuenta de que la atención de Miller estaba en otra parte y supuso que estaba trastornado a causa de la muerte del presidente. Enseguida dejó de hablar sobre la guerra mundial y adoptó la misma grave compostura.

—¡Vaya, vaya! —exclamó, como si hubiese presenciado el atentado—. Estos americanos son gente violenta; tome nota de mis palabras: gente violenta. Hay una vena de violencia en ellos que nosotros, los de aquí, nunca podremos comprender.

—Seguro —dijo Miller, cuyos pensamientos estaban todavía muy lejos.

Al fin, el hombre comprendió la insinuación.

—Bueno, me voy a casa —dijo, enderezándose—. *Grüss Gott* —se dispuso a volver a su coche.

Miller se dio cuenta de que se iba.

—*Ja, gute Nacht* —gritó a través de la ventana abierta; luego la cerró para impedir el paso a la aguanieve que procedente del río Elba, azotaba el interior del coche. La música de la radio había sido reemplazada por una marcha lenta, y el locutor decía que no habría más música ligera aquella noche; sólo nuevos boletines intercalados con música adecuada.

Miller se repantigó en la cómoda tapicería de cuero de su Jaguar y encendió un Roth-Händl, cigarrillo de tabaco negro, sin filtro, de pestilente olor, otra de las cosas con las que él contrariaba a su madre.

Siempre es tentador pensar lo que hubiese ocurrido si... o si no. Por lo general es un inútil ejercicio, porque lo que hubiese podido ocurrir es el mayor de todos los misterios. Pero probablemente es exacto decir que si Miller no hubiese tenido la radio conectada aquella noche, no se hubiese arrimado a un lado de la carretera durante media hora. No hubiese visto la ambulancia, ni hubiese oído hablar de Salomon Tauber, ni de Eduard Roschmann, y catorce meses después, la República de Israel probablemente hubiese dejado de existir.

Acabó de fumar su cigarrillo, todavía escuchando la radio, bajó el cristal de la ventanilla y arrojó fuera la colilla. Al apretar el botón del depósito de 3,8 litros debajo del sombrerete inclinado del Jaguar XK 150 S, el vehículo tronó y se puso en marcha con su habitual y monótono ruido, como un irritado animal intentando salir de la jaula, Miller encendió las dos luces delanteras, dio marcha atrás y se sumergió en el creciente tráfico que corría a lo largo de la carretera de Osdorf.

Había alcanzado el semáforo de Stresemann Strasse, entonces con luz roja, cuando oyó el ruido de la ambulancia que marchaba tras él. Venía por su izquierda, haciendo sonar el quejido de su sirena con mayor o menor fuerza de forma alternativa. Disminuyó algo su velocidad antes de llegar al cruce junto a la luz roja, luego pasó junto a Miller para bajar por la derecha hasta Daimler Strasse. Miller reaccionó sólo por reflejos. Embragó, y el Jaguar se puso a veinte metros detrás de la ambulancia.

Tan pronto como lo hubo hecho, pensó en ir directo a su casa. Probablemente no era nada, pero nunca se sabe. Las ambulancias significan perturbación, y la perturbación puede acarrear una historia, de modo particular si uno había estado antes en el lugar del suceso; y todo había quedado aclarado antes de la llegada de los periodistas. Podía haberse producido una explosión en la carretera, o un gran fuego en el muelle, un edificio de viviendas ardiendo con niños atrapados dentro. Cualquier cosa podía haber ocurrido. Miller siempre llevaba consigo una pequeña Yashica, con flash adherido, en la guantera de su coche, porque nunca se sabe el espectáculo que puede presenciarse.

Conocía a un hombre que estaba esperando un avión en el aeropuerto de Munich, el 6 de febrero de 1958, y vio cómo el avión, que llevaba el equipo de fútbol del Manchester United, estallaba en el aire a unos centenares de metros de donde él estaba. El hombre no era un fotógrafo profesional, pero llevaba la cámara, dispuesta para sus vacaciones, en las que iba a practicar el esquí, y sacó las primeras fotos exclusivas del avión incendiado. Las revistas le pagaron por ellas 5.000 libras.

La ambulancia torció por el laberinto de las angostas callejuelas de Altona, dejando la estación del ferrocarril a la izquierda y bajando hacia el río. Quienquiera que fuese el conductor de la ambulancia Mercedes, de morro chato y alta de techo, conocía Hamburgo y era un consumado conductor. Incluso con su gran capacidad de aceleración y buena suspensión, Miller se daba cuenta de que las ruedas traseras del Jaguar patinaban en el empedrado, resbaladizo a causa de la lluvia.

Miller vio cómo dejaba atrás rápidamente el taller de reparaciones de Menck y, tras cruzar dos calles, halló respuesta a su primera pregunta. La ambulancia tiró por una mísera calleja, mal iluminada y lúgubre, bajo el aguanieve que caía de través. Los edificios de la calle eran viviendas desmoronadas y casas de pensiones. La ambulancia se detuvo frente a una de ellas, donde ya estaba un coche de la policía, cuya luz piloto del techo, en sus intermitencias, arrojaba un fantasmal resplandor sobre los rostros de los inquilinos agrupados cerca de la puerta.

Un corpulento sargento de policía, que llevaba impermeable, gritó a la multitud que se agolpaba frente a la puerta que dejara paso a la ambulancia. El vehículo se deslizó entre la gente. Bajaron el conductor y su asistente, se fueron hacia la parte trasera y sacaron una camilla vacía. Después de unas palabras con el sargento, la pareja subió las escaleras a toda prisa.

Miller situó el Jaguar en el lado opuesto, unos veinte metros más abajo, y observó con atención. Ninguna explosión, ni fuego, ni chicos cogidos en la trampa. Probablemente no se trataba más que de un ataque cardíaco. Se apeó y caminó a través de la multitud que el sargento hacía retroceder formando un semicírculo alrededor de la puerta de la casa de vecinos, hasta dejar un camino expedito entre la puerta y la parte trasera de la ambulancia.

—¿Puedo subir? —preguntó Miller.

—De ningún modo. No es nada que le importe a usted.

—Prensa —dijo Miller, enseñando su carnet profesional, expedido en Hamburgo.

—Y yo policía —replicó el sargento—. Nadie puede subir. Estas escaleras son demasiado estrechas y nada seguras. Los hombres de la ambulancia bajarán por ahí.

Era un hombre fornido, como corresponde a un sargento de primera clase de la policía en los más duros distritos de Hamburgo. Con su cerca de metro noventa de estatura, su impermeable y los brazos abiertos de par en par para contener. la multitud, parecía tan impenetrable como la puerta de la caja de un banco.

—¿Qué ocurre arriba? —preguntó Miller.

—No puedo hacer declaraciones. Vaya luego a la Comisaría.

Un hombre vestido de paisano bajó las escaleras e hizo su aparición en mitad de la calle. La luz giratoria en el techo del Volkswagen de la patrulla de la policía se posó en su cara y Miller lo reconoció. Habían ido juntos a la escuela en Hamburgo Central. El hombre se había convertido en inspector de la policía de Hamburgo, destinado a Altona Central.

—¡Hola, Karl!

El joven inspector se volvió al oír su nombre y miró hacia la multitud que se apiñaba detrás del sargento. En la siguiente pasada de la luz del coche de la policía pudo distinguir el rostro de Miller, así como su mano derecha levantada. En su rostro se dibujó una mueca, en parte de satisfacción, en parte de disgusto. Hizo un signo con la cabeza al sargento.

—Déjelo pasar, sargento. Es más o menos inofensivo. .

El sargento bajó su brazo y Miller se precipitó adelante. Dio un apretón de manos a Karl Brandt.

—¿Qué estás haciendo aquí?

—Seguía la ambulancia.

—¡Sangriento buitre! ¿En qué te ocupas ahora?

—Lo de siempre. Trabajo independiente.

—Metiendo líos por todas partes, porque sí. He visto tu nombre en las revistas.

—Me gano la vida. ¿Has oído lo de Kennedy?

—Sí. Es infernal. Deben estar revolviendo Dallas de arriba abajo esta noche. ¡Es una suerte que no haya ocurrido algo así en mi distrito!

Miller señaló en dirección, al débilmente iluminado vestíbulo de la casa de vecinos, donde una pequeña bombilla proyectaba un tenue resplandor sobre el papel de la pared, tachonado de desgarrones.

—Un suicidio. Gas. Los vecinos lo olieron por debajo de la puerta y nos llamaron. Por suerte, nadie encendió una cerilla: la habitación está saturada de gas.

—¿No se tratará de una estrella de cine, por casualidad? —preguntó Miller.

—¡Sí, hombre! Acostumbran vivir en lugares como éste... No, era un viejo. Parece como si llevara años muerto. Cada noche muere alguien.

—Bueno, dondequiera que esté ahora, no puede ser peor que esto.

El inspector esbozó una fugaz sonrisa y se volvió, al tiempo que los dos hombres de la ambulancia trataban de bajar los últimos peldaños de la crujiente escalera y llegaban al vestíbulo con su carga. Brandt se volvió en redondo.

—Dejen un poco de sitio para que pasen.

El sargento levantó la voz y empujó a la gente todavía más atrás. Los dos hombres de la ambulancia aparecieron en la calle y llegaron hasta las puertas abiertas del Mercedes. Brandt los siguió, con Miller a sus talones. Miller no deseaba ver el muerto, ni lo intentaba siquiera. Se limitaba a seguir a Brandt. Cuando los hombres de la ambulancia llegaron a la puerta del vehículo, el primero de ellos ató un extremo de la camilla al pasador corredizo, y el segundo se preparó para introducirla dentro del vehículo.

—Sostenedlo —dijo Brandt, y apartó el extremo de la manta que cubría la cara del muerto, para añadir, por encima del hombro—: Es sólo una formalidad. En mi informe ha de constar que he acompañado el cuerpo hasta la ambulancia y luego hasta el depósito de cadáveres.

Estaban encendidas las luces interiores de la ambulancia Mercedes, y Miller echó una ojeada de dos segundos al rostro del suicida. Su primera y única impresión fue que jamás había visto nadie tan viejo y feo. Incluso bajo los efectos del gas, la piel —turgente y moteada—, el tinte azulado de los labios, todo revelaba que el hombre, en vida, no había sido una belleza. Unos pocos mechones de cabello largo y lacio estaban como aplastados en el, por otra parte, desnudo cráneo. Tenía los ojos cerrados. La cara estaba sumamente demacrada, como más allá del límite de la extenuación y, al no llevar el hombre su dentadura postiza, ambas mejillas aparecían hundidas hasta unirse en el interior de la boca produciendo el efecto de un vampiro en un filme de horror. Apenas se veían labios, y tanto el superior como el inferior estaban surcados por pliegues verticales, que recordaban a Miller una encogida calavera procedente de la cuenca del Amazonas cuyos labios fueron cosidos por los nativos. Para dar tal sensación, el hombre parecía tener dos pálidas cicatrices que cruzaban su cara, partiendo de la zona de las sienes o de la parte superior de la oreja hasta un extremo de la boca.

Después de un rápido vistazo, Brandt estiró la negra manta e hizo signo a los de la ambulancia que estaban esperando. Se echó atrás mientras el hombre sujetaba la camilla, cerró las puertas y dio la vuelta hacia la cabina para ponerse junto a su compañero. La ambulancia se puso en marcha, la gente empezó a dispersarse, coreada por los gruñidos del sargento:

—¡Váyanse, todo ha terminado! No hay nada más que ver. ¿No tienen ustedes casa donde ir?

Miller miró a Brandt enarcando las cejas.

—Encantador.

—Sí. ¡Pobre viejo! No es nada que te sirva, ¿verdad?

Miller se veía apenado.

—Ni una posibilidad. Como dices, hay uno cada noche. Esta noche habrá gente muriéndose por todo el mundo: eso no constituye una noticia. No con Kennedy muerto.

El inspector Brandt se rió burlonamente.

—Los periodistas tenéis avidez de sangre.

—Consideremos la cosa. Lo que la gente desea leer es lo de Kennedy, quien compra los periódicos es la gente...

—Sí. Bueno, tengo que volver a la Comisaría. Hasta otra, Peter.

Se dieron un nuevo apretón de manos y se separaron. Miller volvió hacia la estación de Altona, cogió la calle principal, en el centro de la ciudad, y veinte minutos después metía el Jaguar en el aparcamiento subterráneo para coches bajo la plaza Hansa, a doscientos metros de la casa en cuyo ático tenía su apartamento.

Resultaba caro guardar el coche en un aparcamiento subterráneo durante todo el invierno, pero aquélla era una de las extravagancias que quería permitirse. Le gustaba su apartamento, bastante costoso, porque estaba situado a buena altura y desde allí podía ver, a sus pies, la animación del boulevard Steindamm. No pensaba en su ropa ni en su alimentación, y a los veintinueve años, de buena estatura, cabellos y ojos castaños que gustaban a las mujeres, no necesitaba ropa cara. Un amigo envidioso le dijo una vez: «Podrías hacer conquistas en un convento.» Él se rió, pero al mismo tiempo quedó complacido, porque sabía que era verdad.

La auténtica pasión de su vida eran los coches deportivos, el periodismo y Sigrid, aunque alguna vez admitía, avergonzado, que si tuviera que escoger entre Sigi y el Jaguar, Sigi tendría que buscar su amante en otra parte.

Después de aparcar el Jaguar se detuvo a mirarlo a la luz del garaje. Nunca se cansaba de mirar su coche. Una vez se puso a admirarlo en la calle, y entonces se aproximó a él un transeúnte, que no sabía que era el coche de Miller. El transeúnte exclamó: «¡Vaya motor!»

Normalmente, un joven reportero independiente no conduce un Jaguar XK 150 S. Era casi imposible conseguir piezas sueltas en Hamburgo, y tanto más cuanto que las series XK, cuyo último modelo era el S, habían dejado de producirse en 1960. El mismo Miller cuidaba de la conservación del coche, dedicándole horas los domingos, en los que se ponía su traje de mecánico, se metía debajo del chasis y permanecía medio oculto entre el motor. La gasolina que consumían sus tres carburadores SU era el máximo esfuerzo que podía permitirse su bolsillo, sobre todo considerando el precio de la gasolina en Alemania; pero lo pagaba a gusto. La recompensa estaba en oír el gruñido de los coches exhaustos cuando él apretaba el acelerador en la autopista, en sentir el impulso como una oleada al volar en los virajes de una carretera de montaña. Había robustecido incluso la suspensión independiente sobre las dos ruedas delanteras, y como el coche tenía una suspensión rígida en la parte trasera, tomaba los virajes seguro como una roca, mientras los conductores de los demás coches se balanceaban grotescamente sobre la carrocería si intentaban competir con él. Poco tiempo después de haber comprado el coche, lo pintó de negro, con rayas amarillas a ambos lados del vehículo. Al haber sido construido en Coventry, Inglaterra, y no como un coche de exportación, el volante estaba a la derecha, lo que era causa de un problema ocasional para su usuario, pero le permitía cambiar la marcha con la mano izquierda y sostener el volante con la mano derecha, lo que había llegado a preferir.

Recordando cómo había llegado a comprarlo, se maravillaba de su suerte. En los primeros días de aquel verano, había abierto al azar una revista, mientras estaba en una peluquería esperando a que le cortaran el cabello. Normalmente no leía los chismes sobre las estrellas de cine o teatro, pero allí no había otra cosa para leer. La página central informaba ampliamente sobre la meteórica ascensión a la fama y a la celebridad internacional de cuatro despeinados jóvenes ingleses. El rostro que aparecía en el extremo derecho de la imagen, uno que tenía una gran nariz, no le recordaba nada, pero los otros tres rostros despertaban algo en el repleto gabinete de su memoria.

Los nombres de los dos discos que habían llevado el cuarteto al estrellato, *Please Please Me*, y *Love Me Do*, tampoco significaban nada, pero tres de aquellas caras lo sumergieron en la perplejidad durante dos días. Entonces recordó que, dos años antes, en 1961, ellos cantaban en un pequeño cabaret en las afueras de Reeperbahn. Al cabo de otro día se acordó del nombre, porque sólo había estado una vez en aquel cabaret para beber un trago y charlar con alguien de los barrios bajos, de quien necesitaba información sobre los bajos fondos de Sankt Pauli. El Star Club. Fue allí, y examinó las carteleras de 1961. Entonces eran cinco, los tres a quienes reconoció y otros dos, Pete Best y Stuart Sutcliffe.

Desde allí se fue al fotógrafo que había hecho las fotos publicitarias para el empresario Bert Kaempfert, y compró los derechos y el título de cada una de las que tenía. Su historia *Cómo Hamburgo descubrió a los Beatles* tuvo gran difusión en las revistas —en especial de música pop—, en Alemania y en el extranjero. De los beneficios que ello le dio, Miller compró el Jaguar que había visto en una tienda donde vendían coches. El vehículo había pertenecido a un oficial del ejército británico, cuya mujer, embarazada, estaba demasiado gruesa para meterse en él. Miller llegó incluso a comprar algunos discos de los Beatles, en señal de gratitud, pero Sigi era la única que los ponía en el tocadiscos.

Dejó el coche, subió por la rampa hacia la calle y volvió a su apartamento. Era casi medianoche, y aunque su madre le había dado de comer a las seis de la tarde con su acostumbrada enorme cantidad de manjares, como siempre que Miller iba a su casa, tenía de nuevo apetito. Se preparó unos huevos revueltos y escuchó las últimas noticias de la noche. Todas se referían a Kennedy, poniendo bien de manifiesto el punto de vista germano, mientras se aguardaban más noticias procedentes de Dallas. La policía aún estaba buscando al asesino. El locutor se extendió mucho sobre el gran amor de Kennedy por Alemania, su visita a Berlín el verano anterior, y su declaración en alemán: «Ich bin ein Berliner.»

Luego vino el tributo necrológico del alcalde del Berlín Occidental, Willy Brandt, con la voz embargada por la emoción, y otros homenajes fueron rendidos por el canciller Ludwig Erhard y por el antiguo canciller Konrad Adenauer, que se había retirado de la vida política el anterior 15 de octubre.

Peter Miller cerró la radio y se fue a la cama. Hubiese deseado que Sigi estuviera en casa, porque siempre necesitaba su compañía cuando se sentía deprimido, y entonces lo estaba mucho. Hubiera podido hacer el amor, después de lo cual caía en un sueño profundo, lo que a ella la disgustaba, porque después de hacer el amor quería hablar de matrimonio y de hijos. Pero el cabaret donde bailaba no cerraba hasta cerca de las cuatro de la madrugada, incluso más tarde en las noches de los viernes, cuando los provincianos y los turistas iban a darse una vuelta por la Reeperbahn, dispuestos a pagar el champán diez veces más caro que en el restaurante, a causa de una chica con grandes pechos y vestido corto, y Sigi ostentaba los más opulentos pechos y las más cortas faldas.

Entonces se fumó otro cigarrillo y no se durmió hasta la una y cuarto, soñando en el repulsivo rostro del viejo gaseado en los barrios bajos de Altona.

Mientras, a medianoche, Peter Miller estaba en Hamburgo comiendo los huevos revueltos, cinco hombres bebían sentados en la confortable sala de estar de una casa situada junto a la escuela de equitación cerca de las pirámides, en las afueras de El Cairo. Era allí la una de la madrugada. Los cinco hombres habían cenado bien y estaban de buen humor, a causa de las noticias de Dallas que habían escuchado cuatro horas antes.

Tres de los hombres eran alemanes, los otros dos eran egipcios. La esposa del anfitrión y propietario de la escuela de equitación, lugar favorito de reunión de la élite de la sociedad de El Cairo y de la colonia alemana, que contaba con millares de miembros, se había ido a la cama, dejando que charlaran los cinco hombres en aquellas horas de la madrugada.

Sentado en un cómodo sillón con respaldo de cuero, cerca de la ventana cerrada, estaba Hans Appler, un judío que antes había sido experto agregado al Ministerio nazi de Propaganda, del doctor Joseph Goebbels. Habiendo vivido en Egipto desde poco después del fin de la guerra, a donde había sido enviado por Odessa, Appler había tomado el nombre egipcio de Salah Chaffar, y trabajaba como experto en cuestiones judías en el Ministerio egipcio de Orientación. Tenía en la mano un vaso de whisky. A su izquierda estaba otro antiguo técnico del estado mayor de Goebbels, Ludwig Heiden, que también trabajaba en el Ministerio de Orientación. Heiden había adoptado la fe musulmana, viajó a La Meca y lo llamaron El Hadj. Por respeto a su nueva religión, tenía en la mano un vaso de jugo de naranja. Los dos hombres eran nazis fanáticos.

Los dos egipcios eran el coronel Chams Edine Badrane, ayudante personal del mariscal Abdel Hakim Amer, que posteriormente sería ministro egipcio de Defensa, antes de ser condenado a muerte por traición después de la guerra de los Seis Días en 1967. El coronel Badrane estaba destinado a caer en desgracia con él. El otro era el coronel Ali Samir, jefe del Mukhabarat, el servicio secreto egipcio de contraespionaje.

Hubo un sexto invitado a la cena, el invitado de honor, que regresó a El Cairo cuando llegó la noticia a las 9.30, hora cairota, de que el presidente Kennedy había muerto. Era el presidente de la Asamblea Nacional egipcia, Anwar el Sadat, un íntimo colaborador del presidente Nasser, y más tarde su sucesor.

Hans Appler levantó su copa.

—Kennedy, el favorecedor de los judíos, ha muerto. Caballeros, les invito a brindar.

—Pero nuestras copas están vacías, protestó el coronel Samir.

Su anfitrión se apresuró a remediar la cosa, llenando las copas vacías con la ayuda de una botella de whisky que cogió del aparador.

La referencia a Kennedy como favorecedor de los judíos no desconcertó a ninguno de los cinco hombres reunidos. El día 14 de marzo de 1960, cuando Dwight Eisenhower era todavía presidente de los Estados Unidos, el jefe del Gobierno de Israel, David Ben Gurion, y el canciller de Alemania, Konrad Adenauer, se reunieron en secreto en el Hotel Waldorf Astoria de Nueva York; una reunión que diez años antes hubiese parecido imposible. Lo que se juzgó imposible incluso en 1960 fue lo que ocurrió en aquella reunión, lo que, con sus correspondientes detalles, tardó años en aflorar a la superficie, y por ello a últimos de 1963 el presidente Nasser rechazó tomar en serio la información que Odessa y el Mukhabarat del coronel Samir depositaron sobre su mesa.

Los dos hombres de Estado habían firmado un acuerdo según el cual Alemania Occidental consentía en abrir un crédito a Israel del orden de cincuenta millones de dólares al año, sin compensaciones de ninguna clase. Ben Gurion, sin embargo, pronto se dio cuenta de que disponer de dinero era una cosa, y otra tener un seguro y cierto aprovisionamiento de armas. Seis meses después, el acuerdo del Waldorf era rematado con otro, firmado por los ministros de Defensa de Alemania y de Israel, Franz-Josef Strauss y Shimon Peres. De acuerdo con sus cláusulas, Israel podría emplear el dinero que recibía de Alemania comprando armas en la misma Alemania.

Adenauer, sabedor de la excesivamente controvertible naturaleza del segundo acuerdo, lo aplazó por unos meses, hasta que en noviembre de 1961 fue a Nueva York para reunirse con el nuevo presidente, John Fitzgerald Kennedy. Kennedy presionó fuerte. No quería que las armas fuesen entregadas directamente por los Estados Unidos a Israel, pero deseaba que, como fuese, llegaran allí. Israel necesitaba aviones de combate, de transporte, piezas de artillería Howitzer de 105 mm, coches blindados, corazas para los conductores de los coches y tanques, sobre todo tanques.

Alemania disponía de todo lo que necesitaba Israel. Tal armamento lo había comprado en América, con la conformidad de la NATO, para compensar el coste de la estancia de los tropas de guarnición en Alemania o bien se había fabricado en Alemania bajo licencia.

Con la presión de Kennedy, el acuerdo Strauss-Peres siguió adelante.

Los primeros tanques alemanes salieron para llegar a Haifa a últimos de junio de 1963. Era difícil mantener la noticia secreta durante mucho tiempo; estaba involucrada demasiada gente. Odessa lo supo a últimos de 1962 y enseguida informó a los egipcios, con quienes sus agentes en El Cairo mantenían estrechas relaciones.

A últimos de 1963, las cosas empezaron a cambiar. El día 15 de octubre Konrad Adenauer, el Zorro de Bonn, el Canciller de Granito, dimitió y se retiró a la vida privada. Su lugar fue ocupado por Ludwig Erhard, un buen captador de votos como padre del milagro económico alemán, pero vacilante y débil en asuntos de política extranjera.

Incluso cuando Adenauer estaba en el poder, un grupo vocinglero en el seno del Gobierno de Alemania Occidental se pronunció en favor de dar el carpetazo a la venta de armas a Israel y de detener los suministros antes de que empezaran. El viejo canciller les había reducido al silencio con unas pocas y duras palabras, y su autoridad era tal que enmudecieron.

Erhard era un hombre muy distinto, y pronto se ganó el apodo de León de Goma. Tan pronto como tomó posesión del cargo, el grupo contrario al tratado sobre armamentos, apoyado por el Ministerio de Asuntos Exteriores, siempre atento a sus excelentes y cada día mejores relaciones con el mundo árabe, volvió a la carga. Erhard vaciló. Pero detrás de todos ellos estaba la firme decisión de John Kennedy de que Israel tenía que recibir sus armas vía Alemania.

Y entonces lo asesinaron. La pregunta principal en aquellas horas de la mañana del 23 de noviembre era, sencillamente: ¿Querría el presidente Lyndon Johnson eliminar la presión americana sobre Alemania, e inducir al indeciso canciller en Bonn a denunciar el tratado?

En realidad no lo hizo, pero en El Cairo se alimentaban grandes esperanzas de que lo hiciera.

El anfitrión de los reunidos en las afueras de El Cairo aquella noche, después de llenar las copas de sus huéspedes, se volvió hacia el aparador para llenar la suya. Se llamaba Wolfgang Lutz, nacido en Mannheim en 1921, ex comandante del ejército alemán, fanático aborrecedor de los judíos, que había emigrado a El Cairo en 1961, donde abrió su academia de equitación. Rubio, de ojos azules, rostro de halcón, era el hombre favorito tanto para las personas más influyentes en la política de El Cairo como entre los expatriados alemanes y principalmente la comunidad nazi establecida a lo largo de las riberas del Nilo.

Se volvió hacia los demás, y sonrió. Si había algo falso en aquella sonrisa, nadie se dio cuenta. Pero era falsa. Se trataba de un judío, había nacido en Mannheim, pero emigró a Palestina en 1933, a los doce años. Se llamaba Ze'ev y ostentó el rango de *Rav-Seren* (comandante) en el ejército de Israel. En aquel tiempo, era también el principal agente del servicio de espionaje israelí en Egipto. El 28 de febrero de 1965, después de un registro en su casa, en el que fue descubierto un transmisor de radio en la báscula del cuarto de baño, fue detenido. Juzgado el 26 de junio de 1965, fue condenado a trabajos forzados a perpetuidad. Liberado a últimos de 1967 formando parte de un canje contra centenares de egipcios prisioneros de guerra, él y su mujer volvieron a pisar el suelo de su patria en el aeropuerto de Lod, el 4 de febrero de 1968.

Pero la noche en que murió Kennedy todo esto estaba en el futuro: la detención, las torturas, la múltiple violación de su mujer. Levantó su copa en dirección a los cuatro sonrientes rostros que tenía enfrente.

En realidad, deseaba con insoportable impaciencia que sus huéspedes se marcharan, porque algo que uno de ellos había dicho durante la cena era de importancia vital para su país, y desesperadamente esperaba estar solo, subir al cuarto de baño, sacar el transmisor de la báscula y enviar un mensaje a Tel Aviv. Pero se obligó a sí mismo a sonreír.

—Muerte a los favorecedores de los judíos —brindó—. *Sieg Heil.*

A la mañana siguiente, Peter Miller se despertó poco antes de las nueve y se revolvió a placer bajo el enorme edredón de plumas que cubría la cama de matrimonio. Aunque sólo estaba medio despierto, podía sentir el calor de la dormida figura de Sigi, que se volvía en la cama hacia él, y, por reflejo, Peter se acercó más, de modo que la espalda de la mujer apretaba la base de su estómago.

Sigi, todavía profundamente dormida, después de sólo cuatro horas de estar en la cama, se quejó, molesta, y se revolvió hacia el otro extremo del lecho.

—Vete —murmuró sin despertarse.

Miller suspiró, se volvió de espaldas, cogió su reloj y lo miró a la tenue luz que se filtraba a través de las cortinas. Luego salió de la cama por el otro lado, se puso una toalla de baño en la cintura y así se fue al cuarto de estar a correr las cortinas. La acerada luz de noviembre inundó la habitación, cegándolo. Entornó los ojos y miró hacia la Steindamm. Era un sábado por la mañana y el tráfico era escaso sobre las húmedas y negras calles. Bostezó y entró en la cocina a prepararse la primera de sus innumerables tazas de café. Tanto su madre como Sigi le reprochaban que viviera casi enteramente de café y cigarrillos.

Mientras bebía el café y fumaba su primer cigarrillo del día en la cocina, pensó si tenía algo particular que hacer en las horas inmediatas y decidió que no. Por un lado, todos los periódicos y las próximas ediciones de las revistas se ocuparían del presidente Kennedy, probablemente durante los días y las semanas próximas. Y, por otro lado, no había una historia determinada tras la cual anduviese él entonces. Además, sábado y domingo no eran días aptos para encontrar a las gentes en sus despachos, y raras veces les gustaba que fueran a estorbarlos en sus casas. Hacía poco que había terminado unos seriales, que fueron muy bien acogidos, sobre la infiltración masiva de gángsters austriacos, parisienses e italianos en la mina de oro de Reeperbahn, zona de la ciudad llena de clubes nocturnos, burdeles y vicio. Aún no había cobrado aquellos reportajes. Pensó en demandar a la revista a la que había vendido los artículos, y luego decidió que no. Pagarían a su debido tiempo y, por el momento, no iba corto de dinero. De verdad, el estado de cuentas de su banco, que había recibido tres días antes, indicaba que disponía sobre 5.000 marcos, cantidad que estimó suficiente para un tiempo.

—Lo malo de ti, amigo —detuvo su frase de censura al mirar una de las cacerolas de Sigi, que brillaba de limpia, mientras levantaba la taza con su dedo índice—, es que eres perezoso.

Un día, diez años atrás, cuando estaba a punto de terminar su servicio militar, un oficial le preguntó qué deseaba ser en la vida civil. Había replicado: «Un rico rentista.» A los veintinueve años, aunque no lo había conseguido y quizá no lo conseguiría nunca, seguía creyendo que aquélla era una ambición perfectamente razonable.

Se llevó el transistor al cuarto de baño, cerró la puerta para que Sigi no pudiera oírlo, y escuchó las noticias mientras se duchaba y afeitaba. La noticia principal era que un hombre había sido arrestado por el asesinato del presidente Kennedy. Como había supuesto, no había otra clase de noticias en todo el programa más que las referentes al asesinato de Kennedy.

Después de haberse secado volvió a la cocina para hacer más café, esta vez dos tazas. Se las llevó al dormitorio, las colocó en la mesita de noche, se despojó de la toalla y volvió a meterse en la cama bajo el edredón al lado de Sigi, cuya cabellera, rubia y sedosa, sobresalía sobre el cojín.

La muchacha tenía veintidós años y en la escuela había sido campeona de gimnasia. Según ella afirmaba, hubiese podido alcanzar una marca olímpica si su pecho no se hubiese desarrollado de tal manera que ningún jersey podía cubrirlo con seguridad. Al dejar los estudios se convirtió en profesora de cultura física en una escuela de niñas. El cambio a bailarina de *striptease* en Hamburgo ocurrió un año después y por la más óptima y la más sencilla de las razones económicas. Le daba cinco veces más que su salario de profesora.

A pesar de su buena voluntad en quitarse los vestidos hasta quedarse en cueros en un club nocturno, se sentía muy molesta por cualquier observación lasciva sobre su cuerpo pronunciada por alguien que ella pudiera ver en el momento de decir aquello.

—El caso es —dijo una vez, muy seria, al divertido Peter Miller— que cuando estoy en el escenario y no puedo ver a nadie al otro lado de las candilejas, no me siento nada cohibida. Si pudiese verlos, creo que me escaparía del escenario.

Esto no le impedía, después, ir a sentarse a una de las mesas en el auditorio cuando volvía a estar vestida, y esperar ser invitada a beber por uno de los clientes. La única bebida permitida era champán, en medias botellas o, con preferencia, botellas grandes. Percibía una comisión del quince por ciento. Aunque, casi sin excepción, los clientes que la invitaban a beber champán con ellos esperaban conseguir mucho más que contemplar durante una hora, en pasmada admiración, el desfiladero entre sus pechos, nunca lo consiguieron. Era una chica amable y comprensiva y su actitud hacia las codiciosas atenciones de los clientes era la de un gentil pesar y no el hastiado desprecio que las demás chicas ocultaban detrás de sus sonrisas de neón.

—Pobres hombrecitos —dijo una vez a Miller—, merecerían tener una bonita mujer para llevarse a casa.

—¿Qué quieres decir con pobres hombrecitos? —protestó Miller—. Son unos puercos y sucios viejos con el bolsillo repleto de dinero para gastar.

—Bueno, no serían ni puercos ni sucios si tuvieran alguien que los cuidara —replicó Sigi, y en esto su lógica femenina era fuerte como una roca.

Miller la vio por casualidad durante una visita al bar de Madame Kokett, exactamente debajo del Café Keese sobre la Reeperbahn, un día en que fue allí para charlar y beber con el propietario, un viejo amigo y contacto. Era una chica alta, de 1,75 m, y con una corpulencia tal que una muchacha más bajita hubiese parecido desproporcionada. Siguiendo la música, se desnudaba con los habituales y supuestos gestos sensuales, así como cara impasible, igual que si se desnudara en su propio dormitorio. Miller había visto todo aquello antes y sorbía su bebida sin pestañear.

Pero cuando se acabó de desnudar, incluso Peter tuvo que detenerse a mirar, con el vaso a mitad de camino de su boca. Su anfitrión lo miró sarcásticamente.

—Está bien hecha, ¿verdad? —preguntó.

Miller tuvo que admitir al comparar a la muchacha con sus semejantes del *Playboy* del mes, que éstas parecían presentar un severo caso de desnutrición. Sus músculos sostenían sin embargo firmemente sus espléndidos senos, sin vestigio de soporte.

Cuando terminó su turno, al empezar los aplausos, la muchacha dejó la aburrida pose de bailarina profesional, saludó al público con una tímida y medio aturdida inclinación de cabeza y otorgó una gran y torpe mueca como un perro de caza que, contra todo pronóstico, ha cobrado la perdiz derribada. Fue la mueca lo que atrajo a Miller, no la rutina de la danza ni la figura. Preguntó si le gustaría beber con él, y enviaron a buscarla.

Como que Miller estaba en compañía del patrón, eludió la botella de champán y pidió un *gin-fizz*. Sorprendido, Miller vio que la compañía de la chica resultaba encantadora, y preguntó si podía llevarla a su casa después de su actuación. Con visible reserva, ella asintió. Jugando sus cartas con frialdad, Miller no se aprovechó de ella aquella noche. Era a principios de primavera, y Sigi salió del cabaret cuando cerraban, envuelta en una capa que le hacía perder buena parte de su atractivo: él pensó que lo hacía adrede.

Se limitaron a tomar café juntos y a hablar. Durante la charla, la muchacha se liberó de su tensión previa y conversó alegremente. Él supo que le gustaban la música pop, el arte, pasear por las riberas del Alster, cuidar de la casa y los niños. Después de aquel día, empezaron a salir una noche por semana, yendo a cenar o a un espectáculo, pero no acostándose juntos.

Al cabo de tres meses, Miller se llevó la muchacha a la cama y luego le sugirió que podría mudarse a su casa. Con su simple actitud para con las cosas importantes de la vida, Sigi ya había decidido que deseaba casarse con Peter Miller y el único problema estribaba en cómo lo iba a convencer: no acostándose con él, o al revés. Dándose cuenta de la facilidad que él tenía para que alguna chica ocupara siempre la otra mitad de su colchón si era necesario, decidió mudarse al apartamento de Peter y hacerle la vida tan agradable que deseara casarse con ella. Llevaban seis meses juntos a últimos de noviembre.

Incluso Miller, que no era un hombre muy casero, tuvo que admitir que había puesto la casa muy bonita, y Sigi hacía el amor con sano y fuerte goce. La muchacha nunca mencionaba el matrimonio directamente, pero intentaba aludir a él por otros caminos. Miller simulaba no darse por enterado. Cuando iban a tomar el sol cerca del lago Alster, algunas veces se hacía amiga de un niño que jugaba por allí, bajo la benévola mirada de sus padres.

—Oh, Peter, ¿no es un ángel?

—Sí, maravilloso —solía contestar Miller gruñendo.

Después, durante una hora, Sigi lo trataba con frialdad por no haber querido recoger la alusión. Pero eran felices juntos, especialmente Peter Miller, para quien disfrutar de todo el bienestar del matrimonio, de las delicias de un amor regular, sin los lazos del matrimonio, le iba de maravilla.

Después de beber la mitad de su café, Miller se introdujo en la cama y rodeó a la mujer con sus brazos, acariciándola suavemente, porque sabía que aquello iba a despertarla. Al cabo de unos minutos, ella rezongó con placer y se volvió de cara a él. Todavía medio dormida, dejó escapar una serie de largos gemidos, y sus manos empezaron a moverse lentamente sobre la espalda del hombre. Diez minutos después hacían el amor.

—¡Vaya modo de despertarme! —musitó ella.

—Hay modos peores —dijo Miller.

—¿Qué hora es?

—Casi las doce —mintió Miller, sabiendo que le echaría algo a la cabeza de haber sabido que eran las diez y media y que sólo había dormido cinco horas—. No importa, puedes volver a dormirte si quieres.

—Mmmm. Gracias, querido, eres muy bueno conmigo —dijo Sigi, y volvió a quedarse dormida.

Miller iba para el cuarto de baño después de haber bebido el café que había quedado y el de Sigi, cuando sonó el teléfono. Fue a la salita de estar y respondió.

—¿Peter?

—Sí, ¿con quién hablo?

—Karl.

Estaba todavía adormilado y no reconoció la voz.

—¿Karl?

—Karl Brandt. ¿Qué ocurre? ¿Estás todavía dormido? —La voz parecía impaciente.

Miller se recuperó.

—Oh, sí. Claro, Karl. Lo siento, acabo de levantarme. ¿Qué ocurre?

—Oye, se trata del judío muerto. Quiero hablar contigo.

Miller estaba desconcertado.

—¿Qué judío muerto?

—Aquel que se gaseó la noche última en Altona. ¿Puedes recordarlo?

—Sí, por supuesto, me acuerdo de la noche última —dijo Miller—. No sabía que se tratara de un judío. ¿Qué se sabe de él?

—Quiero hablar contigo —dijo el inspector de policía—. Pero no por teléfono. ¿Podemos vernos?

Miller, como tenía mentalidad de periodista, imaginó enseguida que si algüien tenía algo que decir pero no quería decirlo por teléfono, debía pensar que la cosa era importante. En el caso de Brandt, Miller no podía temer que un detective de la policía pudiera mostrarse tan reservado por algo ridículo.

—Claro que sí —respondió—. ¿Podemos almorzar juntos?

—Desde luego —dijo Brandt.

—Bueno. Te invito a un sitio, si crees que sirve.

Miller dijo a su amigo que lo esperaría a la una en un pequeño restaurante en el Goose Market, y colgó. Estaba todavía intrigado, porque no podía adivinar una historia en el suicidio de un viejo, judío o no, en una habitación de los barrios bajos de Altona.

Durante la comida, el joven detective pareció querer evitar el tema para hablar del cual había solicitado la entrevista, pero cuando sirvieron el café dijo sencillamente:

—El hombre de la noche última...

—Sí —dijo Miller—. ¿Qué ocurre con él?

—Debes saber, como sabe todo el mundo, lo que los nazis hicieron con los judíos durante la guerra e incluso antes.

—Por supuesto. Nos atiborraron la cabeza con ello en la escuela, me acuerdo.

Miller estaba intrigado y molesto. Como a muchos otros jóvenes alemanes, le enseñaron en la escuela, cuando tenía nueve o diez años, que él y el resto de sus compatriotas habían sido culpables de masivos crímenes de guerra. Entonces aceptó el veredicto sin saber siquiera de lo que le estaban hablando.

Luego había sido difícil adivinar lo que los maestros querían decir en la inmediata posguerra. No había nadie a quien preguntar, nadie deseaba hablar, ni los profesores, ni los padres. Sólo al llegar a la edad adulta pudo leer algo sobre aquello, y aunque lo que había leído le desagradó, no pudo sentir que le concerniera. Eran otros tiempos, otros lugares, aquello estaba muy lejos. Él no estaba presente cuando ocurrieron aquellas cosas, así como tampoco sus padres. Algo en su interior lo persuadió de que aquello no tenía nada que ver con Peter Miller, y en consecuencia no preguntó nombres, ni fechas, ni detalles. Se preguntaba por qué Brandt había abordado aquel tema.

Brandt revolvió su café, dando muestras de estar asimismo molesto, sin saber cómo empezar.

—El viejo de la noche última —dijo lentamente—. Era un judío alemán. Estuvo en un campo de concentración.

Miller pensó en la cabeza del muerto, en la camilla, en el anterior atardecer. ¿A qué se parecía aquella muerte? Era algo ridículo. El hombre debió de ser liberado por los aliados dieciocho años antes y había vivido para morir a edad avanzada. Pero el rostro invitaba a retroceder en el tiempo. Miller no había visto nunca a nadie que hubiese estado en un campo de concentración, al menos sabiéndolo. Tampoco se había encontrado nunca con ningún SS asesino de muchedumbres, de eso estaba seguro. Después de todo, se hubiese dado cuenta de ello. El caso de aquel hombre era posiblemente distinto.

Pensó en la publicidad que rodeó el proceso de Eichmann en Jerusalén, dos años antes. Los periódicos no hablaron de otra cosa durante semanas, hasta el final. Pensó en aquella cara, a través del vidrio de la ventanilla de su celda, y recordó que su impresión, entonces, fue cuán común podía ser aquel rostro, tan depresivamente vulgar. Fue leyendo los resúmenes de prensa del proceso cuando por primera vez tuvo un atisbo de lo que habían hecho los SS, y de cómo habían escapado. Pero todo aquello había ocurrido igual en Polonia, en Rusia, en Hungría, en Checoslovaquia, muy lejos y mucho tiempo atrás. No era nada que personalmente le atañera.

Volvió a pensar en el presente y en lo que le sugería el desasosegado modo de hablar de Brandt.

—¿Qué ocurre? —preguntó Miller al detective.

Por toda respuesta, Brandt desató un paquete envuelto en un papel color pardo y lo puso encima de la mesa.

—El viejo dejó un Diario. En realidad no era demasiado viejo. Cincuenta y seis. Parece que escribió notas en su tiempo y las guardó en una caja de zapatos. Después de la guerra las puso en limpio. Con ello compuso un Diario.

Miller miró el paquete con escaso interés.

—¿Dónde lo encontraste?

—Estaba junto al cuerpo. Lo recogí y me lo llevé a casa. Lo he leído esta noche.

Miller miró a su antiguo condiscípulo con ojos burlones.

—¿Era algo malo?

—Horrible. No tenía yo idea de la maldad, de las cosas que hicieron con ellos.

—¿Por qué me lo has traído?

Brandt dio muestras de desconcierto. Se encogió de hombros.

—He creído que podrías hacer una historia con ello.

—¿A quién pertenece ahora?

—Técnicamente, a los herederos de Tauber. Pero nunca daremos con ellos. Entonces, supongo que pertenece al Departamento de Policía. Pero se limitarían a archivarlo. Puede ser tuyo, si quieres. Sólo quiero que no digas que yo te lo he dado. No deseo tener líos con mi Cuerpo.

Miller pagó la cuenta y los dos amigos se fueron.

—Muy bien, lo leeré. Pero no prometo hacer nada sensacional con esto. A lo mejor saco un artículo para una revista.

Brandt se volvió hacia él, esbozando una sonrisa.

—Eres un desaprensivo —dijo.

—No —dijo Miller—. Es exactamente lo que gusta a la gente para quien escribo, aquí y ahora. ¿Qué te pasa? Creía que eras un duro polizonte al cabo de diez años en el servicio. De veras esto te ha trastornado, ¿no?

Brandt se volvió a poner serio. Miraba el paquete que Miller llevaba bajo el brazo y movía la cabeza lentamente.

—Sí. Sí, me ha trastornado. Nunca pensé que fuera algo tan feo. Y, dicho sea de paso, no todo es historia pasada. Esta historia terminó aquí, en Hamburgo, la noche última. Adiós, Peter.

El detective se volvió y se alejó, ignorando cuán equivocado estaba.

2

Peter Miller llegó a su casa poco después de las tres, con el pequeño paquete envuelto en un papel color pardo. Dejó el Diario sobre la mesa de la salita de estar y, antes de sentarse a leer el contenido, fue a hacerse una buena cantidad de café.

Instalado en su butaca predilecta, con una taza de café en el brazo del sillón y un cigarrillo encendido, abrió el paquete. El Diario estaba escrito en un cuaderno de hojas recambiables, con cubiertas duras de cartón negro.

Su contenido consistía en ciento cincuenta páginas mecanografiadas, utilizando, al parecer, una vieja máquina, porque algunas letras quedaban por encima de la línea, otras por debajo, y varias torcidas o casi borradas. La mayor parte de las páginas parecían haber sido escritas años antes, o durante un período de años, porque muchas de ellas, aunque claras y limpias, mostraban el inequívoco matiz de un papel blanco envejecido con el tiempo. Pero al principio y al final había un número de hojas nuevas, evidentemente escritas pocos días antes. Había un prólogo de algunas páginas nuevas en el principio del documento y una especie de epílogo al final. Unas fechas puestas en el prólogo y en el epílogo revelaban que los dos habían sido escritos el 21 de noviembre, dos días antes. Miller supuso que el muerto los escribió después de haber tomado la decisión de poner fin a su vida.

Una rápida ojeada a algunos párrafos de la primera página lo asombraron, porque el lenguaje era de un alemán claro y preciso, y la escritura la de un hombre culto y bien educado. En la cubierta, estaba pegado con goma un rectángulo de papel blanco, y encima un rectángulo mayor de celofán para mantenerlo limpio. Sobre el papel estaba escrito con tinta negra, en grandes letras mayúsculas: EL DIARIO DE SALOMON TAUBER.

Miller se repantigó en su sillón, volvió la primera página y empezó a leer.

EL DIARIO DE SALOMON TAUBER

PRÓLOGO

Me llamo Salomon Tauber, soy judío y voy a morir. He decidido poner fin a mi vida porque ya no tiene valor alguno, ni hay nada que yo pueda hacer. Las cosas que intenté realizar a lo largo de mi vida han desembocado en la nada, y mis esfuerzos han sido estériles. Porque la maldad que vi ha sobrevivido y florecido y sólo lo bueno ha desaparecido en el polvo y la burla. Los amigos que tuve, las desgraciadas víctimas, todos están muertos y sólo los perseguidores permanecen a mi alrededor. Veo sus caras en las calles a la luz del día, y por la noche veo el rostro de Ester, mi esposa, que murió hace tiempo. Me he mantenido con vida durante tanto tiempo sólo porque había una cosa que deseaba hacer, una cosa que anhelaba ver, y ahora sé que nunca podré conseguirlo.

No llevo en mí ni odio ni amargura hacia los alemanes, porque son buena gente. Los pueblos no son perversos; sólo los individuos lo son. El filósofo inglés Burke estaba en lo cierto al decir: «No conozco los medios para extender el proceso de una nación entera.» No hay culpa colectiva, porque la Biblia relata cómo el Señor quiso destruir Sodoma y Gomorra a causa de la intrínseca maldad de los hombres que allí vivían, con sus mujeres y sus hijos, pero habitaba entre ellos un hombre recto, y porque era recto estaba en gracia. Por eso, la culpa es individual como la salvación.

Cuando salí de los campos de concentración de Riga y de Stutthof, cuando sobreviví a la «Marcha de la Muerte» a Magdeburgo, cuando los soldados británicos liberaron mi cuerpo en abril de 1945, dejando en cadenas sólo mi alma, odiaba el mundo. Odiaba las gentes, los árboles y los peñascos, porque habían conspirado contra mí y me habían hecho sufrir. Y por encima de todo odiaba a los alemanes. Entonces pregunté, como he preguntado muchas veces durante estos cuatro años últimos, por qué el Señor no los abatía, hasta el último hombre, mujer y niño, destruyendo sus ciudades y sus casas, para siempre, de la faz de la Tierra. Y al no hacerlo, lo odié también a Él, gritando que nos había abandonado a mí y a mi pueblo, quienes habíamos dejado de creer que fuéramos su pueblo escogido, e incluso decíamos que Él no existía.

Pero, con el paso de los años, yo aprendí a amar de nuevo; a amar los peñascos y los árboles, el cielo en lo alto y el río que discurría por la ciudad, los perros perdidos y los gatos, los hierbajos que crecen entre los guijarros, y los chicos que huyen de mí en la calle porque soy tan feo. No tienen la culpa. Hay un proverbio francés que dice: «Comprenderlo todo es perdonarlo todo.» Cuando uno puede comprender a la gente, su credulidad y su miedo, su voracidad y su anhelo de poder, su ignorancia y su docilidad hacia el hombre que grita con más fuerza, uno puede perdonar. Sí, uno puede perdonar incluso lo que ellos hicieron. Pero nunca puede olvidar.

Hay algunos hombres cuyos crímenes van más allá de la comprensión y, por tanto, del perdón, y aquí está la verdadera falta. Porque todavía viven entre nosotros, pasean por las ciudades, desempeñan sus profesiones, comen en las cantinas, sonríen y estrechan las manos, y llaman *Kamerad* a hombres decentes. Que ellos puedan seguir viviendo, no como parias sino como apreciados ciudadanos, manchando una nación entera a perpetuidad con su perversidad, ésta es la verdadera falta. Y en esto hemos fallado, tú y yo, todos hemos fallado de una forma miserable.

Últimamente, con el paso del tiempo, volví a amar a Dios, y a pedir su perdón por las cosas que había hecho contra Sus Leyes, que son muchas.

SHEMA YISROEL, ADONAI ELOHENU, ADONAI EHAD...

El Diario empezaba con veinte páginas en las que Tauber describía su nacimiento e infancia en Hamburgo, su padre, obrero y héroe de guerra, y la muerte de sus padres poco después de que Hitler llegara al poder en 1933. En los últimos años treinta se casó con una muchacha llamada Ester, trabajaba de arquitecto, y se escapó de ser detenido antes de 1941 gracias a la intervención de su patrón. Finalmente, lo cogieron en Berlín, durante un viaje para visitar a un cliente. Al cabo de un período en un campo de tránsito, lo encajonaron con otros judíos en un furgón de ganado en un tren que iba para el Este.

De verdad no puedo acordarme de la fecha en que el tren, al fin, se detuvo ruidosamente en una estación de ferrocarril. Creo que habían transcurrido seis días y siete noches desde que nos encerraron en el furgón, en

Berlín. De repente, el tren se había detenido, la claridad que penetraba por los resquicios me daba a entender que fuera era de día. Estaba mareado y tenía la impresión de que me flotaba la cabeza a causa del agotamiento y la hediondez.

De fuera venían gritos, el ruido de los cerrojos al ser descorridos, y las puertas abiertas de par en par. No podía reconocerme a mí mismo, yo, que había vestido una camisa blanca y unos bien planchados pantalones. (Hacía tiempo que la corbata y la chaqueta estaban por el suelo pisoteadas.) El aspecto de los demás era igualmente deplorable.

Al tiempo que la luz penetraba en el vagón, los hombres se echaron las manos a la cara y chillaron de dolor. Al ver que se abrían las puertas, yo cerré con fuerza los ojos para protegerlos. Bajo la presión de los cuerpos, la mitad del vagón se vació por sí mismo volcando sobre el andén una masa de maloliente humanidad. Como que yo estaba de pie en la parte trasera del vagón y a un lado de las puertas centrales, pude evitar esto; corrí el riesgo de entreabrir los ojos a pesar del resplandor y bajé al andén.

Los guardias SS que habían abierto las puertas tenían unos semblantes ruines; eran unos hombres brutales que hablaban y rugían en un lenguaje que yo no podía comprender, y se quedaban atrás con expresión de disgusto. En el interior del furgón yacían treinta y un hombres amontonados y pisoteados. Nunca más volverían a levantarse. El resto, hambrientos, medio ciegos, con los andrajos empapados por completo de vapor peleaban a pie firme en el andén. Nuestras lenguas, a causa de la sed, parecían pegadas con goma al paladar, ennegrecido e hinchado, y nuestros labios estaban hendidos y resecos.

En el andén, cuarenta vagones más procedentes de Berlín y dieciocho procedentes de Viena vomitaban sus ocupantes, cerca de la mitad de ellos mujeres y niños. Muchas mujeres y la mayoría de los niños estaban desnudos, ensuciados con excrementos y presentaban un aspecto semejante al nuestro. Algunas mujeres llevaban en brazos los cuerpos sin vida de sus hijos, y daban traspiés al salir a la luz del día.

Los guardias corrían de un extremo al otro del andén, aporreaban a los deportados hasta conseguir formar una especie de columna, dirigiendo nuestra marcha hacia la ciudad. Pero ¿qué ciudad? Y, ¿en qué idioma estaban hablando aquellos hombres? Luego había de descubrir que aquella ciudad era Riga y que los guardias SS eran letones reclutados en la localidad, tan fieramente antisemitas como los SS alemanes, pero de inteligencia mucho más baja, casi animales con forma humana.

De pie detrás de los guardias había un grupo de personas intimidadas, que llevaban camisas sucias y descuidadas en las que ostentaban un parche negro, cuadrangular, con una gran J en el pecho y en la espalda. Se trataba de un comando especial salido del gueto, cuya misión era vaciar de los vagones de ganado a los muertos y enterrarlos en las afueras de la ciudad. A su vez, estaban custodiados por media docena de hombres que también tenían la J en el pecho y en la espalda, pero llevaban un brazalete y el mango de un pico en la mano. Eran *Kapos* judíos, que, a causa del cometido que desempeñaban, recibían mejor comida que los demás internados.

Había unos pocos oficiales SS alemanes que estaban a la sombra de la marquesina de la estación. Los distinguí cuando mis ojos se acostumbraron a la luz. Uno de ellos estaba apartado, subido sobre unos embalajes, vigilando a los miles de esqueletos humanos que bajaban por sí mismos del tren, con una ligera mueca de satisfacción. Golpeaba suavemente un negro látigo de montar, de cuero trenzado, contra una de sus botas. Llevaba el uniforme verde con los negros y plateados galones de los SS, como si hubiese sido diseñado para él, y las rayas gemelas del Waffen SS en la solapa derecha del cuello. En la izquierda, estaba indicado su rango de capitán.

Era alto y desgarbado, de pelo rubio y acuosos ojos azules. Más tarde habría de comprobar que era un sádico refinado, ya conocido por el nombre que luego también le darían los aliados: El Carnicero de Riga. Era la primera vez que veía al capitán Eduard Roschmann, de las SS...

A las cinco de la mañana del 22 de junio de 1941, 130 divisiones de Hitler, divididas en tres cuerpos de ejército, cruzaron la frontera para invadir Rusia. Detrás de cada cuerpo de ejército iba la caterva de las patrullas exterminadoras SS, a quienes Hitler, Himmler y Heydrich habían encargado limpiar de comisarios comunistas y de comunidades judías rurales las grandes extensiones de terreno que el ejército conquistaba, y encerrar a las grandes comunidades judías urbanas en los guetos de las grandes ciudades para ulterior «tratamiento especial».

El ejército ocupó Riga, capital de Letonia, el primero de julio de 1941, y a mediados de aquel mes los primeros comandos SS entraron en la ciudad. A su vez, las primeras unidades locales de las secciones SD y SP de las SS se establecieron en Riga el primero de agosto de 1941, y empezaron el programa de exterminio que limpiaría Ostland (con este nombre fueron rebautizados los tres estados bálticos ocupados) de judíos.

Entonces se decidió en Berlín utilizar Riga como campo de concentración transitorio para los judíos de Alemania y Austria que iban a la muerte. En 1938 había 320.000 judíos alemanes y 180.000 austriacos, medio *millón en números redondos. En julio de 1941 habían sido eliminados decenas de millares en los campos de concentración en el interior de Alemania y de Austria, principalmente en Sachsenhausen, Mauthausen, Ravensbruck, Dachau, Buchenwald, Belsen y Theresienstadt en Bohemia. Pero estaban ya saturados, y las oscuras tierras del Este parecían un excelente lugar para acabar con el resto. Se había empezado el trabajo para ampliar o iniciar la construcción de los seis campos de exterminio de Auschwitz, Treblinka, Belzec, Sobibor, Chelmno y Maidanek. Sin embargo, hasta que estuvieran dispuestos, era preciso encontrar un lugar donde exterminar todos los que fueran posibles y «almacenar» el resto. Para ello se eligió Riga.*

Entre el primero de agosto de 1941 y el 14 de octubre de 1944, 200.000 casi exclusivamente judíos alemanes y austriacos fueron embarcados para Riga. 80.000 de ellos murieron allí, 120.000 fueron enviados progresivamente a los seis campos de exterminio del sur de Polonia, antes mencionados, y 400 salieron con vida, la mitad de ellos para morir en Stutthof, o en la «Marcha de la Muerte» hacia Magdeburgo. El tren de Tauber fue el primero en llegar a Riga desde el Reich alemán, y lo hizo a las 3.45 de la tarde del 18 de agosto de 1941.

El gueto de Riga estaba en un barrio de la ciudad que antiguamente había sido el hogar de los judíos locales, de los que sólo vivían unos pocos centenares cuando llegué allí. En menos de tres semanas Roschmann y su lugarteniente, Krause, habían dispuesto el exterminio de la mayor parte de ellos, cumpliendo órdenes.

El gueto estaba en el extremo norte de la ciudad, frente al campo abierto. Había una pared a lo largo de la cara sur. Las otras tres caras estaban selladas con alambre de espino. En la cara norte existía una puerta por la que tenían que pasar todos los que entraban y salían. Estaba vigilada desde dos atalayas, al cuidado de letones SS. A partir de aquella puerta, bajando desde el centro del gueto en dirección a la pared sur, estaba la Mase Kalnu Iela, o calle de la Pequeña Cuesta. A la derecha (mirando de sur a norte hacia la puerta principal) estaba la Blech Platz, donde se seleccionaba a los que iban a ser ejecutados, a la llamada del tambor, seleccionados para trabajos de esclavos, para la tortura y la horca. Las horcas, con sus ocho garfios de acero y sus lazos corredizos siempre balanceándose al viento, estaban en el centro de la plaza. Cada noche estaba ocupada al menos por seis desgraciados y con frecuencia tenían que efectuarse varios relevos en los ocho garfios colgantes antes de que Roschmann se diera por satisfecho con su trabajo del día.

El conjunto del gueto debía tener unos tres kilómetros cuadrados, distrito que en un tiempo albergó de doce a quince mil personas. Antes de nuestra llegada, los judíos de Riga, al menos los dos mil que allí quedaban, habían trabajado de firme, de modo que la zona dejada a los que llegábamos, unos 5.000 entre hombres, mujeres y niños, era espaciosa. Pero, después del nuestro, continuaron llegando transportes día tras día, hasta que la población de nuestra parte del gueto se elevó a 30.000 o 40.000 personas y con la llegada de cada nuevo transporte, tenía que ser ejecutado un número de habitantes existentes igual al número de los nuevos llegados sobrevivientes para hacer sitio a éstos. De otro modo, aquello hubiese quedado tan atestado como para perjudicar la salud de los trabajadores que había entre nosotros, y esto Roschmann no lo podía consentir.

Así nos instalamos la primera noche, apoderándonos de las casas mejores, una habitación por persona, sirviéndonos de cortinas y chaquetas como mantas, y durmiendo en auténticas camas. Después de beber hasta hartarse del agua de un tonel, mi vecino de habitación dijo que acaso, después de todo, aquello no sería tan malo como había parecido. Todavía no nos habíamos encontrado con Roschmann...

Cuando el verano se disolvió en el otoño y el otoño en el invierno las condiciones en el gueto empeoraron. Cada mañana, la población entera, principalmente hombres, porque las mujeres y los niños eran exterminados a su llegada en mucho mayores porcentajes que los hombres aptos para el trabajo, era reunida en la Blech Platz y, al sonido del tambor, empujada y atropellada por las culatas de los fusiles de los letones. No se pasaba lista, éramos contados y divididos en grupos de trabajo. Casi toda la población, hombres, mujeres y niños, abandonaba cada día el gueto en columnas para realizar doce horas de trabajos forzados en el creciente número de talleres de los alrededores.

En los primeros momentos dije que era carpintero, lo que no era verdad, pero como arquitecto había visto trabajar a los carpinteros y sabía lo bastante para salir del paso. Adiviné, correctamente, que siempre tendrían necesidad de carpinteros, y fui enviado a trabajar a un cercano taller de construcciones en madera, donde eran serrados los pinos de la región para hacer barracones prefabricados con destino a las tropas.

El trabajo era agotador, lo suficiente como para arruinar la constitución de un hombre sano, porque trabajábamos verano e invierno la mayor parte del tiempo a la intemperie bajo el frío y la humedad de la zona cercana a la costa de Letonia...

Nuestras raciones alimenticias consistían en medio litro de un líquido al que se daba el nombre de sopa, casi enteramente agua coloreada, algunas veces con un pedazo de patata dentro, antes de ir a trabajar por las mañanas, y otro medio litro, con una rebanada de pan negro y una enmohecida patata al volver al gueto por la noche.

Llevar comida al gueto era castigado inmediatamente con la horca ante la población reunida al atardecer a la llamada del tambor en la Blech Platz. Sin embargo, asumir este riesgo era la única posibilidad de sobrevivir.

Cada noche, cuando volvían las columnas, arrastrando los pies, por la puerta principal, Roschmann y algunos de sus acólitos acostumbraban a situarse en la entrada, llevando a cabo inspecciones esporádicas. Al azar, llamaban a un hombre, o a una mujer, o a un niño, ordenando entonces a esta persona que se desnudara junto a la puerta. Si se le encontraba encima una patata o un trozo de pan, la víctima tenía que esperar detrás mientras los restantes iban a la Blech Platz para la llamada de la noche.

Cuando estaban todos reunidos, Roschmann bajaba por la calle seguido de los demás guardias SS y alrededor de una docena de condenados. Los hombres subían a la plataforma del patíbulo y esperaban, con la soga al cuello, a que se hubiera pasado lista a todo el mundo. Entonces Roschmann efectuaba la inspección, sonriendo a los rostros que tenía encima y arrancándoles la silla de debajo de los pies, uno a uno, de una patada. Le gustaba hacer esto situándose frente al condenado, de modo que el que iba a morir pudiera verlo. Alguna vez simulaba que iba a dar una patada a la silla, pero detenía el pie en el último momento. Lanzaba grandes carcajadas al ver como el hombre temblaba sobre la silla, al pensar que ya estaba columpiándose en el extremo de la cuerda, sólo para comprobar que la silla seguía allí.

Algunas veces los condenados rezaban, otras imploraban misericordia. A Roschmann le gustaba oír esto. Simulaba que era ligeramente sordo, aguzaba el oído y decía:

—¿Puede usted hablar un poco más alto? ¿Qué estaba diciendo?

Cuando de una patada apartaba la silla —en verdad, tenía mayor parecido a una caja de madera— se volvía hacia sus esbirros para decirles:

—¡Caramba!, necesito un aparato para el oído.

En pocos meses, Eduard Roschmann se convirtió en la encarnación del demonio para nosotros, los prisioneros. Tenía toda clase de ocurrencias diabólicas.

Cuando cogían a una mujer que había introducido alimentos en el campo de concentración, en primer término hacía que contemplara cómo ahorcaban a los hombres, especialmente si uno de ellos era su marido o su hermano. Entonces, Roschmann hacía que se arrodillara frente a los que quedábamos, agrupados a lo largo de tres lados de la plaza, mientras el barbero del campo le afeitaba la cabeza.

Después de pasar lista la llevaban al cementerio al otro lado de las alambradas, le hacían cavar una poco profunda sepultura, y luego arrodillarse junto a ésta mientras Roschmann o uno de los demás le disparaba un tiro de su Lüger en la base del cráneo. No se permitía que nadie presenciara estas ejecuciones, pero se supo a través de los guardias letones que Roschmann a menudo disparaba rozando una oreja de la mujer para que cayera dentro de la sepultura, conmocionada, y luego trepara de nuevo y se pusiera de rodillas en la misma posición. Otras veces disparaba con la pistola descargada, de modo que sólo se oía el ruido del gatillo cuando la mujer creía que iba a morir. Los letones eran unos brutos, pero Roschmann se las arreglaba para dejarlos atónitos...

En Riga había una muchacha que, a pesar de correr grandes riesgos, ayudaba a los prisioneros. Se llamaba Olli Adler, y creo que era de Munich. Su hermana Gerda ya había sido muerta en el cementerio por llevar alimentos al campo. Olli era una muchacha de gran belleza, y Roschmann se prendó de ella. La convirtió en su concubina —el tecnicismo oficial era doncella de servicio, porque estaban prohibidas las relaciones entre los hombres de las SS y las judías. Solía meter de matute medicinas en el gueto cuando le permitían visitarlo, medicinas que había robado en los almacenes SS. Esto, por supuesto, era castigado con la muerte. La última vez que la vi fue cuando abordábamos el barco en los muelles de Riga...

Al final de aquel primer invierno estaba seguro de no poder sobrevivir por mucho tiempo. El hambre, el frío, la humedad, el exceso de trabajo y las constantes brutalidades habían convertido mi otrora poderosa complexión en una masa de piel y huesos. Al mirarme en el espejo, veía cómo me miraba fijamente un viejo macilento y roñoso, con unos cercos rojizos alrededor de los ojos y hundidas mejillas. Acababa de cumplir treinta y cinco años y parecía tener el doble. Pero lo mismo les ocurría a todos los demás.

Había sido testigo de la marcha de decenas de millares hacia el bosque de las innumerables sepulturas, de la muerte de centenares a causa del frío y el exceso de trabajo, y de muchos ahorcados, muertos a balazos, apaleados y zurrados. Incluso después de haber sobrevivido cinco meses había sobrepujado el tiempo que me era concedido. La voluntad de vivir de la que empecé a dar muestras en el tren se había disipado, no dejando más que una rutina mecánica de ir viviendo, que tarde o temprano se rompería. Y luego, en marzo, ocurrió algo que me dio otro año de fuerza de voluntad.

Ahora, todavía, me acuerdo de la fecha. Era el 3 de marzo de 1942, el día del segundo convoy de Dunamunde. Aproximadamente un mes antes vimos por primera vez la llegada de un extraño carromato. Era más o menos del tamaño de un autobús de un solo piso, pintado de gris acerado y sin ventanas. Aparcó justo fuera de las puertas del gueto, y al pasar lista por la mañana Roschmann dijo que tenía algo que anunciarnos. Dijo que una nueva fábrica de conservas de pescado había empezado a trabajar en la ciudad de Dunamunde, situada sobre el río Duna, a unos 130 km de Riga. Aseguró que ofrecía poco trabajo, buena alimentación y aceptables condiciones de vida. Como que el trabajo era tan liviano, sólo se ofrecía la oportunidad a los viejos, las mujeres, los delicados, los enfermos y los niños pequeños.

Naturalmente, muchos estaban dispuestos a ir tratándose de una clase de trabajo tan llevadero. Roschmann inspeccionó las filas seleccionando a los que tenían que ir. Aquella vez, los viejos y los enfermos en lugar de ocultarse en las filas de atrás —de las que eran sacados a rastras mientras gritaban y protestaban para sumarlos a las expediciones forzosas que se dirigían hacia la colina de las ejecuciones—, parecían desear ser escogidos. Al cabo, fue seleccionado un centenar de ellos, y todos subieron al carromato. Las puertas fueron cerradas de un portazo, y los vigilantes comprobaron que estuviesen bien cerradas y ajustadas. El carromato se puso en marcha, sin que nosotros supiéramos nada más. Luego se supo algo, cuando el carromato estaba lejos. No existía fábrica de conservas en Dunamunde; el carromato era una cámara de gas. En la jerga del gueto, en lo sucesivo, la expresión «Convoy de Dunamunde» significó muerte por gas.

El 3 de marzo corrió la voz por el gueto de que habría otro convoy de Dunamunde y, en efecto, al pasar lista por la mañana Roschmann lo anunció. Pero nadie se apresuró a presentarse como voluntario, y así, sonriendo burlonamente, Roschmann se paseó por entre las filas, señalando a los que debían ir dándoles un golpe en el pecho con el látigo. Astutamente, empezó por la cuarta y última fila, donde esperaba encontrar a los débiles, los viejos y los incapaces para el trabajo.

Había una vieja que había previsto esto y se colocó en primera fila. Debía de tener unos sesenta y cinco años, pero haciendo un esfuerzo para seguir viviendo se había puesto unos zapatos de tacones altos, un par de medias de seda negra, una falda corta por encima de las rodillas y un sombrero coquetón. Se había maquillado las mejillas, empolvado la cara y pintado de carmín los labios. En realidad, podía haberse colocado con cualquier grupo de prisioneros del gueto, pero creyó que podía hacerse pasar por una joven.

Al llegar a su altura, Roschmann se detuvo, la miró y volvió a mirarla. Luego una alegre sonrisa iluminó su rostro.

—Bueno, ¡mirad lo que tenemos aquí! —exclamó, apuntando hacia ella con su látigo para llamar la atención de sus hombres que estaban en el centro de la plaza, custodiando al centenar de presos ya seleccionados—. ¿No le gustaría un pequeño paseo hasta Dunamunde, señorita?

Temblando de miedo, la vieja murmuró:

—No, señor.

—¿Y cuántos años tiene usted? —vociferó Roschmann mientras sus amigos SS se estaban riendo—. ¿Diecisiete, veinte?

Las secas rodillas de la vieja se pusieron a temblar.

—Sí, señor —murmuró.

—Es maravilloso —exclamó Roschmann—. Muy bien, me gustan las chicas bonitas. Venga aquí al centro para que todos podamos admirar su juventud y belleza.

Diciendo esto la cogió por el brazo y la empujó hacia el centro de la Blech Platz. Una vez allí, la mantuvo separada de la multitud, y dijo:

—Bueno, señorita, puesto que es usted joven y bonita, acaso le gustaría bailar para nosotros, ¿no?

La mujer estaba allí a pie firme, temblando bajo el viento hostil, estremecida de miedo. Murmuró algo que no pudimos oír.

—¿Qué ocurre? —baladró Roschmann—. ¿No puede usted bailar? ¡Oh!, estoy seguro de que una muchacha bonita como usted sabe bailar, ¿no es verdad?

Sus hombres de las SS alemanes se reían a reventar. Los letones no comprendían nada, pero también se reían. La vieja movía la cabeza. Desapareció la sonrisa del rostro de Roschmann.

—¡Baila! —gruñó.

La mujer hizo unos torpes movimientos, luego se detuvo. Roschmann sacó su Lüger, la cargó y disparó contra la arena, junto a los pies de la vieja, que dio un salto en el aire, asustada.

—¡Baila... baila... baila para nosotros, odiosa perra judía! —vociferó, disparando una bala contra la arena bajo los pies de la mujer cada vez que exclamaba «¡Baila!»

Colocando un peine de balas tras otro hasta agotar los tres que tenía en la bolsa, la hizo bailar durante media hora, saltando cada vez más alto, mientras se levantaban sus faldas al hacerlo. Por fin se cayó sobre la arena incapaz de levantarse, ni viva ni muerta. Roschmann disparó sus tres últimos tiros contra la arena, rozando su cara, yéndole la arena a los ojos. Entre el estampido de cada disparo nos llegaba el angustioso jadeo de la vieja, que podía oírse por toda la plaza.

Cuando no le quedaron más municiones, el capitán volvió a gritar que bailara, y hundió su bota, grande y pesada, en el vientre de la mujer. Todo aquello sucedía entre el más completo silencio en nuestras filas, hasta que el hombre que estaba a mi lado se puso a rezar. Era un *hassid*, pequeño y barbudo, que todavía llevaba andrajos de su larga y negra levita; a pesar del frío que obligaba a la mayor parte de nosotros a llevar orejeras sobre los gorros, él llevaba el sombrero de alas anchas característico de su secta. Se puso a recitar el *Shema*, una y otra vez, con voz trémula que progresivamente se hacía más potente. Sabiendo que Roschmann estaba de su peor talante, también me puse a suplicar, silenciosamente, que el *hassid* se callara. Pero no quería.

—Escucha, oh Israel...

—¡Cállate! —murmuré.

—*Adonai elohenu*... El Señor es nuestro Dios...

—¡Cállate! Por tu culpa nos matarán a todos.

—El Señor es Uno... *Adonai Eha-a-ad.*

Como un cantante, arrastraba la última sílaba al modo tradicional, como hiciera Rabbi Akiva cuando murió en el anfiteatro de Cesarea por orden de Tinius Rufus. Fue precisamente en aquel instante cuando Roschmann dejó de chillar a la vieja. Enderezó la cabeza como un animal al husmear el viento y se volvió hacia nosotros. Como que mi cabeza sobrepasaba la del *hassid*, me miró a mí.

—¿Quién está hablando? —chilló, viniendo hacia mí a través de la arena—. Tú... sal de las filas.

No cabía duda de que me estaba señalando. Pensé: Esto es el fin. ¿Y qué importa? No importa, tenía que ocurrir, ahora o en cualquier otro momento. Me adelanté en el preciso instante en que él llegaba frente a mí.

No dijo nada, pero su cara estaba crispada como la de un maníaco. Luego se relajó y mostró su tranquila y lupina sonrisa que aterrorizaba a todo el mundo en el gueto, incluso a los letones de las SS.

Su mano se movió con tanta rapidez que no dio tiempo a que nadie lo viera. Sólo sentí un fuerte golpe en la parte izquierda de mi cara, simultáneamente con una tremenda detonación, como si hubiese estallado una bomba junto a mis tímpanos. Luego, el sentimiento completamente claro pero distinto de mi propia piel, cuarteada como un percal podrido, de la sien a la boca. Incluso antes de que empezara a sangrar, la mano de Roschmann volvió a moverse, esta vez por el otro lado, y su látigo rasgó mi otra mejilla con la misma fuerte detonación en los oídos y la sensación de que algo se rasgaba. Era un látigo muy largo, con una funda de acero inserta en su empuñadura, y el resto consistía en una correa de cuero doblada, sin nervio, y cuando corría sobre la piel humana, diagonal y perpendicularmente al mismo tiempo, el trenzado podía hendir como si de papel se tratara. Yo había podido comprobar sus efectos anteriormente.

En cuestión de segundos sentí el borboteo de la sangre caliente que empezaba a manar sobre mi chaqueta, chorreando de mi barba en forma de dos pequeñas fuentes rojas. Roschmann se apartó de mí, luego volvió, y, señalando a la vieja que todavía estaba sollozando en mitad de la plaza, gritó:

—Recoge esta vieja bruja y llévala al carromato.

Y así, pocos minutos antes de la llegada de otro centenar de víctimas, recogí la vieja y la llevé por la calle de la Pequeña Colina abajo, hasta la puerta donde esperaba el carromato, derramando sobre ella la sangre que caía por mi barba. La senté en el suelo, en la parte trasera del carromato y me disponía a dejarla allí. En aquel momento se agarró a mi muñeca con sus dedos mustios, pero con una fuerza de la que no la hubiera creído capaz. Me atrajo hacia ella, de cuclillas en el suelo del carromato de la muerte, y con un pañuelito de batista, que debía proceder de días mejores, contuvo en parte la hemorragia de mi cara.

Me miró con un rostro surcado por el maquillaje,

colorete, lágrimas y arena, pero con unos ojos negros que brillaban como estrellas.

—Judío, hijo mío —siseó—, tienes que vivir. Júrame que vivirás. Júrame que saldrás vivo de este lugar. Tienes que vivir, para poder decir a todos, a los de fuera en el otro mundo, lo que ha sufrido aquí nuestro pueblo. Promételo, júralo por Sefer Torah.

Y así juré que viviría, de cualquier modo, sin importar a qué precio. Entonces me dejó marchar. Fui tropezando por el camino hasta el gueto, y a mitad del trayecto me desmayé...

Poco después de haber vuelto al trabajo tomé dos resoluciones. Una era llevar un Diario secreto, tatuando por la noche palabras y fechas con un alfiler y tinta negra en la piel de mis pies y piernas, de modo que algún día pudiera transcribir todo lo que había ocurrido en Riga, y poder dar pruebas exactas contra los responsables.

La segunda resolución fue convertirme en *Kapo*, miembro de la policía judía.

El propósito era difícil, porque aquellos hombres reunían en manadas a los judíos para ir al trabajo y regresar, y a menudo conducirlos al lugar de las ejecuciones. Además, llevaban un mango de pico y, en ocasiones, cuando estaban bajo la mirada de un oficial SS alemán, usaban de él generosamente para pegar a sus camaradas judíos y así obligarlos a trabajar más. No obstante, el día primero de abril de 1942, fui al jefe de los *Kapos* y me presenté como voluntario, convirtiéndome de este modo en un proscrito de la compañía de mis camaradas judíos. Siempre había espacio para un *Kapo* más, porque a pesar de las mejores raciones, de las condiciones de vida y estar exento del trabajo de esclavo, pocos consentían en ser *Kapos*...

Aquí debiera describir el método de las ejecuciones de los no aptos para el trabajo, porque de este modo fueron exterminados entre 70.000 y 80.000 judíos bajo las órdenes de Eduard Roschmann en Riga. Cuando llegaba a la estación el tren de ganado con un nuevo cargamento de prisioneros, por lo general unos cinco mil de ellos hombres fuertes, habían muerto ya cerca de un millar durante el viaje. Sólo ocasionalmente los muertos no eran más que unos centenares, desperdigados entre cincuenta vagones.

Cuando los recién llegados estaban alineados en la Blech Platz, se efectuaban las selecciones para el exterminio, no sólo entre los nuevos, sino también entre todos nosotros. Se efectuaba el recuento por la mañana y por la noche. Entre los recién llegados, los débiles y los delicados, los viejos o los enfermos, la mayoría de las mujeres y casi todos los niños, eran separados como incapaces para el trabajo. Eran situados a un lado. Entonces, los que quedaban eran contados. Si totalizaban 2.000, en tal caso 2.000 entre los actuales inquilinos eran separados, de modo que llegaban 5.000 y 5.000 eran llevados al collado de las ejecuciones. De esta forma nunca se producían amontonamientos. Un hombre podía sobrevivir a seis meses de trabajo de esclavo, raras veces más, y entonces, cuando su salud estaba arruinada, el látigo de Roschmann un día daba un golpecito al pecho del condenado, que iba a engrosar las filas de los muertos...

Al principio, las víctimas marchaban en columna hacia un bosque en las afueras de la ciudad. Los letones lo llamaban el bosque de Bickernicker, y los alemanes volvieron a bautizarlo como Hochwald o Alto Bosque. Allí, en claros entre los pinos, los judíos de Riga antes de morir habían cavado enormes fosas que esperaban abiertas. En aquel lugar, los guardas SS letones, bajo la mirada y las órdenes de Eduard Roschmann, los empujaban hasta que se caían dentro de las fosas. Entonces, los judíos de Riga que quedaban las terraplenaban con tierra suficiente para cubrir los cuerpos, añadiendo, a los que estaban abajo, una nueva capa de cadáveres hasta que la fosa quedaba llena. Entonces se reanudaba la operación en otra fosa.

Desde el gueto podíamos oír el ruido de las ametralladoras al liquidar una nueva carga, y espiábamos cómo Roschmann volvía de la montaña, y entraba por las puertas del gueto cuando todo había terminado...

Cuando me convertí en un *Kapo*, cesaron mis contactos sociales con los demás internados. No tenía objeto explicar por qué lo había hecho, pues un *Kapo* más o menos no alteraba nada, ya que no incrementaba el número de muertos; pero en aquel único superviviente podría residir toda la diferencia, no para salvar a los judíos de Alemania, sino para vengarlos. Éste era, al menos, el argumento que me repetía a mí mismo, pero ¿era aquélla la verdadera razón? ¿O tenía miedo de morir? Como fuera, pronto el miedo dejó de ser un factor, porque en agosto de aquel año ocurrió algo que hizo que mi alma muriera en el interior de mi cuerpo, dejando sólo la fuerza necesaria para sobrevivir...

En julio de 1942 llegó un nuevo transporte de judíos austriacos procedente de Viena. En apariencia, estaban marcados sin excepción para «tratamiento especial», porque el cargamento entero no llegó al gueto. No los vimos, porque marcharon todos desde la estación al Alto Bosque y fueron ametrallados. Entrada la noche, bajaron de la colina cuatro camiones repletos de efectos personales, que trajeron a la Blech Platz para ser clasificados. Constituían un montón alto como una casa, hasta que fueron distribuidos en pilas de zapatos, calcetines, ropa interior, pantalones, vestidos, brochas de afeitar, gafas, dentaduras postizas, anillos de novios, anillos corrientes, gorras, etc, etc.

Por supuesto, éste era el procedimiento habitual. Todos los muertos en la colina de las ejecuciones eran despojados en la tumba y los efectos eran luego bajados a la plaza. Allí eran clasificados para ser enviados al Reich. Roschmann, personalmente, se hacía cargo del oro, la plata y las joyas...

En agosto de 1942 llegó otro transporte procedente de Theresienstadt, un campo en Bohemia donde estaban detenidos decenas de millares de judíos alemanes y austriacos antes de ser enviados al Este para ser exterminados. Estaba yo de pie a un lado de la Blech Platz mirando cómo Roschmann efectuaba sus clasificaciones. Las nuevas víctimas estaban ya afeitadas al cero, lo que habían hecho en su anterior campo, y no era fácil distinguir los hombres de las mujeres, a no ser por los vestidos de las mujeres. Una mujer, al otro lado de la plaza, llamó mi atención. Había algo en su aspecto, en su semblante, que despertó no sé qué en mi cerebro, a pesar de que la mujer estaba extenuada, en extremo delgada y tosía sin cesar.

Al llegar frente a ella, Roschmann la golpeó ligeramente en el pecho y siguió su camino. Los letones que lo seguían enseguida la cogieron por los brazos y la sacaron de la formación para que fuera a juntarse con los demás en el centro de la plaza. Había muchos, procedentes de aquel transporte, que no eran aptos para el trabajo y la lista de las selecciones era larga. Esto significaba que algunos de nosotros seríamos seleccionados para alcanzar la cifra deseada, aunque para mí el problema no era personal. Siendo *Kapo*, llevaba un brazal y un garrote; las raciones alimenticias extras habían aumentado un poco mi fuerza física. Aunque Roschmann había visto mi cara, no parecía acordarse. Había azotado a tantos en la cara, que una más o menos no conseguía llamar su atención.

La mayoría de los seleccionados en aquella tarde de verano estaban formados en columna y marchaban hacia las puertas del gueto bajo la vigilancia de los *Kapos*. Allí, los letones se hicieron cargo de la columna, para los cuatro últimos kilómetros hasta el Hochwald y la muerte.

Pero como también había un carromato con gas esperando junto a las puertas, un grupo de cerca de un centenar entre los más débiles de los seleccionados fue separado del gentío. Yo me disponía a escoltar a los demás hombres y mujeres seleccionados hasta las puertas, cuando el teniente Krause de las SS, señalando a cuatro o cinco *Kapos*, gritó:

—¡Eh, vosotros!, llevaos a éstos al convoy de Dunamunde.

Después de haberse marchado los demás, nosotros cinco escoltamos al último centenar, que cojeaban, se arrastraban o tosían, hasta las puertas donde esperaba el carromato. La mujer descarnada estaba entre ellos, con el pecho hundido por la tuberculosis. Sabía cuál sería su destino, todos lo sabían; con resignada obediencia, iba pegada a la parte trasera del carromato. Estaba demasiado débil para poder subir, la tabla estaba a demasiada altura del suelo, y se volvió hacia mí para que la ayudara. De pie, nos miramos uno a otro con aturdido asombro.

Oí que alguien se acercaba, a mis espaldas, y los otros dos *Kapos* que estaban allí redoblaron su atención, quitándose sus gorros con una mano. Comprendiendo que debía tratarse de un oficial SS, hice lo mismo. La mujer me miraba fijamente, sin parpadear. El hombre que estaba detrás de mí avanzó. Era el capitán

Roschmann. Hizo seña a los otros dos *Kapos* para que siguieran su trabajo, y me clavó la vista con aquellos ojos suyos, azul pálido. Creí que aquello sólo podía significar que aquella noche me iban a zurrar por haber sido lento en quitarme el gorro.

—¿Cómo te llamas? —preguntó suavemente.

—Tauber, herr capitán —contesté, todavía absorta mi atención.

—Bueno, Tauber, parece que eres un poco lento. ¿No crees que tendremos que espabilarte un poco esta noche?

No había nada que responder. Había hecho su frase. Los mezquinos ojos de Roschmann flameaban en dirección a la mujer como si sospechara algo, luego su sonrisa, flemática y lupina, llenó su cara.

—¿Conoces a esta mujer? —preguntó.

—Sí, herr capitán —repuse.

—¿Quién es? —preguntó.

No repliqué. Mis labios estaban como pegados con cola.

—¿Es tu mujer? —insistió.

Asentí con la cabeza. Su sonrisa se hizo más ancha.

—Bueno, mi querido Tauber, ¿dónde están tus modales? Ayuda a la señora a subir al carromato.

Yo seguía allí, firme, incapaz de moverme. Su cara se acercó a la mía, y murmuró:

—Tienes diez segundos para meterla dentro. De lo contrario, irás tú también.

Despacio, alargué mis brazos y Ester se apoyó en ellos. Así ayudada trepó al carromato. Los otros dos *Kapos* estaban esperando cerrar las puertas de un portazo. Cuando ella hubo subido me miró, le brotaron dos lágrimas que corrieron por sus mejillas. No me dijo nada, nunca más volvimos a hablarnos. Luego cerraron las puertas de golpe y el carromato se alejó. Lo último que vi fueron sus ojos, mirándome.

He pasado veinte años intentando comprender aquella mirada en sus ojos. ¿Era amor u odio, desprecio o piedad, aturdimiento o comprensión? Nunca lo sabré.

Cuando el carromato había desaparecido Roschmann se volvió hacia mí, todavía sonriendo.

—Seguirás viviendo, hasta que se nos antoje acabar contigo —dijo—, pero desde ahora estás muerto.

Y tenía razón. Aquél fue el día en que murió mi alma. Era el 29 de agosto de 1942.

A partir de entonces me convertí en un robot. Nada me importaba ya. No tenía sensación alguna ni de frío ni de dolor, ni de ninguna clase. Veía las brutalidades de Roschmann y de sus acólitos SS sin pestañear. Estaba habituado, endurecido, para todo lo concerniente al espíritu humano y a la mayor parte de lo relativo al cuerpo. Me limitaba a tomar nota de todo, del más ínfimo detalle, almacenándolo en la mente o grabando las fechas en la piel de mis piernas. Llegaban los transportes, se organizaban las marchas a la colina de las ejecuciones o a los carromatos, morían o eran enterrados. A veces les miraba a los ojos cuando se iban, marchando a su lado hasta las puertas del gueto con mi brazal y la porra. Me acordaba de un poema que leí una vez, de un poeta inglés, en el que describe cómo un viejo marinero, condenado a vivir, miraba a sus compañeros de tripulación, los miraba a los ojos, cuando morían de sed, y leía en ellos la maldición. Pero para mí no había maldición, porque yo estaba inmune incluso del sentimiento de culpa. Éste vendría años después. En aquellos momentos yo era como un cadáver todavía ambulante.

Peter Miller leyó hasta muy tarde aquella noche. El efecto que le producía la narración de aquellas atrocidades era, a la vez, monótono e hipnótico. Repetidas veces se recostó en su butaca y respiró profundamente duran-

te unos minutos para recuperar la calma. Luego siguió leyendo.

Cerca de medianoche, dejó el libro a un lado e hizo más café. Fue a la ventana antes de abrir las cortinas, y miró por ella. Calle abajo, las brillantes luces de neón del Café Cherie brillaban a través del Steindamm, y vio a una de las muchachas que frecuentaban la casa para aumentar sus ingresos, salir del brazo de un hombre de negocios. Desaparecieron en una pensión un poco más allá.

Miller cerró las cortinas, acabó su café y volvió al Diario de Salomon Tauber.

En el otoño de 1943 llegó de Berlín la orden de sacar de las fosas comunes de Hochwald las decenas de miles de cadáveres y destruirlos por completo con fuego o con cal. El trabajo no era tan fácil como aparentaba, con el invierno que se nos venía encima y el suelo, que pronto estaría helado. Aquello puso a Roschmann de muy mal humor durante días, pero los detalles administrativos necesarios para cumplimentar las órdenes lo mantuvieron lo bastante ocupado para que permaneciera alejado de nosotros.

Día tras día veíamos marchar colina arriba, hacia el bosque, a las recién formadas patrullas de trabajo con sus picos y palas, y día tras día subían por encima del bosque las columnas de humo negro. Como combustible usaban los pinos del bosque, pero los cuerpos en avanzado estado de descomposición no ardían fácilmente, y así el trabajo iba despacio. Eventualmente, fustigaban la cal, cubrían con ella cada capa de cadáveres y, en la primavera de 1944, cuando se ablandó el suelo, llenaron los huecos con cadáveres[1].

---

1. Este procedimiento quemaba los cadáveres, pero no destruía los huesos. Más adelante, los rusos descubrieron aquellos 80.000 esqueletos.

Los pelotones que hicieron aquel trabajo no procedían del gueto. Estaban totalmente aislados de cualquier otro contacto humano. Eran judíos, pero estaban encarcelados en uno de los peores campos de la región, Salas Pils, donde más tarde fueron exterminados no dándoles absolutamente nada de comer hasta que murieron de inanición, a pesar del canibalismo a que algunos recurrieron...

Cuando el trabajo estuvo más o menos terminado, en la primavera de 1944, el gueto fue por fin liquidado. La mayoría de sus 30.000 habitantes fueron llevados al bosque para ser las últimas víctimas que los pinos iban a recibir. Alrededor de 5.000 de nosotros fuimos transferidos al campo de Kaiserwald, cuando a nuestras espaldas el gueto era incendiado y venteadas las cenizas. De lo que había sido aquello, no quedaba más que un centenar de acres cubiertos de cenizas[1].

Las veinte páginas que siguen del Diario mecanografiado de Tauber describen la lucha para sobrevivir en el campo de concentración de Kaiserwald contra el

---

1. La ofensiva rusa de la primavera de 1944 llevó la ola de la guerra tan lejos hacia el Oeste que las tropas soviéticas empujaron por el sur de los Estados bálticos y a través del mar Báltico a poniente de ellos. Esta operación separó del Reich a la totalidad de aquellas tierras, y trajo como consecuencia una viva pelea entre Hitler y sus generales. Éstos lo habían anunciado y habían rogado a Hitler que retirara las cuarenta y cinco Divisiones que estaban dentro del enclave. Hitler se negó, repitiendo su grito de papagayo «Victoria o Muerte». Los 500.000 soldados que mantuvo en aquel enclave encontraron la muerte. Privados de abastecimientos, lucharon con escasez de municiones para retrasar la muerte cierta, y ocasionalmente algunos se rindieron. En su mayoría, hechos prisioneros y conducidos a Rusia en el invierno 1944-1945, unos pocos volvieron a Alemania diez años después.

asalto combinado de la inanición, el exceso de trabajo y la brutalidad de los guardianes del campo. Durante aquel tiempo, el capitán SS Eduard Roschmann no dio señales de vida. Pero al parecer, todavía estaba en Riga.

Tauber describió cómo en los primeros días de octubre del año 1944 los SS, llenos de pánico al pensar que podían ser apresados vivos por los vengativos rusos, preparaban una evacuación desesperada de Riga por mar, llevándose con ellos un puñado de los últimos prisioneros sobrevivientes como su salvoconducto de retorno al Reich occidental.

En la tarde del once de octubre llegamos, entonces escasamente 4.000 hombres fuertes, a la ciudad de Riga, y la columna bajó directamente a los muelles. A lo lejos, oímos una extraña explosión de obús, como un trueno en la línea del horizonte. Por un momento nos confundió, porque no habíamos oído nunca el sonido de las bombas. Luego aquel ruido se infiltró en nuestras mentes, aturdidas por el hambre y el frío: había morteros rusos emplazados en los suburbios de Riga.

Cuando llegamos a la zona portuaria la encontramos atestada de oficiales y hombres de las SS. No había visto tantos en un lugar y al mismo tiempo. Es seguro que, antes de nuestra llegada, su número había sido aún mayor. Estábamos alineados contra uno de los almacenes, y de nuevo muchos de los nuestros creyeron que íbamos a morir allí, bajo las ametralladoras. Pero no fue así.

En apariencia, los SS se disponían a servirse de nosotros, el último residuo de los centenares de miles de judíos que habían pasado por Riga, como su coartada para escapar del avance ruso, para abrirles el paso hacia el Reich. La ocasión para el viaje la proporcionó el *Quay Six*, un buque de carga que estaba atracado en el muelle, el último que salió del cercado enclave. Mientras esperábamos, empezó la carga de algunos de los centenares de soldados alemanes heridos, que yacían en camillas en dos de los almacenes a lo largo del muelle...

Estaba casi oscuro cuando llegó el capitán Roschmann, y se paró en seco al ver que estaban cargando el barco. Al darse cuenta de que llevaban al barco los soldados alemanes heridos, dio media vuelta y gritó a los camilleros:

—Deteneos.

Se dirigió a grandes trancadas hacia ellos, muelle adelante, y dio un bofetón a uno de los sanitarios. Dirigiéndose a nosotros, los prisioneros, rugió:

—¡Eh, vosotros, escoria! Subid al barco y sacad a estos hombres. Traedlos aquí abajo. Este buque es nuestro.

Bajo la amenaza de los fusiles de los SS que habían bajado con nosotros, empezamos a movernos hacia las barandillas. Otros centenares de SS, que hasta entonces se habían mantenido a la expectativa observando la operación de carga, se adelantaron y siguieron a los prisioneros hacia el buque. Al llegar a cubierta, empezamos a coger las camillas y a volver a llevarlas al muelle. Pero, en plena operación, otro grito nos detuvo.

Cuando había llegado al pie de la pasarela y estaba a punto de subir, oí el grito y me volví para ver lo que ocurría.

Un capitán del ejército corría muelle abajo y se detuvo muy cerca de mí, junto a la pasarela. Mirando a los hombres que estaban encima, llevando camillas que se disponían a descargar, el capitán gritó:

—¿Quién ha ordenado desembarcar a estos hombres?

Roschmann fue hacia él y dijo:

—Yo. Este barco es nuestro.

El capitán giró en redondo. Buscó en su bolsillo y sacó un papel.

—Han enviado este barco a recoger a los soldados heridos —dijo—. Y se llevará a los soldados heridos.

Se volvió hacia los sanitarios del ejército y les gritó que reanudaran el embarque. Miré a Roschmann. Estaba temblando, creo que de ira. Entonces vi que estaba asustado. Le aterrorizaba pensar que lo dejaran frente a los rusos. Al revés de nosotros, ellos estaban armados. Se puso a chillar a los sanitarios:

—Dejadlos solos, he pedido este buque en nombre del Reich.

Los sanitarios hicieron caso omiso de él y obedecieron al capitán de la Wehrmacht. Vi su cara, estaba sólo a dos metros lejos de mí. El agotamiento lo había encanecido, y bajo sus ojos tenía negras ojeras. Se veían surcos a cada lado de la nariz y llevaba semanas sin afeitar. Viendo que el embarque volvía a empezar, se alejó de Roschmann para vigilar a sus sanitarios. Entre las apreturas de las camillas sobre la nieve del muelle oí una voz que decía en el dialecto hamburgués:

—¡Bravo, capitán! Explícaselo a este cerdo.

Como que estaba junto a Roschmann, el oficial SS le asió el brazo, le hizo tambalear y lo abofeteó con su mano enguantada. Miles de veces le había visto abofetear a hombres, pero nunca con el mismo resultado. El capitán encajó el golpe, meneó la cabeza, cerró los puños y asestó un tremendo directo a la mandíbula de Roschmann. Éste se tambaleó y cayó de espaldas sobre la nieve, escurriéndosele de la boca un pequeño reguero de sangre. El capitán siguió su camino al encuentro de sus sanitarios.

Mientras yo miraba, Roschmann sacó de su pistolera la Lüger de oficial SS, apuntó cuidadosamente y disparó entre los hombros del capitán. Todo se detuvo ante el estallido de la pistola. El capitán del ejército vaciló y se volvió. Roschmann disparó de nuevo, y la bala alcanzó al capitán en la garganta. Se cayó para atrás y había muerto antes de dar contra las piedras del muelle. Algo que llevaba alrededor de su cuello voló lejos, cuando le hirió la bala, y cuando llegué allí, después de haberme sido ordenado que me llevara el cuerpo y lo echara al dique, vi que el objeto era una medalla sobre un galón. No supe el nombre del capitán, pero la medalla era la Cruz de Caballero con Hojas de Roble...

Miller leyó esta página del Diario con creciente asombro, yendo gradualmente de la desconfianza a la duda, a la confianza de nuevo, y finalmente a una profunda ira. Leyó la página una docena de veces para estar seguro de que no había duda, luego volvió a la lectura del Diario.

Después de esto nos ordenaron que empezáramos a bajar a los heridos de la Wehrmacht y que los dejáramos sobre la nieve que se amontonaba en el muelle. Ayudé a un joven soldado a descender por la pasarela hasta el muelle. Se había quedado ciego y le cubría los ojos una sucia venda hecha de un pedazo de camisa. Estaba medio delirando y llamaba a su madre. Supuse que tendría unos dieciocho años.

Al fin todos fueron sacados fuera, y a nosotros, los prisioneros, se nos ordenó que subiéramos a bordo. Nos hicieron bajar a dos bodegas, la de proa y la de popa, hasta que estuvimos tan prietos que apenas nos podíamos mover. Luego fueron cerradas las escotillas y los SS empezaron a subir a bordo. Zarpamos poco antes de medianoche, siendo evidente que el capitán deseaba salir del golfo de Letonia antes del alba para evitar ser localizado y bombardeado por los «Stormoviks» rusos que patrullaban por allí.

Tardamos tres días en llegar a Danzig, situado muy por detrás de las líneas alemanas. Fueron tres días de ajetreo y dando cabezadas en un infierno bajo cubierta, durante los cuales murió la cuarta parte de los 4.000 prisioneros. No había alimentos que vomitar y, sin embargo, todo el mundo sufría de mareo. Muchos murieron agotados por los vómitos, otros de hambre o de frío, otros de asfixia, otros porque, sencillamente, habían perdido la voluntad de vivir, se tumbaban para rendirse a la Muerte. Y, por último, el barco atracó de nuevo, se abrieron las escotillas y ráfagas de viento helado llegaron hasta las fétidas y hediondas bodegas.

Cuando bajamos al muelle de Danzig, los cadáveres fueron colocados en hileras junto a los vivos, de modo que el total cuadrara con los que habían subido a bordo en Riga. Los SS eran siempre muy escrupulosos con los números.

Más tarde supimos que Riga había caído en manos de los rusos el 14 de octubre, cuando todavía estábamos navegando.

La dolorosa odisea de Tauber estaba llegando a su fin. Desde Danzig, los sobrevivientes fueron llevados en barcazas al campo de concentración de Stutthof, en las afueras de Danzig. Hasta las primeras semanas de 1945 trabajó todos los días en las obras submarinas de Burggraben durante el día y vivía en el campo de concentración por la noche. Otros miles murieron en Stutthof de desnutrición. Vio cómo los demás morían, pero él de algún modo, siguió viviendo.

En enero de 1945, al acercarse los rusos en su avance a Danzig, los sobrevivientes del campo de Stutthof fueron llevados hacia el Oeste, en la tristemente célebre «Marcha de la Muerte» sobre la nieve invernal hacia Berlín. A través de toda Alemania oriental aquellas columnas de ánimas en pena, que los guardias SS utiliza-

rían como boleto de salvación en manos occidentales, eran conducidos como un rebaño hacia el Oeste. A lo largo de los caminos, con nieve y hielo, morían como moscas.

Tauber incluso sobrevivió a esto, y al fin el resto de su columna llegó a Magdeburgo, al oeste de Berlín, donde al fin los SS los abandonaron y buscaron su propia salvación. El grupo de Tauber fue alojado en la cárcel de Magdeburgo, a cargo de los aturdidos y desvalidos viejos de la Guardia local. No pudiendo alimentar a sus prisioneros, aterrados por lo que dirían al verlos los aliados, que estaban avanzando, los guardias locales permitieron a los más capaces ir a procurarse alimentos en los campos cercanos.

La última vez que vi a Eduard Roschmann fue cuando nos estaban contando en el muelle de Danzig. Bien abrigado contra el frío invernal, subía a un coche. Pensé que sería la última vez que lo iba a tener ante mis ojos, pero aún debería verlo en una nueva ocasión. Era el 3 de abril de 1945.

Aquel día había estado fuera, por el lado de Gardelegen, un pueblo situado al oeste de la ciudad, y, junto con tres compañeros, había reunido un pequeño saco de patatas. Estábamos de regreso, llevando penosamente nuestro botín, cuando un coche pasó junto a nosotros en dirección Oeste. Se detuvo para agenciarse un caballo y un carro en el camino, y miré cuando pasaba el coche, sin particular interés. En el interior viajaban cuatro oficiales SS, evidentemente escapándose hacia el Oeste. Sentado al lado del conductor, que llevaba en su guerrera los galones de cabo del ejército, estaba Eduard Roschmann.

No me vio, porque mi cabeza iba cubierta por una capucha confeccionada a base de un viejo saco de patatas, que me protegía del frío viento primaveral. Pero yo sí lo vi. Era él, sin duda.

Los cuatro hombres que viajaban en el coche se estaban cambiando de uniforme conforme se acercaba más el vehículo al Oeste. Cuando desaparecieron carretera abajo, una prenda de vestir fue echada por la ventana y cayó al polvo del camino. Pocos minutos después llegamos al lugar donde había caído y nos detuvimos para examinarla. Era la chaqueta de un oficial SS, con las dos eses en forma de rayos plateados de las Waffen-SS y el rango de capitán. El Roschmann de las SS había desaparecido.

Veinticuatro días después de esto llegó la liberación. Ya no salíamos para nada y preferimos quedarnos hambrientos en la cárcel a aventurarnos por las calles, donde reinaba la más completa anarquía. Luego, en la mañana del 27 de abril, todo estaba tranquilo en la ciudad. Hacia la mitad de la mañana estaba yo en el patio de la cárcel hablando con uno de los viejos guardias, que parecía aterrado y se pasó una hora explicando que él y sus colegas no tenían nada que ver con Adolf Hitler y, desde luego, nada que ver con la persecución de los judíos.

Oí el ruido de un vehículo, al otro lado de las puertas cerradas, a las que estaban golpeando. El viejo guardia fue a abrir. El hombre que entró, prudentemente, revólver en mano, era un militar, vestido con traje de campaña, a quien yo no había visto antes.

Evidentemente, era un oficial, porque iba acompañado por un soldado con un casco liso y rifle. Se mantuvieron firmes, en silencio, observando bien todo el patio de la cárcel. En un rincón estaban hacinados cerca de cincuenta cadáveres, los que habían muerto en las últimas dos semanas y a los que nadie había tenido fuerza suficiente para enterrar. Otros, medio muertos y llenos de llagas purulentas, estaban echados a lo largo de las paredes, intentando absorber un poco de sol primaveral.

Los dos hombres se miraron uno a otro, y luego al viejo guardia de setenta años. Éste reflexionó, desconcertado. Luego dijo algo que debió de haber aprendido en la Primera Guerra Mundial:

—*Hello, Tommy.*

El oficial le devolvió la mirada, echó un vistazo al patio, y dijo muy claramente en inglés:

—Maldito cerdo teutón.

Yo, de repente, me puse a llorar.

En realidad no sé cómo volví a Hamburgo, pero volví. Creo que deseaba ver si quedaba algo de los viejos tiempos. No quedaba nada. Las calles donde nací y crecí habían desaparecido bajo el gran vendaval de fuego de los raids de los bombarderos aliados. No quedaba nada del despacho donde había trabajado, de mi apartamento, nada.

Los ingleses me instalaron en el hospital de Magdeburgo por un tiempo, pero me marché voluntariamente y me escapé a casa. Pero cuando llegué allí y vi que no había quedado nada, al fin me hundí por completo. Pasé un año hospitalizado como paciente, en compañía de otros que habían venido de un lugar llamado Bergen-Belsen, y luego otro año trabajando en el hospital como asistente, cuidando de los que estaban peor de lo que yo había estado.

Cuando salí de allí encontré una habitación en Hamburgo, el lugar de mi nacimiento, para pasar el resto de mis días.

El libro se terminaba con dos páginas más, escritas en hojas de papel limpio y blanco, con toda evidencia recientemente mecanografiadas, que constituían el epílogo.

He vivido en este pequeño apartamento, en Altona, desde 1947. Poco después de haber salido del hospital empecé a escribir la historia de lo que nos ocurrió, a mí y a los demás, en Riga.

Pero, mucho antes de haberla terminado, vi perfectamente claro que otros también habían sobrevivido, otros mejor informados y más capaces que yo de atestiguar sobre lo ocurrido. Ahora se han publicado centenares de libros describiendo el holocausto, y, por tanto, nadie se interesaría por el mío. Nunca se lo he dejado leer a nadie.

Mirando hacia atrás, pensé que todo aquello había sido una pérdida de tiempo y de energía, la batalla para sobrevivir y ser capaz de escribir eran la evidencia misma, cuando otros ya lo habían hecho mucho mejor. Ahora desearía haber muerto en Riga con Ester.

Incluso el último deseo, ver a Eduard Roschmann ante un tribunal, y declarar lo que hizo aquel hombre, nunca podrá realizarse. Ahora lo sé.

Alguna vez me paseo por las calles y me acuerdo de los viejos días aquí, pero nunca volverá a ser lo mismo. Los chicos se ríen de mí y se alejan de mi lado cuando intento hacer amistad con ellos. Una vez conseguí hablar con una chiquilla que no había huido ante mí, pero vino su madre, gritando, y se la llevó. Así, no hablo con nadie.

Una vez vino a verme una mujer. Dijo que venía de parte de la Oficina de Reparaciones y que yo tenía derecho a recibir un subsidio. Le dije que no necesitaba dinero. Insistió mucho, diciendo que tenía derecho a ser recompensado por lo que había ocurrido. Me mantuve en mi negativa. Enviaron otra persona a verme, y rechacé de nuevo. Dijo que era irregular rehusar ser recompensado. Me di cuenta de que aquello causaría un trastorno en sus libros. Pero yo sólo acepto que me den lo que es mío.

Cuando estaba en el hospital inglés, uno de los doctores me preguntó por qué no emigraba a Israel, que pronto tendría la independencia. ¿Cómo explicárselo? No podía decirle que no iré nunca a la Tierra, que no iría después de lo que hice con Ester, mi esposa. Pienso en ello a menudo y en lo mejor que podría hacer, pero no soy digno de ir.

Pero si algún día estas páginas fueran leídas en la tierra de Israel, que no veré nunca, ¿alguien, allí, tendrá la bondad de decir *khaddish* por mí?

SALOMON TAUBER,
Altona, Hamburgo,
21 de noviembre de 1963.

Peter Miller dejó el Diario y se recostó en la butaca durante largo tiempo, mirando al techo y fumando. Poco antes de las cinco de la mañana oyó que abrían la puerta del apartamento: era Sigi que regresaba del trabajo. Se sorprendió al encontrarlo todavía levantado.

—¿Qué estás haciendo levantado tan tarde? —preguntó.

—Estaba leyendo —contestó Miller.

Se metieron en cama cuando la primera luz del alba daba a la aguja de St. Michaelis. Sigi, amodorrada y satisfecha como una joven mujer a quien acaban de hacer el amor, Miller mirando al techo, silencioso y preocupado.

—¿En qué estás pensando? —preguntó Sigi al cabo de un rato.

—Pensando, simplemente.

—Eso ya lo sé. Pero ¿en qué piensas?

—En mi próxima historia.

Ella se volvió a mirarlo.

—¿De qué trata? —preguntó.

—Voy a rastrear la pista de un hombre —respondió Miller, inclinándose para aplastar la colilla de su cigarrillo.

3

Mientras Peter Miller y Sigi, en Hamburgo, estaban durmiendo uno en brazos de otro, un enorme Coronado de las Líneas Aéreas Argentinas volaba sobre los oscuros cerros de Castilla y se disponía a aterrizar en el aeropuerto de Barajas, Madrid.

Sentado junto a la ventana en la tercera fila de atrás del departamento de primera clase, estaba un hombre de poco más de sesenta años de cabello gris y pulido bigote.

Sólo había una fotografía de aquel hombre a sus cuarenta años, con sus cabellos bien peinados, sin bigote que disimulara su boca parecida a una ratonera, y una herida de navaja que le cruzaba todo el lado izquierdo de su cabeza. Apenas ninguna de las escasas personas que vieron la fotografía hubiese reconocido al hombre que viajaba en el avión, a quien ahora le crecía el cabello espesamente a partir de la frente, sin raya alguna. La fotografía de su pasaporte testimoniaba su nuevo aspecto.

El nombre en el pasaporte lo identificaba como señor Ricardo Suertes, ciudadano argentino, y el nombre mismo era su propia fea chanza contra el mundo. Porque suerte en alemán es *Glueck*. El pasajero del avión en aquella noche de enero se llamaba en realidad Richard Gluecks, y había sido general de las SS, jefe de la Oficina Principal de la Administración Económica del Reich e inspector general de los campos de concentración hitlerianos. En las listas de los buscados, en Alemania Occidental y en Israel, era el número tres después de Martin Bormann y del antiguo jefe de la Gestapo, Heinrich Müller. Estaba en un lugar todavía más elevado que el doctor Josef Mengele, el diabólico doctor de Auschwitz. En Odessa tenía el número dos, directamente comisionado por Martin Bormann, sobre cuyas espaldas había caído el manto del Führer a partir de 1945.

El papel que había desempeñado Richard Gluecks en los crímenes de las SS era único, sólo comparable con la forma en que preparó su más completa desaparición en mayo de 1945. Incluso más que Adolf Eichmann, Gluecks había sido uno de los más poderosos cerebros del holocausto y, sin embargo nunca, había apretado ningún gatillo.

Si a un pasajero no informado le hubiesen dicho quién era el hombre que estaba sentado a su lado, se hubiese asombrado de que un antiguo jefe de una oficina de administración económica estuviera en los primeros puestos de la lista de los criminales buscados.

De haber preguntado, hubiese sabido que de entre los crímenes contra la Humanidad cometidos en el lado alemán entre 1933 y 1945 probablemente el noventa y cinco por ciento podía cargarse a la cuenta de las SS. De este porcentaje, probablemente el ochenta o el noventa por ciento pueden ser atribuidos a dos departamentos dentro de las SS. Estos departamentos eran: la Oficina Principal de Seguridad del Reich y la Oficina Principal de la Administración Económica del Reich.

Si la idea de una oficina económica comprometida en asesinatos masivos causa asombro, es fácil comprender cómo se pensaba que debía llevarse a cabo la tarea.

No sólo se proyectaba exterminar a todos los judíos de la faz de Europa, y con ellos a la mayor parte de los pueblos eslavos, sino que se quería que las víctimas pagaran por el privilegio. Antes de que funcionaran las cámaras de gas, las SS habían llevado ya a cabo el mayor latrocinio de la Historia.

En el caso de los judíos, el pago fue en tres plazos. Primero, fueron despojados de sus negocios, casas, fábricas, cuentas bancarias, muebles, coches y ropas. Fueron enviados hacia el Este, a campos de trabajos forzados y de muerte, asegurándoles que los enviaban a recuperación y muchos se lo creyeron, con lo que podían llevar, por lo general dos maletas. Al llegar al campo, también esto les quitaron, junto con los vestidos que llevaban puestos.

Además del equipaje de seis millones de personas, fueron extraídos miles de millones de dólares como botín, porque los judíos europeos de aquella época acostumbraban a viajar con sus riquezas encima, de modo particular los de Polonia y de los países del Este. De los campos salieron trenes de mercancías enteros llenos de joyas de oro, diamantes, zafiros, rubíes, lingotes de plata, luises de oro, dólares de oro, y cheques bancarios de cualquier clase y descripción, trenes con destino a los cuarteles generales de las SS en el interior de Alemania. A lo largo de su historia, las SS consiguieron enormes ganancias con estas operaciones. Una parte de estos beneficios en forma de barras de oro marcadas con el águila del Reich y el símbolo de las SS fue depositado hacia el fin de la guerra en los bancos de Suiza, Liechtenstein, Tánger y Beirut, con objeto de constituir la fortuna en que luego se basó Odessa. Mucha parte de este oro todavía duerme bajo las calles de Zurich, guardado por complacientes y virtuosos banqueros de aquella ciudad.

El segundo plazo de la explotación residió en los

cuerpos vivos de las víctimas. Tenían en ellos calorías y energías, que podían ser muy bien aprovechadas. En este punto, los judíos llegaron al mismo nivel que los rusos y los polacos, que fueron capturados ya sin un céntimo. En todas las categorías, los no aptos para el trabajo fueron exterminados como inútiles. Los aptos para el trabajo fueron contratados o en las propias fábricas de las SS o en los consorcios industriales alemanes como Krupp, Thyssen, Von Opel, y otros, a tres marcos día los trabajadores inexpertos y cuatro marcos los artesanos. La frase «al día» significaba todo el trabajo que pueda ser sacado de un cuerpo vivo, mal alimentado, durante un período de veinticuatro horas. De este modo, centenares de miles murieron en su lugar de trabajo.

Los SS eran un Estado dentro del Estado. Tenían sus propias fábricas, talleres, departamentos de ingeniería, secciones de construcción, puestos de reparación y mantenimiento y talleres de vestidos. Ello procuraba a la organización casi todo lo que podía necesitar, y se servía de trabajadores forzados, quienes según el decreto de Hitler eran propiedad de las SS.

El tercer término de la explotación residía en los cadáveres de los muertos. Iban desnudos a la muerte, dejando atrás vagones cargados de zapatos, calcetines, brochas de afeitar, gafas, chaquetas y pantalones. También dejaron sus cabellos, que fueron devueltos al Reich para convertirse en botas de fieltro para combatir el invierno; y sus empastes de dientes de oro, que eran arrancados de los cadáveres con la ayuda de alicates y luego fundidos para ser depositados en forma de barras de oro en Zurich. Se intentó aprovechar los huesos como fertilizantes y utilizar las grasas del cuerpo para hacer jabón, pero se consideró antieconómico.

Tenía a su cargo la economía o el provecho que se podía sacar del exterminio de catorce millones de personas la Oficina Principal de la Administración Económica del Reich, cuyo jefe era el hombre que ocupaba el asiento 3-B del avión aquella noche.

Gluecks prefería no arriesgar su poder, o su libertad de por vida, volviendo a Alemania después de haberse escapado. No necesitaba hacerlo. Subvencionado con generosidad por los fondos secretos, podía vivir cómodamente el resto de sus días, en América del Sur, y todavía sigue haciéndolo. Su entrega al ideal nazi no tambaleó por los acontecimientos de 1945 y esto, junto con su antiguo puesto destacado le aseguró una alta y honrosa situación entre los fugitivos nazis en Argentina, cuando se puso en marcha Odessa.

El avión tomó tierra sin novedad y los pasajeros pasaron la Aduana sin problemas. El fluido español del pasajero de primera clase, tercera hilera, no despertó sospecha alguna, porque hacía tiempo que le confundían con un sudamericano.

Al salir del edificio de la estación terminal tomó un taxi, y siguiendo una vieja costumbre dio la dirección de un edificio más allá del Hotel Zurbarán. Despidió el taxi en el centro de Madrid, y anduvo con su maleta en la mano los restantes doscientos metros hasta el hotel.

Había reservado su habitación por télex, lo confirmó y subió a su habitación para ducharse y afeitarse. Eran las nueve cuando llamaron a la puerta con tres golpecitos, seguidos por una pausa y luego dos más. Abrió él mismo y, al reconocer al visitante, lo dejó pasar.

El recién llegado cerró la puerta tras sí, se puso en situación de firmes y levantó con rapidez su brazo derecho, con la palma de la mano hacia abajo, según el viejo estilo de saludo.

—*Sieg Heil* —dijo el hombre.

El general Gluecks dirigió al joven una aprobatoria señal con la cabeza y levantó su propia mano derecha.

—*Sieg Heil* —dijo con voz más queda e indicó una silla al visitante.

El hombre que tenía delante era también alemán, un antiguo oficial de las SS, y en la actualidad jefe de la red de Odessa en el interior de Alemania Occidental. Apreciaba en mucho el honor de ser enviado a Madrid para una conferencia personal con tan destacado jefe, y sospechaba que tenía algo que ver con la muerte del presidente Kennedy treinta y seis horas antes. No estaba equivocado.

El general Gluecks llenó él mismo una taza de café, que cogió de la bandeja del desayuno que tenía a su lado, y cuidadosamente encendió un cigarro Corona.

—Probablemente ha adivinado usted el motivo de este rápido y un poco arriesgado viaje a Europa —dijo—. Como no me gusta permanecer en este continente más tiempo del necesario, voy directo al asunto y seré breve.

El subordinado procedente de Alemania se echó hacia adelante, a la expectativa.

—Ahora Kennedy está muerto, para nosotros un estupendo golpe de fortuna —prosiguió el general—. No debe producirse ningún fallo en el momento de sacar el máximo provecho de este acontecimiento. ¿Me sigue usted?

—Ciertamente, en principio, *Herr General* —replicó el hombre con prontitud— pero ¿en qué forma específica?

—Me refiero al convenio secreto sobre armamentos entre los traidores canallas de Bonn y los cerdos de Tel Aviv. ¿Tiene usted noticias del tratado sobre armamentos? ¿Los tanques, fusiles y otros armamentos que en este momento van de Alemania a Israel?

—Sí, por supuesto.

—¿Y sabe usted también que nuestra organización está haciendo todo lo que está en su mano para apoyar la causa egipcia, de modo que un día pueda obtener la más completa victoria en la próxima lucha?

—Ciertamente. Hemos organizado ya, a este propósito, el alistamiento de numerosos científicos alemanes.

El general Gluecks asintió con la cabeza.

—Luego hablaremos de esto. Me estaba refiriendo a nuestra política de tener a nuestros amigos árabes lo mejor informados sobre los detalles de este traidor tratado, de modo que puedan presentar las mayores protestas a Bonn a través de los canales diplomáticos. Estas protestas árabes conducirán a la formación de un grupo en Alemania fuertemente opuesto al tratado sobre armamentos en el terreno político, porque el tratado contraría a los árabes. Este grupo, de manera inconsciente, está haciendo nuestro juego, presionando al loco Erhard a nivel de su gobierno para disuadirlo del tratado sobre armamentos.

—Sí. Lo sigo a usted, *Herr General*.

—Bien. Por ahora, Erhard no ha llegado hasta anular los embarques de armas, pero ha estado a punto de hacerlo varias veces. Para quienes desean ver ultimado el tratado germano-israelí sobre armamentos, el resultado ha sido que el tratado hasta ahora contaba con el apoyo de Kennedy, y lo que quiere Kennedy, Erhard lo cumple.

—Sí, esto es verdad.

—Pero ahora Kennedy está muerto.

El hombre procedente de Alemania se recostó en su asiento, sus ojos brillaban de entusiasmo, como si la nueva situación creada por los acontecimientos abriera nuevas perspectivas en su mente. El general SS echó un poco de ceniza de su cigarro en la taza de café, y apuntó hacia su subordinado con la punta encendida del cigarro.

—Por esto, y para el resto de este año, el principal objetivo de la acción política en el interior de Alemania que deben emprender nuestros amigos y simpatizantes, tiene que consistir en ganarse la opinión pública en la mayor escala posible contra el tratado de armamentos y en favor de los árabes, los auténticos y tradicionales amigos de Alemania.

—Sí, sí, esto hay que hacer —el joven sonreía ampliamente.

—Determinados contactos que tenemos en el Gobierno de El Cairo asegurarán un flujo constante de protestas diplomáticas a través de su propia embajada y otras —continuó el general—. Otros árabes amigos asegurarán manifestaciones a cargo de estudiantes árabes y de alemanes amigos de los árabes. La tarea de ustedes consistirá en coordinar la propaganda en la prensa a través de varias publicaciones a las que subvencionamos en secreto, avisos en los periódicos y revistas de mayor circulación, cabildeos con funcionarios situados en puestos clave del Gobierno, y políticos a quienes se persuadirá de juntarse al creciente peso de la opinión contra el tratado de armamentos.

El joven frunció el ceño.

—En Alemania es hoy muy difícil suscitar sentimientos contra Israel —murmuró.

—Ahora no se trata de esto —dijo el otro agriamente—. El punto de vista es sencillo: por razones prácticas, Alemania no se puede enajenar a ochenta millones de árabes con estos locos, y supuestamente secretos, envíos de armas. Muchos alemanes serán sensibles a estos argumentos, de modo particular los diplomáticos. Podemos atraernos a conocidos amigos nuestros en el Ministerio de Asuntos Exteriores. Este punto de vista práctico es perfectamente permisible. Por supuesto, estarán disponibles los fondos necesarios. Lo que más importa, con Kennedy muerto y Johnson incapaz de adoptar el mismo punto de vista internacionalista y pro-judío, es que Erhard esté sometido a presión constante y a todos los niveles, incluyendo su propio Gabinete, para liquidar este tratado de armamentos. Si podemos demostrar a los egipcios que hemos forzado el cambio de curso de la política exterior de Bonn, nuestra cotización en El Cairo subirá rápidamente.

El hombre que venía de Alemania asintió con la cabeza varias veces, viendo ya cómo tomaba forma en él su plan de campaña.

—Se hará —dijo.

—Excelente —replicó el general Gluecks.

El hombre que tenía frente a sí lo miró.

—*Herr General*, ha mencionado usted a los científicos alemanes que ahora están trabajando en Egipto...

—Ah, sí, he dicho que luego volveríamos a hablar sobre esto. Ellos representan el segundo eslabón de nuestro plan para destruir a los judíos de una vez para siempre. Supongo que sabe usted algo de los cohetes de Helwan.

—Sí, señor. Al menos, en amplios rasgos.

—¿Pero no para lo que realmente están destinados?

—Bueno, por supuesto, lo adivino...

—¿Que servirán para echar unas toneladas de explosivos de gran potencia sobre Israel? —el general Gluecks sonrió ampliamente—. De ahora en adelante no estará usted equivocado. Sin embargo, ha llegado la hora de decirle por qué estos cohetes y los hombres que los construyen son, de verdad, tan vitalmente importantes.

El general Gluecks se recostó en su butaca, mirando al techo, y explicó a su subordinado la *real* historia que se ocultaba detrás de los cohetes de Helwan.

Después de la guerra, cuando Faruk todavía reinaba en Egipto, millares de nazis y de antiguos miembros de las SS huyeron de Europa y encontraron un refugio seguro en las arenas del Nilo. Entre los que allí llegaron había determinado número de científicos. Antes del golpe de Estado que expulsó a Faruk, dos científicos alemanes recibieron el encargo de éste de empezar estudios para una eventual puesta en marcha de una fábrica de cohetes. Esto ocurrió en 1952, y los dos profesores eran Paul Goerke y Rolf Engel.

El proyecto quedó en suspenso por unos pocos años después de la toma del poder por Gamal Abdel Nasser, pero después de la derrota militar de las fuerzas egipcias, en la campaña del Sinaí de 1956, el nuevo dictador prestó un juramento. Prometió solemnemente que un día Israel sería destruido por completo.

En 1961, cuando escuchó el definitivo «No» de Moscú a sus peticiones de potentes cohetes, el proyecto Goerke/Engel para una fábrica egipcia de cohetes fue puesto de nuevo en marcha como venganza, y durante aquel año, trabajando contra reloj y sin freno en su inversión de dinero, los profesores alemanes y los egipcios construyeron y abrieron la Fábrica 333, en Helwan, al norte de El Cairo.

Abrir una fábrica es una cosa; proyectar y construir cohetes es otra. Desde tiempo atrás, los principales colaboradores de Nasser, muchos con antecedentes pronazis que se remontaban a la Segunda Guerra Mundial, habían estado en estrecho contacto con los representantes de Odessa en Egipto. De aquella organización vino la respuesta al principal problema de los egipcios: el de adquirir los científicos necesarios para construir los cohetes.

Nadie en Rusia, América, Inglaterra o Francia proporcionaría ni un solo hombre para ayudarlos. Pero Odessa afirmó que la clase de cohetes que necesitaba Nasser era muy similar en tamaño y alcance de tiro a los cohetes V 2 que Wernher von Braun y su equipo construyeron en Peenemunde para pulverizar Londres.

Y muchos miembros de aquel equipo eran todavía utilizables.

A últimos de 1961 los científicos alemanes reclutados se pusieron en marcha. Muchos estaban empleados en el Instituto de Alemania Occidental para Investigaciones Aeroespaciales, en Stuttgart. Pero estaban decepcionados porque el Tratado de París de 1954 prohibía a Alemania entregarse a investigaciones o a fabricar en determinados terrenos, de modo especial en física nuclear y fabricación de cohetes. También, y de modo crónico, iban escasos de fondos para la investigación. Era demasiado tentador para muchos de aquellos científicos que les ofrecieran un lugar en el sol, abundancia de dinero para investigaciones y la posibilidad de planear auténticos cohetes.

Odessa nombró un jefe de reclutamiento en Alemania, y éste, a su vez, empleó como su hombre de confianza a un antiguo sargento de las SS Heinz Krug. Los dos juntos recorrieron Alemania en busca de hombres preparados para ir a Egipto y construir cohetes para Nasser.

Con los salarios que podían ofrecer no tenían problemas para atraer personal. Entre ellos era notable el profesor Wolfgang Pilz, que había sido recuperado por los franceses de la Alemania de posguerra, y después fue el padre del cohete francés Véronique, base del programa aeroespacial de De Gaulle. El profesor Pilz salió para Egipto a principios de 1962. Otro de los reclutados fue el doctor Heinz Kleinwachter; el doctor Eugen Saenger y su esposa Irene, antiguos pertenecientes al equipo de Von Braun para el V 2, también siguieron, e igualmente los doctores Josef Eisig y Kirmayer, todos expertos en combustibles de propulsión y técnicas.

El Mundo vio los primeros resultados de aquellos trabajos en el desfile por las calles de El Cairo el 23 de julio de 1962, para conmemorar el octavo aniversario de la caída de Faruk. Dos cohetes, el Kahira y el Zafira, con líneas de tiro de, respectivamente, 500 y 300 km, rodaron ante vociferantes multitudes. Aunque aquellos cohetes tenían sólo su cubierta, sin cabezas o combustible, estaban destinados a ser los primeros de 400 armas semejantes que un día serían lanzadas sobre Israel.

El general Gluecks hizo una pausa, dio una chupada al cigarro y volvió al presente.

—El problema estriba en que, aunque resolvamos el modo de preparar las cubiertas, las cabezas y el combustible, la clave de los misiles dirigidos está en el sistema de teledirección. —Apuntó con su cigarro en dirección a Alemania Occidental—. Y *esto* fue lo que fuimos incapaces de proporcionar a los egipcios. Por desgracia, aunque había científicos y expertos en sistemas dirigidos trabajando en Stuttgart y en otros sitios, no pudimos persuadir a ninguno de ellos de algún valor a emigrar a Egipto. Todos los expertos que fueron allá eran especialistas en aerodinámica, propulsión y proyecto de cabezas explosivas. Pero habíamos prometido a Egipto que tendría sus cohetes, y Egipto quiere tenerlos. El presidente Nasser está seguro de que un día habrá guerra entre Egipto e Israel, y la guerra estallará. Cree que la ganará sólo con sus tanques y sus soldados. Nuestra información no es tan optimista. No podrían ganarla, a pesar de su superioridad numérica. Pero detengámonos a pensar en lo que sería nuestra posición, cuando, al fallar todo el armamento soviético, comprado a costa de miles de millones de dólares, resultara que los cohetes, proporcionados por los científicos reclutados por nuestra red, ganaran la guerra. Nuestra posición sería indestructible. Hubiésemos llevado a término un doble golpe al asegurarnos la eterna gratitud del Próximo Oriente, un hogar seguro para nuestro pueblo, para siempre, y el remate de la final y completa destrucción del puerco Estado judío, cumpliendo así el último deseo del Führer agonizante. Es un terrible desafío, en el que no podemos ni debemos fracasar.

El subordinado, con miedo y algo de perplejidad, miraba cómo su superior caminaba por la habitación.

—Perdone, mi general, pero ¿cuatrocientas cabezas explosivas podrán acabar realmente con los judíos de una vez y para siempre? Causarán una tremenda cantidad de daños, sí, pero ¿destrucción total?

Gluecks dio media vuelta y miró al joven con una sonrisa triunfal.

—Pero ¡qué cabezas explosivas! —exclamó—. No irá usted a pensar que nos limitaremos a derrochar potentes explosivos sobre esos cerdos. Hemos propuesto al presidente Nasser, y éste se ha apresurado a aceptar, que las cabezas explosivas de los Kahira y los Zafira serán de un tipo distinto. Algunos contendrán cultivos concentrados de una peste bubónica y otros explotarán muy por encima del suelo, rociando todo el territorio de Israel con irradiante «estroncio 90». Al cabo de pocas horas todos habrán muerto de la peste o de la enfermedad de los rayos gamma. *Esto* es lo que les tenemos reservado.

El otro lo miró, boquiabierto.

—Fantástico —murmuró—. Ahora me acuerdo haber leído algo sobre un juicio en Suiza el verano pasado. Sólo los resúmenes, porque la mayor parte de las pruebas quedaron en el secreto. Entonces, es verdad. Pero, general, es algo magnífico.

—Magnífico, sí, e inevitable, a condición de que nosotros, los de Odessa, podamos equipar los cohetes con sistemas de teledirección necesarios para dirigirlos no sólo hacia el objetivo previsto, sino a las ubicaciones exactas donde deben explotar. El hombre que controla la entera operación de investigación que se propone proyectar un sistema de teledirección para los cohetes está ahora trabajando en Alemania Occidental.

Su nombre clave es *Vulkan*. Se acordará usted que en la mitología griega Vulcano era el forjador que preparaba los rayos de los dioses.

—¿Es un científico? —preguntó, aturdido, el germano-occidental.

—No, no lo es. Cuando se vio obligado a desaparecer en 1955, normalmente hubiese vuelto a Argentina. Pero pedimos al antecesor de usted que lo proveyera inmediatamente de un pasaporte falso que le permitiera quedarse en Alemania. Entonces se le enviaron desde Zurich un millón de dólares norteamericanos con los que poner en marcha una fábrica en Alemania. El propósito original era utilizar la fábrica como pantalla para otro tipo de investigaciones en las que entonces estábamos interesados, y que ahora hemos abandonado a favor de sistemas dirigidos para los cohetes de Helwan. Ahora, la fábrica de *Vulkan* produce radiotransistores. Pero esto es una pantalla. En el departamento de investigaciones de la fábrica, un grupo de científicos está ahora estudiando los sistemas teledirigidos que un día serán apropiados para los cohetes de Helwan.

—¿Por qué no van a hacerlo en Egipto? —preguntó el otro.

Gluecks volvió a sonreír y siguió paseando.

—Éste es el rasgo genial que cubre toda la operación. Le he dicho que había hombres en Alemania capaces de producir semejantes sistemas de dirección de cohetes, pero no se pudo persuadir a ninguno de ellos para que emigrara. El grupo que actualmente está trabajando en el departamento de investigaciones de la mencionada fábrica cree que lo hace bajo contrato, por supuesto, en condiciones del máximo secreto, para el Ministerio de Defensa de Bonn.

Esta vez el subordinado se levantó de su silla, derramando su café sobre la alfombra.

—¡Por el amor de Dios! ¿Cómo demonios ha podido arreglarse esto?

—De modo muy sencillo. El Tratado de París prohíbe a Alemania hacer investigaciones sobre cohetes. Los hombres de *Vulkan* juraron guardar el secreto ante una auténtica autoridad del Ministerio de Defensa de Bonn, que era uno de los nuestros. Iba acompañado por un general cuyo rostro podían reconocer los científicos recordando la última guerra. Todos ellos son hombres dispuestos a trabajar por Alemania, incluso contra los términos del Tratado de París, pero no están necesariamente dispuestos a trabajar por Egipto. Ahora creen que *están* trabajando en favor de Alemania. Por supuesto, la cosa es estupenda. Normalmente, una investigación de este orden sólo puede ser emprendida por una gran potencia. Este programa ha dado enormes pellizcos a nuestros fondos secretos. ¿Comprende usted ahora la importancia de *Vulkan*?

—Por supuesto —replicó el jefe de Odessa llegado de Alemania—. ¿Pero si le ocurriera algo a *Vulkan*, el programa no podría continuar?

—No. La fábrica y la empresa pertenecen y funcionan sólo gracias a él. *Vulkan* es presidente y director ejecutivo, único accionista y contable. Él sólo puede continuar pagando los salarios de los científicos y las enormes sumas que acarrea la investigación. Ninguno de los científicos tiene nunca relación alguna con nadie más de la empresa, y nadie más en la empresa conoce la verdadera naturaleza del extenso departamento de investigación. Creen que los hombres del departamento ultrasecreto están trabajando en circuitos de microondas con miras a abrirse camino en el mercado de transistores. El secreto es explicado como una precaución contra el espionaje industrial. La única conexión entre las dos secciones es *Vulkan*. Si desapareciera, el proyecto entero se hundiría.

—¿Puede usted decirme el nombre de la fábrica?

El general Gluecks reflexionó un momento, luego dijo un nombre. Su interlocutor, atónito, fijó la vista en él.

—¡Pero yo conozco estas radios! —protestó.

—Por supuesto. Se trata de una empresa de confianza, que produce aparatos muy acreditados.

—¿Y el director ejecutivo... es?

—Sí. Es *Vulkan*. Ahora ve usted la importancia de este hombre y de lo que está haciendo. Por esta razón, tiene usted que saber algo más. Aquí...

El general Gluecks sacó una fotografía del bolsillo interior de su chaqueta y se la alargó al hombre que venía de Alemania. Después de una larga y perpleja mirada a aquel rostro, la volvió y leyó el nombre escrito en el reverso.

—¡Buen Dios! Creía que estaba en América del Sur.

Gluecks negó con la cabeza.

—Al contrario. Es *Vulkan*. En estos momentos su trabajo ha llegado a un nivel crucial. Si, por casualidad, y por esta razón, sabe usted de alguien que haga preguntas indiscretas sobre este hombre, esta persona debe ser... disuadida. Una advertencia, y luego una solución permanente. ¿Me sigue usted, *Kamerad*? Nadie, repito, nadie debe acercarse demasiado como para poder comprobar quién es realmente *Vulkan*.

El general SS se levantó. Su visitante hizo lo mismo.

—Esto es todo —dijo Gluecks—. Ya tiene usted sus instrucciones.

4

—Pero ¿no sabes ni siquiera si está vivo?

Peter Miller y Karl Brandt estaban sentados uno al lado del otro en el coche de Miller, frente a la casa del inspector, lugar hasta donde Miller le había seguido la pista antes de la comida del domingo en su día festivo.

—No, no lo sé. Esto es lo primero que tengo que descubrir. Si Roschmann está muerto, se acabó todo. ¿Puedes ayudarme?

Brandt meditó sobre lo que le pedían, luego lentamente negó con la cabeza.

—No, lo siento, no puedo.

—¿Por qué no?

—Oye, te di aquel Diario como un favor. Estrictamente entre nosotros. Lo hice porque me impresionó, porque creí que de él podías sacar una narración. Pero nunca supuse que ibas a buscar la pista de Roschmann. ¿Por qué no te limitas a escribir una historia, sin pensar en cómo encontraste el Diario?

—Porque en él no hay historia —dijo Miller—. ¿Qué supones que voy a decir? «¡Sorpresa, sorpresa! He encontrado un cuaderno con hojas sueltas en el que un viejo, que hace poco se suicidó por medio del gas, describe lo que le ocurrió durante la guerra.» ¿Crees que algún editor lo compraría? Creo que es un documento horroroso, pero ésta es sólo mi opinión. Después de la guerra se han escrito centenares de Memorias. El Mundo ya está cansado de ellas. El Diario, solo, no puede ser vendido a ningún editor en Alemania.

—Así, ¿qué vas a hacer con él? —preguntó Brandt.

—Sencillamente esto: lanzar una gran cacería policíaca contra Roschmann tomando por base este Diario, y ya tengo la historia.

Brandt, lentamente, echó la ceniza en el cenicero del salpicadero.

—No se producirá una gran cacería policíaca —dijo—. Oye, Peter, tú puedes saber mucho de periodismo, pero yo conozco la policía de Hamburgo. Nuestra tarea consiste en preservar Hamburgo del crimen ahora, en 1963. Nadie destinará a policías sobrecargados de trabajo para dar caza a un hombre por lo que hizo en Riga hace veinte años. No, no.

—Pero, como mínimo, ¿no podrías tú levantar la liebre? —preguntó Miller.

—No. Yo no —repuso Brandt moviendo la cabeza.

—¿Por qué no? ¿Qué pasa?

—Porque no quiero verme envuelto en ello. Tú tienes tus razones. Eres soltero, sin trabas. Puedes ir a la caza de fuegos fatuos, si quieres. Yo tengo esposa y dos niños, y una buena carrera, y no voy a comprometer esta carrera.

—¿Por qué comprometería esto tu carrera en la policía? Roschmann es un criminal, ¿no? Se supone que las fuerzas de policía cazan a los criminales. ¿Dónde está el problema?

Brandt aplastó su colilla.

—Es difícil decirlo, definirlo. Pero hay una especie de actitud en la policía, nada concreto, sólo una sensación. Y esta sensación consiste en que ponerse a escudriñar con excesiva energía en los crímenes de guerra de los SS puede arruinar la carrera de un joven policía.

A la luz del día no pasa nada. Sencillamente, la petición puede ser denegada. Pero el hecho de que haya sido presentada queda archivado. El aldabonazo aleja tus posibilidades de promoción. Nadie lo menciona, pero todo el mundo lo sabe. Así, si quieres dar un traspiés, queda a tu voluntad, no cuentes conmigo.

Miller miró a través de la ventanilla.

—Muy bien. Las cosas como son —dijo al fin—. Pero voy a buscar por otra parte. ¿Dejó Tauber algo más tras sí al morir?

—Bueno, había una breve nota. La recogí y la incluí en mi informe sobre el suicidio. A estas horas está ya fuera de nuestro alcance. Y el expediente está cerrado.

—¿Qué decía en él? —preguntó Miller.

—No mucho —contestó Brandt—. Sólo anunciaba que iba a suicidarse. Sí, había algo más: decía que dejaba sus efectos a un amigo suyo, un tal herr Marx.

—Bueno, es algo para empezar. ¿Dónde está este Marx?

—¿Cómo demonios voy a saberlo? —preguntó Brandt.

—¿Quieres decir que es todo lo que decía la nota? ¿Sólo Herr Marx? ¿Sin dirección?

—Nada —respondió Brandt—. Sólo Marx. Ninguna indicación sobre dónde vive.

—Bueno, debe de andar por algún sitio. ¿No quieres buscarlo?

Brandt suspiró.

—¿Quieres meterte esto en la cabeza? Estamos muy ocupados en la policía. ¿Tienes idea de cuántos Marx hay en Hamburgo? Centenares, sólo en la guía telefónica. No podemos pasar semanas buscando a este Marx en particular. Por otra parte, todo lo que dejó el viejo no valía ni diez *pfennings*.

—Entonces, ¿es esto todo? —preguntó Miller—. ¿Nada más?

—Nada más. Si quieres encontrar a Marx, puedes intentarlo.

—Gracias. Lo haré —dijo Miller.

Los dos hombres se dieron un apretón de manos y Brandt volvió a su casa para almorzar con su familia.

Miller empezó a la mañana siguiente visitando la casa donde había vivido Tauber. Le abrió la puerta un hombre de mediana edad que llevaba un par de pantalones sucios sostenidos por un cordel, una camisa sin cuello, desabrochada, y una barba de tres días.

—Buenos días. ¿Es usted el propietario?

El hombre miró a Miller de arriba abajo y meneó la cabeza. Olía a coles.

—Aquí vivía un hombre, que se suicidó hace pocas noches —dijo Miller.

—¿Es usted de la policía?

—No. Prensa —Miller enseñó su carnet profesional.

—No tengo nada que decir.

Miller, imperturbable, puso un billete de diez marcos en la mano del hombre.

—Sólo deseo dar un vistazo a su habitación.

—La he vuelto a alquilar.

—¿Qué hizo usted con sus cosas?

—Están en el patio trasero. No pude hacer más con ello.

La pila de chatarra estaba amontonada bajo la fina lluvia. Aún olía a gas. Había una vieja y estropeada máquina de escribir, dos gastados pares de zapatos, un surtido de ropas, un montón dc libros y una banda de seda blanca con flecos que Miller supuso relacionada con la religión judía. Revolvió todo el montón, pero no había nada semejante a un libro de direcciones y nada dirigido a Marx.

—¿Es éste el lote? —preguntó.

—Éste es el lote —repuso el hombre, mirándolo agriamente desde el abrigo de la puerta trasera.

—¿Tiene usted algún inquilino que se llame Marx?

—Ninguno.

—¿Conoce usted algún Marx?

—Ninguno.

—¿Tenía el viejo Tauber amigos?

—No, que yo supiera. Estaba encerrado en sí mismo. Iba y venía a todas horas, evadiéndose allí arriba. Chalado, si desea saberlo. Pero pagaba su alquiler con regularidad. No causaba molestias.

—¿No le vio nunca con nadie? En la calle, quiero decir.

—No, nunca. No vi que tuviera ningún amigo. No es sorprendente, por el modo cómo musitaba consigo mismo. Chalado.

Miller salió, y se puso a preguntar arriba y abajo de la calle. Muchas personas recordaban haber visto al viejo, arrastrando los pies, cabizbajo, abrigado con un levitón que le llegaba al tobillo, la cabeza cubierta con un gorro de lana y las manos enfundadas en guantes de lana de los que sobresalían los dedos.

Durante tres días recorrió la red de calles donde había vivido Tauber, preguntó al lechero, al verdulero, al carnicero; entró en la ferretería, en la cervecería, en el estanco, e interceptó al lechero y al cartero. El miércoles por la tarde encontró al grupo de pilluelos que estaban jugando a pelota contra la pared del almacén.

—Cómo, ¿aquel viejo judío? ¿El loco Solly? —preguntó el jefe del grupo respondiendo a la pregunta de Miller.

Los demás se reunieron a su alrededor.

—Éste será —dijo Miller—. El loco Solly.

—Estaba chalado —dijo uno del grupo—. Acostumbraba a andar así.

El muchacho hundió su cabeza entre los hombros, agarró su chaqueta con las manos y dio unos pasos arrastrando los pies, murmurando consigo mismo y mirando a su alrededor. Los demás se pusieron a reír, y uno dio un fuerte empujón al imitador que le hizo caer de bruces.

—¿Alguno de vosotros lo vio alguna vez con alguien? —preguntó Miller—. Hablando con alguien. Con otro hombre.

—¿Por qué desea saberlo? —preguntó suspicaz el jefe de la pandilla—. No le hicimos ningún daño.

Miller dejó ver una moneda de cinco marcos, descuidadamente, yendo de aquí para allá, en la mano. Ocho pares de ojos espiaban el brillo plateado de la moneda. Ocho cabezas se movieron despacio. Miller se volvió para marcharse.

—Señor.

Se detuvo y dio media vuelta. El más pequeño del grupo se agarró a él.

—Una vez le vi con un hombre. Estaban hablando. Sentados y hablando.

—¿Dónde?

—Abajo, cerca del río, junto a la hierba de la orilla. Allí hay algunos bancos. Estaban sentados en uno de ellos, hablando.

—¿Qué edad tenía el otro?

—Era muy viejo. Con muchos cabellos blancos.

Miller le tiró la moneda, convencido de la inutilidad de su acto. Pero se fue paseando hasta el río y miró a todo lo largo de la verde ribera, en cada dirección. Había una docena de bancos a lo largo de la orilla, todos vacíos. En verano debía de haber mucha gente sentada en la Elbe Chaussee viendo entrar y salir los grandes vapores, pero no ocurría así a últimos de noviembre.

A su izquierda, a lo largo de la ribera cercana, estaba el puerto de pescadores, con media docena de buques pesqueros del mar del Norte, remolcados hasta los muelles, que vaciaban su carga de recién cogidos arenques y caballas, o se preparaban para hacerse de nuevo a la mar.

Cuando niño, había vuelto a la destrozada ciudad procedente de una granja situada en el campo a donde había sido evacuado durante los bombardeos, y había crecido entre cascotes y ruinas. Su lugar favorito para jugar había sido aquel puerto de pescadores a lo largo de la ribera, en Altona.

Le gustaban los pescadores, hombres ceñudos y amables, que olían a alquitrán, a sal y a tabaco fuerte. Pensó en Eduard Roschmann en Riga, y se preguntó cómo el mismo país podía producir al mismo tiempo a aquel hombre y a los pescadores.

Volvió a pensar en Tauber y se planteó de nuevo el problema. ¿Dónde pudo haber encontrado a su amigo Marx? Se dio cuenta de que le faltaba algún dato, pero no acertaba a determinar cuál. La respuesta no vino hasta que, de regreso, detuvo el coche para repostar gasolina cerca de la estación de ferrocarril de Altona. Como ocurre a menudo, fue debido a una observación casual. El empleado del surtidor le hizo observar que había subido el precio de la gasolina superior y añadió, sólo para dar conversación a su cliente, que en aquellos días escaseaba el dinero. Le devolvió el cambio y dejó a Miller con la vista fija en el monedero abierto que tenía en la mano.

Dinero. ¿Dónde lo conseguía Tauber? No trabajaba, rehusó aceptar compensación alguna de parte del Estado alemán. Sin embargo, pagaba el alquiler con regularidad y debía de sobrarle algo para comer. Tenía cincuenta y seis años, por lo tanto, no podía percibir pensión de vejez, pero era posible que cobrara una pensión por incapacidad. Tal hipótesis era probable.

Miller se metió el cambio en el bolsillo, puso en

marcha el Jaguar y se dirigió al edificio de correos de Altona. Se acercó a la ventanilla en la que se leía «Pensiones».

—¿Puede usted decirme cuándo vienen a cobrar los pensionistas? —preguntó a la gruesa mujer que estaba detrás de la ventanilla.

—El último día del mes, por supuesto —dijo.

—¿Será el sábado, pues?

—Excepto cuando el último día es un fin de semana. Este mes será el viernes, pasado mañana.

—¿También incluye a los pensionistas por incapacidad? —preguntó.

—Todos los que tienen derecho a una pensión la cobran en el último día del mes.

—¿Aquí, en esta ventanilla?

—Si la persona vive en Altona, sí —replicó la mujer.

—¿A qué hora?

—Desde que abrimos la oficina.

—Muchas gracias.

Miller volvió el viernes por la mañana, para vigilar cómo la cola de ancianos de ambos sexos se filtraba a través de las puertas de la oficina de correos a primera hora. Se situó contra la pared de enfrente, observando la dirección que tomaban al salir. Muchos tenían los cabellos blancos, pero, a causa del frío, bastantes se cubrían con sombreros. El tiempo volvía a ser seco, soleado pero frío. Poco antes de las once, salió de la oficina de correos un viejo con un mechón de cabellos blancos parecido a un penacho. Contó su dinero para asegurarse de que estaba todo, lo puso en su bolsillo interior y miró a su alrededor, como si buscara a alguien. Al cabo de unos minutos se volvió y empezó a alejarse despacio. Al llegar a la esquina miró de nuevo a una parte y otra, luego dobló la calle del Museo en dirección de la ribera del río. Entonces Miller abandonó la pared y lo siguió.

El viejo empleó veinte minutos para cubrir los ochocientos metros que le separaban de la Elbe Chaussee, después rodeó la ribera, cruzó la hierba y fue a sentarse en un banco. Miller se le acercó poco a poco desde atrás.

—¿Herr Marx?

El viejo se volvió al tiempo que Miller alcanzaba el extremo del banco. No se mostró sorprendido, dio la impresión de que extraños lo reconocían con frecuencia.

—Sí —dijo con gravedad —soy Marx.

—Me llamo Miller.

Marx inclinó gravemente su cabeza, como aceptando estas noticias.

—¿Está usted... bueno... esperando a herr Tauber?

—Sí, lo estoy esperando —respondió el viejo sin sorprenderse.

—¿Puedo sentarme?

—Se lo ruego.

Miller se sentó a su lado, de modo que los dos estaban mirando el río Elba. Un gigantesco buque de carga, el *Kota Maru*, de Yokohama, bajaba por el río a favor de la corriente.

—Siento decirle que herr Tauber ha muerto.

El viejo miró fijamente el barco que pasaba. No mostró ni dolor ni sorpresa, como si con frecuencia le dieran semejantes noticias. Acaso era así.

—Me doy cuenta —dijo.

Miller le explicó brevemente los acontecimientos del viernes anterior por la noche.

—No parece usted sorprendido. Se suicidó.

—No —dijo Marx—, era un hombre muy desgraciado.

—Dejó un Diario, ¿sabe usted?

—Sí, una vez me habló de ello.

—¿Lo leyó usted? —preguntó Miller.

—No, no dejaba que nadie lo leyera. Pero me habló de ello.

—En él describe el tiempo que pasó en Riga durante la guerra.

—Sí, me dijo que había estado en Riga.

—¿Estuvo usted también en Riga?

El hombre se volvió a mirar a Miller con sus tristes y viejos ojos.

—No, yo estuve en Dachau.

—Atienda, herr Marx, necesito su ayuda. En su Diario, su amigo menciona a un hombre, un oficial de las SS, llamado Roschmann. Capitán Eduard Roschmann. ¿Le habló alguna vez de él?

—Sí, sí. Me habló de Roschmann. En realidad, era esto lo que lo mantenía con vida. Esperaba poder atestiguar, un día, contra Roschmann.

—Esto es lo que dice en su Diario. Lo he leído después de su muerte. Soy periodista. Quiero intentar encontrar a Roschmann. Quiero que se le someta a juicio. ¿Comprende usted?

—Sí.

—Pero todo es inútil si Roschmann ha muerto ya. ¿Puede usted recordar si herr Tauber llegó a saber si Roschmann seguía viviendo y era libre?

Marx miró fijamente, durante varios minutos, la popa del *Kota Maru* que iba desapareciendo.

—El capitán Roschmann está vivo —dijo simplemente—. Y libre.

Miller se inclinó hacia adelante lleno de ansiedad.

—¿Cómo lo sabe usted?

—Porque Tauber lo vio.

—Sí, esto lo he leído. Fue en los primeros días de abril de 1945.

Marx movió la cabeza lentamente.

—No, fue el mes pasado.

Durante varios minutos reinó el silencio, mientras Miller miraba fijamente al viejo, y Marx no apartaba la mirada del agua.

—¿El mes pasado? —repitió Miller al fin—. ¿Le dijo a usted cómo lo vio?

Marx suspiró, luego se volvió hacia Miller.

—Sí. Salió a pasear, por la noche, como acostumbraba a hacer cuando no podía dormir. De regreso a su casa, pasó junto a la Ópera Nacional en el preciso instante en que una multitud de gente se aprestaba a salir. Se detuvo ante ellos. Dijo que se trataba de personas adineradas: los hombres iban vestidos de etiqueta, las mujeres con pieles y joyas. Había tres taxis alineados en el estacionamiento, esperándolos. El ujier apartaba a los transeúntes, de modo que los que salían del teatro pudieran entrar en los coches. Y entonces vio a Roschmann.

—¿Entre la gente que salía de la ópera?

—Sí. Subió al taxi junto con otras dos personas y desaparecieron.

—Ahora escuche, herr Marx, esto es muy importante. ¿Estaba absolutamente seguro de que era Roschmann?

—Sí, dijo que era él.

—Pero habían transcurrido diecinueve años desde que lo viera por última vez. Debe de haber cambiado mucho. ¿Cómo podía estar tan seguro?

—Dijo que sonreía.

—¿Que qué?

—Que sonreía. Roschmann sonreía.

—¿Es esto significativo?

Marx movió la cabeza varias veces.

—Decía que una vez se ha visto sonreír a Roschmann de aquel modo no se olvida nunca. No podía describir la sonrisa, sólo decía que la reconocería entre millones, en cualquier parte del Mundo.

—Comprendo. ¿Lo cree usted?

—Sí. Sí, creo que vio a Roschmann.

—Muy bien. Pongamos que yo también lo creo. ¿Cogió la matrícula del taxi?

—No. Dijo que su cabeza estaba tan aturdida que sólo lo vio alejarse.

—Mala suerte —dijo Miller—. Probablemente lo llevó a un hotel. Si tuviera el número podría preguntar al chófer a dónde llevó a la pandilla. ¿Cuándo le contó todo esto herr Tauber?

—El mes pasado, cuando fuimos a cobrar nuestras pensiones. Aquí, en este banco.

Miller se levantó y suspiró.

—¿Se da usted cuenta de que nadie creerá esta historia?

Marx apartó la mirada del río y miró al periodista.

—Sí, claro —dijo quedamente—, lo sé. Comprenda usted: por eso se suicidó.

Aquella tarde Peter Miller hizo su acostumbrada visita semanal a su madre, y también como de costumbre la mujer le metió bulla sobre si comía lo suficiente, el número de cigarrillos que fumaba al día y cómo andaba el lavado y planchado de su ropa.

Era una mujer baja y rolliza, de poco más de cincuenta años, que nunca pudo hacerse a la idea de que su único hijo ambicionara ser periodista.

Durante el curso de la tarde le preguntó qué estaba haciendo en aquel momento. Se lo contó en pocas palabras, significando su intención de intentar encontrar la pista del desaparecido Eduard Roschmann. Ella se horrorizó.

Peter engullía impasiblemente, dejando que la ola de reproches y recriminaciones pasara por encima de su cabeza.

—No es bastante malo que siempre tengas que habértelas con las hazañas de estos sucios criminales y gente por el estilo —estaba diciendo— para que ahora vayas a mezclarte con los nazis. No sé lo que hubiese pensado tu querido padre, de verdad no lo sé...

Se le ocurrió una idea.

—Madre.

—Dime, hijo.

—Durante la guerra... estas cosas que los SS hicieron a la gente... en los campos. ¿Has sospechado alguna vez... has pensado que la cosa continuaba?

La mujer se atareaba furiosamente quitando la mesa. Al cabo de unos segundos habló.

—Cosas horribles, terribles. Los ingleses nos hicieron ver algunas películas después de la guerra. No quiero oír hablar más de ello.

Salió apresuradamente. Peter se levantó y la siguió a la cocina.

—¿Te acuerdas de que, en 1950, cuando tenía yo dieciséis años, fui a París en un viaje escolar?

Ella hizo una pausa, llenando el fregadero para la limpieza.

—Sí, me acuerdo.

—Y nos llevaron a ver una iglesia llamada del *Sacré Coeur*. Estaban terminando un oficio, un funeral por un hombre llamado Jean Moulin. Algunas personas salieron a la calle, y me oyeron hablar alemán con otro chico. Uno del grupo se volvió y me agredió. Recuerdo el salivazo escurriéndose por mi chaqueta. Me acuerdo que luego, al volver a casa, te lo conté. ¿Te acuerdas de lo que me dijiste?

Frau Miller estaba fregando furiosamente los platos de la cena.

—Dijiste que los franceses eran así. Que tenían asquerosas costumbres.

—Bueno, son así. A mí nunca me han gustado.

—Atiende, madre, ¿sabes lo que hicimos a Jean Moulin antes de morir? No tú, ni mi padre, ni yo. Pero sí nosotros, los alemanes, o mejor dicho la Gestapo, que, para millones de extranjeros parece ser lo mismo.

—Seguro que no quiero oírlo. Ya hay bastante de aquello.

—Bueno, no puedo decírtelo, porque no lo sé. Sin duda está escrito en algún sitio. Pero lo que importa es que me agredieron no porque yo estuviera en la Gestapo, sino porque soy alemán.

—Y debieras estar orgulloso de ello.

—Oh, lo estoy, créeme, lo estoy. Pero esto no quiere significar que esté orgulloso de los nazis, de las SS y de la Gestapo.

—Bueno, nadie lo está, pero no solucionamos nada hablando de ello.

Estaba aturdida, como siempre que discutía con su hijo. Se secó las manos con la misma toalla de la cocina antes de volver a la sala de estar. Él la siguió.

—Oye, madre, trata de comprender. Hasta haber leído aquel Diario, no me había preguntado nunca exactamente qué era lo que se suponía que todos nosotros habíamos hecho. Ahora, al fin, empiezo a comprender. Por eso quiero encontrar a aquel hombre, a aquel monstruo, si todavía está en pie. Es justo que sea juzgado.

Ella estaba sentada en el canapé, a punto de llorar.

—Por favor, Peterkin, dejémoslo. Guardémonos de sondear en el pasado. No puede traer nada bueno. Ahora está todo terminado, es asunto concluido. Lo mejor es olvidar.

Peter Miller estaba frente a la campana de la chimenea, sobre la que se hallaban el reloj y la fotografía de su padre muerto. Llevaba su uniforme de capitán del ejército, destacándose del marco con su amable y un poco triste sonrisa que Miller recordaba. Fue tomada antes de que volviera del frente, después de su último permiso.

Peter recordaba a su padre con asombrosa claridad, mirando su fotografía diecinueve años más tarde, cuando su madre le estaba pidiendo que abandonara la encuesta sobre Roschmann. Podía acordarse de antes de la guerra, cuando tenía cinco años, y su padre lo llevó al zoo de Hagenbeck, y le iba señalando todos los animales, uno a uno, leyendo pacientemente los detalles que daban las plaquitas de metal que había en la parte delantera de cada jaula, para poder responder al interminable flujo de preguntas que formulaba el muchacho.

Podía recordar cuando volvió a casa después que lo reclutaran en 1940, y cómo lloró su madre. Entonces él había pensando cuán estúpidas son las mujeres al llorar por una cosa tan maravillosa como es tener un padre de uniforme. Recordaba aquel día, en 1944, cuando tenía once años, y un oficial del ejército llamó a la puerta para decir a su madre que su marido, héroe de guerra, había encontrado la muerte en el frente Oriental.

—Además, nadie quiere más espantosas revelaciones como ésta. Ni tampoco estos terribles juicios que hemos tenido, en los que se ha escudriñado hasta el menor detalle. Nadie te dará las gracias por ello, incluso si encuentras al hombre. Te pondrán de patitas en la calle; quiero decir que nadie desea más juicios. Ahora es ya demasiado tarde. Déjalo, Peter, por favor. Hazlo por mí.

Peter se acordó de aquella columna orlada de negro del periódico, en la que aparecían listas de nombres diariamente, aunque aquel día de octubre fue distinta, porque en la mitad inferior de la columna estaba el aviso:

«Caído por el Führer y la Madre Patria. Miller, Erwin, capitán, el 11 de octubre. En Ostland.»

Y esto fue todo. Nada más. Ni un atisbo de dónde, o cuándo, o por qué. No era más que uno entre decenas de millares de nombres que el Este devolvía y que iban a llenar las siempre crecientes columnas con una orla negra, hasta que el Gobierno dejó de publicarlos porque minaban la moral.

—Quiero decir —dijo su madre, a sus espaldas— que, por lo menos, debes respetar la memoria de tu padre. Piensa que no querría que su hijo andara hurgando en el pasado, intentando sacar a flote otro proceso por crímenes de guerra. ¿No crees que esto es lo que él hubiese querido?

Miller se volvió y fue hacia su madre, colocó ambas manos sobre sus hombros, y la miró a sus azulados ojos, llenos de temor. Le estampó un beso en la frente.

—Sí, *Mutti* —dijo—. Creo que esto es exactamente lo que él hubiese deseado.

Se marchó, subió a su coche y volvió a Hamburgo, con la ira hirviendo dentro de sí.

Todos los que lo conocían y muchos de los que no sabían quién era, estaban de acuerdo en afirmar que Hans Hoffmann aparentaba lo que era en realidad. Tendría unos cincuenta años, era bien parecido, de cabello grisáceo cortado a la última moda y dedos y uñas bien cuidados. Su traje gris, ni muy oscuro ni muy claro, era de Savile Row, su corbata de seda era de Cardin. En su conjunto, tenía un aire de buen gusto, de un hombre con dinero abundante.

Si el aspecto hubiese sido su único haber, no hubiese sido uno de los editores de la revista más próspera y de más éxito de la Alemania Occidental. Empezó después de la guerra con una máquina que se movía a mano, imprimiendo notas para las autoridades inglesas de ocupación. En 1949 fundó uno de los primeros semanarios ilustrados. Su fórmula era sencilla: decirlo en palabras y hacerlo resultar chocante a la imaginación, y luego rematarlo con ilustraciones, que dejaran a sus competidores como novatos con sus métodos anticuados. Trabajó. Su cadena de ocho revistas, que iban desde historias de amor para adolescentes hasta crónicas brillantes sobre las andanzas de los ricos y las cosas del sexo, lo habían convertido en multimillonario. Pero *Komet*, la revista de noticias y de actualidades, seguía siendo su favorita, su niña mimada.

El dinero le había proporcionado una casa lujosa, estilo rancho, en Othmarschen, un chalet en las montañas, una villa cerca del mar, un Rolls-Royce y un Ferrari. Le había quedado tiempo para encontrar una bella esposa, que se vestía en París, y dos hermosos chicos a quienes veía raramente. Hans Hoffmann era el único millonario en toda Alemania cuya sucesión de jóvenes amantes, discretamente instaladas y con frecuencia cambiadas, no salían nunca fotografiadas en su revista especializada en chismografía. También era muy astuto.

Aquel miércoles por la tarde cerró el Diario de Salomon Tauber después de haber leído el prólogo, lo dejó a un lado y miró al joven reportero que tenía frente a sí.

—Muy bien. Puedo adivinar el resto. ¿Cuánto quiere usted?

—Creo que es un gran documento —dijo Miller—. Hay un hombre que se menciona en todo el Diario, un hombre llamado Eduard Roschmann, capitán de las SS, comandante del gueto de Riga desde el primer día de la ocupación hasta el último. Mató a 80.000 hombres, mujeres y niños. Creo que está vivo y reside aquí, en Alemania Occidental. Necesito encontrarlo.

—¿Cómo sabe usted que está vivo?

Miller se lo explicó en pocas palabras. Hoffmann se mordió los labios.

—La evidencia es muy pequeña.

—Es verdad. Pero vale la pena considerarlo a fondo. Le he traído a usted historias que tenían un punto de partida más débil.

Hoffmann sonrió, recordando el talento de Miller para forjar historias que perjudicaban a los poderosos. A Hoffmann le había gustado publicarlas, luego de haberse asegurado que eran ciertas. Hacían aumentar el tiraje.

—Entonces, es presumible que este hombre, ¿cómo lo llama usted? ¿Roschmann? Con toda probabilidad está ya en la lista de los reclamados. Si la policía no lo ha podido encontrar, ¿qué le hace suponer que usted sí puede?

—¿Lo habrá buscado de verdad la policía? —preguntó Miller.

Hoffmann se encogió de hombros.

—Se supone que lo hacen. Para eso les pagamos.

—No estaría mal que ayudaran un poco, ¿verdad? Sólo descubrir si realmente está vivo, si alguna vez fue apresado, y, si fue así, qué le ocurrió.

—En resumen, ¿qué quiere usted de mí? —preguntó Hoffmann.

—Sólo la autorización para intentarlo. Si no saco nada en claro, abandono.

Hoffmann se meció en su silla, dando la vuelta hasta tener enfrente las ventanas que daban a los muelles abiertos, milla tras milla de grúas y andenes, que se extendían veinte pisos abajo y una milla a lo lejos.

—Esto es algo desacostumbrado en su línea de conducta, Miller. ¿Por qué este repentino interés?

Miller reflexionó profundamente. Intentar vender una idea era siempre lo más difícil. Un periodista libre tiene que vender la historia, o la idea de la historia, ante todo, al editor o al director. El público viene mucho después.

—Es una historia de gran interés humano. Si *Komet*

pudiera dar con el hombre que las fuerzas de policía del país no han encontrado, sería un golpe. El público quiere saber algo de eso.

Hoffmann miró atentamente el cielo de diciembre y movió la cabeza con lentitud.

—Está usted equivocado. Por eso no voy a confiarle la autorización. Creo que es lo último que la gente desea saber.

—Pero considere, herr Hoffmann, que esto es distinto. La gente a quienes Roschmann mató no eran ni polacos ni rusos. Eran alemanes, sí, de acuerdo, judíos alemanes, pero *eran* alemanes. ¿Por qué no se va a interesar la gente por ello?

Hoffmann se volvió a dar la vuelta en su silla, esta vez de espaldas a la ventana, puso los codos sobre la mesa y se apoyó el mentón sobre sus nudillos.

—Miller, es usted un buen reportero. Me gusta el modo como desarrolla una historia; tiene usted un estilo propio. Y es usted un hurón. Puedo contratar a veinte, cincuenta, cien hombres en esta ciudad, que pueden agarrarse al teléfono y hacer todo lo que se les mande, escribir las historias que se les ordene. Pero no producirán una historia por sí mismos. Usted puede hacerlo. Por esto le doy mucho trabajo, y le daré mucho más en lo futuro. Pero no éste.

—Pero ¿por qué? Es una buena historia.

—Escuche, usted es joven. Le diré algo sobre periodismo. La mitad del periodismo consiste en escribir buenas historias. La otra mitad, en venderlas. Puede usted hacer lo primero, pero yo puedo hacer lo segundo. Por tal razón estoy aquí y usted ahí. Cree usted que ésta es una historia que todo el mundo querrá leer, porque las víctimas de Riga eran alemanes judíos. Y yo le digo, que, precisamente por eso, *nadie* querrá leer la historia. Es la última de las historias que quieren leer. Y hasta que en este país no se dicte una ley obligando a la gente a comprar revistas y a leer lo que les conviene leer, seguirán comprando revistas para leer lo que deseen leer. Y esto es lo que les doy. Lo que desean leer.

—Entonces, ¿por qué no sobre Roschmann?

—¿Todavía no lo ve usted? Tendré que decírselo. Antes de la guerra, casi nadie en Alemania conocía a un judío. Antes de que Hitler subiera al poder, nadie odiaba a los judíos en Alemania. Teníamos el récord de haber tratado mejor a nuestra minoría judía que cualquier otro país de Europa. Mucho mejor que Polonia y Rusia, donde los *pogroms* eran diabólicos. Entonces apareció Hitler. Dijo al pueblo que los judíos eran culpables de la primera guerra, del desempleo, de la pobreza y de todo lo demás que iba mal. La gente no sabía qué creer. Casi todo el mundo conocía a un judío que era un delicioso don nadie. O nada dañino. La gente tenía amigos judíos, buenos amigos; amos judíos, buenos amos; empleados judíos, buenos trabajadores. Obedecían las leyes, no hacían daño a nadie. Y se presentó Hitler diciendo que eran culpables de todo. Por eso, cuando aparecieron los carromatos y se los llevaron, la gente no hizo nada. Se apartaron del camino, estuvieron quietos. Llegaron hasta creer a la voz que gritaba más fuerte. Porque el pueblo es así, particularmente los alemanes. Somos un pueblo muy obediente. Es nuestra mayor fuerza y nuestra mayor debilidad. Nos permite construir un milagro económico mientras los ingleses están en huelga, y nos impulsa a seguir a un hombre como Hitler hacia un enorme montón de sepulturas. Durante años, la gente no se preguntó qué les había ocurrido a los judíos de Alemania. Se limitaron a desaparecer, y nada más. Es bastante desagradable leer, en ocasión de cada proceso por crímenes de guerra, lo que les ocurrió a los sin rostro, anónimos, judíos de Varsovia, Lublín, Bialistok, sin nombre, desconocidos judíos de Polonia y de Rusia. Ahora quiere usted decirles, capítulo por capítulo, lo que les ocurrió a sus vecinos. ¿Puede usted ahora comprenderlo? Aquellos judíos —golpeó ligeramente el Diario— aquellas personas que habían conocido, que saludaban en la calle, en cuyas tiendas compraban, y luego no movieron un dedo cuando su Roschmann se los llevó para acabar con ellos. ¿Cree usted que quieren leer algo sobre esto? No puede usted escribir una historia que el pueblo alemán no desea en absoluto leer.

Al terminar, Hoffmann se recostó en su silla, escogió una fina *panatella* del humedecedor que tenía encima de su mesa y le prendió fuego con su encendedor de oro Dupont. Miller se sentó y pensó que no sería capaz de llevar a cabo aquel asunto él solo.

—Esto debe de ser lo que quiere decir mi madre —dijo al fin.

—Probablemente —gruñó Hoffmann.

—Yo sigo queriendo encontrar a ese canalla.

—Déjelo, Miller. Olvídelo. Nadie se lo agradecerá.

—Ésta no es la única razón, ¿verdad? La reacción del público. Hay otra razón, ¿no es así?

Hoffmann lo miraba fijamente a través del humo del cigarro.

—Sí —se limitó a decir.

—¿Les teme usted... todavía? —preguntó Miller.

Hoffmann negó con la cabeza.

—No. Sólo que no quiero buscarme complicaciones. Eso es todo.

—¿Qué clase de complicaciones?

—¿Ha oído usted hablar de un hombre llamado Hans Habe? —preguntó Hoffmann.

—¿El novelista? Sí, ¿qué le pasa?

—En tiempos, dirigió una revista en Munich. A principios de los años cincuenta. Era un buen periódico, él era un endiablado buen reportero. Como usted.

Su título era *Ecos de la Semana*. Habe odiaba a los nazis, y por ello publicó una serie de revelaciones sobre los antiguos miembros de las SS que vivían en libertad en Munich.

—¿Qué le ocurrió?

—A él, nada. Un día tuvo más correo del acostumbrado. La mitad de las cartas procedían de sus anunciantes, que le retiraban los anuncios. Otra carta era de su banco, pidiéndole que pasara por sus oficinas. Cuando lo hizo, le dijeron que quedaba excluido del crédito, y que debía cubrir fondos inmediatamente. Al cabo de una semana la revista estaba en quiebra. Ahora Habe escribe novelas, también muy buenas. Pero nunca más dirigirá una revista.

—Entonces, ¿qué podemos hacer? ¿Dejarnos intimidar?

Hoffmann tiró el cigarro.

—No puedo pasarle este encargo, Miller —dijo con los ojos brillantes—. Entonces odié a los canallas y ahora también los odio. Pero conozco a mis lectores. Y no quieren saber nada acerca de Eduard Roschmann.

—Está bien. Lo siento. Pero seguiré con esto.

—Sepa, Miller, lo conozco a usted, que creo que hay algo personal detrás de todo esto. No deje nunca que el periodismo se convierta en algo personal. Es malo para el reportaje y también para el reportero. Y, hablando de otra cosa, ¿cómo se financiará usted?

—Tengo algunos ahorros —Miller se levantó para marcharse.

—Que tenga suerte —dijo Hoffmann, levantándose y rodeando la mesa—. Voy a decirle lo que haré. El día en que la policía de Alemania Occidental detenga y encarcele a Roschmann, le encargaré a usted que escriba la historia. Éstas son noticias concretas, por tanto son propiedad del público. Si decido no publicarla, lo pagaré de mi bolsillo. Esto es todo lo que puedo hacer. Pero mientras esté escarbando en su busca no exhibirá usted el título de mi revista como apoyo.

Miller asintió con la cabeza.

—Volveré —dijo.

5

Aquel mismo miércoles por la mañana era también el día de la semana en que se reunían los jefes de las cinco ramas del *apparat* del servicio de Seguridad israelí, para su informal discusión semanal.

En muchos países, la rivalidad entre los varios servicios de Seguridad es legendaria. En Rusia, la KGB odia a muerte a la GRU; en América, el FBI no quiere cooperar con la CIA. El servicio de Seguridad inglés considera la Rama Especial de Scotland Yard como un puñado de estúpidos, y hay tantos fulleros en el francés SDECE que los expertos se preguntan si el servicio de Seguridad francés forma parte del Gobierno o del mundo del hampa.

Pero Israel tiene suerte. Una vez por semana los jefes de las cinco ramas se reúnen para una charla amistosa sin fricciones interdepartamentales. Es una de las ventajas de ser una nación rodeada de enemigos. En tales reuniones, se toma café y bebidas ligeras, los presentes se llaman unos a otros por sus nombres propios, la atmósfera es tranquila y se realiza más trabajo del que podría efectuarse bajo un torrente de memorándums escritos.

El director del Mossad, jefe del conjunto de los cinco servicios de Seguridad israelí, el general Meir Amit, se dirigía a esta conferencia en la mañana del 4 de diciembre. Al otro lado de las ventanillas de su largo coche, conducido por un chófer negro, brillaba una bella aurora sobre la llanura de Tel Aviv. Pero el humor del general no le permitía reparar en ello. Era un hombre profundamente desazonado.

La causa de su preocupación era una información que le había llegado en las primeras horas de la madrugada. Unos pequeños datos para ser añadidos al inmenso montón en los archivos, pero aquella noticia era vital, porque la carpeta donde se clasificaría aquel despacho, procedente de uno de sus agentes en El Cairo, era la que correspondía a los cohetes de Helwan.

El general tenía cuarenta y dos años, y su cara de jugador de póquer no reflejaba ninguno de sus sentimientos mientras el coche daba la vuelta al Zina Circus y se dirigía hacia los suburbios al norte de la capital. Se recostaba en la tapicería de su asiento y pensaba en la larga historia de aquellos cohetes construidos en el norte de El Cairo, que ya habían costado la vida a varios hombres y el puesto a su predecesor, el general Isser Harel.

Durante el transcurso de 1961, mucho antes de que los dos cohetes de Nasser fueran exhibidos públicamente en las calles de El Cairo, el Mossad tuvo noticia de su existencia. A partir del momento en que llegó de Egipto el primer comunicado, la Fábrica 333 quedó bajo vigilancia constante.

Se daban perfecta cuenta del reclutamiento a gran escala por los egipcios, gracias a los buenos oficios de Odessa, de científicos alemanes para trabajar en los cohetes de Helwan. Entonces era un asunto serio; lo fue infinitamente más en la primavera de 1962.

En mayo de aquel año, Heinz Krug, el alemán reclutador de científicos, tuvo contactos con el físico austriaco doctor Otto Yoklek, en Viena. En lugar de permitir que lo reclutaran, el profesor austriaco se puso en contacto con los israelíes. Lo que dijo electrificó a Tel Aviv. Comunicó al agente del Mossad que había sido enviado a entrevistarse con él que los egipcios intentaban armar sus cohetes con cabezas nucleares de gran poder destructivo y cultivos de plaga bubónica.

Tan importantes eran las noticias que el director del Mossad, el general Isser Harel, el hombre que había escoltado personalmente al raptado Adolf Eichmann de Buenos Aires a Tel Aviv, voló a Viena para hablar con Yoklek. Quedó convencido de que el profesor estaba en lo cierto, convicción corroborada por las noticias según las cuales el Gobierno de El Cairo acababa de comprar, a través de una firma de Zurich, una cantidad de cobalto radiactivo equivalente a veinticinco veces más de las posibles necesidades a fines médicos.

A su regreso de Viena, Isser Harel se entrevistó con el jefe del Gobierno Ben Gurion y le urgió que le permitiera empezar una campaña de represalias contra los científicos alemanes que estaban trabajando en Egipto o donde quiera que fuese. El viejo primer ministro estaba perplejo. Por una parte, se daba cuenta del horrible peligro de genocidio que representaban para su pueblo los nuevos cohetes con sus cabezas nucleares; por otra parte, reconocía la importancia de los tanques y armamento alemanes que llegarían de un momento a otro. Las represalias israelíes en las calles de Alemania bastarían para convencer al canciller Adenauer a prestar oídos a la facción de su ministro de Asuntos Exteriores y cancelar el tratado sobre armamentos.

En el interior del Gobierno de Tel Aviv existía un partido que sostenía las mismas tesis que el partido dentro del Gobierno de Bonn sobre la venta de armas. Isser Harel y la ministro de Asuntos Exteriores, Golda

Meir, se mostraban en favor de una política dura contra los científicos alemanes; Shimon Peres y el ejército estaban horrorizados al pensar que podían perder sus preciosos tanques alemanes. Ben Gurion estaba presionado por ambos lados.

Encontró una fórmula de compromiso: autorizó a Harel a emprender una campaña silenciosa y discreta para desanimar a los científicos alemanes a ir a El Cairo para ayudar a Nasser a construir sus cohetes. Pero Harel, con su ardiente odio hacia Alemania y todo lo que fuera alemán, se pasó de la raya.

El día 11 de setiembre de 1962, desapareció Heinz Krug. La noche anterior había cenado con el doctor Kleinwachter, el experto en cohetes de propulsión a quien intentaba captar, y un egipcio no identificado. En la mañana del día 11, el coche de Krug fue encontrado abandonado cerca de su casa en un suburbio de Munich. Inmediatamente, su esposa declaró que había sido secuestrado por agentes israelíes, pero la policía de Munich no encontró rastro de Krug ni evidencia alguna de sus secuestradores. En realidad, había sido secuestrado por un grupo de hombres dirigidos por un tenebroso tipo llamado Leon, y su cuerpo echado en el lago de Starnberg, enzarzado en un lecho de hierbajos por una fuerte cadena.

Entonces la campaña se dirigió contra los alemanes que ya estaban en Egipto. El 27 de noviembre llegó a El Cairo un paquete certificado, expedido en Hamburgo y dirigido al profesor Wolfgang Pilz, el científico especialista en cohetes, que había trabajado para los franceses. Fue abierto por su secretaria, Hannelore Wenda. En la explosión que siguió, la muchacha perdió un brazo y quedó ciega.

El 28 de noviembre llegó a la Fábrica 333 otro paquete, también expedido en Hamburgo. Entonces los egipcios utilizaban ya una pantalla de seguridad para los paquetes que llegaban. Un oficial egipcio, en una sala de correos, cortó el cordel: hubo cinco muertos y diez heridos. Al día siguiente, a un tercer paquete le fue quitada la espoleta y no se produjo explosión.

El 20 de febrero de 1963, los agentes de Harel habían vuelto otra vez su atención hacia Alemania. El doctor Kleinwachter, todavía indeciso entre ir a El Cairo o no, estaba de regreso en su casa desde su laboratorio en Loerrach, cerca de la frontera suiza, cuando un Mercedes negro le obstruyó el camino. Se echó al suelo al tiempo que un hombre vaciaba el cargador de su pistola automática a través de la ventanilla. Más tarde, la policía descubrió el Mercedes negro abandonado. Había sido robado aquella misma mañana. En la guantera había un carnet de identidad a nombre del coronel Ali Samir. Las investigaciones revelaron que aquél era el nombre del jefe del Servicio Secreto egipcio. Los agentes de Isser Harel habían enviado el mensaje a través suyo: con un toque de humor negro por precaución.

De nuevo la campaña de represalias estaba al rojo vivo en Alemania. Se convirtió en un escándalo con el asunto Ben Gal. El 2 de marzo, la joven Heidi Goerke, hija del profesor Paul Goerke, pionero de los cohetes de Nasser, recibió una llamada telefónica en su casa de Friburgo, Alemania. Una voz sugirió que podía encontrarse con quien llamaba en el Hotel de los Tres Reyes en Basilea, Suiza, junto a la frontera.

Heidi informó a la policía alemana, que a su vez informó a la suiza. Instalaron unos micrófonos en la habitación que había sido reservada para la reunión, en el curso de la cual dos hombres con gafas negras advirtieron a Heidi Goerke y a su joven hermano que persuadieran a su padre que saliera de Egipto si apreciaba su vida. Arrestados en la misma noche y escoltados hasta Zurich, el juicio contra los dos hombres se vio en Basilea, el 10 de junio de 1963. Fue un escándalo internacional. El jefe de los dos agentes era Yossef Ben Gal, ciudadano israelí.

El juicio siguió su curso. El profesor Yoklek atestiguó sobre las cabezas atómicas causantes de epidemias y destrozos radiactivos, y los jueces quedaron escandalizados. Sacando el mejor partido de un trabajo sucio, el Gobierno israelí aprovechó el proceso para exponer el intento egipcio de cometer genocidio. Horrorizados, los jueces dejaron en libertad a los dos acusados.

Pero en Israel sacaban cuentas. Aunque el canciller alemán Adenauer había prometido personalmente a Ben Gurion que intentaría impedir a los científicos alemanes que tomaran parte en la construcción del cohete de Helwan, Ben Gurion estaba humillado por el escándalo. Con rabia, censuró al general Isser Harel por la amplitud que había dado a su campaña de intimidación. Harel replicó con vigor, y presentó la dimisión. Ante su sorpresa, Ben Gurion la aceptó, demostrando así que nadie en Israel era indispensable, ni tan sólo el director del Contraespionaje.

Aquella noche, 20 de junio de 1963, Isser Harel tuvo una larga conversación con su íntimo amigo, el general Meir Amit, entonces jefe de la Seguridad militar. El general Amit podía acordarse claramente de la conversación, y de la tensa e irritada cara del luchador nacido en Rusia, apodado Isser el Terrible.

—Debo informarte, mi querido Meir, que a partir de ahora Israel no es ya un negocio retributivo. Los políticos se han hecho con el poder. He presentado mi dimisión y me ha sido aceptada. He pedido que fueras tú mi sucesor, y creo que están de acuerdo.

El comité ministerial que preside en Israel las actividades de la red de Seguridad estuvo de acuerdo. A últimos de junio, el general Meir Amit se convirtió en director del Contraespionaje.

No obstante, el fúnebre tañido también dobló para Ben Gurion. Los halcones de su gabinete, dirigidos por Levi Eshkol y su propio ministro de Asuntos Exteriores, Golda Meir, lo obligaron a dimitir, y el 26 de junio de 1963, Levi Eshkol fue nombrado primer ministro. Disgustado, Ben Gurion, sacudiendo con ira su blanca melena, se fue a su *kibbutz*, en el Negev. Pero continuó siendo miembro del Knesset (Parlamento).

Aunque el nuevo Gobierno había echado a Ben Gurion, no repuso a Isser Harel. Acaso se dio cuenta de que Meir Amit era un general más apropiado para recibir órdenes que el colérico Harel, que se había convertido en legendario, ya en vida, ante el pueblo de Israel, y le gustaba serlo.

Tampoco fueron anuladas las últimas órdenes de Ben Gurion. Las instrucciones que recibió el general Amit fueron las mismas: evitar que se produjeran más escándalos en Alemania sobre los científicos especializados en cohetes. Sin otra alternativa, dirigió la campaña de terror contra los científicos que ya estaban en Egipto.

Aquellos alemanes vivían en el suburbio de Meadi, siete millas al sur de El Cairo sobre la orilla norte del Nilo. Un suburbio agradable, aunque estaba cercado por las tropas egipcias de seguridad, y los alemanes que allí vivían eran casi prisioneros en jaula de oro. Para llegar hasta ellos, Meir Amit se valió de su agente principal en el interior de Egipto, el propietario de la escuela de equitación Wolfgang Lutz, quien, a partir de septiembre de 1963, se vio obligado a asumir riesgos suicidas, los cuales dieciséis meses después lo llevarían a su perdición.

Para los científicos alemanes, ya fuertemente vapuleados por las series de paquetes de bombas enviados desde Alemania, el otoño de 1963 se convirtió en una pesadilla. En el corazón de Meadi, custodiado por los guardias egipcios de seguridad, empezaron a llegar cartas, enviadas desde el interior de El Cairo, en las que se amenazaban sus vidas.

El doctor Josef Eisig recibió una en la que se describía a su esposa y a sus dos hijos y el tipo de trabajo en que estaba metido con notable precisión, y se le decía que saliera de Egipto para regresar a Alemania. Todos los demás científicos recibieron el mismo tipo de carta. El 27 de septiembre una carta hizo explosión en la cara del doctor Kirmayer. Para muchos científicos esto colmó el vaso. A últimos de septiembre, el doctor Pilz abandonó El Cairo para regresar a Alemania, llevándose consigo a la desgraciada fräulein Wenda.

Otros siguieron, y los furiosos egipcios no podían detenerlos, porque no podían protegerlos contra las cartas amenazadoras.

El hombre que iba sentado en la parte trasera del coche en aquella luminosa mañana de invierno de 1964 supo que su propio agente, el supuesto pro-nazi alemán, Lutz, era el autor de las cartas y el remitente de los explosivos.

Pero también supo que el programa de cohetes no había sido suspendido. La información que acababa de recibir lo probaba. Volvió a mirar el mensaje descifrado. Sencillamente, confirmaba que una muestra virulenta de bacilo bubónico había sido aislada en el laboratorio de enfermedades contagiosas del Instituto Médico de El Cairo, y que el presupuesto del Departamento en cuestión había sido aumentado diez veces. La información no dejaba dudas de que, a pesar de la publicidad adversa que Egipto había recibido en el proceso Ben Gal, en Basilea, el verano anterior, seguían con su programa de genocidio.

Si Hoffmann hubiese estado espiando, hubiera abofeteado a Miller. Al salir del despacho del editor bajó con el ascensor hasta el quinto piso y se apeó allí para ver a Max Dorn, el encargado de los asuntos legales de la revista.

—Acabo de hablar con herr Hoffmann —dijo, dejándose caer en una silla frente a la mesa de Dorn—. Ahora necesito alguna información suplementaria. ¿Le importa que le sonsaque algo?

—Diga —dijo Dorn, presumiendo que Miller había recibido el encargo de escribir una historia para el *Komet*.

—¿Quién investiga los crímenes de guerra en Alemania?

La pregunta cogió desprevenido a Dorn.

—¿Los crímenes de guerra?

—Sí. Los crímenes de guerra. ¿Qué autoridades son responsables de investigar lo que ocurrió en los distintos países que supeditamos durante la guerra, y encontrar y enjuiciar a los individuos culpables de asesinatos en masa?

—¡Oh!, comprendo lo que quiere decir. Bueno, básicamente existen varios fiscales generales en los Estados de Alemania Occidental.

—¿Quiere usted decir que ellos se encargan de *todo*?

Dorn se recostó en su silla, a sus anchas en su propio campo de especialista.

—Hay dieciséis provincias en Alemania Occidental. Cada una tiene su capital y un fiscal general provincial. Como parte integrante de cada Fiscalía existe un departamento responsable para la investigación de los llamados «crímenes de violencia cometidos durante la era nazi». Cada capital provincial tiene señalada un área del antiguo Reich o de territorios ocupados, que cae bajo su especial responsabilidad.

—¿Como, por ejemplo? —preguntó Miller.

—Bueno, por ejemplo, todos los crímenes cometidos por los nazis y las SS en Italia, Grecia y la Galitzia polaca son investigados por Stuttgart. El mayor de los campos de exterminio, Auschwitz, lo tiene Francfort. Habrá usted oído hablar que el próximo mayo, en Francfort, se celebrará un gran juicio contra veintidós antiguos guardias de Auschwitz. En cuanto a los campos de exterminio de Treblinka, Chelmo, Sobibor y Maidanek, los investiga Dusseldorf/Colonia. Munich es responsable de Belzec, Dachau, Buchenwald y Flossenburg. La mayor parte de los crímenes cometidos en la Ucrania soviética y en el área de Lodz, de la antigua Polonia, los tiene Hanover. Y así sucesivamente.

Miller se anotó la información.

—¿Quién tiene a su cargo la investigación de lo que ocurrió en los tres Estados bálticos? —preguntó.

—Hamburgo —respondió Dorn rápidamente— junto con los crímenes en las áreas de Danzig y de Varsovia, sector de Polonia.

—¿Hamburgo? —preguntó Miller—. ¿Quiere usted decir que es aquí mismo, en Hamburgo?

—Sí. ¿Por qué?

—Bueno, me interesa Riga.

Dorn hizo una mueca.

—Comprendo. Los judíos alemanes. Bueno, éste es el asunto preferido de nuestra Fiscalía.

—Si tiene que haber un juicio, o incluso un arresto, de alguien culpable de crímenes en Riga, ¿será aquí, en Hamburgo?

—El juicio puede que sí —dijo Dorn—. El arresto puede hacerse en cualquier otra parte.

—¿Cuál es el procedimiento para los arrestos?

—Bueno, existe un libro de Personas Demandadas. En él figura el nombre de todos los criminales de guerra demandados, con el apodo, nombres de pila y fechas de nacimiento. Por regla general, la Fiscalía a cargo de la zona donde el hombre cometió los crímenes pasa años preparando la causa contra él antes de detenerlo. Luego, cuando lo tienen todo preparado, solicitan a la policía del Estado donde vive el hombre que lo arresten. Un par de detectives practica la detención. Si se descubre a un individuo muy buscado, puede ser arrestado en el lugar mismo donde es hallado, y la Fiscalía correspondiente es informada de lo que han apresado. Entonces van y se lo llevan. La dificultad reside en que muchos de los SS importantes ahora no utilizan sus propios nombres.

—Perfecto —dijo Miller—. ¿Se ha celebrado algún juicio en Hamburgo contra alguien culpable de crímenes cometidos en Riga?

—No, que yo recuerde —contestó Dorn.

—¿Acaso lo encontraríamos en el archivo de recortes?

—Seguro. Si ocurrió después de 1950, cuando instalamos el archivo de recortes, puede estar allí.

—¿Le importa que eche un vistazo? —preguntó Miller.

—En absoluto.

El archivo estaba en los sótanos, al cuidado de cinco archiveros, vestidos con batas grises. Ocupaba un espacio de casi medio acre, lleno de hilera sobre hilera de estantes de acero gris donde se alineaban libros de referencia de cada clase y descripción. Cubriendo las paredes, del techo al suelo, había archivadores de acero, que ostentaban en cada cajón el asunto de las carpetas que contenía.

—¿Qué desea? —preguntó Dorn al acercarse el jefe de los archiveros.

—Roschmann, Eduard —dijo Miller.

—Índice de la sección de personal, por aquí —dijo el empleado, los guió a lo largo de una de las paredes y hurgó en el estante rotulado ROA-ROZ—. Nada de Roschmann, Eduard.

—¿Tiene usted algo sobre crímenes de guerra? —preguntó Miller tras reflexionar.

—Sí —respondió el archivero—. Sección de crímenes de guerra y procesos, por aquí.

Recorrieron otro centenar de metros de estanterías.

—Busque algo acerca de Riga —dijo Miller.

El archivero subió por una escalerilla y se puso a buscar. Volvió con un legajo rojo. Llevaba el rótulo «Riga-Juicio sobre crímenes de guerra». Miller lo abrió. Cayeron dos trozos de noticias impresas del tamaño de un sello de correos. Miller los recogió. Ambos eran del verano de 1950. Uno informaba que tres antiguos SS habían sido juzgados por brutalidades cometidas en Riga entre 1941 y 1944. El otro trozo informaba que los tres habían sido condenados a largos años de cárcel. Los tres fueron puestos en libertad en 1963.

—¿Esto es todo? —preguntó Miller.

—Eso es todo —contestó el archivero.

—¿Le parece a usted normal —preguntó Miller volviéndose hacia Dorn— que una sección de la Fiscalía General del Estado durante quince años me haya sacado dinero en concepto de impuestos, y por toda contrapartida me enseñe dos sellos de correos?

Dorn se inclinaba a favor del poder establecido.

—Estoy seguro de que lo hacen lo mejor que pueden —dijo, algo enojado.

—Lo dudo —dijo Miller.

Se separaron en el vestíbulo principal, dos pisos más arriba, y Miller salió a la calle bajo la lluvia.

El edificio en los suburbios al norte de Tel Aviv que alberga los cuarteles generales del Mossad no llama la atención, incluso de sus más próximos vecinos. La entrada al aparcamiento subterráneo del conjunto de despachos está flanqueada por tiendas de lo más común. En el piso bajo hay un banco, y en el vestíbulo de entrada, antes de llegar a las puertas giratorias que dan paso al banco, está el ascensor, una tablilla en la que figuran las razones sociales que tienen sus despachos en los pisos superiores y la mesita del portero para informaciones.

El tablero pone de manifiesto que en el interior del edificio están las oficinas de varias compañías comerciales, dos dedicadas a Seguros, un arquitecto, un ingeniero consultor y una compañía de importación y exportación en el piso superior. Cualquier clase de información sobre cualquiera de las razones sociales, excepto la del piso superior, es facilitada cortésmente. Con la misma cortesía, no se contestan las preguntas sobre la compañía instalada en el piso superior. La compañía del piso superior es la fachada del Mossad.

Las habitaciones donde se reúnen los jefes de la Seguridad israelí son desnudas y frías, pintadas de blanco, con una larga mesa y sillas junto a las paredes. Alrededor de la mesa toman asiento los cinco hombres que controlan las distintas ramas de la Seguridad. Detrás suyo, ocupan las sillas escribientes y estenógrafos. Otros no miembros pueden ser llamados a informar, pero esto ocurre raras veces. Las reuniones están clasificadas como de máximo secreto, pues nada de lo que allí se dice debe ser divulgado.

En la cabecera de la mesa se sienta el director del Mossad. Fundado en 1937, siendo su nombre completo Mossad Aliyah Beth, u Organización para la Segunda Inmigración, el Mossad fue el primer órgano israelí de Seguridad. Su primera tarea consistió en llevar judíos de Europa al puerto de refugio en la tierra de Palestina.

Después de la fundación del Estado de Israel en 1948 se convirtió en el decano de todos los órganos de

Seguridad, y su director, automáticamente, en el jefe de los cinco.

A la derecha del director se sienta el jefe del Aman, el servicio de Seguridad militar reunida, cuya función consiste en tener a Israel informado del estado de preparación para la guerra de sus enemigos. El hombre que ocupaba el puesto en aquel entonces era el general Aharon Yaariv.

A la izquierda se sienta el jefe del Shabak, alguna vez erróneamente llamado Shin Beth. Estas letras corresponden al Sherut Bitachon, Servicio de Seguridad en hebreo. El título completo del órgano que tiene a su cargo la seguridad interior de Israel, y *sólo* la seguridad interior, es Sherut Bitachon Klali, y la abreviatura Shabak está tomada de estas tres palabras.

Junto a estos dos hombres se sientan los dos últimos de los cinco. Uno es el director general del departamento de investigación del Ministerio de Asuntos Exteriores, encargado especialmente de la evaluación de la situación política en las capitales árabes, un asunto de importancia vital para la seguridad de Israel. El otro es el director de un servicio únicamente ocupado en el destino de los judíos en los «países de persecución». Todos los países árabes y los comunistas quedan incluidos en esta denominación. Como que no pueden darse sobreposiciones de actividades, las reuniones semanales permiten a cada jefe conocer lo que están haciendo los demás departamentos.

Dos hombres más están presentes como observadores, el inspector general de policía, y el jefe de una Rama Especial, las armas ejecutivas del Shabak en la lucha contra el terrorismo en el interior del país.

La reunión de aquel día era completamente normal. Meir Amit ocupó su lugar a la cabecera de la mesa, y empezó la discusión. Se guardó la bomba para el último momento. Al terminar su declaración se produjo un silencio, como si los presentes, incluidos los ayudantes arrimados a las paredes, vieran mentalmente su país agonizando bajo las cabezas atómicas radiactivas y la epidemia asolando sus hogares.

—Lo más importante es —dijo al fin el jefe del Shabak— que estos cohetes no deben volar nunca. Si no podemos impedir que construyan cabezas atómicas, tenemos que impedir que salgan de allí.

—De acuerdo —dijo Amit, taciturno como siempre—, pero ¿cómo?

—Zurrémosles —gruñó Yaariv—. Zurrémosles con todo lo que tengamos a mano. Los jefes de Ezer Weizmann pueden eliminar la Fábrica 333 en una incursión.

—Y empezar una guerra con nada con qué luchar —replicó Amit—. Necesitamos más aviones, más tanques, más cañones, para derrotar a Egipto. Creo que todos sabemos, señores, que la guerra es inevitable. Nasser quiere la guerra, pero no luchará hasta estar preparado. Pero si ahora lo obligamos a ello, la respuesta es muy fácil: él, con su armamento ruso, está más preparado que nosotros.

De nuevo se produjo el silencio. El jefe de la sección árabe del Ministerio del Exterior, habló.

—Nuestras informaciones procedentes de El Cairo nos dicen que los egipcios creen que estarán a punto en los primeros meses de 1967, cohetes comprendidos.

—Para entonces tendremos nuestros tanques y cañones, y los nuevos jets franceses —replicó Yaariv.

—Sí, y ellos tendrán estos cohetes de Helwan. Cuatrocientos. Caballeros, sólo hay una respuesta. Cuando estemos preparados para luchar contra Nasser, los cohetes estarán guardados en silos por todo Egipto. Estarán fuera de nuestro alcance. Porque una vez en los silos y preparados para disparar, no debemos limitarnos a coger el noventa por ciento de ellos, sino su totalidad. Y ni los aguerridos pilotos de Ezer Weizmann pueden atraparlos a todos, sin dejar uno.

—Entonces los atraparemos en la fábrica de Helwan —dijo Yaariv con decisión.

—De acuerdo —dijo Amit—, pero sin ataque militar. Debemos intentar obligar a los científicos alemanes a dimitir antes de haber terminado su trabajo. Recordaré que casi se está terminando la etapa de investigación. Disponemos de seis meses. Luego, los alemanes no tendrán ya importancia alguna. Los egipcios pueden construir los cohetes, que les dejarán diseñados hasta la última tuerca y el último perno. Por esta razón, desencadenaré la campaña contra los científicos en Egipto y los tendré a ustedes informados.

Durante varios segundos se produjo un nuevo silencio como si la pregunta no formulada estuviera en las mentes de todos los reunidos. La formuló, al fin, uno de los hombres adscritos al Ministerio del Exterior.

—¿No podemos disuadirlos de nuevo en el interior de Alemania?

El general Amit negó con la cabeza.

—No. Esto queda fuera de discusión en el clima político que ahora prevalece. Las órdenes de nuestros superiores siguen siendo las mismas: no más tácticas de fuerza en el interior de Alemania. Para nosotros, y de ahora en adelante, la clave de los cohetes de Helwan está en el interior de Egipto.

El general Meir Amit, director del Mossad, raras veces se equivocaba. Pero aquella vez sí. Porque la clave de los cohetes de Helwan estaba en una fábrica en el interior de la Alemania Occidental.

6

Miller tardó una semana en poder obtener una entrevista con el jefe de sección en el departamento de la Fiscalía General de Hamburgo encargado de la investigación de crímenes de guerra. Sospechaba que Dorn había descubierto que no estaba trabajando a requerimiento de Hoffmann y había reaccionado en su contra.

El hombre que tenía enfrente estaba nervioso, mal dispuesto.

—Debe usted comprender que sólo he consentido recibirlo como resultado de su persistente insistencia —empezó.

—De todos modos es muy amable por su parte —dijo Miller para captarse su voluntad— Quiero preguntar por un hombre que, según creo, su departamento debe de tener bajo investigación permanente, llamado Eduard Roschmann.

—¿Roschmann? —preguntó el letrado.

—Roschmann —repitió Miller —. Capitán de las SS. Comandante del gueto de Riga de 1941 a 1944. Deseo saber si está vivo; en caso contrario, dónde está enterrado. Si han dado ustedes con él, si ha sido detenido alguna vez y si se le ha sometido a juicio. Si no, donde está ahora.

El letrado se estremeció.

—¡Santo Dios!, no puedo decirle esto —dijo.

—¿Por qué no? Es un asunto de interés público. De enorme interés público.

El letrado había recuperado su presencia de ánimo.

—Lo dudo —dijo afablemente—. De otro modo recibiríamos constantes peticiones de esta clase. Actualmente, en todo lo que yo pueda recordar, la suya es la primera petición que hayamos tenido procedente de... un miembro del público.

—Actualmente, yo soy miembro de la prensa —dijo Miller.

—Sí, es posible. Pero creo que en lo que se refiere a esta clase de información usted ostenta los mismos títulos que pueda tener un miembro del público.

—¿Cómo es posible? —preguntó Miller.

—Creo que no estamos autorizados para dar información sobre el estado de nuestras investigaciones.

—Bueno, nunca es tarde para empezar —dijo Miller.

—¡Oh!, escuche, herr Miller, no esperará usted que la policía le informe sobre la marcha de *sus* investigaciones en un caso criminal.

—Sí, lo espero. En realidad es lo que estoy haciendo. Por lo general, la policía se apresura a publicar boletines cuando se espera una detención inmediata. Ciertamente, convocan una conferencia de prensa si el principal sospechoso llega a sus manos vivo o muerto. Esto ayuda a sus relaciones con el público.

El letrado sonrió ligeramente.

—Estoy seguro de que desempeña usted una función muy valiosa en este aspecto —dijo—. Pero de este departamento no sale información alguna sobre el estado y el progreso de nuestro trabajo —parecía que daba con la base del argumento—. Tenga en cuenta esto: si los criminales que buscamos supieran cuán cerca estamos de cerrar el círculo a su alrededor, desaparecerían.

—Puede que sea así —replicó Miller—. Pero los periódicos demuestran que su departamento sólo ha juzgado a tres particulares que fueron guardias en Riga. Y que tal cosa ocurrió en 1950, y, por tanto, aquellos hombres estaban ya detenidos, a la espera del juicio, cuando los británicos los entregaron al departamento. Así, pues, los criminales a quienes se busca no parecen estar en peligro de tener que desaparecer.

—Realmente, ésta es una sugerencia inexcusable.

—Muy bien. Así pues, sus investigaciones progresan. Si no puede dañar su caso me gustaría saber, simplemente, si Eduard Roschmann está bajo investigación, y dónde está ahora.

—Todo lo que puedo decir es que los asuntos concernientes al área de responsabilidad de mi departamento están bajo investigación constante. Lo repito: investigación constante. Y ahora creo de verdad, herr Miller, que no puedo hacer nada más por usted.

Se levantó, y Miller siguió su ejemplo.

—Déjelo —dijo al marcharse.

Transcurrió otra semana antes de que Miller estuviera dispuesto para la acción. Pasó la mayor parte de la semana en casa, leyendo seis libros que en todo o en parte se referían a la guerra a lo largo del frente Oriental y a cosas que habían ocurrido en los campos de concentración de los territorios ocupados del Este. El librero de la biblioteca de su barrio fue quien mencionó la Comisión Z.

—Está en Ludwigsburg. Supe de ella leyendo una revista. Su nombre completo es: Agencia Federal central para la elucidación de los crímenes de violencia cometidos durante la Era nazi. Es un trabalenguas, por eso la gente abrevia llamándola Zentrale Stelle. Y aún más corto, la Comisión Z. Es la única organización del país que da caza a los nazis a escala nacional, incluso a nivel internacional.

—Gracias —dijo Miller al marcharse—. Veré si pueden ayudarme.

La mañana siguiente Miller fue a su banco, extendió un cheque para el propietario de su casa por tres meses de alquiler, de enero hasta marzo, sacó en efectivo el resto del saldo que tenía en su cuenta, dejando diez marcos para que ésta quedara abierta.

Besó a Sigi antes de que se marchara a trabajar a su club, y le dijo que estaría fuera una semana, acaso algo más. Entonces sacó el Jaguar del aparcamiento en los sótanos de su casa y se dirigió al Sur, hacia Renania.

Habían empezado a caer las primeras nieves, que llegaban del mar del Norte, silbando, cortando a ráfagas las vastas extensiones de la autopista, mientras el coche pasaba rápidamente por el sur de Bremen y la llanura de la Baja Sajonia.

Se detuvo una vez, después de dos horas de marcha, para tomar café, luego avanzó a través de Renania del Norte/Westfalia. A pesar del viento, gozaba conduciendo autopista abajo con mal tiempo. En el interior del XK 150 S tenía la impresión de estar en la cabina de mando de un gran avión. En el exterior, la creciente oscuridad de una noche de invierno, el frío helado, las ráfagas oblicuas de la nieve brillando por un momento bajo los rayos luminosos de los faros, barriendo los cristales y volviendo de nuevo a la nada.

Aceleró hasta alcanzar cerca de los ciento sesenta kilómetros por hora, vigilando las carrocerías de los camiones pesados que, al adelantarlos, quedaban a su derecha.

A las seis de la tarde estaba más allá de la bifurcación de Hamm y las luces del Ruhr empezaban a ser visibles a su derecha, a través de la oscuridad. Nunca dejaba de maravillarse ante el Ruhr, kilómetro tras kilómetro de fábricas y chimeneas, ciudades y pueblos tan cerca unos de otros que daban la impresión de constituir una sola y gigantesca ciudad de ciento cincuenta kilómetros de longitud y ochenta de ancho. Cuando la autopista alcanzó un paso elevado pudo mirar hacia abajo y, a la derecha, pudo ver cómo se extendían a lo lejos bajo la noche de diciembre, millares de hectáreas de luces y fábricas, el resplandor de millares de hornos, testimonio de la prosperidad del milagro económico. Catorce años antes, cuando había pasado por allí en tren en su viaje escolar a París, el corazón industrial de Alemania sólo empezaba a latir. Resultaba imposible no sentirse orgulloso de lo que había hecho su pueblo a partir de entonces.

Sólo desde la última vez que pase por aquí, pensó, cuando las imponentes manifestaciones del cinturón de Colonia empezaron a mostrarse a la luz de los faros. Desde Colonia corrió hacia el Sureste, pasó por Wiesbaden y Francfort, Mannheim y Heilbronn, y era ya noche cerrada cuando se detuvo frente a un hotel en Stuttgart, la ciudad más próxima a Ludwigsburg, donde pasó la noche.

Ludwigsburg es una tranquila e inofensiva ciudad, con plaza de mercado, asentada en las quebradas y agradables colinas de Württemberg, unos veinticinco kilómetros al norte de Stuttgart, la capital del Estado. Alojada en un camino tranquilo lejos de la calle Mayor, para la extrema perplejidad de los probos habitantes de la ciudad, está la residencia de la Comisión Z, compuesta por un reducido grupo de hombres, con muy poca influencia, mal pagados, sobrecargados de trabajo, cuya afición y dedicación de su vida consiste en cazar nazis y SS culpables durante la guerra de asesinatos en masa. Antes de que el Estatuto de Limitaciones eliminara todos los crímenes cometidos por los SS con la excepción de asesinatos y asesinatos en masa, las personas buscadas podían ser culpables sólo de extorsión, robo, daños corporales incluyendo la tortura, y una variedad de otras formas desagradables.

Sólo con relación a asesinatos, el único cargo que se consideraba apto para ser llevado a juicio, la Comisión Z todavía tenía en sus archivos 170.000 nombres. Naturalmente, el principal esfuerzo residía, y todavía reside, en seguir la pista de los peores asesinos en masa, que eran algunos miles.

Sin poderes para ordenar la detención, y sólo para pedir a la policía de los Estados alemanes que procedieran a un arresto cuando se había verificado una identificación positiva, no pudiendo conseguir más que escasas subvenciones al año del Gobierno Federal de Bonn, los hombres de Ludwigsburg trabajaban únicamente porque se habían entregado a aquella tarea.

Eran ochenta detectives en la plana mayor y cincuenta abogados y procuradores. En el primer grupo todos eran jóvenes, no alcanzando los treinta y cinco años, de modo que ninguno de ellos posiblemente se había visto implicado en los asuntos sometidos a examen. Los letrados eran, en su mayoría, personas de más edad, pero tenían que prometer que no se habían visto envueltos en acontecimientos anteriores a 1945.

Los letrados procedían principalmente de la práctica privada, a la que un día volverían. Los detectives sabían que su carrera terminaría allí. Ninguna fuerza de policía en Alemania quería tener en sus filas a un detective que hubiese servido en Ludwigsburg. Para los policías preparados para cazar SS en Alemania Occidental, no había lugar a su promoción en cualquier otra fuerza de policía en el país.

Perfectamente habituados a ver ignoradas sus peticiones de cooperación en casi la mitad de los Estados, a ver como los expedientes que prestaban se extraviaban sin que nadie fuera responsable de la pérdida, a ver como la presa desaparecía súbitamente después de una confidencia anónima, los hombres de la Comisión Z trabajaban lo mejor que podían en una tarea que sabían no estaba de acuerdo con los deseos de la mayoría de sus compatriotas.

Incluso por las calles de la sonriente ciudad de Ludwigsburg, los hombres responsables de la Comisión Z no recibían el saludo y eran ignorados por los ciudadanos a quienes su presencia daba una indeseable notoriedad.

Peter Miller llegó a la Comisión, en el número 58 de la calle Schorndorfer, una gran casa, antiguamente particular, rodeada por una pared de dos metros y medio de alto. Dos macizas puertas de acero cerraban el paso. A un lado estaba el cordón de una campana, del que tiró Miller. Alguien corrió un postigo de acero y apareció una cara. El inevitable portero.

—Diga.

—Quisiera hablar con alguno de sus letrados —dijo Miller.

—¿Con cuál? —preguntó el rostro.

—No sé ningún nombre —contestó Miller—. Hablaré con cualquiera. Aquí está mi carnet.

Pasó su carnet de prensa a través de la abertura, obligando al hombre a tomarlo. El carnet, cuando menos, iba a penetrar en el edificio. El hombre cerró la portezuela y se fue. Cuando regresó, abrió la puerta. A Miller le indicaron los cinco peldaños de piedra que llevaban a la puerta principal, al abrigo del claro pero helado aire de invierno. En el interior, con calefacción central, había buena temperatura. Otro portero abrió la puerta de cristales que estaba a su derecha, y le indicó que pasara a una pequeña sala de espera.

—Alguien le atenderá a usted —dijo, y cerró la puerta.

El hombre que acudió tres minutos después tenía

poco más de cincuenta años, de maneras amables y corteses. Devolvió a Miller su carnet de prensa y preguntó:

—¿En qué puedo servirle?

Miller empezó por el principio, explicando brevemente quién era Tauber, el Diario, sus investigaciones sobre lo que había sido de Eduard Roschmann. El letrado escuchaba con suma atención.

—Fascinante —dijo al fin.

—Lo que he venido a decir es: ¿pueden ustedes ayudarme?

—Deseo poder hacerlo —dijo el hombre, y por primera vez desde que empezó a preguntar sobre Roschmann en Hamburgo semanas antes, Miller creyó haber encontrado a una autoridad sinceramente dispuesta a ayudarlo—. Sucede, sin embargo, que a pesar de estar preparado para aceptar su demanda con completa sinceridad, estoy atado de pies y manos por las reglas que determinan la continuidad de nuestra existencia aquí. En efecto, estas reglas dicen que no puede darse ningún tipo de información sobre un buscado criminal de las SS a nadie que no sea una persona con respaldo oficial de un específico número de autoridades.

—En otras palabras, ¿no puede usted decirme nada? —quiso saber Miller.

—Le ruego que comprenda —dijo el letrado—, esta oficina sufre ataques constantes. No abiertamente, nadie se atrevería a hacerlo. Pero de forma privada, en los pasillos del Poder, nos están cercenando incesantemente, tanto nuestro presupuesto, como los poderes de que disponemos, como nuestros términos de referencia. No nos permiten salirnos del reglamento. Personalmente, me gustaría establecer una alianza con la prensa de Alemania, para que nos ayudara, pero está prohibido.

—Ya lo sé —dijo Miller—. ¿Poseen ustedes un archivo con recortes de prensa?

—No, no lo tenemos.

—¿Sabe si en algún lugar de Alemania existe un archivo con recortes de prensa, abierto a la consulta del público?

—No. Los únicos archivos de recortes de prensa en todo el país son los creados y sostenidos por los distintos diarios y revistas. Tiene fama de ser el más completo el de la revista *Der Spiegel*. Después, es muy bueno también el del *Komet*.

—Me parece que es bastante desigual —dijo Miller—. Hoy en día, en Alemania, ¿dónde puede preguntar un ciudadano sobre los progresos de la investigación de crímenes de guerra, y por el material preparado sobre los criminales SS buscados?

El letrado estaba ligeramente incómodo.

—Me temo que el ciudadano ordinario no puede hacer esto —dijo.

—Muy bien —dijo Miller—, ¿en qué lugar de Alemania están los archivos que se refieren a los hombres de las SS?

—Tenemos uno aquí, en los sótanos —dijo el letrado—. Y el nuestro está enteramente compuesto por fotocopias. Los originales del índice completo de las fichas de los SS fueron capturados en 1945 por una unidad americana. En el último minuto, un pequeño grupo de SS estaba detrás del castillo donde habían sido concentrados en Baviera e intentaron quemar los registros. Lo habían hecho ya con aproximadamente un diez por ciento antes de que aparecieran los soldados americanos y pusieran fin a la destrucción. Lo que quedaba estaba todo revuelto. Los americanos, con la ayuda de algunos alemanes, emplearon dos años en clasificar el resto. Durante aquellos dos años, determinado número de los peores hombres de las SS escaparon, después de haber estado temporalmente bajo custodia aliada. Sus expedientes no pudieron ser hallados bajo la confusión. Después de la clasificación final, el índice completo de las SS estuvo en Berlín, todavía bajo la propiedad y dirección americanas. Incluso nosotros tuvimos que recurrir a ellos si queríamos algo más. Observe usted que son muy rígidos en estas cosas; es completamente inútil que esta organización se queje de falta de cooperación.

—¿Y así están las cosas? —preguntó Miller—. ¿Sólo dos archivos en todo el país?

—Así es —repuso el letrado—. Lo repito, me gustaría poder ayudarlo. Incidentalmente, si usted sabe algo sobre Roschmann, estaríamos encantados de que nos lo comunicara.

Miller se detuvo a pensar.

—Si encuentro algo, sólo hay dos autoridades que puedan hacer algo. La Fiscalía General en Hamburgo, y ustedes. ¿Estoy en lo cierto?

—Sí, esto es todo —dijo el letrado.

—Y, en este caso, ustedes están más dispuestos a hacer algo positivo que Hamburgo —Miller había resumido la cuestión.

El letrado miraba fijamente al techo.

—Nada de lo que viene aquí, y que tenga un valor real, se llena de polvo en un estante —observó.

—De acuerdo —dijo Miller y se levantó—. Oiga, entre nosotros, ¿siguen ustedes buscando a Eduard Roschmann?

—Entre nosotros, sí, con afán.

—Si le cogen, ¿no habrá problemas para llegar al fallo de culpabilidad?

—De ninguna clase —dijo el letrado—. La causa contra él es muy sólida. Tendrá trabajo para salvar su vida, a menos que le conmuten la pena.

—Deme su número de teléfono —dijo Miller.

El letrado lo escribió en un papel que dio a Miller.

—Éste es mi nombre y dos números de teléfono. El

de mi casa y el de mi despacho. Puede llamarme a cualquier hora, de día o de noche. Si sabe usted algo nuevo, llámeme desde cualquier cabina telefónica desde la que se pueda marcar directamente. En cualquier Estado, entre la policía hay hombres a quienes puedo llamar y sé que los puedo hacer entrar en acción si es necesario. A otros hay que evitarlos. Por eso, llámeme a mí primero. ¿De acuerdo?

Miller se puso el papel en el bolsillo.

—Me acordaré de esto —dijo al marcharse.

—Buena suerte —dijo el letrado.

El camino de Stuttgart a Berlín es largo, y Miller empleó en él la mayor parte del día siguiente. Por fortuna, hacía un tiempo seco y despejado, y el Jaguar, bien ajustado, se comía los kilómetros en dirección Norte. Pasó la vasta alfombra de Francfort, pasó Kassel y Gotinga hacia Hanover. Allí siguió el desvío a la derecha de la autopista E 4 a la E 8 y la frontera con Alemania Oriental.

Se pasaba una hora en el puesto fronterizo de Marienborn en las operaciones de declaración de moneda y de visados de tránsito para viajar a través de los 180 km de Alemania Oriental hasta Berlín Occidental; y, mientras tanto, los aduaneros con su uniforme azul y la policía popular, con sus capas grises, y gorros de piel para protegerse del frío, registraban dentro y por debajo del Jaguar. El aduanero parecía vacilar entre la helada cortesía que se esperaba de un servidor de la República Democrática Alemana hacia un súbdito de la revanchista Alemania Occidental, y el deseo de un joven de examinar el coche deportivo de otro joven.

Unos 30 km más allá de la frontera, el gran puente para coches cruzaba el Elba, donde los británicos, en 1945, obedeciendo honorablemente las órdenes dictadas en Yalta, detuvieron su avance sobre Berlín. A su derecha, Miller miró abajo, hacia la llanura de Magdeburgo y se preguntó si todavía estaba en pie la vieja cárcel. Se produjo una nueva espera a la entrada de Berlín Occidental, donde de nuevo fue registrado el coche, el portaequipajes vaciado en el banco de Aduanas, y abrieron su cartera para ver si no había ocultado todos sus marcos al pueblo del paraíso de los trabajadores, mientras viajaba por la carretera. Por fin le permitieron pasar y el Jaguar roncó más allá del circuito de Avus hacia la cinta resplandeciente de la Kurfurstendamm, brillante con los adornos de Navidad. Era la noche del 17 de diciembre.

Decidió no ir de acá para allá en el Centro Americano de Documentos, como había hecho en la Fiscalía General en Hamburgo o en la Comisión Z en Ludwigsburg. Se daba cuenta de que sin respaldo oficial nadie daría un paso en los archivos nazis de Alemania.

A la mañana siguiente llamó a Karl Brandt desde la oficina central de Comunicaciones. Brandt se mostró reacio a su demanda.

—No puedo —contestó al teléfono—. No conozco a nadie en Berlín.

—Bueno, oye: debiste tropezarte con alguien de las Fuerzas de Berlín Occidental en uno de los colegios a que asististe. Necesito que respondas por mí cuando vaya a verlo —replicó Miller.

—Te dije que no quería verme envuelto en esto.

—Bueno, estás envuelto —Miller esperó unos segundos antes de asestar el golpe decisivo—. Puedo ir a echar un vistazo en aquel archivo oficialmente, o también irrumpir allí y decir que tú me envías.

—Tú no harás eso —dijo Brandt.

—Te juro que lo haré. Estoy harto de que me envíen de Herodes a Pilatos a través de este condenado país. Por tanto, busca a alguien que me introduzca allí oficialmente. Considéralo bien, la petición será olvidada enseguida, una vez que yo haya visto aquellos archivos.

—Tengo que pensarlo —dijo Brandt, para ganar tiempo.

—Te doy una hora —dijo Miller—. Luego vuelvo a llamar.

Dejó el receptor. Una hora después Brandt estaba enojado como siempre, y bastante asustado. De todo corazón pensaba que tenía que haberse guardado el Diario y tirarlo.

—Hay un hombre con quien estuve en el colegio de detectives. No intimamos mucho, pero ahora está en la Oficina número uno de las fuerzas de Berlín Occidental. Intervienen en el mismo asunto.

—¿Cómo se llama?

—Schiller. Volkmar Schiller, inspector.

—Me pondré en contacto con él —dijo Miller.

—No, deja que lo haga yo. Lo llamaré hoy mismo y le hablaré de ti. Luego vas a verlo. Si no consiente en recibirte, no me culpes. Es el único a quien conozco en Berlín.

Dos horas más tarde, Miller llamó a Brandt de nuevo. Brandt parecía aliviado.

—Se ha marchado de vacaciones —dijo—. Me han dicho que ha ido a pasar las Navidades fuera, y que no regresará hasta el lunes.

—¡Pero sólo estamos a miércoles! —exclamó Miller—. Tengo que ver cómo mato el tiempo durante cuatro días.

—Eso es cosa tuya, Schiller estará de regreso el lunes por la mañana. Entonces lo llamaré.

Miller pasó cuatro aburridos días dando vueltas por el Berlín Occidental, a la espera de que Schiller regresara de sus vacaciones. Al acercarse las Navidades de 1963, Berlín estaba completamente pendiente de las autorizaciones de salida que las autoridades del Berlín Oriental, por primera vez desde que fue construido el Muro en agosto de 1961, darían a los berlineses occidentales para pasar el Muro y visitar a sus parientes que residían en el sector oriental. El progreso de las negociaciones entre los dos sectores de la ciudad fue dado en los grande titulares de los periódicos día tras día. Miller pasó uno de aquellos días del fin de semana yendo, a través de la barrera de la calle Heine, a la mitad oriental de la ciudad (como podía hacer un ciudadano de Alemania Occidental en virtud, únicamente, de su pasaporte) y, por casualidad, se encontró con un conocido, el corresponsal de Reuter en el Berlín Oriental. Pero el hombre, a causa del asunto de los pases a través del Muro, estaba ocupadísimo, de modo que se separaron después de haber tomado una taza de café, y Miller volvió al sector occidental.

El lunes por la mañana fue a visitar al detective inspector Volkmar Schiller. Con gran alivio, comprobó que el hombre era aproximadamente de su misma edad, y parecía, cosa desacostumbrada en una autoridad de cualquier categoría en Alemania, tener su propia y caballeresca actitud sobre el papeleo. Sin duda no haría una gran carrera, pensó Miller, pero aquel era problema suyo. Explicó brevemente lo que deseaba.

—Lo creo factible —dijo Schiller—. Los americanos están dispuestos a ayudarnos en la Oficina Número Uno. Como sea que Willy Brandt nos ha encomendado la investigación de los crímenes nazis, casi todos los días estamos metidos en ello.

Subieron al Jaguar de Miller y se dirigieron más allá de los suburbios de la ciudad, hacia los bosques y los lagos, y a la orilla de uno de los lagos llegaron al Número Uno, Wasser Käfer Stieg, en el suburbio de Zehlendorf, Berlín 37.

El edificio era extenso, bajo, de un solo piso, asentado en medio de árboles.

—¿Es aquí? —preguntó Miller, incrédulo.

—Aquí es —dijo Schiller—. No tiene mucha apariencia, ¿verdad? Lo que ocurre es que hay siete pisos más abajo del nivel del suelo. Allí están ordenados los archivos, en subterráneos a prueba de fuego.

Entraron por la puerta principal y encontraron una pequeña sala de espera con el inevitable cuarto del portero de la derecha. El agente se le acercó y mostró su carnet de policía. Le fue entregado un formulario y los dos hombres se encaminaron a una mesa y lo rellenaron. El policía escribió su nombre y graduación, y luego preguntó:

—¿Cómo se llama el tipo?

—Roschmann —respondió Miller—. Eduard Roschmann.

El detective lo escribió en el formulario y lo entregó al empleado de la oficina.

—Es cosa de diez minutos —dijo el detective.

Entraron en una habitación más espaciosa, amueblada con hileras de mesas y sillas. Al cabo de un cuarto de hora, otro empleado, silenciosamente, les trajo un expediente que dejó sobre un pupitre. Tenía un grosor de unos dos centímetros y medio, llevando impreso, por único título: «Roschmann, Eduard».

Volkmar Schiller se levantó.

—Si no le importa, me vuelvo a mi trabajo —dijo—. Ya encontraré modo de volver. No puedo ausentarme demasiado tiempo después de una semana de vacaciones. Si desea fotocopiar algo, pídalo al empleado.

Hizo un signo a un empleado que estaba sentado sobre una tarima en el otro extremo de la sala de lectura, sin duda para vigilar que ningún visitante intentara sustraer páginas de las carpetas. Miller se levantó y se dieron un apretón de manos.

—Muchas gracias.

—No hay de qué.

Ignorando a los tres o cuatro lectores que estaban inclinados sobre sus pupitres, Miller se puso la cabeza entre las manos y empezó a leer el propio expediente de las SS sobre Eduard Roschmann.

Todo estaba allí. El número del Partido Nazi, el número de las SS, memorial sobre cada uno, llevado a cabo por el mismo interesado, resultado de su examen médico, apreciación después de su período de pruebas, *currículum vitae* escrito de su propia mano, papeles de transporte, comisiones oficiales, certificados de promoción, todo hasta abril de 1945. También estaban dos fotografías, tomadas para los registros de las SS, una de frente y otra de perfil. Se trataba de un hombre de un metro ochenta y cinco de estatura, pelo corto pegado a la cabeza con una raya a la izquierda, mirando a la cámara con ceñuda expresión, nariz puntiaguda y labios delgados. Miller empezó a leer.

Eduard Roschmann nació el 25 de agosto de 1908, en la ciudad austriaca de Graz, súbdito austriaco, hijo de un muy respetable y honesto trabajador de una cervecería. Fue al jardín de infancia, a la escuela primaria y a la secundaria, en Graz. Asistió a la universidad para intentar graduarse en leyes, pero fracasó. En 1931, a los veintitrés años, empezó a trabajar en la cervecería donde su padre estaba empleado, y en 1937 fue transferido al departamento administrativo, en el piso superior de la cervecería. En el mismo año se alistó en el Partido Nazi austriaco y a las SS, ambas, en aquel tiempo, organizaciones prohibidas en la neutral Austria. Un año después, Hitler se anexionó Austria y recompensó a los nazis austriacos con rápidas promociones.

En 1939, al estallar la guerra, se presentó voluntario en el Waffen-SS, fue enviado a Alemania, adiestrado durante el invierno de 1939 y la primavera de 1940 y sirvió en una unidad Waffen-SS en la invasión de Francia. En diciembre de 1940 fue devuelto de Francia a Berlín —aquí alguien había escrito en el margen la palabra «¿Cobardía?»— y en enero de 1941 fue nombrado segundo en la SD, Amt 3 de la RSHA.

En julio de 1941 fue elevado al primer puesto SD en Riga, y el mes siguiente a comandante del gueto de Riga. Volvió a Alemania en barco en octubre de 1944 y después de haber entregado a la SD de Danzig el resto de los judíos de Riga, volvió a Berlín para informar. Se integró a su despacho en el Cuartel General de las SS en Berlín, y se quedó allí en espera de un nuevo puesto.

El último documento SS del archivo evidentemente no se completó nunca, quizá porque el meticuloso empleadito en los cuarteles generales SS en Berlín fue él mismo trasladado rápidamente en mayo de 1945.

Pegado al final del manojo de documentos había otro, probablemente añadido por una mano americana al final de la guerra. Se trataba de una simple hoja, con estas palabras escritas a máquina:

«Encuesta verificada sobre este legajo por las autoridades de ocupación británicas en diciembre de 1947.»

Debajo, estaba la garabateada firma de algún olvidado *GI*, y la fecha del 21 de diciembre de 1947.

Miller recogió los documentos y separó la historia manuscrita, las dos fotografías y la última hoja. Con todo ello, se acercó al empleado que estaba en un extremo de la habitación.

—¿Puedo obtener fotocopias de esto, por favor?

—Por supuesto.

El hombre recogió la documentación y la colocó sobre su pupitre, a la espera de que le fueran devueltas las tres hojas después de ser transcritas. Otro hombre entrego también una carpeta y dos hojas de su contenido para ser reproducidas. El empleado recogió también éstas y colocó el todo en una bandeja que estaba detrás suyo, desde donde las hojas eran arrastradas lejos por una mano invisible.

—Hagan el favor de esperar. Es cosa de unos diez minutos —dijo el empleado a Miller y al otro hombre.

Ambos volvieron a sus asientos y esperaron, Miller deseando fumar un cigarrillo, lo que estaba prohibido, y el otro hombre, con su abrigo de invierno, aseado y gris, sentado con las manos recogidas sobre las rodillas.

Diez minutos después se produjo como un crujido detrás del empleado y se deslizaron dos sobres a través de la abertura. Recogió los dos. Miller y el hombre de mediana edad se levantaron y se adelantaron a recogerlos. El empleado dio una ojeada rápida al interior de uno de los sobres.

—¿Los documentos sobre Eduard Roschmann? —preguntó.

—Para mí —dijo Miller, y alargó la mano.

—Éste debe ser para usted —dijo al otro hombre, que estaba mirando oblicuamente a Miller.

El hombre del abrigo gris cogió su sobre, y ambos hombres se dirigieron al mismo tiempo hacia la puerta. Fuera, Miller bajó las escaleras y subió al Jaguar, salió del aparcamiento y se dirigió hacia el centro de la ciudad. Una hora más tarde llamaba a Sigi.

—Estaré de vuelta en Navidad —le dijo.

Dos horas después salía de Berlín Occidental. Mientras su coche llegaba al primer puesto fronterizo en Drei Linden, el hombre del abrigo gris estaba sentado en un elegante y cómodo apartamento situado cerca de Savigny Platz. Marcó un número de Alemania Occidental. Se presentó brevemente al hombre que le respondió.

—Estaba yo en el Centro de Documentos realizando una investigación normal, ya sabe usted lo que hago. Había otro hombre allí. Estaba leyendo en la carpeta de Eduard Roschmann. Luego pidió fotocopias de tres hojas. Después del aviso que nos llegó recientemente, he creído deber advertírselo.

Se produjo un estallido de preguntas al otro extremo del teléfono.

—No, no pude saber su nombre. Se marchó enseguida en un coche negro, grande, deportivo. Sí, lo hice. Era una matrícula de Hamburgo.

Habló despacio mientras el hombre al otro extremo del aparato tomaba nota.

—Bueno, creo que así es mejor. Quiero decir que nunca se sabe con estos aficionados. Sí, gracias, muy amable de su parte... Muy bien, lo dejo... Felices Navidades, *Kamerad*.

7

Navidad era el miércoles de aquella semana y el hombre de Alemania Occidental que había recibido las noticias de Berlín sobre Miller no las pasó hasta después de los días navideños. Cuando lo hizo, fue a su superior.

El hombre que recibió la llamada agradeció a su informante, colgó el teléfono, se recostó en la confortable butaca forrada de cuero de su oficina y miró a través de la ventana hacia los tejados cubiertos de nieve de la Ciudad Vieja.

—*Verdammt*, y de nuevo *verdammt* —murmuró—. ¿Por qué justamente ahora? ¿Por qué?

Para todos los habitantes de su ciudad que lo conocían, era un abogado inteligente y de brillante éxito en la práctica privada. Para su agentes superiores ejecutivos esparcidos por Alemania Occidental y Berlín Occidental, era el jefe ejecutivo de Odessa en el interior de Alemania. Su número de teléfono no estaba en la guía oficial y su nombre codificado era *Werwolf*, la persona que se convertía en lobo.

Al revés de la monstruosa figura de la mitología de Hollywood y de los filmes de terror de Inglaterra y de América, el *Werwolf* alemán no es un hombre excéntrico, a quien crecen cabellos en el dorso de las manos durante la luna llena. En la vieja mitología germánica, el *Werwolf* es una figura patriótica que permanece en el suelo patrio cuando los héroes guerreros teutónicos se ven obligados, por el invasor extranjero, a huir al exilio, y que dirige la resistencia contra el invasor desde las sombras de los grandes bosques, batiéndose de noche y desapareciendo, dejando sólo la huella del lobo sobre la nieve.

Al final de la guerra, un grupo de oficiales SS, convencidos de que la destrucción de los invasores aliados era cosa de meses, entrenaron y adiestraron unos grupos de ultrafanáticos muchachos de menos de veinte años para que permanecieran en el interior del país y sabotearan a los ocupantes aliados. Aquellos jóvenes fueron instruidos en Baviera, luego vino la invasión por los americanos. Aquellos fueron los primitivos *werwolves*. Afortunadamente para ellos, nunca llevaron su entrenamiento a la práctica, porque, después de haber descubierto Dachau, las tropas americanas estaban esperando que alguien empezara a meter bulla.

Cuando Odessa empezó, en los últimos años cincuenta, a reinfiltrarse en Alemania Occidental, su primer jefe ejecutivo fue uno de los que habían adiestrado a los muchachos *werwolves* en 1945. Tomó el título. Tenía la ventaja de ser anónimo, simbólico, y lo suficiente melodramático para satisfacer el eterno anhelo germánico por la acción. Pero la crueldad con que Odessa contendía con los que se cruzaban en sus planes, no tenía nada de teatral.

El *Werwolf* de últimos de 1963 era el tercero que ostentaba el título y el cargo. Fanático y astuto, en contacto constante con sus superiores en Argentina, el hombre cuidaba de los intereses de todos los antiguos miembros de las SS en el interior de Alemania Occidental, pero de modo particular de aquéllos que habían ocupado rangos superiores o de los que estaban en la lista de perseguidos.

Miraba fijamente a través de la ventana de su oficina, y recordó la imagen del general de las SS Gluecks frente a él en la habitación de un hotel de Madrid treinta y cinco días antes; y la advertencia del general sobre la importancia vital de mantener a toda costa el anonimato y la seguridad del propietario de la fábrica de radios, que en aquel momento estaba preparando, bajo el nombre codificado de *Vulkan*, los sistemas dirigidos para los cohetes egipcios. Sólo él en Alemania, también sabía que en una anterior etapa de su vida *Vulkan* había sido conocido por su verdadero nombre: Eduard Roschmann.

Echó una ojeada al bloque de notas en el que había garabateado la matrícula del coche de Miller y oprimió un timbre de encima de su mesa. La voz de su secretaria vino de la habitación contigua.

—Hilda, ¿cómo se llama el investigador privado que empleamos el mes pasado en aquel caso de divorcio?

—Un momento... —se produjo un ruido de papeles revueltos mientras la muchacha miraba el expediente—. Se llamaba Memmers, Heinz Memmers.

—Deme el número de teléfono, ¿quiere? No, no lo llame, deme sólo el número.

Se lo anotó debajo de la matrícula del coche de Miller, luego cerró la llave de intercomunicación.

Se levantó y atravesó la habitación dirigiéndose a una caja fuerte disimulada en un bloque de hormigón, en una parte de la pared de la oficina. Tomó de la caja un libro macizo y pesado y volvió a su mesa. Sólo había dos Memmers en la lista, Heinrich y Walter. Pasó el dedo por la página opuesta a Heinrich, usualmente abreviada en Heinz. Se anotó la fecha de nacimiento, dedujo la edad del hombre a últimos de 1963 y recordó la cara del investigador privado. Las edades coincidían. Tomó nota de los otros dos números de teléfono que figuraban junto a Heinz Memmers, cogió el teléfono y dijo a Hilda que le diera línea.

Cuando tuvo el tono marcó el número que le había dado la secretaria. El teléfono, al otro extremo, no respondió hasta después de doce llamadas. Era una voz de mujer.

—«Investigaciones privadas Memmers».

—Póngame con el señor Memmers —dijo el abogado.

—¿De parte de quién? —preguntó la secretaria.

—No importa, póngame con él. Y aprisa.

Una pausa. El tono de voz era distinto.

—Sí, señor —dijo.

Un minuto después, una voz malhumorada dijo:

—Memmers.

—¿Habló con herr Heinz Memmers?

—Sí; ¿quién es?

—Mi nombre no tiene importancia. Sólo quiero que me diga si el número 245.718 significa algo para usted.

Se abrió un silencio mortal, interrumpido sólo por un hondo suspiro, al tiempo que Memmers asimilaba el hecho de que acababan de citarle su número SS. El libro abierto sobre la mesa del *Werwolf* era una lista de todos los miembros de las SS. Volvió la voz de Memmers, áspera a causa de las sospechas.

—¿Y si fuera así?

—¿Le diría algo a usted si le comunicara que mi propio número sólo consta de cinco cifras... *Kamerad*?

El cambio fue instantáneo. Cinco cifras significaban que se trataba de un jefe.

—Sí, señor —contestó Memmers al teléfono.

—Bien —dijo el *Werwolf*—. Hay un pequeño trabajo que quiero que haga usted. Un aficionado ha estado investigando sobre uno de los *Kameraden*. Necesito saber quién es.

—*Zu Befehl*[1] —fue la respuesta.

—Excelente. Pero entre nosotros basta *Kamerad*. Al fin y al cabo, todos somos camaradas de armas.

Volvió la voz de Memmers, evidentemente halagado por el cumplido.

—Sí, *Kamerad*.

—Todo lo que se del hombre es la matrícula de su coche. Matrícula de Hamburgo. —El *Werwolf* lo leyó despacio.

—¿Eso es todo?

—Sí, *Kamerad*. Me gustaría que fuera usted a Hamburgo. Quiero saber el nombre y la dirección, profesión, familia y personas que dependan de él, nivel social... ya sabe usted, lo normal en estos casos. ¿Cuánto tiempo le va a tomar?

—Unas cuarenta y ocho horas —dijo Memmers.

—Muy bien, volveré a llamarlo dentro de cuarenta y ocho horas. Una última recomendación: no debe usted acercarse al sujeto. De ser posible, hay que hacerlo de modo que no se dé cuenta que se investiga a su alrededor. ¿Queda claro?

—Sí. Esto no es problema.

—Cuando haya terminado usted, prepare su cuenta y me la da por teléfono cuando vuelva a llamarle. Se lo abonaré por correo.

Memmers se negó.

—No habrá cuenta, *Kamerad*. No puede haberla en algo que se refiera a la Camaradería.

—Muy bien. Así, volveré a llamarlo dentro de dos días.

El *Werwolf* colgó el aparato.

1. A sus órdenes. *(N. del T.)*

Miller partió para Hamburgo aquella misma tarde, recorriendo la misma autopista por donde había viajado dos semanas antes, pasando por Bremen, Osnabrück y Münster, hacia Colonia y Renania. Aquella vez su destino era Bonn, la pequeña y aburrida ciudad a orillas del río que Konrad Adeanuer escogió como capital de la República Federal, porque él era oriundo de allí.

Inmediatamente al sur de Bremen, su Jaguar se cruzó con el Opel de Memmers que se dirigía en dirección Norte, hacia Hamburgo. Cada uno de los dos hombres iba como un relámpago a su opuesta misión.

Había oscurecido cuando entró en la prolongada calle principal de Bonn y viendo la parte superior del gorro blanco de un policía de tráfico, se dirigió hacia él.

—¿Puede usted indicarme el camino para la Embajada británica? —preguntó al policía.

—Cierran dentro de una hora —dijo el policía, un auténtico renano.

—Entonces, lo mejor será que vaya enseguida dijo Miller—. ¿Dónde está?

El policía señaló en línea recta, bajando hacia el Sur.

—Baje por aquí, siga la línea del tranvía. Esta calle se transforma en la alameda Friedrich Ebert. Siga siempre la línea del tranvía. Cuando esté a punto de salir de Bonn y entrar en Bad Godesberg, verá usted la embajada a su izquierda. Tienen las luces encendidas y la bandera británica ondea en el exterior.

Miller dio las gracias con una inclinación de cabeza y siguió su camino. La Embajada británica estaba donde había dicho el policía, metida entre un solar en la parte de Bonn y un campo de fútbol al otro lado, ambos convertidos en un barrizal y cubiertos por la niebla de diciembre procedente del río que discurría detrás de la embajada.

Era un amplio y bajo edificio gris, construido de espaldas a la calle, que era conocido por los corresponsales ingleses de prensa en Bonn, desde que fue edificado, por «La fábrica de Hoover». Miller salió de la carretera y aparcó en una de las pistas dispuestas para los visitantes.

Entró por una puerta de cristales, enmarcada en madera, y se encontró en una pequeña antesala con un pupitre a la izquierda, detrás del cual estaba una recepcionista de mediana edad. A su espalda había una pequeña habitación donde estaban dos hombres que vestían traje de estameña azul y que tenían la inconfundible estampa de antiguos sargentos del ejército.

—Quisiera hablar con el agregado de prensa, por favor —dijo Miller, con su vacilante inglés aprendido en la escuela.

La recepcionista pareció preocupada.

—No sé si todavía estará aquí. Es viernes por la tarde, ¿sabe usted?

—Inténtelo, por favor —dijo Miller, y entregó su carnet de prensa.

La recepcionista le dio un vistazo y marcó un número en el teléfono interior. Miller tuvo suerte. El agregado de prensa iba a marcharse. Evidentemente, pidió unos minutos para quitarse de nuevo el sombrero y el abrigo. Miller fue introducido en una pequeña sala de espera ornamentada con varios grabados de Rowland Hilder de las Cotswolds en otoño. Sobre una mesa habían varios números atrasados del *Tatler* y folletos descriptivos de la marcha ascendente de la industria británica. Sin embargo, al cabo de unos segundos fue llamado por uno de los ex sargentos y conducido al piso superior, a través de un pasillo, hasta llegar a un pequeño despacho.

Miller pudo comprobar con alegría que el agregado de prensa era un hombre de unos treinta y cinco años, y parecía dispuesto a ayudarlo.

—¿Qué se le ofrece? —preguntó.

Miller decidió ir al grano.

—Estoy indagando en una historia para una revista —mintió—. Es sobre un antiguo capitán de las SS, uno de los peores, un hombre todavía buscado por nuestras autoridades. Creo que también estaba en la lista de los demandados por las autoridades británicas cuando esta parte de Alemania estaba bajo administración inglesa. ¿Puede usted informarme si los ingleses lo capturaron y, en tal caso, qué fue de él?

El joven diplomático estaba perplejo.

—¡Dios mío!, seguro que no lo sé. Quiero decir que en 1949 entregamos todos nuestros archivos y carpetas a su Gobierno. Ellos prosiguieron donde terminaron nuestros muchachos. Supongo que ahora tendrán ellos todas estas cosas.

Miller evitó mencionar que las autoridades alemanas le habían negado cualquier clase de ayuda.

—Es verdad —dijo—. Completamente cierto. Sin embargo, todas mis investigaciones me dicen que no fue juzgado en la República Federal a partir de 1949. Esto quiere significar que no ha sido cogido a partir de 1949. Sin embargo, el Centro americano de Documentos, en Berlín Occidental, posee una copia del expediente de aquel hombre que les fue pedido por los ingleses en 1947. Seguro que habrá habido una razón para ello, ¿no?

—Sí, algo habrá habido, supongo —dijo el agregado. Evidentemente, había asimilado en la referencia que Miller se había procurado la colaboración de las autoridades americanas en Berlín Occidental, y frunció el ceño, pensativo.

—Así pues, ¿cuál pudo ser, en el sector británico, la autoridad investigadora durante la ocupación... quiero decir, el período de Administración?

—Bueno, verá usted, pudo haber sido la oficina del capitán preboste del ejército en aquel tiempo. Aparte de Nuremberg, donde tuvieron lugar los mayores juicios por crímenes de guerra, los distintos aliados investigaron individualmente, aunque era obvio que colaboramos unos con otros. Excepto los rusos. Aquellas investigaciones condujeron en algunas zonas a juicios por crímenes de guerra. ¿Me sigue usted?

—Sí.

—Las investigaciones fueron dirigidas por el departamento del capitán preboste, o sea, la Policía Militar, como usted sabe, y los juicios eran preparados por la rama legal. Pero ambos archivos fueron entregados en 1949. ¿Lo ve claro?

—Sí, sí —contestó Miller—, pero, seguramente, los ingleses se guardaron algunas copias...

—Supongo que sí —dijo el diplomático—. Pero ahora estarán en los archivos del ejército.

—¿Sería posible echarles un vistazo?

El agregado estaba sorprendido.

—Oh, lo dudo mucho. Ni pensarlo. Supongo que eruditos de buena fe dedicados a la investigación podrían solicitar verlos, pero el trámite requeriría mucho tiempo. Y no creo que se permitiera verlos a un periodista. No se ofenda usted, creo que lo comprende.

—Lo comprendo —dijo Miller.

—El punto débil reside —resumió el diplomático— en que usted no es exactamente una personalidad *oficial*, ¿verdad? Y que nadie debe pensar en turbar a las autoridades alemanas, ¿no es cierto?

—Ni pensarlo.

El agregado se levantó.

—No creo que la embajada pueda ayudarlo mucho.

—De acuerdo. Una última pregunta. ¿Hay alguien todavía aquí que ya estuviera entonces?

—¿En la plana mayor de la embajada? Oh, no. Todos han cambiado varias veces —acompañó a Miller hasta la puerta—. Aguarde un minuto. Está Cadbury. Creo que entonces estaba aquí. Lleva tiempo aquí, seguro.

—¿Cadbury? —preguntó Miller.

—Anthony Cadbury. El corresponsal extranjero. Aquí es una especie de decano de la prensa inglesa. Se casó con una alemana. Creo que está aquí desde inmediatamente después de la guerra. Puede ir a verlo.

—Estupendo —dijo Miller—. Lo veré. ¿Dónde puedo encontrarlo?

—Bueno, hoy es viernes —dijo el agregado—. Probablemente estará más tarde en su rincón favorito del bar en el Cercle Français. ¿Ha estado usted allí?

—No, nunca había estado en Bonn.

—Ah, bueno, es un restaurante, dirigido por franceses, ¿sabe usted? Dan muy bien de comer. Es muy popular. Está en Bad Godesberg, carretera abajo.

Miller dio con él, un centenar de metros a partir de la orilla del Rin, en una calle llamada Am Schwimmbad. El camarero conocía a Cadbury muy bien, pero no lo había visto aquella tarde. Dijo a Miller que si el decano del cuerpo de los corresponsales extranjeros británicos en Bonn no estaba allí aquella noche probablemente iría a la hora del aperitivo al mediodía del día siguiente.

Miller reservó una habitación en el Dreesen Hotel, calle abajo, un gran edificio construido a finales del pasado siglo que antes había sido el hotel predilecto de Adolf Hitler en Alemania, el lugar que escogió para reunirse con Neville Chamberlain para su primer encuentro en 1938. Miller cenó en el Cercle Français y se entretuvo tomando su café, esperando que apareciera Cadbury. Pero a las once no había hecho su aparición el más antiguo de los ingleses, y volvió al hotel, a dormir.

A la mañana siguiente, pocos minutos antes de las doce, Cadbury entró en el bar del Cercle Français saludó a unos conocidos y se sentó en un taburete de su rincón predilecto del bar. Cuando hubo tomado el primer sorbo de su Ricard, Miller se levantó de su mesa situada cerca de la ventana y fue hacia él.

—¿Mr. Cadbury?

El inglés se volvió a mirarlo. Tenía el pelo blanco, liso, peinado hacia atrás. Evidentemente, su rostro había sido muy agraciado. La piel conservaba un aspecto saludable, con un fino rastro de venas chiquitas en cada mejilla. Los ojos eran de un azul brillante y sus cejas espesas y grises. Miraba a Miller con cautela.

—Sí.

—Me llamo Miller. Peter Miller. Soy un periodista de Hamburgo. Por favor, ¿puedo hablar con usted un momento?

Anthony Cadbury señaló un taburete a su lado.

—Creo que hablaremos mejor en alemán, ¿le parece? —preguntó, agotando ya sus recursos lingüísticos.

Miller estaba deseando poder volver a su propio idioma, y así lo demostró. Cadbury sonreía.

—¿En qué puedo servirlo?

Miller miró los ojos astutos y se apoyó en el mostrador. Empezando por el principio, contó a Cadbury la historia a partir del momento de la muerte de Tauber. El londinense sabía escuchar. No interrumpió ni una sola vez. Cuando Miller terminó, hizo un gesto al camarero para que volviera a llenar su Ricard y pidió otra cerveza para Miller.

—Spatenbräu, ¿le gusta? —preguntó.

Miller asintió y derramó la espuma de la cerveza fresca por los bordes del vaso.

—A su salud —dijo Cadbury—. Bueno, se ha planteado usted un buen problema. Debo decirle que admiro su temple.

—¿Temple? —preguntó Miller.

—No es una historia nada popular para ser investigada entre sus conciudadanos, habida cuenta del presente estado de los ánimos —dijo Cadbury—, como se dará usted cuenta muy pronto.

—Ya me he dado cuenta —dijo Miller.

—Mmm. Me lo temía —dijo el inglés, y de repente sonrió—. ¿Comemos juntos? Hoy mi esposa está fuera.

Durante la comida, Miller preguntó a Cadbury si estuvo en Alemania al terminar la guerra.

—Sí, era corresponsal de guerra. Entonces era muy joven, por supuesto. Su edad, más o menos. Vine aquí con el ejército de Montgomery. No a Bonn, claro está. Entonces, nadie había oído hablar de esta ciudad. El cuartel general estaba en Luneberg. Luego me quedé aquí. Llegado el fin de la guerra, firmada la rendición y todo lo demás, mi periódico me pidió que me quedara.

—¿Informó usted sobre los juicios por zonas de crímenes de guerra? —preguntó Miller.

Cadbury se llevó a la boca un bocado de filete y movió la cabeza mientras masticaba.

—Sí, en todos los que se celebraron en zona británica. Teníamos un especialista que vino de los procesos de Nuremberg. Aquella era zona americana, por supuesto. Los principales criminales en nuestra zona fueron Josef Kramer e Irma Gresse. ¿Había oído hablar de ellos?

—No, nunca.

—Bueno, les llamaban el Bestia y la Bestia de Belsen. Los capturaron. ¿Ha oído usted hablar de Belsen?

—Sólo vagamente —repuso Miller—. A los de mi generación no nos hablaron mucho de todo aquello. Nadie quería decirnos nada.

Cadbury le dirigió una aguda mirada bajo sus pobladas cejas.

—¿Pero ahora desea usted saber?

—Tenemos que saber, tarde o temprano. ¿Puedo preguntarle algo? ¿Odia usted a los alemanes?

Cadbury masticó durante unos minutos, considerando seriamente la pregunta.

—Inmediatamente después del descubrimiento de Belsen, un tropel de periodistas agregados al ejército británico fue a ver. Nunca me he sentido más asqueado en mi vida, y en la guerra nos acostumbramos a ver cosas terribles. Pero nada se parecía a Belsen. Creo que en aquel momento, sí, los odié a todos.

—¿Y ahora?

—No. Ahora ya no. Consideremos las cosas: me casé con una muchacha alemana en 1948. Sigo viviendo aquí. No lo haría, de seguir pensando como en 1945. Haría tiempo que hubiese regresado a Inglaterra.

—¿Cuál fue la causa del cambio?

—El tiempo. El paso del tiempo. Y el darme cuenta de que no todos los alemanes eran Kramer. O, ¿cómo dice que se llama?, Roschmann. O Roschmanns. Atienda, todavía no puedo prescindir de un sentimiento oculto de desconfianza de la gente de mi generación hacia su nación.

—¿Y mi generación? —Miller daba vueltas a su vaso de vino y miraba cómo la luz se reflejaba en el líquido rojo.

—Para ellos todo es mejor —contestó Cadbury—. Mírelo francamente, para ustedes todo será mejor.

—¿Quiere ayudarme en la encuesta sobre Roschmann? Nadie más quiere.

—Haré lo posible —prometió Cadbury—. ¿Qué quiere usted saber?

—¿Recuerda usted si fue sometido a juicio en la zona británica?

Cadbury negó con la cabeza.

—No. Usted dijo que era austriaco de nacimiento. Entonces, Austria estaba también bajo la cuádruple ocupación. Pero estoy seguro de que no se celebró ningún juicio contra Roschmann en la zona británica de Alemania. De haber sido así me acordaría del nombre.

—Pero, ¿por qué las autoridades inglesas pidieron a los americanos en Berlín una fotocopia de su historial?

Cadbury reflexionó un momento.

—Roschmann pudo haber llamado, de un modo u otro, la atención de los ingleses. En aquel tiempo nadie sabía nada de Riga. En los últimos años cuarenta, los rusos habían llegado al extremo de sus tendencias sanguinarias. No nos daban información alguna procedente del Este. Y, sin embargo, allí se produjo la abrumadora mayoría de los peores crímenes de asesinatos en masa. Estábamos, pues, en una posición incómoda porque aproximadamente el ochenta por ciento de los crímenes contra la Humanidad se produjeron al este de lo que es ahora Telón de Acero, y sus responsables aproximadamente en un noventa por ciento, estaban en las tres zonas occidentales. Centenares de culpables se nos escurrieron de las manos porque no sabíamos nada de lo que habían hecho, miles de kilómetros al Este. Pero si en 1947 se llevó a cabo una encuesta sobre Roschmann, de un modo u otro habría llamado nuestra atención.

—Es lo que pienso —dijo Miller—. ¿Dónde se empezaría por investigar, entre los archivos británicos?

—Bueno, debimos empezar por mis propias carpetas. Están en mi casa. Venga, es un pequeño paseo.

Afortunadamente, Cadbury era un hombre metódico y tenía guardados todos sus despachos desde el fin de la guerra. Su estudio estaba cubierto, a lo largo de dos paredes, de cajones que contenían carpetas. Además, en un rincón había dos escaparates llenos a rebosar.

—Tengo el despacho fuera de mi casa —dijo a Miller al entrar en el estudio—. Aquí tengo los archivos según mi propio sistema, y yo soy el único que lo entiende.

Permita que se lo enseñe. —Con el ademán mostró los cajones—. Uno de éstos está lleno de documentos sobre personas, clasificado por nombres en orden alfabético. El otro se refiere a temas clasificados según el epígrafe del sujeto, por orden alfabético. Empezaremos por el primero. Veamos Roschmann.

La búsqueda fue breve. No había carpeta con el nombre de Roschmann.

—Muy bien —dijo Cadbury—. Ahora veamos los encabezados según el tema. Hay cuatro que pueden ayudarnos. Hay uno llamado «Nazis», otro rotulado «SS». Viene un amplio espacio bajo el título de «Justicia», que tiene subsecciones, una de las cuales contiene recortes sobre juicios celebrados. Pero, en su mayor parte, son juicios criminales llevados a cabo en Alemania Occidental a partir de 1949. El último nos proporcionará «Crímenes de guerra». Vamos a examinarlos.

Cadbury leía más aprisa que Miller, pero, con todo, les tomó hasta el anochecer revisar centenares de recortes en los cuatro archivos. Cadbury se levantó profiriendo un suspiro y cerró la carpeta de crímenes de guerra, reponiéndola a su lugar.

—Temo que esta noche tendré que salir a cenar —dijo—. Lo único que nos falta mirar es esto. —Señaló las carpetas alineadas en los estantes a lo largo de dos de las paredes.

Miller cerró la carpeta donde había estado buscando.

—¿Qué hay ahí?

—Ahí están —dijo Cadbury— diecinueve años de despachos enviados por mí al periódico. En la hilera superior. En las inferiores, tengo diecinueve años de recortes de mi periódico que contienen noticias, historias y artículos sobre Alemania y Austria. Como es natural, una parte del primer grupo se repite en el segundo. Se trata de lo que yo he enviado. Pero en el segundo grupo hay cosas que no son de mi corresponsalía. Otros colaboradores han escrito en el periódico sobre Alemania y Austria. Y parte del material que envío no se publica. Aproximadamente, hay seis cajas de recortes por año. Dará trabajo mirarlo todo. Tenemos la suerte de que mañana es domingo, y podremos dedicar todo el día, si usted quiere.

—Es muy amable de su parte tomarse tanta molestia —dijo Miller.

—No tengo nada más que hacer en este fin de semana. Por otra parte, los fines de semana a últimos de diciembre en Bonn no son nada alegres. Mi esposa no regresará hasta mañana por la noche. Nos veremos en el Cercle Français, donde tomaremos un trago, hacia las diez y media —explicó Cadbury tras encogerse de hombros.

A media tarde del domingo dieron con lo que buscaban. Anthony Cadbury estaba ya casi terminando la carpeta titulada «Noviembre-Diciembre 1947» en el estante que contenía sus propios despachos. De repente exclamó «¡Eureka!», desató el cordel y sacó una sencilla hoja de papel, ya algo descolorida, escrita a máquina y titulada «23 diciembre 1947».

—No es de extrañar que en el periódico no lo publicaran —dijo—. Nadie quiere saber nada en vísperas de Navidad de un hombre de las SS que ha sido capturado. Por otra parte, con la escasez de noticias de aquellos días, la edición de Nochebuena debió ser de escasas páginas.

Puso la hoja sobre la mesa del despacho, cerca de la lámpara. Miller se inclinó para leer.

«Gobierno Militar Británico, Hanover, 23 Dic. - Un antiguo capitán de las célebres SS ha sido arrestado por las autoridades militares británicas en Graz, Austria, y está detenido, pendiente de ulteriores investigaciones, ha dicho hoy un portavoz en los cuarteles generales del Gobierno Militar Británico.

»El hombre, Eduard Roschmann, fue reconocido en las calles de la ciudad austriaca por un antiguo morador de un campo de concentración, quien alegó que Roschmann había sido el comandante de un campo en Letonia. Después de ser identificado en la casa hasta donde lo siguió el antiguo prisionero del campo, Roschmann fue arrestado por el Servicio de Seguridad Británico en Campaña, en Graz.

»Se ha solicitado a los cuarteles generales soviéticos de Potsdam que amplíen información sobre los campos de concentración en Riga, Letonia, y se está buscando encontrar nuevos testigos, dijo el portavoz. En el ínterin, el hombre capturado ha sido positivamente identificado como Eduard Roschmann según su ficha personal, archivada por las autoridades americanas en su índice de las SS en Berlín. Firmado Cadbury.»

Miller leyó el breve despacho cuatro o cinco veces.

—¡Dios! —exclamó Miller, exhalando un suspiro—. Usted lo ha atrapado.

— Creo que ahora nos toca echar un trago —dijo Cadbury.

Después de haber llamado a Memmers el viernes por la mañana, el *Werwolf* se dio cuenta que veinticuatro horas más tarde sería domingo. A pesar de esto, intentó llamar desde su casa al despacho de Memmers el domingo, en el preciso instante en que los dos hombres en Bad Godesberg descubrían lo que buscaban. No obtuvo respuesta.

Pero Memmers estaba en su oficina el día siguiente al filo de las nueve. El *Werwolf* llamó a las nueve y media.

—Me alegro que haya usted llamado, *Kamerad* —dijo Memmer—. Regresé de Hamburgo anoche, muy tarde.

—¿Tiene usted la información?

—Claro que sí. Si quiere usted tomar nota...

—Adelante —dijo la voz al teléfono.

En su oficina, Memmers se aclaró la garganta y empezó a leer sus notas.

—El propietario del coche es un periodista libre, un tal Peter Miller. Descripción: veintinueve años, metro ochenta, cabellos castaños, ojos pardos. Su madre es viuda, y vive en Osdorf, en las afueras de Hamburgo. Él vive en un apartamento cerca de Steindamm en el centro de Hamburgo.

Memmers dictó la dirección y el número de teléfono de Miller.

—Vive allí con una chica, una bailarina de *striptease*, la señorita Sigrid Rahn. Trabaja principalmente para las revistas ilustradas. Al parecer lo hace muy bien. Se ha especializado en periodismo de investigación. Como dijo usted, *Kamerad*, un aficionado.

—¿Tiene idea de quién le encargó su última encuesta? —preguntó el *Werwolf*.

—No, esto es lo divertido. Nadie parece saber lo que está haciendo en este momento. O para quién trabaja. Hablé con la chica, diciendo que llamaba desde el despacho del director de una gran revista. Sólo por teléfono, como usted puede comprender. Dijo que no sabía dónde estaba, pero que esperaba que la llamara aquella tarde, antes de marcharse al trabajo.

—¿Algo más?

—Sí, el coche. Es muy característico. Un Jaguar negro, modelo inglés, con una faja amarilla a un lado. Un coche deportivo, de dos asientos, cupé fijo, modelo XK 150. Localicé su garaje en la ciudad.

El *Werwolf* reflexionó.

—Me gustaría saber dónde está ahora —dijo al fin.

—Ahora no está en Hamburgo —se apresuró a decir Memmers—. Se marchó el viernes a la hora de comer, precisamente cuando yo llegaba allí. Por Navidad estará en Hamburgo. Ahora quién sabe dónde estará.

—Sí —dijo el *Werwolf*.

—Puedo saber qué historia está investigando —dijo Memmers, servicial—. Sin acercarme demasiado, porque usted dijo que no deseaba que supiera que estábamos sobre su pista.

—Sé en qué historia está trabajando. Me lo dijo uno de nuestros camaradas. —El *Werwolf* pensó durante un minuto—. ¿Puede usted averiguar dónde está ahora? —preguntó.

—Creo que sí —dijo Memmers—. Puedo volver a llamar a la chica esta tarde, simulando hacerlo desde una gran revista y necesitando ponerme en contacto con Miller urgentemente, por teléfono, daba la sensación de ser una chica de pocos alcances.

—Sí, hágalo —dijo el *Werwolf*—. Lo llamaré a usted a las cuatro de la tarde.

Cadbury había bajado a Bonn aquel lunes por la mañana para asistir a una conferencia ministerial de prensa. Llamó a Miller al Dreesen Hotel a las diez y media.

—Me alegro que todavía no se haya marchado usted —dijo al alemán—. Se me ha ocurrido una idea. Puedo ayudarlo. Venga a verme al Cercle Français esta tarde alrededor de las cuatro.

Antes de comer, Miller llamó a Sigi para decirle que estaba en el Dreesen.

Cuando se vio con Cadbury pidió té.

—Tuve una idea cuando, esta mañana, no estaba escuchando aquella insípida conferencia de prensa —dijo a Miller—. Si Roschmann fue capturado e identificado como un criminal perseguido, su caso habrá pasado bajo los ojos de las autoridades británicas en nuestra zona de Alemania en aquellas fechas. Todos los legajos fueron copiados y comunicados a las zonas británica, francesa y americana, tanto en Alemania como en Austria, en aquel tiempo. ¿Ha oído usted hablar de un hombre llamado lord Russell de Liverpool?

—No, nunca —confesó Miller.

—Era el consejero legal cerca del gobernador militar británico en todos nuestros juicios por crímenes de guerra durante la ocupación. Después escribió un libro llamado *The Scourge of the Swastika*. Puede usted imaginar de lo que trata. No le hizo muy popular en Alemania, pero era un libro muy exacto. Trataba de atrocidades.

—¿Es abogado? —preguntó Miller.

—Lo era —dijo Cadbury—. Un abogado muy brillante. Por eso le escogieron. Ahora está retirado, vive en Wimbledon. No sé si se acordará de mí, pero puedo darle una carta de presentación.

—¿Se acordará de cosas tan viejas?

—Puede acordarse. Ya no es un hombre joven, pero se decía que tenía una memoria de elefante. Si el caso de Roschmann pasó por sus manos para preparar la acusación, se acordará de todos los detalles. Estoy seguro.

Miller movió la cabeza y sorbió su té.

—Sí, iré a Londres a hablar con él.

Cadbury buscó en su bolsillo, del que extrajo un sobre.

—Ya tengo escrita la carta —entregó a Miller la carta de presentación y se levantó.

—Buena suerte.

Memmers tenía preparada la información para el *Werwolf* cuando éste llamó poco después de las cuatro.

—Ha llamado a su amiga —dijo Memmers—. Está en Bad Godesberg, y se aloja en el Dreesen Hotel.

El *Werwolf* dejó el aparato y buscó en una agenda de direcciones. Finalmente señaló un nombre, cogió de nuevo el teléfono y marcó un número en el área de Bonn/Bad Godesberg.

Miller volvió al hotel para llamar al aeropuerto de Colonia y reservar una plaza para Londres el día siguiente, martes, 31 de diciembre. Al llegar al despacho de recepción, la muchacha que estaba detrás del mostrador le sonrió y señaló hacia la terraza desde donde se dominaba el Rin.

—Hay un caballero que desea verlo, herr Miller.

Miró hacia los grupos de sillas tapizadas colocadas alrededor de varias mesas junto a la ventana. En una de las sillas estaba esperando un hombre de mediana edad, con abrigo negro de invierno y llevaba un Homberg negro y paraguas. Fue hacia allí, preguntándose cómo podía conocerle la persona que estaba esperando.

—¿Quiere usted verme? —le preguntó Miller

El hombre se levantó.

—¿Herr Miller?

—Sí.

—¿Herr Peter Miller?

—Sí.

El hombre inclinó la cabeza al modo breve y seco del viejo estilo alemán.

—Me llamo Schmidt. Doctor Schmidt.

—¿Qué se le ofrece?

El doctor Schmidt sonrió de forma lastimera y miró a través de las ventanas, las oscuras aguas del Rin, que discurrían bajo las luces de la desierta terraza.

—Me han dicho que es usted periodista. ¿No es así? Un periodista autónomo. Un periodista excelente —sonrió con viveza—. Tiene usted la reputación de ir hasta el fondo de las cosas, de ser muy tenaz.

Miller no decía nada, esperando que dijera a lo que iba.

—Algunos amigos míos han oído decir que estaba usted ahora metido en una investigación sobre hechos que ocurrieron... bueno, digamos... hace mucho tiempo. Muchísimo tiempo.

Miller se puso serio y su pensamiento voló, intentando descubrir quiénes podían ser los «amigos» y qué podían haber dicho. Luego recapacitó que había estado haciendo preguntas sobre Roschmann por todo el país.

—Una encuesta sobre un tal Eduard Roschmann —dijo concisamente—. ¿Es eso?

—¡Ah, sí, sobre el capitán Roschmann! Creo que estoy en condiciones de ayudarlo. —El hombre apartó su mirada del río y la fijó amablemente en Miller—. El capitán Roschmann ha muerto.

—¿De verdad? —preguntó Miller—. No lo sabía.

El doctor Schmidt parecía encantado.

—Claro que no. No hay razón para que usted lo supiera. Sin embargo, es cierto. Realmente, está usted perdiendo el tiempo.

Miller parecía frustrado.

—¿Puede usted decirme cuándo murió? —preguntó al doctor.

—¿No ha descubierto las circunstancias de su muerte? —preguntó el hombre.

—No. El último rastro suyo que he podido encontrar es de las postrimerías de abril de 1945. Entonces fue visto vivo.

—¡Ah, sí, por supuesto! —El doctor Schmidt parecía estar contento de hacer un favor—. Fue muerto poco después de aquella fecha. Volvía a su Austria natal y fue muerto en lucha contra los americanos. Su cuerpo fue identificado por varias personas que lo conocieron en vida.

—Debió de ser un hombre extraordinario —dijo Miller.

—Bueno, sí, algunos lo piensan. Sí, de verdad, algunos de nosotros lo pensamos —dijo, asintiendo el doctor Schmidt.

—Quiero decir —continuó Miller, como si la interrupción no se hubiese producido— que debe de haber sido extraordinario, puesto que es el primer hombre desde Jesucristo que se ha levantado de entre los muertos. Fue capturado vivo por los ingleses el 20 de diciembre de 1947, en Graz, Austria.

Los ojos del doctor reflejaron el resplandor de la nieve a lo largo de la balaustrada, al exterior de la ventana.

—Miller, se está usted portando como un tonto. Muy tonto, de verdad. Permita que le dé un consejo, de un hombre de edad a otro mucho, pero mucho más joven. Deje esta investigación.

Miller lo miró.

—Supongo que tengo que darle las gracias —dijo sin gratitud.

—Si sigue usted mi consejo, acaso deba —dijo el doctor.

—De nuevo no me interpreta usted bien —dijo Miller—. Roschmann también fue visto vivo a mediados de octubre de este año en Hamburgo. Esto último no estaba confirmado. Ahora lo está. Usted acaba de hacerlo.

—Le repito que se está portando usted muy torpemente si no abandona esta investigación.

Los ojos del doctor eran fríos como siempre, pero había en ellos un algo de angustia. Hubo un tiempo en que la gente no se negaba a sus órdenes y nunca pudo acostumbrarse al cambio.

Miller empezaba a enojarse; lentamente, se empezó a encender de ira.

—Me da usted náuseas, señor doctor —dijo al viejo—. Usted y los de su calaña, toda su apestosa pandilla. Tienen ustedes una fachada respetable, pero son como basura en el rostro de mi país. En todo lo que de mí dependa seguiré preguntando hasta dar con él.

Se volvió para marcharse, pero el viejo lo agarró por el brazo. Estaban uno frente a otro, casi tocándose.

—Usted no es judío, Miller. Usted es ario. Es uno de los nuestros. ¿Qué le hemos hecho a usted, por el amor de Dios, qué le hemos hecho a usted?

Si todavía no lo sabe usted, señor doctor, no lo comprenderá nunca —respondió Miller, sacudiéndose para liberar el brazo.

—¡Ay!, vosotros, los de las jóvenes generaciones, sois todos iguales. ¿Por qué no hacéis nunca lo que se os dice?

—Porque somos así. O, al menos, yo soy así.

El viejo lo miró con ojos empequeñecidos.

—Usted no es estúpido, Miller. Pero se está portando como si lo fuera. Como si fuera usted una de aquellas ridículas criaturas constantemente gobernadas por lo que llaman su conciencia. Pero empiezo a dudar de ello. Es como si tuviera usted algo personal en este asunto.

—Acaso lo tenga —dijo Miller volviéndose para marcharse, y se fue atravesando el vestíbulo.

8

Miller halló sin dificultad la casa en una tranquila calle residencial lejos de la carretera principal del suburbio londinense de Wimbledon. El mismo lord Russell acudió a la llamada de la puerta. Era un hombre de casi setenta años, que llevaba un chaleco de lana y una corbata de lazo. Miller se presentó.

—Ayer estaba en Bonn —dijo al noble inglés— almorzando con Mr. Anthony Cadbury. Me dio su nombre y una carta de presentación para usted. Espero poder celebrar una conversación con usted, caballero.

Lord Russell lo miró desde la altura de su peldaño, con perplejidad.

—¿Cadbury? ¿Anthony Cadbury? No puedo recordar...

—Un corresponsal de prensa inglés —explicó Miller—. Estuvo en Alemania inmediatamente después de la guerra. Informó sobre los juicios por crímenes de guerra, en cuyos juicios usted actuó como comisario-delegado del juez. Josef Kramer y los demás de Belsen. ¿Se acuerda usted de aquellos juicios?

—Por supuesto. Por supuesto, me acuerdo. Sí, Cadbury, sí, un chico de la prensa. Ahora me acuerdo de él. Hace años que no lo he visto. Bueno, no se quede usted ahí. Hace frío y no soy tan joven como antes. Venga, venga.

Sin aguardar respuesta se volvió y se puso a andar hacia el vestíbulo. Miller fue tras él, cerrando la puerta al viento desapacible del primer día de 1964. Siguiendo la invitación de lord Russell, colgó su abrigo de una percha del vestíbulo, y se dirigió hasta la parte trasera de la casa, donde ardía un fuego acogedor en el hogar del cuarto de estar.

Miller sacó la carta de Cadbury. Lord Russell la cogió, la leyó rápidamente y enarcó las cejas.

—¡Hum! Me pide ayuda para atrapar a un nazi. ¿Para esto ha venido usted aquí? —miró a Miller ceñudamente y antes de que el alemán pudiese replicar, lord Russell prosiguió—: Bueno, siéntese, siéntese. No es bueno estarse de pie.

Tomaron asiento a ambos lados del fuego en sendos sillones cubiertos con un estampado de flores.

—¿Cómo ha sido eso? ¿A qué se debe que un joven periodista alemán esté cazando nazis? —preguntó lord Russell sin preámbulo.

A Miller le desconcertó su modo brusco de ir al grano.

—Es mejor que empiece por el principio —dijo Miller.

—Será mejor así —dijo el aristócrata, inclinándose para vaciar su pipa en la parrilla del hogar. Mientras Miller hablaba volvió a llenar la pipa, la encendió, y estaba dando fuertes bocanadas cuando el alemán terminó.

—Espero que mi inglés sea lo bastante bueno —dijo Miller al fin, al no observar reacción alguna por parte del fiscal retirado.

Lord Russell pareció despertar de un sueño.

—¡Oh, sí, sí, mejor que mi alemán después de tantos años! Uno se olvida de todo, ¿sabe usted?

—Este asunto de Roschmann... —empezó Miller.

—Sí, interesante, muy interesante. ¿Y usted quiere dar con él? ¿Por qué?

La última pregunta la recibió Miller como un tiro y se encontró con los ojos del anciano, que le miraban intensamente.

—Bueno, tengo mis razones —dijo, obstinado—. Creo que hay que encontrar al hombre y someterlo a juicio.

—¡Hum! Nosotros no lo conseguiremos. La cuestión estriba en si se le puede llevar ante un tribunal. ¿Podrá hacerse esto algún día?

Miller volvió al principio.

—Si lo puedo encontrar, irá al tribunal. Le doy mi palabra de honor.

El noble inglés no parecía estar impresionado. A cada bocanada, salían de su pipa pequeñas señales de humo que se elevaban en círculos perfectos hacia el techo. La pausa se alargaba.

—La cosa es, milord, ¿se acuerda usted de él?

Pareció como si lord Russell se pusiera en movimiento.

—¿Acordarme de él? Oh, sí, me acuerdo de él. O, al menos del nombre. Estoy deseando ponerle un rostro al nombre. La memoria de un viejo se debilita con los años, ¿sabe usted? Y, además, hubo tantos casos en aquella época.

—Su Policía Militar le atrapó el día 20 de diciembre de 1947, en Graz —le dijo Miller.

De su bolsillo interior sacó las dos fotocopias del retrato de Roschmann y se las mostró. Lord Russell miró los dos retratos, de frente y de perfil, se levantó y empezó a pasearse por la habitación, absorto en sus pensamientos.

—Sí —dijo al fin—. Ya lo tengo. Ahora se me representa claramente. Sí, el legajo me fue enviado por el

Graz Field Security a Hanover pocos días después. Entonces debió de enviar Cadbury su despacho. Desde nuestra oficina en Hanover.

Hizo una pausa y se volvió hacia Miller.

—Decía usted que aquel hombre, Tauber, lo vio por última vez el 3 de abril de 1945, en un coche con varios acompañantes, dirigiéndose al Oeste por Magdeburgo.

—Esto es lo que escribió en su Diario.

—¡Hum! Dos años y medio antes de que le cogiéramos. ¿Y sabe usted dónde estaba?

—No —dijo Miller.

—En un campo inglés para prisioneros de guerra. Cheeky. Muy bien, joven, voy a decirle lo que sé...

El coche que llevaba a Eduard Roschmann y a sus colegas de las SS pasó por Magdeburgo, e inmediatamente se dirigió hacia el Sur: Baviera y Austria. Viajaron juntos hasta Munich, luego se separaron. Esto ocurría a últimos de abril. Entonces, Roschmann llevaba uniforme de cabo del ejército alemán, con los papeles a su propio nombre, aunque en ellos figuraba como simple miembro del ejército.

Al sur de Munich, las columnas del ejército americano estaban limpiando Baviera, no en lo que se refería a la población civil, que era simplemente un quebradero de cabeza administrativo, sino con los rumores según los cuales la jerarquía nazi intentaba encerrarse en una fortaleza de montaña en los Alpes bávaros, alrededor de la casa de Hitler en Berchtesgaden, y luchar allí hasta el último hombre. Las columnas de Patton, que desplegaban su rodillo por toda Baviera, prestaban escasa atención a los centenares de soldados alemanes desarmados y errantes.

Viajando de noche campo a través, escondiéndose

de día en los graneros y en las chozas de los leñadores, Roschmann cruzó la frontera austriaca, inexistente desde la anexión en 1938, y se dirigió hacia el Sur, con intención de llegar a Graz, su ciudad natal. En Graz y en sus alrededores conocía a personas en quienes podía confiar para que le dieran asilo.

Pasó por Viena, sin entrar en ella, y cuando estaba ya a punto de alejarse de la ciudad, una patrulla británica le dio el alto. Esto ocurrió el 6 de mayo. Tontamente, intentó escapar. En el instante de echarse a una maleza cercana a la carretera una salva de balas llovió sobre el matorral, y una de ellas le alcanzó en el pecho, penetrándole en un pulmón. Después de una rápida busca en la oscuridad, los *Tommies* ingleses se marcharon, dejándolo herido y a salvo en la espesura. Desde allí se arrastró hasta la casa de un labrador, situada a menos de un kilómetro de distancia.

Todavía consciente, dio al labrador el nombre de un doctor que conocía en Graz, y el hombre, en bicicleta, fue a buscarlo de noche, a pesar del toque de queda. Durante tres meses fue atendido por sus amigos, primero en la casa del labrador, luego en otra casa en la misma Graz. Cuando pudo volver a andar, hacía tres meses que la guerra había terminado y Austria estaba bajo la cuádruple ocupación. Graz se hallaba en el corazón de la zona británica.

Todos los soldados alemanes eran requeridos para que cumplieran dos años en un campo de prisioneros de guerra, y Roschmann, juzgando que aquél era el lugar más seguro, se entregó. Durante dos años, de agosto 1945 a agosto 1947, mientras continuaba la caza de los peores asesinos de las SS, Roschmann estaba a sus anchas en el campo. Para que renunciaran a buscarlo se ocultaba bajo otro nombre, el de un antiguo amigo que estuvo en el ejército y fue muerto en el norte de África.

Varias decenas de millares de soldados alemanes vagabundeaban sin ningún papel de identidad, sólo con el nombre que ellos mismos daban y que era aceptado como verdadero por los aliados. No tenían ni el tiempo ni las facilidades para indagar sobre posibles antecedentes de los cabos del ejército. En el verano de 1947, Roschmann fue dejado en libertad y creyó que podía abandonar con toda tranquilidad el campo. Estaba equivocado.

Uno de los sobrevivientes del campo de Riga, natural de Viena, había jurado su propia venganza contra Roschmann. Aquel hombre rondaba por las calles de Graz, vigilando la vuelta de Roschmann a su casa, cerca de sus padres a quienes había dejado en 1939, y de su esposa, Hella Roschmann, con quien se había casado en 1943 durante un permiso. El viejo vagaba de la casa de los padres a la casa de la esposa, esperando el retorno del hombre de las SS.

Después de ser puesto en libertad, Roschmann permaneció en las afueras de Graz, trabajando como peón agrícola. Luego, el 20 de diciembre de 1947, se fue a su casa a pasar las Navidades con la familia. El viejo estaba esperando. Se escondió detrás de una columna al ver que el individuo alto y delgaducho, con su cabello de un rubio pálido y fríos y azules ojos, se acercaba a la casa de su esposa, miraba varias veces a un lado y otro, luego llamó y entró.

Una hora después, guiados por el antiguo morador del campo de Riga, dos fornidos sargentos ingleses del Servicio de Seguridad Interior, aturrullados y escépticos, llegaron ante la casa y llamaron. Después de una rápida pesquisa, Roschmann fue descubierto debajo de una cama. De haber sostenido con desfachatez que se equivocaban de identidad, hubiese podido hacer creer a los sargentos que el viejo estaba en un error. Pero el hecho de haberse escondido debajo de una cama lo delataba. Fue conducido, para ser sometido a un interrogatorio, ante el mayor Hardy de las FSS, quien enseguida lo encerró en una celda mientras se enviaba un requerimiento a Berlín y al índice americano de las SS.

La confirmación llegó dentro de las cuarenta y ocho horas, y la máquina empezó a funcionar. Incluso cuando el requerimiento estaba en Potsdam, en solicitud de ayuda rusa para establecer el informe sobre Riga, los americanos pidieron que Roschmann fuera trasladado a Munich, temporalmente, para prestar declaración en Dachau donde los americanos estaban juzgando a otros hombres de las SS que habían participado activamente en el complejo de campos alrededor de Riga. Los ingleses estuvieron de acuerdo.

A las seis de la mañana del 8 de enero de 1948, Roschmann, acompañado por un sargento de la Real Policía Militar y por otro de la Seguridad Interior, fue instalado en un tren que partía de Graz con destino a Salzburgo y Munich.

Lord Russell hizo una pausa en su paseo, atravesó la habitación hasta la chimenea y vació su pipa.

—¿Qué ocurrió luego? —preguntó Miller.

—Escapó —respondió lord Russell.

—Él... *¿qué?*

—Escapó. Saltó desde la ventana del retrete cuando el tren estaba en marcha, después de lamentarse de que los alimentos de la cárcel le habían producido diarrea. Cuando los dos hombres de escolta hubieron hecho añicos la puerta del retrete, él había desaparecido entre la nieve. No lo encontraron nunca. Por supuesto, fue organizada una persecución, pero el hombre había desaparecido, evidentemente a favor de los ventisqueros, tomando contacto con una de las organizaciones preparadas para ayudar a la fuga de los ex nazis. Dieciséis meses después, en mayo de 1949, fue fundada su nueva República y nosotros entregamos todos nuestros archivos a Bonn.

Miller terminó de escribir y dejó su carnet de notas.

—A partir de aquí, ¿hacia dónde tengo que orientar mis pesquisas? —preguntó.

Lord Russell se encogió de hombros.

—Bueno, supongo que ahora hacia su propio país. Conoce usted la vida de Roschmann desde su nacimiento hasta el 8 de enero de 1948. El resto atañe a las autoridades alemanas.

—¿Cuáles? —preguntó Miller, temiendo la respuesta.

—Como se refiere a Riga, supongo que la oficina del Fiscal General de Hamburgo —contestó lord Russell.

—Estuve allí.

—¿Le han prestado alguna ayuda?

—Ninguna.

—No me sorprende, no me sorprende. ¿Ha intentado usted Ludwigsburg? —preguntó lord Russell sonriendo.

—Sí. Estuvieron muy amables, pero no me han sido muy útiles. Iba contra el reglamento —dijo Miller.

—Bueno, esto agota los cauces oficiales de investigación. Sólo queda otro hombre. ¿Ha oído usted hablar de Simon Wiesenthal?

—¿Wiesenthal? Sí, vagamente. El nombre me suena, pero no acierto a localizarlo.

—Vive en Viena. Era un chico judío, oriundo de la Galitzia polaca. Pasó cuatro años en una serie de campos de concentración, doce en total. Decidió emplear el resto de sus días en dar caza a los criminales nazis a quienes se buscaba. No procede toscamente, se lo aseguro. Se limita a reunir toda la información sobre ellos que pueda obtener, luego, cuando está seguro de haber encontrado uno, por lo general viviendo bajo un falso nombre, pero no siempre, informa a la policía. Si la policía no hace nada, da una conferencia de prensa y los pone en evidencia. Será inútil decirle que no es nada popular entre el elemento oficial tanto en Alemania como en Austria. Estima que no están haciendo lo suficiente para dar razón de los asesinos nazis conocidos, y que dejan de perseguir a los que están escondidos. Los antiguos SS lo odian a muerte y por dos veces han intentado matarle; los burócratas desean que les deje en paz, y muchas otras personas piensan que es un gran tipo y lo ayudan en todo lo que pueden.

—Sí, ahora creo que lo recuerdo bien. ¿No fue él quien dio con el paradero de Adolf Eichmann? —preguntó Miller.

Lord Russell asintió.

—Lo identificó como Ricardo Klement, que vivía en Buenos Aires. Los israelíes se lo llevaron de allí. También siguió la pista de varios centenares de criminales nazis. Si algo más se sabe de Eduard Roschmann, él lo sabe.

—¿Lo conoce usted? —preguntó Miller.

Lord Russell movió la cabeza en señal afirmativa.

—Le daré a usted una carta. Van muchos a visitarlo pidiéndole información. Una carta le facilitará las cosas.

Fue al escritorio, escribió rápidamente unas líneas en una hoja de papel con membrete, introdujo el papel en un sobre y lo cerró.

—Buena suerte; la necesitará usted —dijo, mientras acompañaba a Miller hasta la puerta.

A la mañana siguiente, Miller voló con un avión de la BEA hacia Colonia, recogió su coche y se puso en marcha para un viaje de dos días por Stuttgart, Munich, Salzburgo y Linz, hasta Viena.

Miller pasó la noche en Munich, puesto que no pudo correr mucho por las autopistas cubiertas de nieve, con frecuencia reducido su paso a una sola calzada porque un quitanieves o un camión cargado de arena intentaba rivalizar con la nieve que caía con más fuerza. Al día siguiente se levantó temprano y pudo haber llegado a Viena a la hora de comer de no haber sido por la larga espera en Bad Tolz, inmediatamente al sur de Munich.

La autopista atravesaba densos bosques de pinos cuando una serie de señales con la inscripción «Despacio» inmovilizó el tránsito. Un coche de la policía, con la luz azul giratoria de aviso, se hallaba aparcado al borde de la autopista, y dos hombres de la patrulla, con chaqueta blanca, estaban reteniendo la circulación. A mano izquierda, en el extremo Norte, el procedimiento era el mismo. A derecha e izquierda de la autopista se abría paso, en el bosque de pinos, una calzada, y dos soldados, con uniforme de invierno, ambos con un bastón iluminado por medio de una potente batería, y de pie en la entrada de cada una de ellas, esperaban dar aviso a algo escondido en el bosque que atravesaba la carretera.

Miller fumaba con impaciencia y, al fin, bajó la ventanilla de su coche para llamar a uno de los policías.

—¿Que ocurre? ¿Por qué nos detienen?

El hombre de la patrulla fue hacia él despacio y sonrió.

—El ejército —dijo brevemente—. Están de maniobras. Una columna de tanques pasará por aquí dentro de un minuto.

Un cuarto de hora después apareció el primero, con un gran cañón asomando por encima de los pinos, como un paquidermo olfateando un peligro en el aire, y luego, con estruendo, la masa de la plataforma del tanque blindado apareció por encima de los árboles y bajó estruendosamente a la carretera.

El sargento mayor Ulrich Frank era un hombre satisfecho. A los treinta años había ya cumplido la ambición de su vida: mandar en un tanque. Se acordaba del día en que nació en él su ambición. Fue el 10 de enero de 1945 cuando, siendo un niño en la ciudad de Mannheim, lo llevaron al cine. El reportaje de actualidad estaba dedicado a los tanques King Tiger de Hasso von Manteuffel yendo al combate contra americanos e ingleses.

Sus ojos atemorizados estaban pendientes de las encapotadas figuras de los comandantes, con casco de acero y anteojos contra el polvo, vigilando desde la torrecilla. Para Ulrich Frank, entonces de diez años, aquel fue un momento crucial. Al salir del cine hizo una promesa solemne: que un día mandaría su propio tanque.

Le tomó diecinueve años, pero lo consiguió. En las maniobras de aquel invierno en los bosques de los alrededores de Bad Tolz, el sargento mayor Ulrich Frank mandaba su propio tanque, de construcción americana, un M-48 Patton.

Eran sus últimas maniobras con el Patton. Esperando que las tropas regresaran al campo, había allí una hilera de tanques resplandecientes, de una nueva marca francesa, el AMX-13s, con los que la unidad iba a ser reequipada. Mejor armado que el Patton, el AMX iba a ser suyo dentro de una semana.

Dio un vistazo a la cruz negra del nuevo ejército alemán al costado de la torrecilla, y el nombre personal del tanque marcado abajo, entonces sintió como una punzada de pesadumbre. Aunque sólo hacia seis meses que lo mandaba, siempre sería su primer tanque, su favorito. Lo llamaba *Drachenfels*, el Dragón de la Roca, por la roca que dominaba el Rin donde Martín Lutero, cuando estaba traduciendo la Biblia al alemán, vio al Diablo y le echó el tintero. Supuso que, después del reequipamiento, el Patton se convertiría en chatarra.

Con una última pausa en el sitio más alejado de la autopista, el Patton y su tripulación acometieron la cuesta y desaparecieron en el bosque.

Por fin, Miller llegó a Viena a media tarde de aquel día, 4 de enero. Sin detenerse a reservar habitación en un hotel, fue directamente al centro de la ciudad y preguntó por la plaza Rudolf.

Encontró fácilmente el número siete y miró la lista de los residentes. En el lugar correspondiente al tercer piso había una tarjeta que decía. «Centro de Documentación». Subió y llamó a la puerta de madera pintada de color crema. Desde dentro, alguien observó por la mirilla, luego oyó cómo abrían la puerta, y una bonita muchacha rubia apareció en el umbral.

—Dígame.

—Me llamo Miller. Peter Miller. Desearía hablar con herr Wiesenthal. Traigo una carta de presentación.

Sacó la carta y se la entregó a la muchacha. La miró, indecisa, sonrió ligeramente y le rogó que esperara.

Unos minutos después reapareció al final del pasillo al que daba acceso la puerta, y le hizo una seña.

—Por aquí, por favor.

Miller cerró la puerta de entrada tras sí y siguió a la muchacha por el pasillo, dobló una esquina, hasta el extremo del piso. A la derecha había una puerta abierta. Cuando entró, un hombre se levantó para saludarlo.

—Entre, por favor —dijo Simon Wiesenthal.

Era un hombre más corpulento de lo que Miller había esperado, fornido, metro ochenta de alto, llevaba una gruesa chaqueta de paño, y andaba encorvado como si siempre estuviera buscando un papel que hubiese perdido. Tenía en la mano la carta de lord Russell.

El despacho era pequeño, dando la sensación de estrechez. Una pared, de un extremo a otro y del suelo al techo, estaba ocupada por estantes, atiborrados de libros. La pared de enfrente estaba decorada por manuscritos y testimonios con las marcas de organizaciones de antiguas víctimas de las SS. En la otra pared había un sofá, también lleno de libros, y a la izquierda de la puerta se abría una pequeña ventana que daba a un patio. El escritorio estaba un poco apartado de la ventana, y Miller se sentó en la silla destinada al visitante, frente a él. El cazador de nazis de Viena tomó asiento al otro lado de la mesa y releía la carta de lord Russell.

—Lord Russell me dice que esta usted intentando dar caza a un antiguo asesino de las SS —empezó su preámbulo.

—Sí, es verdad.

—¿Puede usted decirme su nombre?

—Roschmann. Capitán Eduard Roschmann.

Simon Wiesenthal enarcó las cejas y emitió un silbido.

—¿Ha oído usted hablar de él? —preguntó Miller.

—¿El Carnicero de Riga? Uno de los primeros cincuenta hombres de la lista —dijo Wiesenthal—. ¿Puedo preguntar por qué esta usted interesado en él?

Miller lo explicó, brevemente.

—Creo que es mejor que empiece usted por el principio —dijo Wiesenthal—. ¿Qué hay con todo eso de un Diario?

Con el hombre de Ludwigsburg, Cadbury y lord Russell aquella era la cuarta vez que Miller tenía que contar la historia. Cada vez el relato era un poco más largo, otro capítulo se había añadido a su conocimiento de la historia de la vida de Roschmann. Empezó de nuevo y lo explicó todo hasta describir la ayuda prestada por lord Russell.

—Lo que ahora necesito saber —terminó— es a dónde fue al saltar del tren.

Simon Wiesenthal miraba hacia el patio del bloque de pisos, viendo cómo los copos de nieve bajaban por el estrecho canal al suelo, tres pisos abajo.

—¿Tiene usted aquí el Diario? —preguntó al fin.

Miller se agachó, lo sacó de su cartera y lo puso sobre la mesa. Wiesenthal le dio un vistazo, con aire de experto.

—Fascinante —dijo levantando la vista, al tiempo que sonreía—. Muy bien, acepto la historia —dijo.

Miller enarcó las cejas.

—¿Tiene usted alguna duda?

Simon Wiesenthal lo miró de forma penetrante.

—Siempre hay una pequeña duda, herr Miller —dijo—. La suya es una historia muy extraña. No puedo comprender sus motivos para querer dar caza a Roschmann.

—Soy periodista. Es una buena historia —adujo Miller encogiéndose de hombros.

—Pero me temo que no podrá venderla nunca a la prensa. Y casi no vale la pena que le dedique usted sus ahorros. ¿Está usted seguro que no hay nada personal en ello?

Miller eludió la pregunta.

—Es usted la segunda persona que me pregunta esto. Hoffmann, del *Komet*, me preguntó lo mismo. ¿Por qué habría algo personal? Sólo tengo veintinueve años. Todo esto ocurrió antes de mi tiempo.

—Por supuesto —Wiesenthal miró el reloj y se levantó—. Son las cinco, y me gusta estar en casa con mi mujer en estas noches de invierno. ¿Me deja usted leer el Diario durante la noche?

—Sí, por supuesto —dijo Miller.

—Bien. Entonces le ruego que vuelva el lunes por la mañana y le añadiré lo que sé de la historia de Roschmann.

Miller volvió el lunes a las diez y encontró a Simon Wiesenthal despachando un montón de cartas. Levantó la mirada al entrar el periodista alemán y le indicó que se sentara. Se produjo un silencio mientras el cazador de nazis cortaba los sobres por un lado para sacar su contenido.

—Colecciono sellos —explicó—. Por eso procuro no estropear los sobres.

Siguió con su tarea durante unos minutos.

—La noche última leí el Diario en casa. Notable documento.

—¿Le sorprendió a usted? —preguntó Miller.

—¿Sorprenderme? No, no por su contenido. Siempre leemos la misma clase de cosas. Con variaciones, claro está. Pero nada tan exacto. Tauber podía haber sido un perfecto testigo. Tomaba nota de todo, hasta de los más pequeños detalles. Y tomaba nota en el preciso momento en que ocurría aquello. Esto es muy importante para conseguir una prueba ante los tribunales alemanes o austriacos. Y ahora está muerto.

Miller meditó durante un momento. Alzó la vista.

—Herr Wiesenthal, que yo sepa usted es el primer judío con quien realmente he tenido una larga charla sobre todo aquello. Tauber dice una cosa en su Diario que me sorprendió: dice que no hay lugar para una culpa colectiva. Pero, a nosotros, los alemanes, nos dijeron durante veinte años que todos éramos culpables. ¿Cree usted eso?

—No —dijo llanamente el cazador de nazis—. Tauber tenía razón.

—¿Cómo puede usted decir esto, si matamos a millones de personas?

—Porque usted, personalmente, no estaba allí. Usted no mató a nadie. Como dice Tauber, la tragedia está en que los auténticos asesinos no han sido llevados ante la justicia.

—Entonces —preguntó Miller— ¿quién mató realmente a aquella gente?

Simon Wiesenthal lo miró atentamente.

—¿Tiene usted noticia de las distintas ramas de las SS? ¿Sobre las secciones de las SS que eran realmente responsables de la muerte de millones de personas? —preguntó.

—No.

—Entonces, lo mejor será que se lo explique. ¿Ha oído usted hablar de la Oficina Principal para la Administración Económica del Reich, encargada de explotar a las víctimas antes de que murieran?

—Sí, he leído algo sobre esto.

—Su cometido era, en cierto sentido, la sección intermedia de la operación —dijo Wiesenthal—. Consistía en el trabajo de identificar las víctimas entre el resto de la población, apresarlas, transportarlas y, cuando estaba terminada la explotación económica, pasar las víctimas a la sección siguiente. Ésta era la tarea de la RSHA, la oficina principal para la Seguridad del Reich, que mató a los millones ya mencionados. El uso excéntrico de la palabra «Seguridad» en el título de este departamento se opone a la curiosa idea nazi según la cual las víctimas representaban una amenaza para el Reich, que había tenido que asegurarse contra ellos. También entraba en las funciones de la RSHA la tarea de apresar, interrogar y encarcelar en campos de concentración a otros enemigos del Reich como comunistas, socialdemócratas, liberales, cuáqueros, periodistas y sacerdotes que hablaban muy inoportunamente, luchadores de la resistencia en países ocupados y, a última hora, oficiales del ejército como el mariscal de campo Erwin Rommel y el almirante Wilhelm Canaris, ambos asesinados como sospechosos de alimentar sentimientos antihitlerianos. La RSHA estaba dividida en seis departamentos, cada uno de ellos llamado *Amt*. El *Amt* Uno tenía a su cargo la administración y el personal; el *Amt* Dos cuidaba del armamento y las finanzas. *Amt* Tres era el temido Servicio de Seguridad y la Policía de Seguridad, mandada por Reinhard Heydrich, asesinado en Praga en 1942, y últimamente por Ernst Kaltenbrunner, ejecutado por los aliados. Los suyos eran los equipos que proyectaban las torturas que se empleaban para hacer hablar a los sospechosos, actuando ambos en el interior de Alemania y en los países ocupados. *Amt* Cuatro era la Gestapo, dirigida por Heinrich Müller (todavía desaparecido) y cuya sección judía, departamento B.4, estaba mandada por Adolf Eichmann, ejecutado por los israelíes en Jerusalén después de haber sido raptado en Argentina. *Amt* Cinco era la Policía Criminal y *Amt* Seis el Servicio de Contraespionaje Extranjero. Los dos jefes sucesivos de *Amt* Tres, Heydrich y Kaltenbrunner, eran también los jefes supremos de toda la RSHA, y a lo largo del reinado de ambos, el jefe de *Amt* Uno era su comisario. Éste era el general de tres estrellas de las SS Bruno Streckenbach, quien hoy tiene un empleo bien remunerado en unos grandes almacenes en Hamburgo y vive en Vogelweide. Si tenemos que determinar la culpa, en consecuencia, la mayor parte recae sobre estos dos departamentos de las SS, y los números puestos a debate son millares, y no los millones que suman los alemanes contemporáneos. La teoría de la culpa colectiva de sesenta millones de alemanes, incluyendo millones de niños, mujeres, viejos, soldados, marinos y aviadores, que no tienen nada que ver con el holocausto, fue originalmente concebida por los aliados, pero luego les ha sido de mucha utilidad a los antiguos miembros de las SS. Esta teoría es el mejor aliado a su favor, porque se dan cuenta, como pocos alemanes parecen darse, de que mientras la teoría de la culpa colectiva no sea combatida nadie se ocupará de buscar a los auténticos asesinos, al menos no con la suficiente tenacidad. Los auténticos asesinos de las SS todavía hoy se ocultan detrás de la teoría de la culpa colectiva.

Miller reflexionaba sobre lo que acababa de escuchar. De algún modo, el verdadero volumen de las cifras implicadas lo desconcertaba. No era posible considerar a catorce millones de personas como siendo todas y cada una una individualidad. Era más fácil pensar en un hombre, muerto, sobre una camilla bajo la lluvia, en una calle de Hamburgo.

—¿Cree usted en la razón que aparentemente tuvo Tauber para suicidarse? —preguntó Miller.

Wiesenthal estudió dos bonitos sellos de África en uno de los sobres.

—Creo que tenía razón al pensar que nadie iba a creerle, que vio a Roschmann en las escaleras de la Ópera. Si esto era lo que creía, estaba en lo cierto.

—Pero nunca acudió a la policía —dijo Miller.

Simon Wiesenthal abrió otro sobre por el canto y sacó la carta del interior. Replicó después de una pausa.

—No. Técnicamente podía haberlo hecho. No creo que hubiese conseguido nada. En cualquier caso, no en Hamburgo.

—¿Qué pasa con Hamburgo?

—¿Acudió usted al despacho del fiscal general del Estado, en Hamburgo? —preguntó Wiesenthal suavemente.

—Sí, lo hice. No puedo afirmar que me ayudaran mucho.

Wiesenthal eligió con cuidado sus palabras.

—El departamento del fiscal general en Hamburgo tiene determinada reputación en esta oficina —dijo—. Tome, por ejemplo, el hombre mencionado en el Diario de Tauber, y por mí hace un momento, el jefe de la Gestapo y general de las SS, Bruno Streckenbach. ¿Se acuerda usted del nombre?

—Claro —dijo Miller—. ¿Qué pasa con él?

Por toda respuesta, Simon Wiesenthal buscó entre un montón de papeles sobre su mesa, escogió uno y lo leyó.

—Aquí está —dijo—. Entre la justicia de Alemania Occidental es conocido como documento 141 JS 747/61. ¿Quiere que le cuente?

—Dispongo de tiempo —dijo Miller.

—De acuerdo. Aquí está. Antes de la guerra, era el jefe de la Gestapo en Hamburgo. A partir de la guerra, ascendió rápidamente hasta un puesto en la cumbre en las SD y SP, el Servicio de Seguridad y las secciones de la Policía de Seguridad en la RSHA. En 1939, reclutó patrullas de exterminio en la Polonia ocupada por los nazis. A últimos de 1940 era jefe de las secciones SD y SP de las SS para la totalidad de Polonia, el llamado Gobierno General, con sede en Cracovia. A millares fueron exterminados por las unidades SP y SD en Polonia durante aquel período, especialmente a través de la operación «AB». A primeros de 1941 regresó a Berlín, promocionado a jefe de personal de las SD. Aquella era la *Amt* Tres de la RSHA. Su jefe era Reinhard Heydrich, y él fue su comisario. Inmediatamente antes de la invasión de Rusia ayudó a organizar las patrullas de exterminio que avanzaban detrás del ejército. Como jefe de estado mayor, él mismo escogió el personal, procedente en su totalidad de la rama SD. Entonces fue promocionado de nuevo, esta vez como jefe de personal de las seis ramas de la RSHA y siguió siendo comisario jefe de la RSHA, primero bajo Heydrich, que fue asesinado por partisanos checos en Praga, en 1942. Aquél fue el asesinato que provocó las represalias de Lidice. Luego, comisario de Ernst Kaltenbrunner. También asumía la más completa responsabilidad para la selección del personal de las patrullas volantes de exterminio y las unidades fijas SD por todo el territorio oriental ocupado por los nazis hasta el fin de la guerra.

—¿Y dónde está ahora? —preguntó Miller.

—Paseando por Hamburgo, libre como el aire —contestó Wiesenthal.

Miller parecía aturdido.

—¿No lo detuvieron? —preguntó.

—¿Quién?

—La policía de Hamburgo, por supuesto.

Por toda respuesta, Simon Wiesenthal pidió a su secretaria que le trajera la abultada carpeta titulada «Justicia-Hamburgo», de la que extrajo una hoja de papel. La dobló primorosamente por el centro de arriba abajo, y la puso frente a Miller de modo que sólo quedara visible la parte izquierda de la hoja.

—¿Reconoce usted estos nombres? —preguntó.

Miller examinó la lista de diez nombres con el ceño fruncido.

—Por supuesto. Durante años he estado haciendo reportajes policíacos en Hamburgo. Todos son jefes de policía en mi ciudad. ¿Por qué?

—Despliegue el papel —dijo Wiesenthal.

Miller lo hizo. Completamente abierto, en el papel se leía:

Nombre	N.º partido nazi	N.º SS	Graduación	Fecha promoción
A.	—	455.336	Capitán	1.3.43
B.	5.451.195	429.339	1.er Teniente	9.11.42
C.	—	353.004	1.er Teniente	1.11.41
D.	7.039.564	421.176	Capitán	21.6.44
E.	—	421.445	1.er Teniente	9.11.42
F.	7.040.308	174.902	Comandante	21.6.44
G.	—	426.553	Capitán	1.9.42
H.	3.138.798	311.870	Capitán	30.1.42
I.	1.867.976	424.361	1.er Teniente	20.4.44
J.	5.063.311	309.826	Comandante	9.11.43

Miller levantó la mirada.

—¡Dios mío! —exclamó.

—Ahora, ¿empieza usted a comprender por qué un teniente general de las SS está paseándose hoy en día por Hamburgo?

Miller miraba la lista, todavía incrédulo.

—Esto debe de ser lo que quería dar a entender Brandt al decir que las encuestas sobre los antiguos SS no eran muy populares entre la policía de Hamburgo.

—Probablemente —dijo Wiesenthal—. Ni tampoco la oficina del fiscal general es la más activa en Alemania. Al menos hay un abogado en la plana mayor que es muy activo, pero determinadas partes interesadas han intentado varias veces hacerlo destituir.

La bonita secretaria abrió la puerta y asomó la cabeza.

—¿Té o café? —preguntó.

Después de la pausa del mediodía, Miller volvió a la oficina. Simon Wiesenthal tenía esparcidas ante sí un buen número de hojas, extractos de su propio archivo Roschmann. Miller se instaló junto a la mesa, sacó su cuadernillo de notas y esperó.

Simon Wiesenthal empezó a relatar la historia de Roschmann a partir del 8 de enero de 1948.

Se había convenido entre las autoridades británicas y las americanas que después de que Roschmann hubiese prestado declaración en Dachau sería trasladado a la zona inglesa en Alemania, probablemente Hanover, a la espera de su juicio y casi segura muerte en la horca. Cuando todavía estaba en la cárcel de Graz había empezado a trazar sus planes para escapar.

Estableció contacto con una organización nazi especializada en fugas que operaba en Austria y era llamada «Estrella de seis puntas», sin relación alguna con el símbolo judío de la estrella de seis puntas, pero denominada de este modo porque la organización nazi extendía sus tentáculos a las seis mayores ciudades provinciales en Austria.

A las seis de la mañana del día 8, Roschmann fue despertado y llevado al tren que esperaba en la estación de Graz. Una vez en el compartimiento, empezó una discusión entre el sargento de la Policía Militar, quien quería que Roschmann estuviera esposado durante el viaje, y el sargento de la Seguridad Interior, que sugería quitarle las manillas.

Roschmann apoyó este argumento diciendo que sufría diarrea ocasionada por el régimen alimenticio de la cárcel y que debía ir al retrete. Lo llevaron allí, le quitaron las esposas y uno de los sargentos esperó al otro lado de la puerta hasta que hubiese terminado. Cuando el tren atravesaba un paisaje enteramente nevado, Roschmann pidió tres veces ir al retrete. Al parecer, durante aquel tiempo consiguió abrir la ventanilla del retrete, para poder escabullirse de sus guardianes.

Roschmann sabía que debía escaparse antes de que los americanos se hicieran cargo de él en Salzburgo para el último trayecto en coche hasta la cárcel que tenían los americanos en Munich. Pero pasaban por una estación tras otra y todavía el tren iba a demasiada velocidad. Se detuvo en Hallein, y uno de los sargentos bajó al andén a comprar algo de comer. Roschmann volvió a decir que necesitaba ir al retrete. Lo acompañó el sargento de las FSS, que era el más acomodaticio, advirtiéndole que no tirara de la cadena hasta que el tren se pusiera en marcha. Cuando el tren empezó a moverse lentamente al dejar Hallein, Roschmann saltó por la ventana sobre la nieve. Hasta diez minutos después los sargentos no derribaron la puerta, y para entonces el tren estaba corriendo montaña abajo, camino de Salzburgo.

Posteriores investigaciones de la policía verificaron que fue haciendo eses a través de la nieve, hasta llegar a una casucha de labradores, donde se refugió. Al día siguiente cruzó la frontera por la Alta Austria hasta la provincia de Salzburgo y allí se puso en contacto con la organización «Estrella de seis puntas». Lo llevaron a una fábrica de ladrillos, donde trabajó como peón, hasta establecer contacto con Odessa para pasar hacia el Sur e Italia.

Entonces, Odessa estaba en estrecho contacto con la sección de reclutamiento de la Legión Extranjera Francesa, donde se habían refugiado muchos antiguos soldados de las SS. Cuatro días después de haberse establecido el contacto, un coche con matrícula francesa estaba esperando en las afueras del pueblo de Ostermieting, y se llevó a Roschmann y a otros cinco nazis que huían. El conductor de la Legión Extranjera, provisto de papeles que permitían al coche cruzar fronteras sin ser registrado, llevó a los seis hombres a la frontera italiana, hasta Merano, donde fue pagado en efectivo por el representante de Odessa allí. Esta organización pagó una elevada suma por cabeza.

Desde Merano, Roschmann fue llevado a un campo de internamiento en Rimini. Allí, en el hospital del campo, le amputaron los cinco dedos de su pie derecho, que estaban gangrenados a causa de la helada que había sufrido cuando erraba a través de la nieve el día que escapó del tren. A partir de entonces, llevaba un zapato ortopédico.

Su mujer, en Graz, recibió carta suya, en octubre de 1948 desde el campo de Rimini. Por primera vez ostentaba el nuevo nombre que se había dado: Fritz Bernd Wegener.

Poco después fue trasladado a Roma, y cuando sus papeles estuvieron preparados, se embarcó en el puerto de Nápoles para Buenos Aires. Durante su estancia en la capital de Italia estuvo con varios camaradas de las SS y del Partido Nazi.

En la capital de la Argentina fue recibido por Odessa y se alojó en casa de una familia alemana, de nombre Vidmar, situada en la calle Hipólito Irigoyen. Allí vivió unos meses en una habitación amueblada. A principios de 1949, le adelantaron la suma de 50.000 dólares americanos procedentes de los fondos Bormann, y se metió en los negocios como exportador a Europa Occidental de maderas sudamericanas para la construcción. La razón social llevaba el nombre de Stemmler y Wegener, puesto que sus falsos papeles de identidad, expedidos en Roma, aseguraban que se llamaba Fritz Bernd Wegener, nacido en el Tirol del Sur, provincia italiana.

Contrató como secretaria a una muchacha alemana, Irmtraud Sigrid Müller, y a primeros de 1955, se casó con ella, a pesar de que su primera mujer, Hella, vivía aún en Graz. En la primavera de 1955, Eva Perón, esposa del presidente de Argentina, murió de cáncer. Y a Roschmann le pareció que aquello era el fin del régimen de Perón. Si caía éste, la protección dispensada por él a muchos alemanes no sería mantenida por sus sucesores. Así, Roschmann salió para Egipto con su nueva mujer.

Estuvo allí tres meses en el verano de 1955, y en otoño viajó a Alemania Occidental. Nadie hubiese sabido nada, a no ser por el odio de una mujer traicionada. Su primera esposa, Hella Roschmann, le escribió desde Graz durante aquel verano, a la atención de la familia Vidmar en Buenos Aires. Los Vidmar, al no tener la nueva dirección de su antiguo inquilino, abrieron la carta y respondieron a la esposa en Graz, diciéndole que había vuelto a Alemania, pero que se había casado con su secretaria.

Entonces, la mujer informó a la policía sobre la

nueva identidad de su marido. En consecuencia, la policía se puso a buscar a Roschmann, acusado de bigamia. Inmediatamente apareció un aviso reclamando a un hombre que se hacía llamar Fritz Bernd Wegener. El aviso fue dado a conocer en Alemania Occidental.

—¿Lo cogieron? —preguntó Miller.

Wiesenthal lo miró y negó con la cabeza.

—No, desapareció de nuevo. Casi ciertamente con una nueva documentación falsa. Con toda seguridad se quedaría en Alemania. Como puede usted comprender, por esto creo que Tauber pudo haberlo visto. Todo concuerda con los hechos conocidos.

—¿Dónde está la primera esposa, Hella Roschmann? —preguntó Miller.

—Sigue viviendo en Graz.

—¿Vale la pena ponerse en contacto con ella?

Wiesenthal negó con la cabeza.

—Lo dudo. Resultará ocioso decir que, después de haber «soplado» a Roschmann, no es verosímil que éste haya revelado a Hella su nuevo paradero, ni su nuevo nombre. Para él debió de constituir un aprieto cuando su identidad como Wegener fue puesta de manifiesto. Se proveería de nuevos papeles a una velocidad endiablada.

—¿Quién pudo habérselos conseguido? —preguntó Miller.

—Odessa, ciertamente.

—Pero, ¿qué es en realidad Odessa? La ha mencionado usted varias veces en el curso de la historia de Roschmann.

—¿No ha oído hablar nunca de ella? —preguntó Wiesenthal.

—No. Hasta ahora no.

Simon Wiesenthal miró el reloj.

—Lo mejor será que vuelva usted mañana por la mañana. Se lo contaré todo.

9

A la mañana siguiente, Peter Miller volvió a la oficina de Simon Wiesenthal.

—Me prometió usted explicarme lo de Odessa —dijo—. Durante la noche me he acordado de algo que ayer olvidé decirle.

Explicó el incidente con el doctor Schmidt, que se le acercó en el Dreesen Hotel y le advirtió que dejara la investigación sobre Roschmann.

Wiesenthal se mordió los labios e inclinó la cabeza.

—Se ha enfrentado usted con ellos, muy bien —dijo—. Es insólito en esa gente comportarse así, advirtiendo a un periodista de este modo, particularmente en una etapa precoz, como ésta. Me pregunto cuánto habrá subido Roschmann para que lo consideren tan importante.

Luego, durante dos horas, el cazador de nazis explicó a Miller lo que era Odessa, desde sus inicios como organización para llevar a los criminales SS perseguidos hacia lugar seguro, hasta su desarrollo en una amplia masonería entre los que un día lucieron en el cuello de sus guerreras los distintivos negros y plata, así como sus auxiliares y sus cómplices.

Cuando los aliados cayeron como un vendaval sobre Alemania en 1945 y descubrieron los campos de concentración con su espantoso contenido, no sin cierta lógica preguntaron al pueblo alemán quién había cometido aquellas atrocidades. La respuesta fue: «Las SS.» Pero las SS no estaban en ninguna parte.

¿Adónde habían ido? Podían haberse ocultado bajo tierra en el interior de Alemania y de Austria, o haber huido al extranjero. En ambos casos su fuga no podía haberse producido de sopetón. Lo que los aliados no acertaron a comprender hasta mucho más tarde fue que, en ambos casos, la fuga había sido preparada con mucha antelación.

Esto proyecta una luz muy interesante sobre el llamado patriotismo de las SS quienes, al llegar a la cúspide con Heinrich Himmler, cada cual intentó salvar su propia piel a expensas de sufrimientos masivos inevitablemente infligidos al pueblo alemán. Ya en noviembre de 1944, Heinrich Himmler intentó negociar su propio salvoconducto a través del Ministerio del conde Bernadotte de la Cruz Roja Sueca. Los aliados rehusaron consentir que se les escapara de las garras. Mientras los nazis y los SS se desgañitaban ante el pueblo alemán para seguir la lucha hasta que les fueran entregadas las maravillosas armas que estaban a la vuelta de la esquina, ellos estaban preparando su fuga hacia un cómodo destierro en cualquier lugar. Al final supo el pueblo que no había armas maravillosas, se enteró de la destrucción del Reich y que, si Hitler tenía alguna relación con ello, la destrucción total de la nación alemana era inevitable.

En el frente oriental, el ejército alemán estaba enzarzado en batalla contra los rusos, y sufría increíbles bajas, no para conseguir la victoria, sino para lograr una demora mientras los SS redondeaban sus planes de fuga. Detrás del ejército estaban las SS, disparando y ahorcando a los soldados del ejército que daban un paso atrás, ocasionando mayor daño del que acostumbra a sufrir la carne y la sangre de los soldados. Millares de oficiales y soldados de la Wehrmacht murieron así, en el extremo de una cuerda, a manos de los SS.

Inmediatamente antes del colapso final, demorado hasta seis meses después de que los jefes de las SS se dieran cuenta de que la derrota era inevitable, los líderes de esta organización desaparecieron. De un extremo a otro del país abandonaron sus puestos, cambiaron sus uniformes por trajes de paisano, se metieron en el bolsillo sus bonitos (y oficialmente arreglados) papeles personales y desaparecieron entre las caóticas y arremolinadas masas de gente que vagaban por Alemania en mayo de 1945. Dejaron que los abuelitos de la Guardia Municipal se las entendieran con los ingleses y los americanos en las puertas de los campos de concentración, que la exhausta Wehrmacht acabara en los campos de prisioneros de guerra y que las mujeres y los niños vivieran o murieran bajo la administración aliada durante el próximo y amargo invierno de 1945.

Los que sabían que eran demasiado conocidos para escapar a un largo encarcelamiento huyeron al extranjero. Entonces fue cuando intervino Odessa. Constituida antes de que acabara la guerra, su tarea consistía en recoger a los hombres de las SS perseguidos, hasta dejarlos a salvo fuera de Alemania. Ya tenían establecidos sólidos y amistosos contactos con la Argentina de Juan Domingo Perón, fueron otorgados siete mil pasaportes argentinos «en blanco», de modo que el refugiado no tenía más que llenarlo con un nombre falso, pegar su fotografía, hacerlo sellar por el bien dispuesto cónsul de la Argentina y subir al barco con destino a Buenos Aires o al Oriente Medio.

Millares de SS se desparramaron hacia el Sur, por Austria y el Tirol Meridional, provincia italiana. A lo largo del camino fueron alojados en casas seguras, hasta llegar al puerto italiano de Génova o, más al Sur, a

Rimini y Roma. Determinado número de organizaciones, algunas relacionadas con obras de caridad pública, por razones particulares tomaron el asunto a su cargo y decidieron partir de la base de que los refugiados SS eran perseguidos por los aliados con excesiva saña.

Entre los jefes de los «Pimpinelas Escarlatas» de Roma, que, al enviar a millares de personas al extranjero, las salvaron, figuraba un obispo alemán que se hallaba en Roma. El principal escondrijo de los hombres de las SS fue un enorme monasterio romano donde vivieron ocultos hasta que les pudieron arreglar los papeles, que se les entregó junto con un pasaje para América del Sur. En algunos casos viajaron con documentación de la Cruz Roja, y a veces pagó sus billetes una organización benéfica.

Aquél fue el primer trabajo de Odessa, que tuvo mucho éxito. Fueron varios millares los SS que, de haber sido apresados por los aliados, hubiesen muerto a causa de sus crímenes. No obstante, encontraron la seguridad sin ser reconocidos, aunque un ochenta por ciento de ellos merecieran sentencia de muerte.

Habiéndose establecido de forma próspera con el producto de los asesinatos masivos, que fueron transferidos por bancos suizos, Odessa se afirmó y esperó el deterioro de relaciones entre los aliados de 1945. Las primitivas ideas del rápido establecimiento de un Cuarto Reich fueron descartadas como impracticables en el curso del tiempo por los líderes de Odessa en América del Sur, pero con el establecimiento en mayo de 1949 de una nueva República en Alemania Occidental, los jefes de Odessa se impusieron cinco nuevos objetivos.

El primero fue la reinfiltración de antiguos nazis en cada faceta pública de la nueva Alemania. A finales de los años cuarenta y en los cincuenta, antiguos nazis se infiltraron en el servicio civil a todos los niveles, en los despachos de los abogados, en los bancos de los jueces, en las fuerzas de policía, en los Gobiernos locales, y en las clínicas. Desde tales posiciones, aunque alguna vez de escasa categoría, estaban en disposición de protegerse unos a otros contra investigaciones y arrestos, promover los respectivos intereses y, generalmente, garantizar que la investigación y la persecución de antiguos camaradas —unos a otros se llaman *Kamerad*— avanzaran tan despacio como fuera posible, si es que avanzaban de algún modo.

El segundo objetivo era infiltrarse en los mecanismos del poder político. Evitando los niveles superiores, los antiguos nazis penetraban en las organizaciones de base a nivel de distrito o nacional. No existía una ley que prohibiera a los antiguos nazis formar parte de un partido político. Puede tratarse de una coincidencia, pero no es nada inverosímil: ningún político con conocidos antecedentes de haberse metido con redoblado vigor en la investigación y persecución de los crímenes nazis ha sido elegido ni en la CDU (Democracia Cristiana) ni en el CSU (Social Democracia), ni a nivel Federal ni a ningún igualmente importante nivel de los muy poderosos Parlamentos Provinciales. Un político lo expresó con asombrosa simplicidad: «Es un asunto de matemáticas electorales. Seis millones de judíos muertos no votan. Cinco millones de antiguos nazis pueden y lo hacen, en cada elección.»

El objetivo de los dos programas era sencillo. Era y es retardar, sino detener, la investigación y persecución de los antiguos nazis. En esto, Odessa tenía otro gran aliado: la convicción implícita de centenares de miles de que, o bien habían ayudado en lo que se estaba haciendo, aunque fuera en pequeña escala, o bien habían sabido a su debido tiempo lo que se estaba haciendo y se habían quedado mudos años después, ya establecidos y respetados en sus comunidades y profesiones, apenas podían hacerse a la idea de una enérgica investigación en acontecimientos pasados, olvidada la mención de sus nombres en una lejana sala de justicia donde un nazi era sometido a juicio.

El tercer objetivo de Odessa, con miras puestas en la Alemania de posguerra, era volver a infiltrarse en los negocios, en el comercio y en la industria. A tal propósito, determinados antiguos nazis se establecieron en negocios de su propiedad en los primeros años cincuenta, con el respaldo de fondos procedentes de los depósitos de Zurich. Cada negocio razonablemente bien administrado, asentado sobre plena liquidez, en los primeros años cincuenta, tomaría decidida ventaja en el vacilante Milagro Económico de los años cincuenta y sesenta, para convertirse en un gran y floreciente negocio. Su rasgo característico estribaba en servirse de los fondos sacados de las ganancias de aquellos negocios para influir en las campañas de prensa sobre los crímenes nazis a través de los ingresos en concepto de anuncios, para ayudar financieramente la naciente distribución de los impresos de propaganda de las SS que circulaban en la Alemania de posguerra, para sostener algunas de las casas editoras de ultra derecha, y proporcionar empleos para antiguos *Kameraden*, a quienes la vida les era difícil.

El cuarto objetivo era, y sigue siendo, proveer en lo mejor posible a la defensa legal de cualquier nazi sometido a juicio. En los últimos años se desarrolló una técnica por medio de la cual el acusado enseguida contrataba a un abogado brillante y caro, tenía unas cuantas sesiones con él, y luego anunciaba que no podía pagarle. Entonces, el abogado podía ser asignado como consejero de la defensa por el tribunal, de acuerdo con las disposiciones de las leyes de asistencia legal. Pero a primeros y en la mitad de los años cincuenta, cuando centenares de miles de alemanes ex prisioneros de guerra se derramaban a torrentes desde Rusia, los criminales SS no amnistiados eran separados y llevados a Camp Friedland. Allí unas muchachas repartieron entre ellos unas pequeñas tarjetas blancas en las que figuraba escrito el nombre del abogado defensor para cada hombre.

El quinto objetivo es la propaganda, que toma varias formas: desde fomentar la divulgación de libelos derechistas hasta dar salida a la ratificación final del Estatuto de Limitaciones, bajo cuyos términos se pondría punto final a toda culpabilidad legal de los nazis. Se hacen esfuerzos para asegurar a los alemanes de hoy que las cifras de muertos judíos, rusos, polacos y otros eran sólo una mínima parte de las dadas por los aliados —la cifra que se acostumbra a dar es de cien mil judíos muertos— y para poner de manifiesto que la guerra fría entre Occidente y la Unión Soviética prueba que, de algún modo, Hitler tenía razón.

Pero el principal objetivo de la propaganda de Odessa estriba en persuadir a los sesenta millones de alemanes actuales —y con un amplio grado de éxito— de que, en realidad, los SS eran soldados patriotas como la Wehrmacht y que debe ser defendida la solidaridad entre antiguos camaradas. Éste es su supremo objetivo.

Durante la guerra, la Wehrmacht guardó las distancias con las SS, a las que consideraba con repugnancia, mientras que las SS trataba a la Wehrmacht con desprecio. Cuando llegó el fin, millones de jóvenes de la Wehrmacht fueron arrojados a la muerte o al cautiverio en manos rusas, de los que sólo volvió una pequeña proporción, mientras que los SS podían vivir prósperamente en cualquier parte. Otros millares fueron ejecutados por las SS, incluidos 5.000 en las represalias después del complot de julio de 1944 contra Adolf Hitler, en el que estaban complicados menos de cincuenta hombres.

Es un misterio cómo antiguos miembros del ejército, de la marina y de las fuerzas aéreas alemanas puedan considerar a los hombres que pertenecieron a las SS como merecedores del título de *Kamerad*, sólo teniendo en cuenta su protección y solidaridad contra la persecución. Sin embargo, aquí reside el éxito real de Odessa.

A grandes rasgos, Odessa ha triunfado en sus esfuerzos para impedir los esfuerzos germano occidentales para cazar y llevar ante los tribunales a los asesinos SS. Ha tenido éxito gracias a su crueldad, ocasionalmente contra los de su propia calaña si intentan hacer una plena confesión a las autoridades; los errores de los aliados entre 1945 y 1949; la guerra fría; y la acostumbrada cobardía alemana cuando se le presenta un problema moral, en vivo contraste con su valor al encontrarse frente a una tarea militar o a dar con una salida técnica como la reconstrucción de la Alemania de posguerra.

Cuando Simon Wiesenthal hubo terminado, Miller dejó el lápiz con el que había tomado abundantes notas y se recostó en su butaca.

—No tenía la menor idea —dijo.

—Muy pocos alemanes la tienen —asintió Wiesenthal—. En realidad muy poca gente sabe algo de Odessa. La palabra casi nunca es mencionada en Alemania y, así como determinados miembros del mundo del hampa americano niegan vigorosamente la existencia de la Mafia, así también antiguos miembros de las SS negarán la existencia de Odessa. Para serle completamente franco, el término es mucho menos usado hoy que antiguamente. La nueva palabra es «La Camaradería», como a la Mafia de América se la conoce por «Cosa Nostra». Pero, ¿qué importa el nombre? Odessa está todavía aquí, y lo estará mientras quede un criminal SS para proteger.

—¿Y cree usted que he topado con esos hombres? —preguntó Miller.

—Estoy seguro. El aviso que recibió usted en Bad Godesberg no podía proceder de nadie más. Tenga usted cuidado, esos hombres pueden ser peligrosos.

Miller estaba pensando en otra cosa.

—¿Cuando Roschmann desapareció en 1955, decía usted que necesitó un nuevo pasaporte?

—Seguro.

—¿Por qué de modo particular un pasaporte?

Simon Wiesenthal se recostó en su butaca e inclinó la cabeza.

—Puedo comprender su perplejidad. Deje que le explique. Después de la guerra, en Alemania como aquí en Austria, había decenas de millares de hombres que iban de un sitio a otro sin papeles de identidad. Unos de verdad los habían perdido, otros se los quitaron de encima por buenas razones. Para conseguir nuevos papeles, normalmente hubiese sido necesario obtener un certificado de nacimiento. Pero millones de personas habían huido de los antiguos territorios alemanes invadidos por los rusos. ¿Quién hubiese podido decir si un hombre había, o no, nacido en un pueblecito de Prusia oriental, entonces muchos kilómetros por detrás del Telón de Acero? En otros casos, los edificios donde estaban guardados los certificados habían sido destruidos por las bombas. Así, el proceso fue muy sencillo. Todo lo que uno precisaba eran dos testigos que juraran que la persona era quien ella misma decía, y el interesado recibía un carnet personal. Los prisioneros de guerra a menudo tampoco tenían papeles. Al salir del campo, las autoridades inglesas y americanas firmaban un papel de exoneración donde se certificaba que el cabo Johann Schumann salía liberado de un campo de prisioneros de guerra. El soldado entregaba dicho papel a las autoridades civiles, quienes extendían una tarjeta de identidad al mismo nombre. Pero a menudo el hombre sólo había dicho a los aliados que su nombre era Johann Schumann. Podía haber sido cualquier otro. Nadie lo comprobaba. Y así adquiría una nueva identidad. Todo anduvo muy bien inmediatamente después de la guerra, cuando la mayoría de los criminales SS adquirieron sus nuevas identidades. Pero ¿qué ocurre con un hombre que aparece a la superficie en 1955, como fue el caso de Roschmann? No podía presentarse a las autoridades y decir que había perdido sus papeles durante la guerra. Le preguntarían cómo se las arregló durante aquellos diez años. Por lo tanto, necesitó un pasaporte.

—Lo veo muy claro —dijo Miller—. Pero ¿por qué un pasaporte? ¿Por qué no una licencia de conducir, o una tarjeta de identidad?

—Porque, poco después de haberse fundado la República, las autoridades alemanas se dieron cuenta de que podían existir centenares o millares de hombres vagabundeando bajo nombres falsos. Les era necesario e incluso a veces indispensable, poseer un documento. El pasaporte les vino como anillo al dedo. En Alemania, antes de conseguir un pasaporte, es preciso presentar el certificado de nacimiento, varias referencias, y muchos otros documentos más. Hay que cumplimentar todo esto antes de que extiendan el pasaporte. En cambio, una vez en posesión del pasaporte, podrá obtener cualquier otro documento, gracias a la importancia que se concede al pasaporte. Así funciona la burocracia. La emisión del pasaporte persuade al funcionario administrativo de que, puesto que otros burócratas concedieron plena garantía al poseedor del pasaporte, no son necesarias más investigaciones. Con un nuevo pasaporte, Roschmann pudo completar el resto de su identidad: licencia de conducir, cuenta bancaria, tarjetas de crédito. El pasaporte es el «ábrete sésamo» para cualquier otro papel de la documentación necesaria en la Alemania de hoy.

—¿De dónde procedió el pasaporte?

—De Odessa. En alguna parte deben de tener un falsificador que los produce —conjeturó Wiesenthal.

Miller reflexionó un momento.

—Si pudiéramos dar con el falsificador de pasaportes, ¿encontraríamos el hombre que hoy podría identificar a Roschmann? —sugirió.

Wiesenthal se encogió de hombros.

—Puede. Pero sería un largo camino. Y a condición de que aquel hombre pudiera penetrar en Odessa. Sólo quienes pertenecieron a las SS pueden hacerlo.

—Y ahora, desde aquí, ¿adónde tengo que ir? —preguntó Miller.

—Creo que lo mejor que puede hacer es intentar ponerse en contacto con algún superviviente de Riga. No sé si podrán ayudarlo a avanzar algo, pero es seguro que estarán dispuestos a ello. Todos intentamos encontrar a Roschmann. Atienda... —cogió el periódico que estaba abierto encima de su mesa—. Aquí hay una referencia a una tal Olli Adler, de Munich, que estuvo con Roschmann durante la guerra. Puede que haya sobrevivido y vuelto a casa, en Munich.

Miller movió la cabeza.

—De ser así, ¿dónde estará inscrita?

—En el Centro de la Comunidad judía. Todavía existe. Allí están los archivos de la Comunidad judía de Munich, a partir de la guerra. Todo lo demás fue destruido. Yo intentaría allí.

—¿Tiene usted la dirección?

Simon Wiesenthal buscó en un libro de direcciones.

—Reichenbach Strasse, número veintisiete, Munich —dijo—. ¿Supongo que quiere usted llevarse el Diario de Salomon Tauber?

—Sí, claro que sí.

—Es una lástima. Me hubiese gustado tenerlo. Es un Diario muy notable.

Se levantó y acompañó a Miller hasta la puerta principal.

—Buena suerte —dijo—, y comuníqueme las novedades.

Miller cenó aquella noche en la Casa del Dragón de Oro, que tenía abierto el negocio como cervecería y restaurante en Steindelgasse ininterrumpidamente desde 1566. Pensó en lo que le había aconsejado Wiesenthal. Temía no encontrar más que un puñado de sobrevivientes en Alemania o Austria, y todavía esperaba menos que nadie pudiera ayudarle a encontrar la pista de Roschmann más allá de noviembre de 1955. Pero quedaba una esperanza, una última esperanza.

La semana siguiente marchó hacia Munich.

10

Miller llegó a Munich a media mañana del 8 de enero, y encontró el 27 de la Reichenbach Strasse en un plano de Munich que compró en un quiosco de periódicos de los arrabales. Aparcó en la calle y, antes de entrar, examinó el Centro de la Comunidad judía. Era un edificio de cinco plantas. La fachada de la planta baja era de bloques de piedra sin revocar; de la planta baja para arriba, los ladrillos estaban recubiertos de cemento gris. El quinto piso y el ático se distinguían por una hilera de ventanas de buhardilla enmarcadas por azulejos rojos en la parte superior. En el extremo izquierdo del edificio, a nivel del suelo, había una doble puerta con paneles de cristal.

El edificio albergaba un restaurante *kosher*, el único de Munich, en la planta baja; las habitaciones para el esparcimiento de los viejos estaban en el piso superior. En el tercero se hallaba la administración y el departamento de expedientes, y en los dos pisos superiores estaban las habitaciones de los huéspedes y los dormitorios de los ancianos allí recogidos. En la parte de atrás había una sinagoga.

El edificio fue completamente destruido durante la noche del viernes 15 de febrero de 1970, al caer por el techo bombas de gasolina. Murieron siete personas, ahogadas por el humo. La sinagoga quedó pintarrajeada con esvásticas.

Miller subió al tercer piso y se personó en el despacho de informaciones. Mientras esperaba dio un vistazo a la habitación. Había hileras de libros, todos nuevos, porque la antigua biblioteca fue quemada por los nazis, tiempo atrás. Entre los estantes de la biblioteca había retratos de algunos de los líderes de la Comunidad judía, retratos de centenares de años atrás, maestros y rabíes, con sus frondosas barbas, como las figuras de los profetas que viera en la escuela, en los libros de texto de Historia sagrada, mirando más allá de los marcos que los encuadraban. Algunos llevaban cintas con inscripciones atadas a la frente y todos llevaban sombrero.

Había un rimero de periódicos, algunos en alemán, otros en hebreo. Presumió que estos últimos procedían de Israel. Un hombrecito de piel oscura estaba leyendo la primera página de un periódico hebreo.

—Usted dirá.

Se volvió hacia la mesa de informaciones y la vio en aquel momento ocupada por una mujer de negros ojos y de unos cuarenta y cinco años. Un mechón de cabellos le caía sobre los ojos, que ella nerviosamente volvía a su sitio varias veces por minuto.

Miller formuló su petición: ¿Podía haber llegado a Munich después de la guerra algún rastro de Olli Adler?

—¿De dónde venía? —preguntó la mujer.

—De Magdeburgo. Antes, de Stutthof. Antes, de Riga.

—¡Oh, amigo mío, de Riga! —exclamó la mujer—. No creo que tengamos en las listas a nadie que procediera de Riga. Todos desaparecieron, ¿sabe usted? Pero voy a mirarlo.

Fue a una habitación interior y Miller pudo ver a la mujer buscando en un índice de nombres. No era un índice voluminoso. Volvió al cabo de cinco minutos.

—Lo siento. Nadie de este nombre ha sido inscrito aquí después de la guerra. Es un nombre muy común. Pero no hay ninguno en la lista.

Miller movió la cabeza.

—Ya lo veo. Me lo temía. Lamento haberla estorbado.

—Podría intentar en el International Tracing Service —dijo la mujer—. De verdad, su tarea consiste en buscar gente que se haya perdido. Tienen listas de toda Alemania, mientras que nosotros sólo tenemos las listas de personas oriundas de Munich que hayan regresado.

—¿Dónde está el Tracing Service? —preguntó Miller.

—En Arolsen-in-Waldeck. Enseguida que se sale de Hanover, Baja Sajonia. En realidad, lo lleva la Cruz Roja.

Miller reflexionó durante un minuto.

—¿No habría nadie más en Munich que hubiese estado en Riga? El hombre a quien realmente estoy buscando es el antiguo comandante.

Se produjo un silencio en la habitación. Miller se dio cuenta de que el hombre que estaba leyendo el periódico se volvía a mirarle. La mujer parecía subyugada.

—Es posible que unos pocos que estuvieron en Riga vivan ahora en Munich. Antes de la guerra había 25.000 judíos en Munich. Una décima parte regresó. Ahora somos unos 5.000 de nuevo, la mitad de ellos niños nacidos después de 1945. Puedo encontrar a alguno que estuviera en Riga. Pero tengo que mirar toda la lista de supervivientes. Los campos donde estuvieron están señalados junto a los nombres. ¿Puede volver mañana?

Miller reflexionó un momento, pensando en dejarlo y volver a casa. La caza no tenía ya sentido.

—Sí —dijo al fin—. Volveré mañana. Gracias.

Estaba de nuevo en la calle, con las llaves del coche en la mano, cuando oyó unos pasos a su espalda.

—Perdone —dijo una voz.

Se volvió. El hombre que estaba detrás suyo era el mismo que estuvo leyendo los periódicos.

—¿Está usted investigando sobre Riga? —preguntó el hombre—. ¿Sobre el comandante de Riga? ¿Se trata acaso del capitán Roschmann?

—Sí —contestó Miller—. ¿Por qué?

—Yo estuve en Riga —dijo el hombre—. Conocí a Roschmann. Acaso pueda ayudarle.

El hombre era de baja estatura y flaco, debía tener entre cuarenta y cincuenta años, con claros ojos pardos y el aire arrugado de un gorrión mojado.

—Me llamo Mordechai —explicó—. Pero la gente me llama Motti. ¿Le parece que tomemos café y charlemos?

Entraron en un café próximo. Miller, ligeramente ablandado por el modo cantarín de su compañero, explicó su caza desde las callejas de Altona hasta el Centro comunitario de Munich. El hombre escuchaba quietamente, alguna vez moviendo la cabeza.

—¡Hum! Casi un peregrinaje. ¿Por qué usted, un alemán, sigue el rastro de Roschmann?

—¿Y eso qué importa? Me lo han preguntado tantas veces, que ya estoy harto. ¿Qué tiene de extraño que un alemán esté irritado por cosas que ocurrieron años atrás?

Motti se encogió de hombros.

—Nada —dijo—. No es costumbre que un hombre vaya tan lejos. Esto es todo. Sobre la desaparición de Roschmann en 1955. ¿Cree usted realmente que Odessa le ha proporcionado su nuevo pasaporte?

—Esto es lo que me han dicho —replicó Miller—. Y me parece que hallar al hombre que lo falsificó sería el camino que nos llevaría a Odessa.

Motti miró al joven alemán a la cara durante algún tiempo.

—¿En qué hotel se aloja usted? —preguntó al fin.

Miller le dijo que todavía no había ido a ningún hotel, porque no estaban más que a primeras horas de la tarde. Pero conocía uno donde se había alojado en otro viaje. A instancias de Motti fue al teléfono del café y pidió al hotel que le reservaran una habitación.

Cuando volvió a la mesa, Motti se había marchado. Había una nota bajo la tacita del café. Decía:

Tanto si tiene usted habitación como si no, esté en el vestíbulo del hotel a las ocho de esta noche.

Miller pagó los cafés y se marchó.

Aquella misma tarde, en su oficina de abogado, el *Werwolf* volvía a leer el informe escrito que le había enviado su colega en Bonn, el hombre que se había presentado a Miller una semana antes como el doctor Schmidt.

Habían transcurrido ya cinco días desde que el *Werwolf* tenía el informe, pero su natural cautela le había aconsejado esperar y reconsiderar la cosa antes de ponerse en acción.

Las últimas palabras que su superior, el general Gluecks, le había dicho en Madrid en noviembre último, virtualmente le quitaban toda libertad de acción, pero como muchos hombres atados a la rueda experimentaba satisfacción al aplazar lo inevitable. «Una solución permanente», era el modo como se expresaban sus órdenes, y él sabía lo que aquello significaba. Ni tampoco la fraseología del «doctor Schmidt» le dejaba más espacio para maniobrar.

«Un joven terco, truculento y duro de mollera, probablemente obstinado, y con un nada corriente odio personal hacia el *Kamerad* en cuestión, Eduard Roschmann, para el cual no parece existir ninguna explicación. En vez de escuchar a la razón, incluso frente a una amenaza personal...»

El *Werwolf* volvió a leer el escrito del doctor y suspiró. Cogió el teléfono y pidió a su secretaria Hilda que le diera línea. Cuando la tuvo, marcó un número en Düsseldorf.

Después de varias llamadas obtuvo respuesta, y una voz dijo simplemente:

—Sí.

—La llamada es para herr Mackensen —dijo el *Werwolf*.

—¿Quién pregunta por él? —interrogó sencillamente la voz, al otro extremo.

En vez de responder a la pregunta, el *Werwolf* dio la primera parte del código de identificación.

—¿Quién fue más grande que Federico el Grande?

La voz, al otro extremo, replicó:

—Barbarroja. —Se produjo una pausa, y luego—: Soy Mackensen —dijo la voz.

—El *Werwolf* —replicó el jefe de Odessa—. Temo que se hayan terminado las vacaciones. Hay trabajo que hacer. Venga aquí mañana por la mañana.

—¿A qué hora? —quiso saber Mackensen.

—Esté aquí a las diez —dijo el *Werwolf*—. Diga a mi secretaria que se llama usted Keller. Haré que anote una cita con usted a ese nombre.

Dejó el teléfono. En Düsseldorf, Mackensen se levantó y se fue al cuarto de baño de su apartamento para ducharse y afeitarse. Era un hombre fornido, muy fuerte, un antiguo sargento de la División *Das Reich* de las SS, que se doctoró como asesino al ahorcar a los rehenes franceses en Tulle y en Limoges, el año 1944.

Después de la guerra condujo un camión para Odessa, transportando cargamentos humanos a través de Alemania y Austria hasta el Tirol del Sur, provincia italiana. En 1946, atajado por una extremadamente suspicaz patrulla americana, mató a los cuatro ocupantes del jeep, a dos de ellos con sus propias manos. A partir de entonces, también él tuvo que esconderse.

Empleado más tarde como guardaespaldas de los jefes de Odessa, le dieron el apodo de Mack el Cuchillo, aunque paradójicamente no usaba nunca un cuchillo, prefiriendo la fuerza de sus manos de carnicero para estrangular o romper el cuello de sus «asignados».

Elevándose en la estima de sus superiores, hacia la mitad de los años cincuenta se había convertido en el ejecutor de Odessa, el hombre que, quieta y discretamente, apartaba a quienes se acercaban demasiado a los jefes de la organización, o a aquéllos que, desde dentro de ella, se proponían delatar a sus camaradas. En junio de 1964 había llevado a cabo doce misiones de esta clase.

La llamada se produjo a las ocho en punto. Fue tomada por el empleado de la recepción, que asomó la cabeza en la sala de estar, donde Miller estaba viendo la televisión.

Reconoció la voz al otro extremo del teléfono.

—¿Herr Miller? Soy yo, Motti. Creo que puedo ayudarle. Mejor dicho, unos amigos pueden hacerlo. ¿Quiere verlos?

—Me veré con cualquiera que pueda ayudarme —dijo Miller intrigado por las maniobras.

—Bien —dijo Motti—. Salga del hotel y gire a la izquierda por la calle Schiller. Dos manzanas más abajo, por la misma mano, hay un salón de té, llamado Lindemann. Me encontrará usted allí.

—¿Cuándo, ahora? —preguntó Miller.

—Sí, ahora. Iría al hotel, pero estoy aquí con mis amigos. Venga usted.

Colgó. Miller cogió su abrigo y salió a la calle. Volvió a la izquierda y bajó a la calzada. A media manzana lejos del hotel algo duro le pinchó en sus costillas, por la espalda, y un coche subió a la acera.

—Suba al asiento de atrás, herr Miller —dijo una voz a su oído.

A su lado se abrió la puertecilla y con un último pinchazo a sus costillas a cargo del hombre que tenía detrás, Miller agachó la cabeza y entró en el coche. Tenía enfrente al conductor, y en el asiento de atrás estaba otro hombre que se apartó para dejarle sitio. Sintió que el hombre que estaba a sus espaldas también entraba en el coche, luego cerraron la puerta y el vehículo salió de la acera.

A Miller le latía con fuerza el corazón. Miró a los tres hombres que estaban en el coche con él, pero no reconoció a ninguno de ellos. El hombre que estaba a su derecha, el que había abierto la puerta para que entrara en el vehículo, habló primero.

—Voy a vendarle los ojos —dijo sencillamente—. No queremos que vea usted a dónde vamos.

Miller sintió que le ponían por la cabeza una especie de calcetín negro que le cubrió hasta la nariz. Le volvieron a la memoria los fríos ojos azules del hombre en el Dreesen Hotel, y recordó lo que le dijo el hombre en Viena. «Vaya con cuidado, los hombres de Odessa pueden ser peligrosos.» Entonces se acordó de Motti, y se extrañó que uno de aquellos pudiera estar leyendo un periódico hebreo en el Centro de la Comunidad judía.

El coche corrió durante veinticinco minutos, luego disminuyó la velocidad y se detuvo. Oyó que abrían unas puertas, el coche volvió a ponerse en marcha y, finalmente, se paró. Le sacaron de su asiento trasero, y con un hombre a cada lado anduvo a través de un patio. Por un momento, sintió el frío aire de la noche en la cara, luego se dio cuenta de que penetraba en un interior. A su espalda, se cerró de golpe una puerta, y le ayudaron a bajar unos peldaños hacia lo que parecía ser una bodega. Pero el aire era caliente y la silla donde le hicieron sentar era tapizada.

Oyó una voz que decía:

—Quitadle el vendaje.

Le quitaron el calcetín que le cubría la cabeza. Pestañeó, hasta que sus ojos se acostumbraron a la luz.

Evidentemente, la habitación donde estaba era un sótano, porque no tenía ventanas. Pero zumbaba un extractor en lo alto de una pared. La habitación estaba bien decorada y resultaba cómoda, era algo así como una sala para reuniones de comité, porque había una larga mesa con ocho sillas colocadas cerca de la pared más alejada. El resto de la habitación era un espacio abierto, amueblado con cinco cómodas butacas. En el centro había una alfombra circular y una mesita de café.

Motti estaba sonriendo con amabilidad, casi como presentando excusas, junto a la mesa del comité. Los dos hombres que le habían traído, ambos fornidos y de mediana edad, estaban sentados en los brazos de las butacas, a su derecha e izquierda. Directamente frente a él, al otro lado de la mesita de café, estaba el cuarto hombre. Supuso que el conductor del coche se había quedado afuera para vigilar.

El cuarto hombre era, sin duda alguna, el que mandaba. Estaba cómodamente sentado en su silla, mientras que sus tres lugartenientes estaban de pie o sentados a su alrededor. Miller le calculó unos sesenta años, flaco y huesudo, mejillas hundidas y nariz aguileña. Los ojos angustiaron a Miller. Eran pardos y profundamente hundidos en las cuencas, al tiempo que brillantes y penetrantes, los ojos de un fanático. Fue él quien habló.

—Bien venido, herr Miller. Debo excusarme por el extraño modo con que ha sido usted traído a mi casa. La razón para ello estriba en que si decide usted rechazar la proposición que voy a hacerle, podrá usted regresar a su hotel y no volverá a ver a ninguno de nosotros. Mi amigo —señaló a Motti— me ha informado que por razones que a usted le conciernen está dando caza a un tal Eduard Roschmann. Y que para aproximarse a él está usted intentando penetrar en Odessa. Para ello necesitará usted ayuda. Mucha ayuda. De cualquier modo, puede convenir a nuestros intereses tenerlo a usted en el interior de Odessa. Por tanto, tenemos que estar preparados para ayudarlo. ¿Me sigue?

Miller, atónito, lo miró fijamente.

—Permítame. A ver si he entendido bien —dijo al fin—. ¿Me está usted diciendo que no son ustedes de Odessa?

El hombre enarcó las cejas.

—¡Santo cielo, sí que anda usted acertado!

Se adelantó y se subió la manga del brazo izquierdo. En el antebrazo tenía tatuado un número en tinta azul.

—Auschwitz —explicó el hombre. Luego señaló a los dos individuos que estaban junto a Miller—. Buchenwald y Dachau. —Finalmente señaló a Motti—: Riga y Treblinka. —Luego se bajó la manga—. Herr Miller, algunos piensan que los asesinos de nuestro pueblo tienen que ser juzgados. Nosotros no estamos de acuerdo. Inmediatamente después de la guerra hablé con un oficial británico, y me dijo algo que desde entonces ha guiado mi vida. Me dijo: «Si hubiesen asesinado a seis millones de personas de mi pueblo, yo también levantaría un monumento de calaveras. No de las calaveras de los que murieron en los campos de concentración, sino de quienes los encerraron allí.» Simple lógica, herr Miller, pero convincente. Yo y mi grupo somos hombres que decidimos quedarnos en Alemania después de 1945 con sólo un objetivo en la mente. Venganza, venganza pura y simple. No los arrestamos, herr Miller, los matamos como puercos que son. Me llamo Leon.

Leon interrogó a Miller durante cuatro horas antes de darse por satisfecho de la autenticidad del periodista. Como otros antes que él, se preguntó los motivos, pero debió admitir la posibilidad de que el motivo de Miller fuera el que dio: indignación por lo que habían hecho las SS en la guerra. Cuando hubo terminado, Leon se recostó en su silla y examinó al joven durante largo tiempo.

—¿Se da usted cuenta de lo arriesgado que es intentar penetrar en Odessa, herr Miller? —preguntó.

—Puedo adivinarlo —contestó Miller—. Por algo soy demasiado joven.

Leon movió la cabeza.

—Presentándose con su propio nombre no podemos pensar en intentar persuadir a los antiguos SS de que usted es uno de ellos. Tienen listas de los antiguos SS, y Peter Miller no figura en ellas. Por otro lado, tiene usted que aparentar diez años más, como mínimo. Puede hacerse, pero esto implica una identidad completamente nueva, y una identidad real: la identidad de un hombre que realmente existió y que estuvo en las SS. Esto sólo significa un montón de investigaciones para nosotros, y el empleo de una gran cantidad de tiempo y molestias.

—¿Cree usted poder encontrar semejante hombre? —preguntó Miller.

Leon se encogió de hombros.

—Tendría que tratarse de un hombre cuya muerte no pueda ser comprobada —dijo—. Antes de que Odessa acepte un hombre, comprueban su identidad. Tiene usted que pasar todas las pruebas. Esto también significa que tendrá usted que vivir durante cinco o seis semanas con un auténtico antiguo SS que le enseñará el folklore, los términos técnicos, la fraseología, la norma de conducta. Por fortuna, conocemos a semejante hombre.

—¿Por qué haría semejante cosa? —preguntó Miller, atónito.

—El hombre en quien pienso tiene un carácter singular. Es un auténtico capitán de las SS que lamenta sinceramente lo que se hizo. Tuvo remordimientos. Últimamente estuvo en el interior de Odessa, y pasó información a las autoridades sobre los nazis buscados. Estaba haciéndolo, pero fue «vendido» y tuvo suerte de escapar con su mujer. Ahora vive bajo otro nombre, en una casa en las afueras de Bayreuth.

—¿Qué más tendré que aprender?

—Todo sobre su nueva identidad. Dónde nació, la fecha de nacimiento, cómo entró en las SS, dónde fue adiestrado, dónde sirvió, su unidad, su oficial comandante, toda su historia desde el final de la guerra en adelante. También tendrá usted que estar avalado por alguien. Esto no será fácil. Tendremos que emplear en usted, herr Miller, mucho tiempo y molestias. Una vez esté usted dentro, no podrá echarse atrás.

—¿Qué significa esto para usted? —preguntó Miller con suspicacia.

Leon se levantó y se paseó por encima de la alfombra.

—Venganza —respondió simplemente—. Como usted, queremos tener a Roschmann. Pero nosotros necesitamos más. Lo peor, es que los asesinos SS viven bajo nombres falsos. Necesitamos estos nombres. Este es nuestro objetivo. Hay más. Nos urge saber quién es el nuevo agente de Odessa que está reclutando científicos alemanes que ahora son enviados a Egipto para fabricar los cohetes para Nasser. El anterior, Brandner, dimitió y desapareció el año pasado, cuando cogimos a su ayudante Heinz Krug. Ahora disponen de otro individuo.

—Me parece que esto es, en realidad, suministrar información al Servicio Secreto israelí —dijo Miller.

Leon le miró solapadamente.

—Lo es —se limitó a decir—. Ocasionalmente cooperamos con ellos, aunque ellos no hagan lo mismo con nosotros.

—¿Intentaron ustedes alguna vez tener su propio hombre en el interior de Odessa?

—Dos veces —repuso Leon, afirmando con la cabeza.

—¿Qué ocurrió?

—El primero fue descubierto flotando en un canal, sin uñas. El segundo desapareció sin dejar rastro. ¿Sigue usted deseando meterse en ello?

Miller hizo caso omiso de la pregunta.

—Si sus métodos son tan eficaces, ¿por qué los cogieron?

—Los dos eran judíos —se limitó a responder Leon—. Intentamos borrar sus tatuajes de los campos de concentración, pero quedaron cicatrices. Además, los dos eran circuncisos. Por eso, cuando Motti me informó que un auténtico alemán ario sentía odio contra los SS, me interesó. Y ahora que hablamos de ello, ¿es usted circunciso?

—¿Importa esto? —preguntó Miller.

—Claro que sí. Si un hombre es circunciso, ello no prueba que sea judío. Muchos alemanes están circuncisos. Pero si no lo está, prueba más o menos que no es judío.

—No lo estoy —dijo Miller.

Leon exhaló un profundo suspiro.

—Ahora creo que podemos llevar a cabo el proyecto —dijo.

Era mucho más de medianoche. Leon consultó su reloj.

—¿Ha cenado usted? —preguntó a Miller.

El periodista negó con la cabeza.

—Motti, ¿quieres traer un poco de comida para nuestro huésped?

Motti sonrió y asintió. Salió por la puerta de la bodega para subir a la casa.

—Tendrá usted que pasar la noche aquí —dijo

Leon a Miller—. Le bajaremos una cama plegable. No intente marcharse, por favor. La puerta tiene tres cerraduras, y las tres estarán cerradas. Deme las llaves de su coche, para traerlo aquí. Durante las próximas semanas será mejor que no sea visto. Pagaremos su cuenta del hotel y sus maletas también las traeremos aquí. Mañana por la mañana escribirá a su madre y a su novia explicándoles que no mantendrá contacto con ellas durante semanas y acaso meses. ¿Comprendido?

Miller asintió con la cabeza y entregó las llaves de su coche. Leon se las dio a uno de los otros dos hombres, que se marchó sin decir palabra.

—Por la mañana le llevaremos a Bayreuth y nos veremos con nuestro oficial SS. Se llama Alfred Oster. Es el hombre con quien vivirá usted. Lo arreglaré todo. Ahora perdone. Tengo que ponerme a buscar un nuevo nombre y una nueva identidad para usted.

Se levantó y se marchó. Motti volvió pronto con una fuente llena de comida y media docena de mantas. Mientras comía el pollo frío y la ensalada de patatas, Miller se preguntaba por qué se había metido en aquello.

En el Hospital General de Bremen, un asistente sanitario hacía su guardia en las primeras horas de la mañana. Junto a la cama, en un extremo de la crujía, un gran biombo ocultaba al otro sanitario de guardia, que descansaba entonces.

El asistente sanitario, un hombre de mediana edad llamado Hartstein, atisbó por encima del biombo al hombre que estaba en la cama. Descansaba inmóvil. Encima de su cabeza, una luz empañada ardía durante toda la noche. El asistente sanitario pasó al otro lado del biombo y tomó el pulso del paciente. No tenía.

Miró el demacrado rostro de la víctima de cáncer, y algo que había dicho el difunto durante el delirio tres días antes, impulsó al hombre a sacar el brazo izquierdo del muerto por encima de las mantas. En el sobaco del hombre había unas letras tatuadas, que correspondían a las del grupo sanguíneo del muerto, señal segura de que el paciente había pertenecido a las SS. La razón del tatuaje era que los SS eran considerados en el Reich como más valiosos que los soldados ordinarios, y así, cuando eran heridos, tenían preferencia para el plasma disponible. Por eso llevaban tatuado el grupo sanguíneo.

El asistente sanitario Hartstein cubrió la faz del muerto y abrió el cajón de la mesita de noche. Sacó de allí el permiso de conducir que alguien había puesto en aquel sitio con otros objetos de uso personal cuando trajeron al hombre después de que hubo sufrido un colapso en la calle. Tenía aspecto de un hombre de treinta y nueve años. Había nacido el 18 de junio de 1925, y se llamaba Rolf Gunther Kolb.

El practicante se metió el permiso de conducir en el bolsillo de su chaqueta blanca y salió a dar el informe de la muerte al médico de guardia.

11

Peter Miller escribió las cartas a su madre y a Sigi bajo la mirada vigilante de Motti, y terminó a media mañana. Le habían traído del hotel su equipaje, pagaron la cuenta, y poco antes del mediodía aquellos dos hombres, con el mismo conductor de la noche anterior, salieron para Bayreuth.

Con su instinto de periodista, Miller echó un vistazo al número de matrícula del Opel azul que había sustituido al Mercedes utilizado la noche anterior. Motti, a su lado, se dio cuenta de la mirada y sonrió.

—No se apure —dijo—. Es un coche alquilado con un nombre falso.

—Bueno, es agradable saber que uno está entre profesionales —dijo Miller.

Motti se encogió de hombros.

—Tenemos que serlo. Lo importante es seguir viviendo, cuando uno se pone frente a Odessa.

El garaje tenía dos compartimientos, y Miller vio su Jaguar en el segundo. La nieve que había caído la noche anterior, ya medio licuada, había acumulado barro debajo de las ruedas, y la carrocería, bruñida y oscura, brillaba a la luz eléctrica.

Una vez en la parte trasera del Opel, volvieron a ponerle en la cabeza el calcetín negro, y le hicieron tenderse en el piso mientras el coche salía del garaje, cruzaba las puertas del patio y llegaba a la calle. Motti no permitió ver a Miller hasta que se hubieron alejado lo bastante de Munich e iban ya hacia el Norte por la autopista E 6 hacia Nuremberg y Bayreuth.

Cuando, al fin, Miller tuvo libres sus ojos, pudo ver que en la noche última había vuelto a nevar copiosamente. El ondulado paisaje forestal por donde Baviera corre hacia Franconia estaba revestido de un denso manto de un blanco inmaculado, que daba una perfecta redondez a los árboles sin hojas de los bosques de hayas que se veían a lo largo de la carretera. El conductor era lento y cuidadoso, los limpiaparabrisas trabajaban constantemente para limpiar el cristal de los copos que volaban y del barro que recibía de los camiones a los que adelantaban.

Comieron en un parador del camino, en Ingolstadt, siguieron dejando Nuremberg al Este, y una hora después estaban en Bayreuth.

Situada en el corazón de uno de los más hermosos rincones de Alemania, llamada la Suiza bávara, la pequeña ciudad de Bayreuth una vez al año era famosa, durante el festival de música wagneriana. En años anteriores, la ciudad había estado orgullosa de albergar a toda la jerarquía nazi cuando bajaban atendiendo a la llamada de Adolf Hitler, un entusiasta *fan* del compositor que inmortalizara a los héroes de la mitología nórdica.

Pero en enero es una ciudad absolutamente tranquila, blanca bajo la nieve, donde sólo unos pocos días antes habían quitado las anillas de acebo de los llamadores de las puertas de sus bien cuidadas y limpias casas. Dieron con la casona de Alfred Oster en una tranquila carretera secundaria a un kilómetro más allá de la ciudad, y no había más coche que el suyo en la carretera cuando el pequeño grupo llegó a la puerta principal.

El antiguo oficial de las SS los estaba esperando. Era un hombre gordo y francote con ojos azules y un puñado de cabellos desplegados en la parte superior de su cabeza. A pesar de la estación, su cutis tenía el aspecto sano y coloradote de los hombres que se han pasado la vida en las montañas al aire y al sol en una atmósfera impoluta. Motti hizo las presentaciones y entregó a Oster una carta de Leon. El bávaro la leyó y movió la cabeza, mirando agudamente a Miller.

—Bueno, siempre se puede intentar —dijo—. ¿Cuánto tiempo tengo que tenerlo conmigo?

—Todavía no lo sabemos —contestó Motti—. Obviamente, hasta que esté a punto. Además, será necesario preparar una nueva identidad para él. Tendrá usted noticias nuestras.

Unos minutos más tarde se había marchado.

Oster llevó a Miller al salón y, antes de dar la luz, echó las cortinas, privando de la visión del crepúsculo vespertino.

—Así, pues, desea usted que se le confunda con un antiguo SS, ¿no es así? —preguntó.

—Exactamente —respondió Miller asintiendo con la cabeza.

Oster se volvió hacia él.

—Bueno, empezaremos estableciendo unos pocos hechos básicos. Ignoro dónde cumplió usted su servicio militar, pero sospecho que fue en el regazo de aquellas indisciplinadas, democráticas, vacilante nodrizas, que se autodenominan ejército alemán. Éste es el primer hecho. El nuevo ejército alemán no hubiese sobrevivido ni diez segundos a un ataque de un regimiento británico, americano o ruso durante la última guerra. Mientras que los SS-Waffen, hombre por hombre, podían derrotar a los aliados en la proporción de uno a cinco. Éste es el segundo hecho. Los SS-Waffen eran los más tenaces, mejor adiestrados, más disciplinados, los más rápidos, el conjunto mejor acoplado de soldados que jamás presentó batalla en la Historia de este planeta. A pesar de todo lo que hicieron, nada puede cambiar esto. Tenemos que arreglar esto, Miller. Mientras esté usted en esta casa, éste es el procedimiento. Cuando yo entre en una habitación debe usted saltar, atento a la voz de mando. Quiero significar exactamente esto: ¡Saltar! Cuando pase delante de usted, debe juntar los tacones y permanecer en posición de firmes hasta que me haya alejado cinco pasos. Cuando le diga algo que exija respuesta, dirá:

»*Jawohl*, herr Hauptsturmführer.

»Y cuando le dé una orden o instrucción, replicará:

»*Zu Befehl*, herr Hauptsturmführer.

»¿Lo ha comprendido bien?

Miller, aturdido, afirmó con la cabeza.

—Tacones juntos —rugió Oster—. Voy a darle las primeras instrucciones. Muy bien, puesto que no disponemos de mucho tiempo, lo mejor será empezar a partir de esta noche. Antes de cenar veremos las graduaciones, desde el soldado raso hasta el general superior. Aprenderá usted los títulos, el modo de dirigir la palabra, y la insignia en los cuellos de cada grado SS. Luego veremos las varias clases de uniformes usados, las distintas ramas de las SS y sus diferentes insignias, cuándo se usa uniforme de gala, el uniforme completo, el de paseo, el de combate y el llamado «de faena». Después de todo esto, le daré un curso completo político-ideológico, tal como lo habría recibido usted en el campo de instrucción de Dachau, de haber estado allí. Luego aprenderá usted las canciones de marcha, las canciones de taberna y las demás canciones de la unidad. Lo aleccionaré a usted desde su ingreso en el campo de instrucción hasta su primer destino. Después de esto, Leon me dirá a qué unidad se supone se incorporó usted, dónde sirvió, a las órdenes de qué comandante, lo que le ocurrió a usted al terminarse la guerra, a qué se dedicó a partir de 1945. Con todo, la primera parte de la instrucción nos llevará de dos a tres semanas, y será una dura tarea. Para empezar, no crea usted que esto es cosa de broma. Si consigue usted penetrar en Odessa, saber quiénes son los jefes, y comete usted un desliz de procedimiento, terminará usted en las aguas de un canal. Créame, no soy aguafiestas, y después de haber traicionado a Odessa, estoy siempre huyendo de ellos. Por esto vivo aquí bajo un falso nombre.

Por primera vez desde que empezó su caza solitaria contra Eduard Roschmann, Miller pensó si no había ido demasiado lejos.

Mackensen acudió a la llamada del *Werwolf* a las diez en punto. Cuando se cerró la puerta de la habitación donde Hilda estaba trabajando, el *Werwolf* ofreció al ejecutor la silla de los clientes al otro lado de su mesa y encendió un cigarro.

—Existe determinada persona, un periodista, que está investigando las andanzas y la nueva identidad de uno de nuestros camaradas.

El verdugo asintió, comprendiendo. Varias veces antes había escuchado cómo empezaba del mismo modo uno de aquellos resúmenes.

—En el curso normal de los acontecimientos —continuó el *Werwolf*— nos prepararíamos para dejar dormir el asunto, convencidos de que o bien el periodista abandonaría al no progresar sus pesquisas, o porque el hombre buscado no merecería la pena que nos metiéramos en un esfuerzo costoso y peligroso para salvarlo.

—¿Pero ahora es distinto? —preguntó Mackensen suavemente. El *Werwolf* asintió con un movimiento de cabeza, lo que podía interpretarse como de un auténtico pesar.

—Sí. Es un caso de absoluta mala suerte. A nosotros nos acarreará molestias; al hombre le costará la vida: el periodista ha tocado involuntariamente el quid de la cuestión. Por algo que él sabe, el hombre que está buscando es un elemento de importancia vital, absolutamente vital, para nosotros y nuestros planes a largo plazo. Por otra parte, el periodista parece poseer un carácter singular: inteligente, tenaz, hábil, y temo que intente llevar a cabo una especie de venganza personal contra el *Kamerad*.

—¿Tiene algún motivo? —preguntó Mackensen.

La confusión del *Werwolf* se reflejó en su entrecejo fruncido. Desprendió la ceniza de su cigarro antes de responder.

—No podemos comprender cuál puede ser, pero evidentemente tiene algún motivo —murmuró—. El hombre a quien está buscando tiene un pasado que puede excitar cierto desagrado entre gentes como los judíos y sus amigos. Tuvo a su mando un gueto en Ostland. Algunos, especialmente extranjeros, se niegan a admitir nuestra justificación por lo que allí se hizo. Lo raro en este periodista es que no es ni extranjero ni judío, así como tampoco un destacado izquierdista, o uno de aquellos conocidos tipos que tienen la conciencia a flor de piel, quienes, en todo caso, raras veces van más allá de un desahogo verbal, pero nada más. Pero este hombre parece distinto. Es un joven alemán, ario, hijo de un héroe de guerra, nada en su pasado que sugiera una sima de odio contra nosotros, ni una obsesión que le lleve sobre la pista de uno de nuestros camaradas, a pesar de un firme y claro aviso de que se aleje del asunto. Ordenar su muerte me causa mucho disgusto. Sin embargo, él no me deja otra alternativa. Esto es lo que debo hacer.

—¿Matarlo? —preguntó Mack el Cuchillo.

—Matarlo —confirmó el *Werwolf*.

—¿Su paradero?

—Ignorado —el *Werwolf* sacó dos hojas de papel

mecanografiado que alargó por encima de la mesa—. Éste es el hombre. Peter Miller, periodista e investigador. Fue visto por última vez en el Dreesen Hotel, en Bad Godesberg. Seguro que ahora se ha marchado ya de allí, pero es un buen sitio para empezar. El otro lugar puede ser su propio apartamento, donde su amiga vive con él. Puede usted presentarse como enviado por una de las principales revistas para las que normalmente trabaja. Así, quizá la muchacha hablará con usted, si sabe por dónde anda. Tiene un coche que llama la atención. Aquí encontrará todos los detalles.

—Necesitaré dinero —dijo Mackensen.

El *Werwolf* había previsto la petición. Empujó a través de la mesa un fajo de 10.000 marcos.

—¿Y las órdenes? —preguntó el asesino.

—Localizarlo y liquidarlo —respondió el *Werwolf*.

El día 13 de enero, Leon, en Munich, supo la muerte en Bremen, cinco días antes, de Rolf Gunther Kolb. La carta de su representante en el norte de Alemania incluía el permiso de conducir del difunto.

Leon confrontó la graduación y el número del hombre en su lista de antiguos SS, comprobó la lista de buscados en Alemania Occidental y vio que Kolb no figuraba en ella, pasó algún tiempo mirando el rostro de la foto del permiso de conducir, y tomó una decisión.

Llamó a Motti, quien estaba cumpliendo su misión en la oficina central de teléfonos, donde trabajaba, y su ayudante le informó al terminar su turno. Leon tenía frente a sí la licencia de conducir de Kolb.

—Éste es el hombre que necesitamos —dijo—. Fue sargento de plana mayor a los diecinueve años, lo ascendieron poco antes de que terminara la guerra. Debían de andar faltos de personal. La cara de Kolb y la de Miller no se parecen, incluso si arregláramos el rostro de Miller, procedimiento que no me gusta nada. Visto de cerca se descubre con demasiada facilidad. Pero el peso y la complexión le van bien a Miller. Así, pues, necesitamos una nueva fotografía. Esto puede esperar. Para estampillar la fotografía necesitamos una réplica del sello del Departamento de la Policía de Tráfico de Bremen. Ve a por él.

Cuando Motti se hubo marchado, Leon marcó un número en Bremen y dio nuevas órdenes.

—Muy bien —dijo Alfred Oster a su pupilo—. Ahora vamos por las canciones. ¿Ha oído usted la canción del *Horst Wessel?*

—Claro que sí —dijo Miller—. Era la canción de marcha de los nazis.

Oster susurró los primeros compases.

—Oh, sí, ahora me acuerdo haberla oído. Pero no puedo acordarme de la letra.

—Muy bien —dijo Oster—. Tendré que enseñarle una docena de canciones. Sólo para el caso de que se lo pidan. Pero esto es lo más importante. Puede que tenga usted que unirse al coro cuando esté entre *Kameraden.* No saber las canciones puede ser una sentencia de muerte. Ahora, conmigo...

Las banderas se llevan altas,
Las filas van estrechamente cerradas...

Era el 18 de enero.

Mackensen estaba sentado y tomaba un cóctel en el bar del Schweizer Hof Hotel, de Munich, y pensaba en el origen de su enigma: Miller, el periodista cuya cara y detalles personales estaban grabados en su mente.

Hombre eficiente, Mackensen ya había establecido contacto con los principales agentes de Jaguar en Alemania Occidental y obtenido de ellos varias series de fotografías publicitarias del Jaguar XK 150 deportivo, y así sabía lo que estaba buscando. Lo malo era que no podía encontrarlo.

Desde Bad Godesberg la pista le había llevado al aeropuerto de Colonia y a enterarse de que Miller había volado hacia Londres y regresado al cabo de treinta y seis horas, al filo del Año Nuevo. A partir de entonces, él y su coche habían desaparecido.

Al acudir a su apartamento, había realizado algunas averiguaciones merced a su bella y querida amiga, pero ésta sólo había podido enseñarle una carta, sellada en Munich, en la que decía que Miller se quedaría allí por algún tiempo.

Durante una semana, Munich había demostrado ser una falsa pista. Mackensen había preguntado en todos los hoteles, en aparcamientos públicos y privados, garajes y estaciones de servicio. Nada. El hombre a quien buscaba había desaparecido como si se lo hubiese tragado la tierra.

Al vaciar su vaso, Mackensen abandonó el taburete del bar, y fue al teléfono a informar al *Werwolf*. Aunque lo ignorara, estaba sólo a unos mil doscientos metros del Jaguar con la franja amarilla, aparcado en el interior del patio amurallado de la tienda de antigüedades y domicilio particular de Leon, jefe de la pequeña y fanática organización.

En el Hospital General de Bremen un hombre con chaqueta blanca se paseaba en la oficina del archivero. Llevaba un estetoscopio alrededor del cuello, casi la insignia de trabajo de un nuevo médico interno.

—Necesito echar una mirada al expediente médico

de uno de nuestros pacientes: Rolf Gunther Kolb —dijo a la recepcionista y encargada de los archivos.

La mujer no reconoció al médico, pero ello no significaba nada. Había montones de internos trabajando en el hospital. Recorrió las listas de nombres que había en los archivos, vio el nombre de Kolb en el canto de una carpeta, que entregó al médico interno. Sonó el teléfono, y acudió la mujer.

El médico se sentó en una de las sillas y ojeó el expediente. Se limitaba a decir que Kolb había sufrido un colapso en la calle y que lo habían traído en una ambulancia. Un examen había diagnosticado cáncer de estómago muy desarrollado. Luego se acordó no operar. El paciente había sido sometido a una quimioterapia intensiva sin esperanza alguna, y más tarde calmantes. La última hoja de la carpeta decía, sencillamente:

«Paciente fallecido en la noche del 8 al 9 de enero. Causa de la muerte: carcinoma del intestino grueso. Ningún pariente próximo. *Corpus delicti* entregado al depósito de cadáveres municipal el 10 de enero.»

Estaba firmado por el doctor que se encargó del caso.

El nuevo interno sacó de la carpeta la última hoja de papel y, en su lugar, puso otra que llevaba preparada. En la nueva hoja se leía:

«A pesar de las graves condiciones del paciente al ser ingresado, el carcinoma respondió al tratamiento farmacológico y se recuperó. El 16 de enero se consideró que estaba en condiciones de ser dado de alta. A petición propia fue transferido, en ambulancia —para pasar su convalecencia—, a la clínica Arcadia, en Delmenhorst.»

La firma era un garabato ilegible.

El interno devolvió la carpeta a la encargada del archivo, le dio las gracias con una sonrisa y se alejó. Era el 22 de enero.

Tres días después, Leon recibió un informe que colocó en el último apartado de su complejo rompecabezas. Un empleado en una agencia de despacho de billetes en Alemania del norte envió un mensaje diciendo que determinado propietario de una panadería en Bremerhaven acababa de reservar dos pasajes a nombre de él y de su mujer para un crucero de invierno. La pareja haría un viaje de turismo por el Caribe durante cuatro semanas, saliendo de Bremerhaven el domingo 16 de febrero. Leon sabía que el hombre había sido coronel de las SS durante la guerra y después miembro de Odessa. Ordenó a Motti que saliera a comprar un libro de instrucciones sobre el arte de elaborar pan.

El *Werwolf* estaba confundido. Durante casi tres semanas había estado enviando sus agentes a las principales ciudades de Alemania a la busca de un hombre llamado Miller y un Jaguar negro, modelo deportivo. Se había vigilado el apartamento y el garaje en Hamburgo, se había efectuado una visita a una mujer de mediana edad en Osdorf, la cual sólo había dicho que no sabía dónde estaba su hijo. Se habían hecho varias llamadas telefónicas a una muchacha llamada Sigi, dándole a entender que procedían del director de la más importante revista ilustrada con una oferta urgente para un muy lucrativo empleo para Miller, pero la muchacha también había dicho que ignoraba dónde estaba su amigo.

Se había investigado en su banco de Hamburgo, pero no había cobrado cheques desde noviembre. En una palabra: había desaparecido. Ya era el 28 de enero y, contra su deseo, el *Werwolf* se vio obligado a efectuar una llamada telefónica. Con pesar, descolgó el auricular y llamó.

Muy lejos de allí, en un paraje montañoso, un hombre colgó su teléfono media hora después y blasfemó queda pero violentamente durante unos minutos. Era viernes por la noche y acababa de llegar a su finca para descansar durante el fin de semana; entonces le había llegado la llamada.

Fue hacia la ventana de su lujosamente amueblada vivienda y miró hacia afuera. La luz, a través de la ventana, se extendía sobre la tupida alfombra de nieve que cubría el césped, y el resplandor alcanzaba los pinos que cubrían la mayor parte de la propiedad.

Desde que, siendo niño, había visto, durante las vacaciones escolares de Navidad, las casas de los ricos en las montañas que rodeaban Graz, siempre había deseado vivir así, en una bonita casa en las montañas que le perteneciera. Ya lo había conseguido, y se encontraba a gusto.

Aquélla era una casa mejor que la de un empleado de cervecería, lo que había sido en su primera juventud; mejor que la casa de Riga, donde había vivido durante cuatro años; mejor que una habitación amueblada en Buenos Aires, o que una habitación de hotel en El Cairo. Aquello era lo que siempre había deseado.

La llamada lo había turbado. Había dicho a quien lo llamaba que no había novedades en su casa, ni en la fábrica, ni nadie había preguntado por él. Pero estaba desazonado. ¿Miller? ¿Quién demonios era Miller? Las seguridades que le habían dado por teléfono en el sentido de que el periodista sólo cuidaba de un aspecto de la cuestión mitigaban su ansiedad. La seriedad con que quien le había llamado y sus colegas consideraban la amenaza planteada por Miller estaba puesta de realce por la decisión de enviarle un guardaespaldas al día siguiente, que actuaría como su chófer y estaría con él hasta ulterior aviso.

Corrió las cortinas, lo que impidió la visión del paisaje invernal. La puerta, forrada y sólida, no dejaba penetrar los ruidos del resto de la casa. El único ruido en la habitación era el crepitar de los troncos de pino en el hogar, y la alegre luz que despedía la chimenea de hierro fundido con sus hojas de parra forjadas y sus enroscaduras, uno de los adornos que conservó al comprar y modernizar la casa.

Se abrió la puerta y su mujer asomó la cabeza.

—La cena está dispuesta —anunció.

—Voy, querida —dijo Eduard Roschmann.

A la mañana del siguiente día, sábado, Oster y Miller fueron estorbados por la llegada de un grupo procedente de Munich. En el coche iban Leon y Motti, el conductor y otro hombre, que llevaba un saquito de mano negro.

Cuando entraron en la sala de estar, Leon dijo al hombre del saquito de mano:

—Lo mejor será que suba al cuarto de baño y prepare sus utensilios.

El hombre asintió con la cabeza y subió escaleras arriba. El conductor se había quedado en el coche.

Leon se sentó a la mesa y rogó a Oster y a Miller que ocuparan sus puestos. Motti se quedó junto a la puerta, con una cámara con *flash* en la mano.

Leon entregó a Miller un permiso de conducir. Donde estuvo la fotografía el espacio estaba en blanco.

—Se convertirá usted en esta persona —dijo Leon—. Rolf Gunther Kolb, nacido el 18 de junio de 1925. Tenía usted diecinueve años cuando terminó la guerra, casi veinte. Y treinta y ocho ahora. Nació y creció en Bremen. Se inscribió en las Juventudes hitlerianas a los diez años, en 1935, y en las SS en enero de 1944, a los dieciocho. Sus padres murieron a causa de un bombardeo aéreo efectuado sobre los muelles de Bremen en 1944.

Miller miraba al suelo, con el permiso de conducir en la mano.

—¿Y qué diremos de su carrera en las SS? —preguntó Oster—. Hemos llegado al punto final.

—¿Por qué ir tan lejos? —dijo Leon, como si Miller no hubiese existido.

—Muy bien —dijo Oster—. Ayer lo sometí a un interrogatorio de dos horas, y salió bien de él. A menos que alguien le pregunte detalles concretos de su carrera... De esto no sabe nada.

Leon reflexionó durante un momento, examinando algunos papeles que había sacado de su cartera.

—No sabemos cuál fue la carrera de Kolb en las SS —dijo—. No pudo haber sido muy importante, porque no figura en ninguna lista de personas buscadas y nadie ha oído hablar de él. En cierto sentido, es perfecto, porque todas las posibilidades están en que tampoco los de Odessa hayan oído hablar de él. Pero la desventaja reside en que tampoco hay razón para buscar ayuda y refugio en Odessa a menos de ser perseguido. Por eso hemos inventado una carrera para él. Aquí está.

Entregó los papeles a Oster, quien empezó a leerlos. Al terminar, asintió con la cabeza.

—Está bien —dijo—. Está de acuerdo con los hechos conocidos. Y, de hacerse públicos, sería suficiente para que lo arrestaran.

Leon gruñó con satisfacción.

—Esto es lo que tiene usted que enseñarle. Incidentalmente, hemos encontrado un fiador para él. Uno de Bremerhaven, un antiguo coronel de las SS, que efectuará un crucero marítimo, saliendo el 16 de febrero. Ahora, el hombre es propietario de una panadería. Cuando Miller se presente, lo que ocurrirá después del 16 de febrero, tendrá una carta de aquel hombre asegurando a Odessa que Kolb, su empleado, es un antiguo SS y que, de verdad, está en peligro. Para entonces, el propietario de la panadería estará en alta mar y sin posibilidad de comunicarse con él. A propósito —se volvió hacia

Miller y le entregó un libro—, tiene usted que aprender el arte de la panadería. Esto es lo que ha sido usted desde 1945, un empleado en una panadería.

No mencionó que el propietario de la panadería estaría ausente sólo durante cuatro semanas, y que después de aquel período la vida de Miller estaría pendiente de un hilo.

—Y ahora mi amigo el barbero va a cambiar algo su aspecto —dijo Leon a Miller—. Después de esto sacaremos una nueva fotografía para el permiso de conducir.

En el cuarto de baño del piso superior, el barbero le hizo a Miller uno de los cortes de cabello más definitivos que imaginarse puedan. Cuando terminó, su blanco pericráneo brillaba casi como una corona en la cabeza. Aunque el aspecto no era ajado, parecía más viejo. En la parte izquierda de la cabeza, una raya le partía en dos el cabello corto. Las cejas habían dejado prácticamente de existir.

—Las cejas peladas no dan a un hombre la apariencia de más viejo —dijo el conversador barbero—, pero al cabo de seis o siete años hacen que no se pueda adivinar la edad. Y para terminar: tiene usted que dejarse crecer el bigote. Un bigote fino, del mismo ancho que su boca. Aumenta la edad, ¿sabe usted? ¿Podrá conseguirlo en tres semanas?

Miller sabía cómo le crecía el pelo en su labio superior.

—Claro.

Volvió a mirarse. Aparentaba tener unos treinta y cinco años. El bigote le añadiría otros cuatro años.

Cuando bajaron al piso inferior, Miller se colocó contra una lámina blanca, que sostenían Oster y Leon, y Motti sacó varias fotos de frente.

—Ya está —dijo—. Tendremos listo el permiso de conducir dentro de tres días.

El grupo se marchó y Oster se volvió hacia Miller.

—Bien, Kolb —dijo, habiendo dejado de referirse a él como no fuera así— fue usted llevado al campo de entrenamiento SS de Dachau, posteriormente al campo de concentración de Flossenburg en julio de 1944, y en abril de 1945 mandaba usted el pelotón que ejecutó al almirante Canaris, jefe de la Abwehr. Ayudó usted también a matar a determinado número de otros oficiales del ejército que se hicieron sospechosos a la Gestapo de complicidad en el intento de asesinato de Hitler, en julio de 1944. No es de extrañar que las actuales autoridades quieran detenerlo. El almirante Canaris y sus hombres no eran judíos. Esto no lo pueden pasar por alto. Ahora a trabajar, sargento de plana mayor.

La reunión semanal del Mossad tocaba a su fin cuando el general Amit levantó la mano y dijo:

—Queda sólo un asunto de importancia, aunque quizá de no demasiada. Leon me ha informado desde Munich que lleva algún tiempo adiestrando a un joven alemán, un ario, que por razones que a él le incumben tiene enemiga contra los SS y se está preparando para infiltrarse en Odessa.

—¿Sus motivos? —preguntó uno de los hombres, con suspicacia.

—Por razones que a él le incumben, quiere atrapar a un antiguo capitán de las SS llamado Roschmann —respondió el general Amit, encogiéndose de hombros.

El jefe de la Oficina para los Países de Persecución, un judío polaco, levantó súbitamente la cabeza.

—¿Eduard Roschmann? ¿El Carnicero de Riga?

—Éste es el hombre.

—¡Uf! Si pudiéramos cogerle, conseguiríamos un buen tanto.

El general Amit negó con la cabeza.

—Os lo he dicho antes, Israel no subvenciona estos negocios. Mis órdenes son tajantes. Incluso si el hombre encuentra a Roschmann, no habrá asesinato. Después del asunto Ben Gal, sería el último bastón en las ruedas de Adenauer. Lo que ahora nos perturba es que si un ex nazi muere en Alemania, culpan a los agentes israelíes.

—Entonces, ¿qué hacemos con el joven alemán? —preguntó el jefe del Shabak.

—Voy a intentar utilizarlo para identificar algún otro científico nazi que pueda ser enviado a El Cairo este año. Para nosotros ésta es la prioridad número uno. Propongo enviar un agente a Alemania, sencillamente para vigilar al joven. Sólo una observación a distancia, nada más.

—¿Ha pensado usted en alguien?

—Sí —contestó el general Amit—. Se trata de un buen hombre, seguro. No hará más que seguir al alemán y vigilarlo, informándome a mí personalmente. Puede pasar por alemán. Es un *yekke*. Procede de Karlsruhe.

—¿Y qué ocurrirá con Leon? —preguntó otro de los presentes—. ¿No intentará ajustar sus propias cuentas?

—Leon hará lo que se le ha dicho —aseguró el general Amit con acritud—. No habrá más represalias.

En Bayreuth, aquella mañana, Alfred Oster daba otra lección de repaso a Miller.

—Muy bien —decía Oster—. ¿Cuáles son las palabras grabadas en la empuñadura del puñal de las SS?

—Sangre y honor —replicó Miller.

—Correcto. ¿Cuándo se entrega el puñal a un SS?

—En el desfile final en el campo de entrenamiento —replicó Miller.

—Bien. Repítame el juramento de fidelidad a la persona de Adolf Hitler.

Miller lo repitió, palabra por palabra.

—Repita el juramento de sangre de los SS.

Miller lo hizo.

—¿Cuál es el significado del emblema de la Calavera?

Miller cerró los ojos y repitió lo que le habían enseñado.

—El signo de la Calavera procede de la lejana mitología germánica. Es el emblema de aquellos grupos de guerreros teutones que habían jurado lealtad a su jefe y a todos los demás en la tumba y hasta más allá, en el Valhalla. En consecuencia, la calavera y las tibias cruzadas en aspa significan el mundo de ultratumba.

—Correcto. ¿Todos los hombres de las SS son automáticamente miembros de las unidades de la Calavera?

—No. Pero el juramento era el mismo.

Oster se levantó y se desperezó.

—No está mal —dijo—. No se me ocurre nada más que puedan preguntarle en términos generales. Vayamos ahora a algo concreto. Por ejemplo, lo que debe usted saber sobre el campo de concentración de Flossenburg, su primer y único puesto...

El hombre que estaba sentado junto a la ventanilla del aparato de las líneas aéreas Olympic que hacía la ruta Atenas-Munich, parecía tranquilo y distraído.

Junto a él, el hombre de negocios alemán, después de varios intentos de entablar conversación, recogió la indirecta y se confinó en la lectura de la revista *Playboy*. Su otro vecino miraba atentamente al exterior cuando volaban sobre el mar Egeo y el avión se alejaba de la soleada primavera del Mediterráneo oriental para entrar en la zona de los picos cubiertos de nieve de los Dolomitas y los Alpes bávaros.

El hombre de negocios al fin había deducido al menos una cosa de su compañero. El viajero que estaba junto a la ventana era alemán, su dominio del idioma era fluido y familiar, con un completo conocimiento del país. El alemán que volvía a casa después de una misión de ventas en la capital de Grecia no tenía la menor duda de que estaba sentado junto a un compatriota.

Apenas podía equivocarse más. El hombre que estaba a su lado había nacido en Karlsruhe, Alemania, treinta y tres años antes. Entonces se llamaba Josef Kaplan, y su padre era un sastre judío. Tenía tres años cuando Hitler subió al poder, siete cuando se llevaron a sus padres en un carromato negro, lo ocultaron en un desván otros tres años hasta que, al cumplir diez en 1940, también lo descubrieron a él y se lo llevaron en un carromato. Hasta los quince años se valió de la flexibilidad y de la ingenuidad de la juventud para sobrevivir en una serie de campos de concentración hasta que en 1945, con el recelo de un animal salvaje ardiendo en sus ojos, arrebató una cosa llamada un *Hershey* de la mano que le alargaba un hombre que le hablaba, con voz nasal, en un idioma extranjero, y se había escapado para comer lo ofrecido en un rincón del campo, antes de que se lo quitaran.

Dos años después, pesando unos kilos más, con diecisiete años y hambriento como un ratón, con el recelo propio de un muchacho y desconfiando de todo y de todos, se incorporó a un barco llamado *President Warfield*, alias el *Exodus*, que viajaría hacia nuevas playas muy lejos de Karlsruhe y de Dachau.

El paso de los años lo había sazonado, madurado, enseñado muchas cosas, dado mujer y dos hijos, una misión en el ejército, pero no había conseguido eliminar el odio que sentía hacia el país a donde iba aquel día. Había consentido ir, tragarse los sentimientos, adoptar de nuevo, como lo había hecho dos veces antes, en los diez años últimos, la fachada de amabilidad y de afabilidad que era necesaria para volver a ser un alemán.

Los demás requisitos se los había proporcionado el Servicio: el pasaporte que tenía en el bolsillo, las cartas, tarjetas y documentación características de un ciudadano de Europa occidental, así como la ropa interior, los zapatos, trajes y equipaje de un comerciante alemán, viajante del ramo textil.

Cuando las densas y glaciales nubes de Europa cubrieron el avión, el hombre volvió a considerar su misión, sobre la que lo había estado informando durante días y noches un coronel que hablaba en voz queda, en el *kibbutz* que producía tan pocos frutos y tantos agentes israelíes. Tenía que seguir a un hombre, no quitarle la vista de encima, a un joven alemán cuatro años más joven que él, al tiempo que aquel hombre trataba de hacer lo que otros habían intentado y fracasado: infiltrarse en Odessa. Observarlo y calibrar sus éxitos, tomar nota de las personas con quienes entraba en contacto y su opinión sobre ellas, confrontar sus hallazgos, indagar si el alemán daba con el reclutador del nuevo grupo de científicos alemanes enviados a Egipto a trabajar en los cohetes. No exponer nunca su persona, no tomar en ningún caso iniciativas propias. Luego regresar para informar de todo lo que el joven alemán había podido descubrir antes de ser «soplado» o descubierto, porque una de las dos cosas iba a suceder. El hombre haría lo que le habían ordenado; no le iba a gustar hacerlo, pero debía obedecer. Por fortuna, nadie le pidió que le gustara volver a convertirse en un alemán. Nadie le pidió que gozara mezclándose con ellos, hablando su idioma, sonriendo y bromeando con aquella gente. De habérselo pedido, lo hubiese rechazado. Porque los odiaba a todos, incluido el joven periodista a quien tenía órdenes de seguir. Estaba seguro de que nada cambiaría nunca aquello.

Al día siguiente Oster y Miller recibieron la última visita de Leon. Además de Leon y Motti, había otro hombre, tostado por el sol y de buen aspecto, más joven que los demás. Miller juzgó que el recién llegado debía de tener unos treinta y cinco años. Le fue presentado, sencillamente, como Josef. No dijo nada durante todo el rato.

—A propósito —dijo Motti a Miller—, hoy traeré aquí su coche. Lo he dejado en un aparcamiento público en la ciudad, cerca de la plaza del mercado —tiró las llaves a Miller, añadiendo—: No lo use cuando vaya a encontrarse con Odessa. Por una parte, es demasiado vistoso, y por otra se supone que trabaja usted en una panadería, y que huye después de haber sido identificado como un antiguo guardia en un campo de concentración. Semejante hombre no sería propietario de un Jaguar. Cuando vaya, viaje en tren.

Miller asintió, aunque lamentaba íntimamente verse separado de su querido Jaguar.

—Bueno. Aquí está su permiso de conducir, completado con su fotografía según su apariencia actual. Diga a quienquiera que le pregunte que conducía usted un Volkswagen, pero que lo ha dejado usted en Bremen, porque su número de matrícula podría identificarle ante la policía.

Miller examinó el permiso de conducir. Se le veía con su cabello corto, pero sin bigote. El que ahora llevaba podía explicarse perfectamente como una precaución, habiéndoselo dejado crecer desde que fue identificado.

—El hombre que, sin saberlo él mismo, lo avala a usted, salió de Bremerhaven para un viaje por mar, con la marea de la mañana. Se trata de un antiguo coronel de las SS, ahora propietario de una panadería, y el primer patrón que tuvo usted. Se llama Joachim Eberhardt. Aquí está una carta suya para el hombre a quien va usted a ver. El papel es auténtico, sacado de su despacho. La firma es una perfecta falsificación. La carta informa a su receptor que usted es un antiguo SS, buen soldado y de confianza, ahora caído en desgracia después de haber sido reconocido, y pide al destinatario que le ayude a conseguir una nueva documentación e identidad.

Leon entregó la carta a Miller, quien la leyó y la puso en un sobre.

—Ahora séllela —dijo Leon.

—¿Quién es el hombre a quien tengo que presentarme? —preguntó Miller mientras hacía lo que le habían dicho.

Leon cogió una hoja de papel en la que estaban escritos un nombre y una dirección.

—Éste es el hombre —dijo—. Vive en Nuremberg. No estamos seguros de que estuviera en la guerra, porque casi puede afirmarse que ahora vive con otro nombre. Sin embargo, de algo estamos completamente ciertos: tiene un rango muy elevado en Odessa. Ha debido de reunirse alguna vez con Eberhardt, quien es un enlace importante de Odessa en el norte de Alemania. Aquí está una fotografía de Eberhardt, el panadero. Estúdiela, para el caso de que su hombre le pidiera que se lo describiese. ¿De acuerdo?

Miller miró la fotografía de Eberhardt y aprobó con la cabeza.

—Cuando esté usted preparado, sugiero una espera de unos pocos días hasta que el barco de Eberhardt esté fuera del alcance del radio-teléfono desde tierra. No queremos que el hombre a quien va usted a ver llame por teléfono a Eberhardt cuando el barco esté todavía en aguas alemanas. Espere hasta que se halle en mitad del Atlántico. Creo que probablemente podrá usted presentarse el próximo jueves por la mañana —dijo Leon.

Miller asintió.

—Muy bien. Será el jueves.

—Dos últimas observaciones —añadió Leon—. Además de intentar localizar a Roschmann, como desea usted, nosotros también queremos alguna información. Necesitamos saber quién está reclutando ahora científicos para ir a Egipto a construir cohetes para Nasser. El reclutamiento lo efectúa Odessa aquí en Alemania. Necesitamos saber concretamente quién es el nuevo jefe de reclutamiento. Además, manténgase en contacto con nosotros. Sírvase de teléfonos públicos y marque este número —dio un papel a Miller—. El número estará siempre libre y preparado, aunque yo no esté allí. Dé su informe a quienquiera que le responda.

Veinte minutos más tarde el grupo se había marchado.

En su viaje de regreso a Munich, Leon y Josef estaban uno al lado del otro en el asiento posterior, el agente israelí pegado a su rincón, y silencioso. Cuando dejaron atrás las centelleantes luces de Bayreuth, Leon tocó con el codo a Josef.

—¿Por qué está usted tan sombrío? —preguntó—. Todo va bien.

Josef lo miró.

—¿Cree usted que es muy de fiar este Miller? —preguntó.

—¿De fiar? Es la mejor posibilidad que hemos tenido nunca para penetrar en Odessa. Ya ha oído usted a Oster. Puede pasar ante cualquiera por un antiguo SS, a condición de que no pierda la cabeza.

Josef no expresó sus dudas.

—Mi misión consiste en vigilarlo a todas horas —refunfuñó—. Tengo que seguirlo en todos sus movimientos, no perderlo de vista, informar a mis jefes sobre los hombres con quienes se pone en contacto y su posición en Odessa. No toleraré que se vaya solo y diga por teléfono lo que crea conveniente. ¿Y suponiendo que no sabe reprimirse?

Leon apenas podía controlar su ira. Era evidente que antes ya habían discutido este argumento.

—Ahora escúcheme una vez más. Este hombre es mi descubrimiento. Su infiltración en Odessa fue idea mía. Es mi agente. He esperado años hasta dar con un hombre como el que ahora tenemos: un no judío. No voy a exponerlo por culpa de alguien que le vaya detrás pisándole los talones.

—Es un aficionado. Yo soy un experto —gruñó el agente.

—También es un ario —replicó Leon—. Espero que antes de haberse gastado nos habrá dado los nombres de los diez jefes de Odessa en Alemania. Entonces empezaremos a trabajar sobre cada uno de ellos. Entre ellos puede estar el reclutador de científicos para los cohetes. No se apure, lo encontraremos, junto con los nombres de los científicos que intenta enviar a El Cairo.

En Bayreuth, Miller estaba junto a la ventana viendo caer la nieve. Guardaba para sí el propósito de no llamar por teléfono, porque no le interesaba seguir la pista de los científicos reclutados para los cohetes. Seguía teniendo un solo objetivo: Eduard Roschmann.

12

En la tarde del viernes 19 de febrero, Peter Miller se despidió de Alfred Oster en su casona de Bayreuth, y se dirigió hacia Nuremberg. El antiguo oficial SS le dio un apretón de manos en la puerta de su casa.

—Mucha suerte, Kolb. Le he enseñado todo lo que sé. Permita que le dé un último consejo. No sé por cuánto tiempo podrá mantener su falsa identidad. Probablemente no mucho. Si un día observa usted que alguien ha descubierto su tapadera, no discuta. Abandone la partida y recupere su nombre real.

Cuando el joven periodista se alejaba, Oster murmuró para sí: «Es la idea más extravagante de la que haya oído nunca hablar», cerró la puerta y se fue junto al fuego.

Miller anduvo el kilómetro que lo separaba de la estación del ferrocarril, yendo aprisa colina abajo y pasando por el aparcamiento público de coches. En la pequeña estación, con sus aleros y faldones al estilo bávaro, compró un billete de tercera para Nuremberg. Al pasar por la puerta donde marcaban los billetes, en dirección al andén barrido por el viento, el empleado le dijo:

—Temo que tendrá usted que esperar un poco, caballero. El tren para Nuremberg llegará tarde esta noche.

Miller se sorprendió. Los ferrocarriles alemanes hacían cuestión de honor que los trenes circularan a la hora prevista.

—¿Qué ha pasado? —preguntó.

El empleado señaló hacia la línea de donde habían desaparecido los carriles bajo apretadas ondulaciones de montañas y valles de donde colgaba la nieve fresca.

—Ha caído una gran nevada, abajo, en las vías. Acabamos de saber que ya están aquí los quitanieves. Los maquinistas están trabajando en ello.

Los años de dedicación al periodismo habían dado a Miller una profunda aversión hacia las salas de espera. Había pasado demasiado tiempo en ellas, con frío, cansado e incómodo. En la pequeña cantina de la estación bebió una taza de café y miró su billete. Ya estaba taladrado. Volvió a pensar en su coche, aparcado arriba, en la colina.

Acaso, si aparcaba al otro extremo de Nuremberg, a varios kilómetros lejos de la dirección que le habían dado... Si, después de la entrevista, le enviaban a otra parte por otro medio de transporte, dejaría el Jaguar en Munich. Incluso podría aparcarlo en un garaje, en un sitio no visible. Nadie lo encontraría. No antes de haber realizado el trabajo. Además, razonaba, no estaría mal tener otro medio para alejarse rápidamente si la ocasión lo requiriera. No había motivo para pensar que en Baviera alguien hubiera oído hablar de él o de su coche.

Pensó en la advertencia de Motti de que era un vehículo demasiado vistoso, pero se acordó del aviso de Oster, una hora antes, sobre la necesidad de marcharse aprisa. Servirse del coche era un riesgo, por supuesto, pero también le daba pies para huir. Pensó en ello durante otros cinco minutos, entonces dejó su café, salió de la estación y volvió a subir la colina. Al cabo de diez minutos estaba al volante del Jaguar, camino de la ciudad.

El viaje desde allí hasta Nuremberg era corto. Al llegar, reservó habitación en un pequeño hotel cerca de la estación principal, aparcó el coche en una calle lateral dos manzanas más abajo y se fue hacia la Puerta del Rey, en la antigua ciudad medieval amurallada de Alberto Durero.

Había oscurecido ya, pero las luces de las calles y de las ventanas iluminaban los singulares y puntiagudos tejados y los faldones de la ciudad amurallada. Casi era posible imaginar que uno había vuelto a la Edad Media, cuando los reyes de Franconia mandaban en Nuremberg, una de las más ricas ciudades mercantiles de los Estados germanos. Costaba recordar que casi cada ladrillo y cada piedra de lo que estaba viendo a su alrededor había sido construido después de 1945, meticulosamente reconstruido según los planos originales de los arquitectos de la ciudad, que, con sus calles empedradas con guijarros y sus casas de madera, había sido reducida a cenizas y escombros por las bombas aliadas en 1943.

Encontró la casa que estaba buscando dos calles más allá de la plaza del Mercado Central, casi debajo de las agujas gemelas de la iglesia de San Sebald. El nombre de la placa de la puerta coincidía con el que estaba mecanografiado en la carta que llevaba, con la amañada presentación supuestamente procedente del antiguo coronel SS Joachim Eberhardt, de Bremen. Del mismo modo que no había visto nunca a Eberhardt sólo podía esperar que el hombre de la casa de Nuremberg tampoco lo hubiese visto nunca.

Volvió a la plaza del mercado, buscando un sitio donde cenar. Después de haber pasado frente a dos o tres restaurantes tradicionales franconianos, avistó el humo enroscándose hacia el cielo en la fría noche, que surgía del tejado de tejas rojas de la pequeña tienda de embutidos situada en una esquina de la plaza, frente a las puertas de San Sebald. Era un bonito y pequeño lugar, con, en su parte frontal, una terraza guarnecida con cajas de brezo morado de las que un cuidadoso propietario había quitado la nieve de la mañana.

En el interior, el calor y la alegría le salieron al encuentro como una oleada. Las mesas de madera estaban casi todas ocupadas, pero en aquel momento se levantaba una pareja que había ocupado una mesa en un rincón, y pudo conseguirla, saludando y sonriendo a la pareja que se marchaba que, a su vez, le deseó buen apetito. Escogió la especialidad de la casa, embutidos de Nuremberg sazonados con especias, una docena en un plato, y pidió asimismo una botella de vino del país, para que lo ayudara a engullir aquello.

Después de haber comido se recostó en su asiento saboreando su café y acompañó el negro líquido con dos «Asbachs». No quería ir a la cama y era agradable estar allí sentado y mirar los leños llameando en la chimenea, escuchando cómo la gente en su rincón rugía una canción de taberna franconiana, enlazándose por los brazos y balanceándose de una parte a otra, con la música, las voces y los vasos de vino subiendo más alto cada vez que llegaban al final de una estrofa.

Durante largo tiempo estuvo pensando por qué arriesgaría su vida a la busca de un hombre que había cometido sus crímenes veinte años antes. Casi había decidido dejar la cosa, afeitarse el bigote, dejar crecer de nuevo los cabellos, volver a Hamburgo y encontrar en la cama el calor de Sigi. Acudió el camarero, se inclinó y dejó la cuenta sobre la mesa con un alegre *Bitte Schön*.

Buscó la cartera en el bolsillo y sus dedos tropezaron con una fotografía. La sacó y contempló por un instante aquel rostro de ojos opacos, con oscuras ojeras y la boca parecida a una ratonera que daba la impresión de mirarlo fijamente por encima del cuello con los negros marbetes y los plateados y relucientes símbolos.

Al cabo de un rato murmuró, «A la porra», y colocó el extremo de la fotografía sobre la vela que tenía en la mesa. Cuando la fotografía quedó reducida a cenizas las reunió y las puso en el cenicero. No la volvería a necesitar. Reconocería la cara en cuanto la viera.

Peter Miller pagó la cuenta, se abrochó el abrigo y se fue al hotel.

Mackensen estaba frente al *Werwolf*, quien se mostraba al mismo tiempo airado y desconcertado.

—¿Cómo demonios se le puede encontrar? —estallaba el jefe de Odessa—. No puede esfumarse de la faz de la tierra, no puede desaparecer por el aire sutil. Su coche debe de ser uno de los que más se notan en Alemania, visible desde medio kilómetro. Seis semanas de búsqueda y todo lo que usted puede decirme es que no ha sido visto...

Mackensen esperaba a que se consumiera por sí misma la explosión del fracaso.

—Y, sin embargo, es verdad —apuntó al fin—. He localizado su apartamento en Hamburgo, supuestos amigos de Miller han hablado con su amiga y con su madre, se ha tomado contacto con sus colegas. Nadie sabe nada. Durante todo este tiempo su coche habrá estado en algún garaje. Debe de estar en un aparcamiento subterráneo. Desde que se le vio saliendo del parque del aeropuerto de Colonia al regresar de Londres y dirigirse hacia el Sur, ha desaparecido.

—Tenemos que encontrarlo —repitió el *Werwolf*—. No debe acercarse a nuestro camarada. Sería un desastre.

—Tendrá que subir a superficie —dijo Mackensen con convicción—. Tarde o temprano saldrá de su escondite. Entonces lo cogeremos.

El *Werwolf* reflexionaba sobre la paciencia y la lógica del cazador profesional. Movió la cabeza lentamente.

—Muy bien. En tal caso, quiero que usted esté a mi lado. Coja habitación en un hotel aquí en la ciudad y esperaremos. Si está usted cerca lo localizaré fácilmente.

—Muy bien, señor. Me alojaré en un hotel en la ciudad y le llamaré para que sepa dónde estoy. Me tendrá dispuesto a cualquier hora.

Deseó las buenas noches a su superior y se marchó.

A la mañana siguiente, no habían dado todavía las nueve cuando Miller se presentó en la casa y tocó la campana brillantemente pulida. Quería ver el hombre antes de que saliera para su trabajo. Abrió la puerta una sirvienta, que lo introdujo en la sala de estar y fue a llamar al dueño.

El hombre que entró en la habitación diez minutos después tenía unos cincuenta y cinco años, cabellos castaños y algo plateados en las sienes, parecía presumido y elegante. Los muebles y la decoración de la sala también denotaban elegancia y buenas disponibilidades económicas.

Miró fijamente a su no esperado visitante, reparando sin curiosidad en sus pantalones de baja calidad y la chaqueta propia de un obrero.

—¿Y qué puedo hacer por usted? —preguntó con calma.

El visitante estaba visiblemente aturdido e incómodo en el opulento ambiente de la sala de estar.

—Bueno, herr Doktor, espero que pueda usted ayudarme.

—Oiga —dijo el hombre de Odessa—, estoy seguro que usted sabe que mis oficinas no están lejos de aquí. Vaya usted allí y pida a mi secretaria que le señale día y hora para una entrevista.

—Bueno, no es precisamente una ayuda profesional lo que yo necesito —dijo Miller.

Empleaba el dialecto de Hamburgo y del área de Bremen, el lenguaje de los trabajadores. Se veía que estaba turbado. No encontrando palabras, sacó una carta de su bolsillo interior y se la dio.

—Traigo una carta de presentación del hombre que me sugirió venir a verlo a usted, señor.

El hombre de Odessa cogió la carta sin decir palabra, la abrió y pasó los ojos por ella con rapidez. Se enderezó ligeramente y echó un vistazo a Miller por encima de la hoja de papel.

—Me doy cuenta, herr Kolb. Siéntese, por favor.

Indicó una silla a Miller, mientras él se acomodaba en una cómoda butaca. Durante varios minutos miró con aire inquisitivo a su huésped, con el ceño fruncido. De repente estalló:

—¿Cómo dijo que se llamaba usted?

—Kolb, señor.

—¿Nombres propios?

—Rolf Gunther, señor.

—¿Tiene usted algo que lo identifique?

Miller lo miraba perplejo.

—Sólo mi permiso de conducir.

—Deje que lo vea, por favor.

El abogado, porque tal era su profesión, alargó una mano, obligando a Miller a levantarse de su asiento y colocar el permiso de conducir sobre la palma extendida. El hombre cogió el documento, lo abrió y asimiló todos sus detalles. Miró a Miller, comparando la fotografía y la cara. Coincidían.

—¿Cuándo nació usted? —preguntó de improviso y bruscamente.

—¿Mi aniversario? Oh... el... 18 de junio, señor.

—El año, Kolb.

—Mil novecientos veinticinco, señor.

El abogado miró el permiso de conducir durante otros pocos minutos.

—Espere aquí —dijo de repente, se levantó y salió.

Salió de la habitación, atravesó la casa y penetró en su parte trasera, donde tenía instalado su despacho de abogado en el que atendía a sus clientes, que entraban por una calle posterior. Fue directamente al despacho y abrió la caja fuerte, de donde tomó un grueso libro y hojeó sus páginas.

Por casualidad, conocía a Joachim Eberhardt de nombre, pero no lo había visto nunca. No estaba completamente seguro de la última graduación de Eberhardt en las SS. El libro confirmó la carta. Joachim Eberhardt, promocionado a coronel de la Waffen-SS el 10 de enero de 1945. Consultó otras páginas y se detuvo en Kolb. Había siete de este nombre, pero sólo un Rolf Gunther. Sargento de plana mayor a partir de abril de 1945. Fecha de nacimiento: 18.6.25. Cerró el libro, volvió a colocarlo en su sitio y cerró la caja. Luego volvió, a través de la casa, a la sala de estar. Su huésped continuaba embarazosamente sentado en su silla.

También él volvió a sentarse.

—¿Y si no pudiera ayudarlo, lo comprende usted, verdad?

Miller se mordió los labios y movió la cabeza.

—Es que no tengo a dónde ir. Acudí a herr Eberhardt para solicitar ayuda, se interesó por mí, me dio la carta y me sugirió que acudiera a usted. Dijo que si usted no podía ayudarme nadie podría hacerlo.

El abogado se recostó en su butaca y miró al techo.

—Me pregunto por qué no me telefoneó, si quería hablar conmigo —murmuró.

Era evidente que esperaba una respuesta.

—Acaso no quería servirse del teléfono... en un asunto como éste —sugirió esperanzado.

El abogado le dirigió una mirada despreciativa.

—Es posible —se limitó a decir—. Lo mejor será que me diga, en primer lugar, cómo se vio usted enredado en esto.

—Oh, sí, bueno, señor, quiero decir que fui reconocido por aquel hombre, y dijo que vendrían a detenerme. Entonces me escapé, ¿no hice bien? Quiero decir que tuve que hacerlo.

El abogado suspiró.

—Empiece por el principio —dijo, con aire cansado—. ¿Quién lo reconoció, y cómo fue?

Miller exhaló un profundo suspiro.

—Bueno, señor, estaba yo en Bremen. Vivo allí, y trabajo... bueno, trabajaba hasta que ocurrió aquello... para herr Eberhardt. En la panadería. Un día, unos cuatro meses atrás, estaba paseando por la calle cuando noté en mí algo raro. Me sentí terriblemente mal, con dolores en el estómago. Como fuere, seguí adelante. Me desmayé en plena calle. Por eso me llevaron al hospital.

—¿A qué hospital?

—El General de Bremen, señor. Hicieron algunas pruebas, y dijeron que tenía cáncer. En el estómago. Creí que me había llegado el turno.

—A todos nos llega, tarde o temprano —observó el abogado secamente.

—Bueno, esto es lo que yo pensé, señor. Sólo que, al parecer, fue detectado al iniciar su desarrollo. Sea como fuere, me trataron con medicamentos, en vez de operarme, y al cabo de algún tiempo remitió el cáncer.

—Por lo que veo, es usted un hombre afortunado. ¿Y cómo llegaron a reconocerlo?

—Sí, bueno, fue el practicante del hospital, ¿comprende? Era judío, y empezó a fijarse en mí. Siempre que estaba de servicio se fijaba en mí. Era un modo de mirar muy raro, ¿sabe usted? Me sentía incómodo. Parecía que en su cara se leía algo así cómo: «Te conozco.» Yo no lo reconocí, pero tuve la impresión de que él me conocía.

—Siga —el abogado demostraba creciente interés.

—Y así, hace un mes, dijeron que estaba en disposición de ser trasladado, y se me llevaron a una clínica de convalecencia. Pagaba el seguro de los empleados de la panadería. Bueno, antes de abandonar el General de Bremen me acordé de él. Del judío, quiero decir. Estuve semanas pensando, hasta que al fin lo vi claro. Era un prisionero de Flossenburg.

El abogado saltó de su asiento.

—¿Estuvo usted en Flossenburg?

—Sí, bueno, a eso iba, sí. Pienso en aquello, señor. Y desde entonces me acuerdo de aquel practicante de hospital. Conseguí su nombre en el hospital de Bremen. Pero en Flossenburg formó parte del grupo de prisioneros judíos a quienes hicimos quemar los cuerpos del almirante Canaris y de los demás oficiales a quienes ejecutamos por su participación en el intento de asesinato del Führer.

De nuevo, el abogado lo miró fijamente.

—¿Fue usted uno de los que ejecutaron a Canaris y a los demás? —preguntó.

Miller se encogió de hombros.

—Mandaba el pelotón de ejecución —dijo sencillamente—. Bueno, eran traidores, ¿no es verdad? Intentaron matar al Führer.

El abogado sonrió.

—Mi querido amigo, no se lo reprocho. Por supuesto, eran traidores. Canaris incluso pasó información a los aliados. Todos eran traidores, en aquel ejército de puercos, de los generales para abajo. Nunca pensé encontrar al hombre que los mató.

Miller sonrió débilmente.

—Lo que ocurre es que a la gente de ahora les gustaría ponerme la mano encima por aquello. Quiero decir que poner fuera de combate a los judíos es una cosa, pero ahora hay muchos de ellos que andan diciendo que Canaris y su pandilla eran algo así como unos héroes.

El abogado asentía con la cabeza.

—Sí, de verdad estuvo usted en apuros, con las actuales autoridades en Alemania. Siga con su historia.

—Fui trasladado a aquella clínica y no volví a ver al practicante judío. Luego, el pasado viernes me llamaron por teléfono a la clínica de convalecencia. Creí que era una llamada desde la panadería, pero el hombre no quiso dar su nombre. Se limitó a decir que podía saber lo que estaba ocurriendo, y que determinada persona había ido a informar quién era yo a aquel puerco de Ludwigsburg, y que se estaba preparando una orden para detenerme. No supe quién podía ser el hombre, pero parecía saber de lo que estaba hablando. La voz sonaba a algo, o alguien, oficial. ¿Comprende usted lo que quiero decir, señor?

El abogado hizo una seña de asentimiento.

—Probablemente un amigo en las fuerzas de policía de Bremen. ¿Qué hizo usted?

Miller lo miró sorprendido.

—Bueno, me marché, ¿no hice bien? Salí disparado. No sabía qué hacer. No podía volver a casa, para el caso que estuvieran allí esperándome. Tampoco podía ir a recoger mi Volkswagen, que continuaba aparcado en el lugar de costumbre. El viernes dormí mal, y el sábado se me ocurrió una idea. Fui a visitar al patrón, a herr Eberhardt, en su casa. Su número estaba en la guía de teléfonos. Estuvo muy amable conmigo. Me dijo que a la mañana siguiente salía, con su esposa, para un crucero de invierno, pero que fuera a verle. Entonces me dio la carta y me dijo que acudiera a usted.

—¿Qué le hizo pensar que herr Eberhardt lo ayudaría?

—Ah, sí, bueno, verá usted, yo no sabía que él hubiese estado en la guerra. Pero siempre se mostró muy amable conmigo en la panadería. Ocurrió que dos años atrás estábamos en una fiesta. Habíamos bebido más de la cuenta, ¿sabe usted? Fui al lavabo para hombres. Allí estaba herr Eberhardt lavándose las manos. Y cantando. Estaba cantando la canción *Horst Wessel*. Uní mi canto al suyo. Allí estábamos, cantando en el lavabo para hombres. Luego me dio un golpecito en la espalda, y dijo: «Ni una palabra de eso, Kolb», y salimos. No pensé más en aquello hasta que me vi en apuros. Entonces pensé: Bueno, debió de estar en las SS, como yo. Y acudí a él a pedirle ayuda.

—¿Y él le envió a mí?

Miller asintió con la cabeza.

—¿Cómo se llama el practicante judío?

—Hartstein, señor.

—¿Y la clínica para convalecientes a donde lo enviaron?

—La clínica Arcadia, en Delmenhorst, en cuanto se sale de Bremen.

El abogado inclinó la cabeza, tomó unas notas en un papel, y se levantó.

—Quédese aquí —dijo, y salió.

Atravesó el pasaje y entró en el despacho. Cogió la guía de teléfonos y tomó nota de los números de la panadería Eberhardt, del Hospital General de Bremen y de la clínica Arcadia en Delmenhorst. Llamó primero a la panadería.

La secretaria de Eberhardt estuvo muy servicial.

—Siento decirle que herr Eberhardt está de vacaciones. No, no podemos comunicarnos con él, está haciendo su acostumbrado crucero de invierno por el Caribe con frau Eberhardt. Regresará dentro de cuatro semanas. ¿Puedo serle útil en algo?

El abogado dijo que no, y colgó.

Inmediatamente marcó el número del Hospital General de Bremen, y preguntó por la dirección de personal.

—Le habla el Departamento de Seguridad Social, sección Pensiones —dijo afablemente—. Deseo me confirmen si entre sus empleados figura un practicante llamado Hartstein.

Se produjo una pausa mientras la muchacha, al otro extremo del teléfono, comprobaba el registro.

—Sí, esto es —dijo—. David Hartstein.

—Muchas gracias —dijo el abogado de Nuremberg y colgó. Volvió a marcar el mismo número y preguntó por el Archivo.

—Le habla el secretario de la compañía panadera Eberhardt —dijo—. Sólo quiero comprobar el curso de la enfermedad de uno de nuestros empleados que estuvo en ese hospital con un tumor en el estómago. ¿Podría usted informarme? Se trata de Rolf Gunther Kolb.

Se produjo otra pausa. La muchacha encargada del archivo cogió el expediente de Rolf Gunther Kolb y dio una ojeada a la última página.

—Fue dado de alta —dijo al peticionario—. Su estado mejoró tanto que pudo ser trasladado a una clínica de convalecencia.

—Excelente —dijo el abogado—. Entonces no estaba yo aquí por haberme ido a esquiar, de vacaciones, y por eso no pude recoger estos datos. ¿Puede usted decirme a qué clínica?

—Arcadia, en Delmenhorst —dijo la muchacha.

El abogado volvió a colgar y marcó el número de la clínica Arcadia. Respondió una muchacha. Después de haber escuchado la pregunta se volvió al doctor que estaba a su lado. Con la mano obstruyó el auricular.

—Preguntan por el hombre de quien me habló usted, Kolb.

El doctor cogió el teléfono.

—Sí, habla usted con el director de la clínica. Soy el doctor Braun. ¿En qué puedo servirlo?

Al oír el nombre de Braun, la secretaria dirigió una mirada enigmática a su jefe. Sin pestañear, el médico escuchó la voz de Nuremberg y replicó quedamente:

—Tengo que decirle que herr Kolb se dio de alta por sí mismo el viernes último por la tarde. Sé que es algo muy irregular, pero no pude impedirlo. Sí, esto es exacto, fue transferido aquí desde el General de Bremen. Un tumor en el estómago, del que se recuperó —escuchó un momento, luego dijo—: No hay de qué. Contento de haber podido servirle.

El doctor, cuyo nombre verdadero era Rosemayer, colgó y luego marcó un número de Munich. Sin preámbulo, dijo:

—Alguien ha llamado por teléfono preguntando por Kolb. Todo ha ido bien.

En Nuremberg, el abogado dejó el teléfono y volvió a la sala de estar.

—Bien, Kolb, evidentemente es usted quien dice ser.

Miller, asombrado, abrió extremadamente los ojos.

—Sin embargo, voy a hacerle unas preguntas más. ¿Le importa?

Todavía pasmado, el visitante negó con la cabeza.

—No, señor.

—Bien. ¿Es usted circunciso?

Miller se volvió atrás, confuso.

—No, no —dijo sordamente.

—Enséñeme —dijo el abogado con calma. Miller no se movía de su silla y miraba fijamente al otro.

—Enséñeme, sargento mayor —ordenó el abogado.

Miller se levantó de la silla, y se colocó en posición de firmes.

—*Zu Befehl* —replicó, temblando.

Se mantuvo en posición de firmes, con el pulgar contra la costura de sus pantalones, luego, con un gesto rápido, se desabrochó. El abogado le dio una breve ojeada, luego le indicó con la cabeza que podía volver a abrocharse.

—Bueno, al menos no es usted judío —dijo con amabilidad.

Otra vez sentado, Miller con los ojos muy abiertos, habló.

—Claro que no soy judío —soltó sin respirar.

El abogado se sonrió.

—Sin embargo, se han dado casos de judíos que intentaron hacerse pasar por *Kameraden*. No lo consiguieron por mucho tiempo. Ahora, lo mejor será que me cuente usted su historia, y yo le preguntaré. Sólo para comprobar, compréndalo. ¿Dónde nació usted?

—En Bremen, señor.

—De acuerdo, el lugar de su nacimiento está en los archivos de las SS. Estoy comprobando. ¿Formó usted parte de las Juventudes hitlerianas?

—Sí, señor. Ingresé a los diez años, en 1935, señor.

—¿Sus padres eran buenos nacionalsocialistas?

—Sí, señor, los dos.

—¿Qué les ocurrió?

—Murieron en el gran bombardeo de Bremen.

—¿Cuándo entró en las SS?

—Primavera de 1944, señor. Edad: dieciocho.

—¿Dónde sirvió?

—En el campo de entrenamiento de Dachau, señor.

—¿Tiene usted su grupo sanguíneo tatuado debajo de su sobaco derecho?

—No, señor. Pero hubiese sido en el izquierdo.

—¿Por que no fue usted tatuado?

—Bueno, señor, teníamos que abandonar el campo de entrenamiento en agosto de 1944 e ir a nuestra primera guarnición en una unidad Waffen-SS. Cuando en julio un gran número de oficiales del ejército se vio envuelto en el complot contra el Führer, nos enviaron al campo de Flossenburg. Flossenburg pidió inmediatos refuerzos al campo de entrenamiento de Dachau para aumentar sus efectivos. Yo y unos doce más fuimos seleccionados como especialmente aptos y enviados allí. Perdimos la ocasión de ser tatuados y también el desfile oficial de nuestra promoción. El comandante dijo que el grupo sanguíneo no era necesario, porque no se nos destinaría para el frente, señor.

El abogado movió la cabeza. No había duda de que también el comandante, en julio de 1944, cuando los aliados estaban ya en Francia, se había dado cuenta de que la guerra tocaba a su fin.

—¿Le dieron a usted el puñal?

—Sí, señor. Lo recibí de manos del comandante.

—¿Qué estaba escrito en él?

—«Sangre y honor», señor.

—¿Qué clase de entrenamiento recibió usted en Dachau?

—Entrenamiento militar completo, señor, y entrenamiento político-ideológico para complementar el de las Juventudes hitlerianas.

—¿Aprendió usted las canciones?

—Sí, señor.

—¿Cómo se llamaba el libro de canciones de marcha del que fue sacado la *Horst Wessel*?

—El álbum *Tiempo de Lucha para la Nación*, señor.

—¿Dónde estaba el campo de entrenamiento de Dachau?

—Quince kilómetros al norte de Munich, señor. A cuatro kilómetros y medio del campo de concentración del mismo nombre.

—¿Cómo era su uniforme?

—Guerrera verde-grisácea y calzones, botas de

montar, cuello con solapas negras, con la graduación en la izquierda, cinturón de cuero negro y hebillas de bronce de cañón.

—¿La leyenda en la hebilla?

—En el centro la esvástica, encuadrada con las palabras: «Mi honor es lealtad», señor.

El abogado se levantó y estiró los brazos. Encendió un cigarro y fue hacia la ventana.

—Ahora cuénteme del campo de Flossenburg, sargento mayor Kolb. ¿Dónde estaba situado?

—En el límite entre Baviera y Turingia, señor.

—¿Cuándo se inauguró?

—En 1934, señor. Uno de los primeros destinados a los cerdos que se oponían al Führer.

—¿Qué medidas tenía?

—Cuando yo estuve allí, señor, 300 metros por 300. Estaba cercado por diecinueve torres de vigilancia, dotadas con ametralladoras pesadas y ligeras. Tenía una plaza de reunión de 120 metros por 140. ¡Dios!, cómo nos habíamos divertido allí con los *yids*...

—Aténgase a las preguntas —le atajó el abogado—. ¿Cómo era la instalación?

—Veinticuatro barracones, una cocina, un lavadero, una enfermería y varios talleres.

—¿Y para los guardias SS?

—Dos barracones, una tienda y un burdel.

—¿Qué se hacía con los cuerpos de los que morían?

—Había un pequeño crematorio al otro lado de las alambradas. Se llegaba allí desde el interior del campo por un pasaje subterráneo.

—¿Cuál era el principal trabajo que se hacía allí?

—El de picapedrero, señor. La cantera también estaba más allá de las alambradas, cercada por alambres de espinos y torres de vigilancia.

—¿Qué población tenía a últimos de 1944?

—Unas 16.000 personas, señor.

—¿Dónde estaba la oficina del comandante?

—Más allá de las alambradas, señor, a mitad de camino del declive que dominaba el campo.

—¿Quiénes fueron los sucesivos comandantes?

—Antes de que yo llegara allí hubo dos, señor. El primero fue el comandante de las SS Karl Kunstler. Su sucesor fue el capitán de las SS Karl Fritsch. El último fue el teniente coronel de las SS Max Koegel.

—¿Cuál era el número del departamento político?

—Departamento Dos, señor.

—¿Dónde estaba?

—En el edificio de la Comandancia.

—¿Cuál era su misión?

—Asegurar el cumplimiento de las órdenes de Berlín sobre el trato especial que debía darse a determinados prisioneros.

—¿Fueron así señalados Canaris y los demás conjurados?

—Sí, señor. Todos fueron designados para un tratamiento especial.

—¿Cuándo se llevó a término?

—El 20 de abril de 1945, señor. Los americanos estaban avanzando sobre Baviera, y entonces llegaron las órdenes de acabar con ellos. Un grupo de los nuestros fue nombrado para hacer el trabajo. Entonces acababa yo de ser ascendido a sargento mayor, aunque había llegado al campo como soldado raso. Me encargué de los pormenores para Canaris y los cinco restantes. Entonces hicimos que los judíos enterraran los cuerpos. Hartstein era uno de ellos, ¡maldito sea! Luego quemamos los documentos del campo. Dos días después recibimos la orden de marchar con los prisioneros hacia el Norte. Por el camino supimos que el Führer se había suicidado. Bueno, señor, entonces los oficiales nos abandonaron. Los prisioneros huyeron a esconderse en los bosques. Nosotros los sargentos matamos a unos pocos, pero ya no tenía objeto continuar la marcha. Quiero decir que los yanquis estaban llegando.

—Una última pregunta sobre el campo, sargento mayor. ¿Cuando miraba usted, desde cualquier punto del campo, qué veía?

Miller se mostró atónito.

—El cielo —dijo.

—No diga tonterías. Quiero decir, ¿qué dominaba el horizonte?

—¡Oh!, ¿se refiere usted a la colina con el castillo arruinado en la cumbre?

El abogado movió la cabeza y sonrió.

—Ahora es del siglo XIV —dijo—. Muy bien, Kolb, estuvo usted en Flossenburg. Bueno, y ¿cómo escapó?

—Bueno, señor, fue durante la marcha. Nos separamos. Encontré a un soldado del ejército vagabundeando por allí, le di en la cabeza y me apoderé de su uniforme. Los yanquis me cogieron dos días más tarde. Pasé dos años en un campo de prisioneros de guerra, pero me limité a decirles que era un soldado del ejército. Bueno, ya sabe usted cómo iba todo, señor, decían que los yanquis mataban a los SS que caían en sus manos. Por eso dije que pertenecía al ejército.

El abogado aspiró el humo de su cigarro.

—No fue usted el único. ¿Cambió usted de nombre?

—No, señor. Destruí mis papeles, porque me identificaban como SS. Pero no pensé en cambiar de nombre. No creí que nadie buscaría a un sargento mayor. Por entonces, el asunto Canaris no parecía ser muy importante. No lo fue hasta mucho más tarde, cuando la gente empezó a hacer ruido sobre aquellos oficiales del ejército, y alzaron un templete en el lugar de Berlín donde ahorcaron a los cabecillas. Pero para entonces yo había conseguido papeles de la República Federal a nombre de Kolb. Y no hubiese ocurrido nada si ese practicante no me hubiese echado el ojo encima, y no hubiese tenido importancia mi nombre.

—Es verdad. Estamos de acuerdo. Vamos ahora a examinar las pocas cosas que le enseñaron. Empiece por repetirme el juramento de fidelidad al Führer —dijo el abogado.

La cosa se prolongó durante tres horas más. Miller estaba sudando, pero todavía pudo decir que había abandonado el hospital prematuramente y que no había comido nada en todo el día. Después de comer, al fin, el abogado se declaró satisfecho.

—Exactamente, ¿qué desea usted? —preguntó a Miller.

—Bueno, el caso es, señor, que con aquella gente a mis espaldas, voy a necesitar toda una serie de papeles que demuestren que no soy Rolf Gunther Kolb. Puedo cambiar mi semblante, dejarme crecer el cabello, que sea mayor el bigote, y encontrar trabajo en Baviera o donde sea. Quiero decir que soy un buen panadero, y la gente necesita pan, ¿no es cierto?

Por primera vez durante la conversación, el abogado echó la cabeza para atrás y se rió.

—Sí, mi buen Kolb, la gente necesita pan. Muy bien. Atienda. Normalmente, las personas de su condición apenas merecen que se les dedique tiempo y los trastornos que ello significa. Pero como que, evidentemente, está usted en un aprieto, y no por culpa suya, y no hay duda de que es un buen y leal alemán, haré todo lo que pueda. En su caso no va a bastar con un nuevo permiso de conducir. Esto no le permitiría obtener una tarjeta de seguridad social sin antes presentar un certificado de nacimiento, que usted no tiene. Pero un nuevo pasaporte suplirá a todo esto. ¿Tiene usted dinero?

—No, señor. Estoy a las últimas. He ido por el Sur, como he podido, durante los últimos tres días.

El abogado le dio un billete de cien marcos.

—No puede usted quedarse aquí, y al menos transcurrirá una semana hasta que tengamos su nuevo pasaporte. Le enviaré a un amigo mío que le conseguirá el pasaporte. Vive en Stuttgart. Reserve habitación en un hotel para comerciantes, y vaya a verlo. Le anunciaré su llegada, y él le estará esperando.

El abogado escribió una nota.

—Se llama Franz Bayer y aquí está su dirección. Lo mejor es que vaya a Stuttgart en tren, encuentre un hotel y vaya a verle. Si necesita un poco más de dinero, él le ayudará. Pero no lo gaste locamente. No salga por ahí y espere hasta que Bayer pueda entregarle un nuevo pasaporte. Le encontrará un empleo en Alemania meridional, y nadie dará con usted.

Miller cogió los cien marcos y la dirección de Bayer mientras daba las gracias aturdido.

—Oh, gracias, señor doctor, es usted una persona cabal.

La doncella lo acompañó hasta la puerta y él volvió camino de la estación, su hotel y su coche, en el aparcamiento. Una hora más tarde, corría hacia Stuttgart, mientras el abogado telefoneaba a Bayer para decirle que esperara a Rolf Gunther Kolb, perseguido por la policía, a primeras horas de la tarde.

En aquellos días no existía autopista entre Nuremberg y Stuttgart, y en un día de brillante sol el camino que discurría por la lozana llanura de Franconia y a través de las colinas boscosas y los valles de Wurttemberg podía haber sido pintoresco. En una tarde desapacible de febrero, con el hielo resplandeciendo en las depresiones de la superficie del camino, la niebla formándose en los valles, y la serpenteante faja de macadán entre Ansbach y Crailsheim, era de un tedio mortal. Por dos veces el pesado Jaguar casi se hundió en un badén, y por dos veces Miller tuvo que decirse a sí mismo que no había prisa. Bayer, el hombre que sabía cómo hacerse con pasaportes falsos, seguiría esperándolo.

Cuando llegó había ya anochecido y encontró un pequeño hotel en un barrio de las afueras de la ciudad, que, sin embargo, tenía portero de noche para los clientes que regresaban tarde, y un garaje para el coche en la parte trasera. El empleado de la recepción le proporcionó un plano de la ciudad, y encontró la calle de Bayer en el barrio de Ostheim, un área residencial no lejos de Villa Berg en cuyos jardines los príncipes de Wurttemberg y sus damas se habían divertido en las noches de verano.

Siguiendo el mapa, condujo el coche hasta el interior de las colinas que enmarcan el centro de Stuttgart, a cuya vera los viñedos llegan hasta los suburbios de la ciudad. Aparcó su coche a unos quinientos metros de la casa de Bayer. Cuando se detuvo y cerró la puerta del coche casi chocó con una señora de mediana edad que regresaba a casa después de su reunión semanal del Comité de Visitantes de Hospital en la cercana Villa Hospital.

A las ocho de aquella tarde, el abogado de Nuremberg pensó que lo mejor sería llamar a Bayer para estar seguro de que el refugiado Kolb había llegado sano y salvo. Respondió frau Bayer.

—Oh, sí, el joven. Él y mi marido han salido a cenar por ahí.

—Sólo llamaba para estar seguro de que había llegado sano y salvo —dijo el abogado con voz queda.

—¡Un joven tan simpático! —exclamó frau Bayer alegremente—. Coincidí con él cuando estaba aparcando su coche. Yo volvía a casa después de la reunión del comité de Visitantes de Hospital. Pero unos kilómetros lejos de la casa. Debió de haberse extraviado. Es muy fácil, ¿sabe usted?, en Stuttgart... con tantas cuestas y calles de una sola dirección...

—Perdone, frau Bayer —interrumpió el abogado—. El hombre no viajaba en su Volkswagen. Fue en tren.

—No, no —dijo frau Bayer, contenta de poder demostrar que sabía más cosas que su interlocutor—. Vino en coche. Un joven tan simpático, y un coche tan precioso. Estoy segura de que tiene éxito con las chicas con un...

—Frau Bayer, escúcheme. Ponga atención. ¿Qué clase de coche era?

—Bueno, no entiendo en coches. Pero era un coche deportivo. Grande y negro, con una faja amarilla a un lado...

El abogado colgó el teléfono de un golpe, volvió a cogerlo y marcó un número en Nuremberg. Sudaba ligeramente. Al comunicar con el hotel pidió el número de una habitación. Sonó el teléfono y una voz familiar dijo:

—Hola.

—Mackensen —gruñó el *Werwolf*—, venga aquí enseguida. Hemos encontrado a Miller.

13

Franz Bayer era tan gordo, rechoncho y alegre como su mujer. Advertido por el *Werwolf* de que esperara al fugitivo de la policía, acogió a Miller en el umbral de su casa, cuando éste se presentó a las ocho en punto.

Miller fue presentado brevemente a su esposa en el recibidor antes de que ésta se metiera en la cocina.

—Y ahora dígame —exclamó Bayer—, ¿estuvo usted antes en Wurttemberg, mi querido Kolb?

—No, confieso que no.

—Ah, bueno, nos enorgullecemos de ser gente muy hospitalaria. No hay duda de que usted necesita algún alimento. Hoy todavía no ha comido nada, ¿verdad?

Miller le dijo que no había ni comido ni cenado, por haber estado en el tren toda la tarde. Bayer parecía muy desconsolado.

—¡Dios mío, esto es espantoso! Tiene usted que comer. Diga usted lo que quiera, nos vamos a la ciudad y haremos una buena cena. No proteste, querido muchacho, es lo menos que puedo hacer por usted.

Fue a la parte trasera de la casa para decir a su mujer que se llevaba a su huésped a cenar al centro de Stuttgart, y diez minutos después se marchaban en el coche de Bayer hacia allá.

Se tardan al menos dos horas en ir de Nuremberg a Stuttgart por la vieja carretera principal E 12, aunque se apriete a fondo el acelerador. Y Mackensen corrió aquella noche a la máxima velocidad. Media hora después de haber recibido la llamada del *Werwolf*, completamente preparado y armado con la dirección de Bayer, estaba ya en la carretera. Llegó a las diez y media y se fue enseguida a la casa de Bayer.

Frau Bayer, advertida por otra llamada del *Werwolf* que el hombre que a sí mismo se llamaba Kolb no era lo que aparentaba ser, y que podía ser un confidente de la policía, estaba temblorosa y asustada cuando llegó Mackensen. Sus rudas maneras no contribuyeron a que se sintiera cómoda.

—¿Cuándo salieron?

—Cerca de las ocho y cuarto —respondió temblando.

—¿Dijeron a dónde iban?

—No. Franz sólo dijo que el joven no había comido en todo el día y que se lo llevaba a la ciudad, a cenar en un restaurante. Dije que podría preparar algo aquí en casa, pero a Franz le gusta comer fuera. Aprovecha cualquier excusa...

—Este hombre, Kolb. Dijo usted que le había visto aparcando su coche. ¿Dónde?

Describió la calle donde estaba aparcado el Jaguar, y cómo llegar allí desde su casa. Mackensen pensó profundamente durante un momento.

—¿Tiene usted idea de a qué restaurante puede habérselo llevado su marido? —preguntó.

Ella pensó un momento.

—Bueno, su lugar favorito es el restaurante Los Tres Moros, en Friedrich Strasse —contestó—. Por lo general, va allí preferentemente.

Mackensen salió de la casa y recorrió los quinientos metros que lo separaban del Jaguar aparcado. Lo examinó de cerca, para asegurarse de que lo reconocería en cualquier lugar que lo viera. Estaba dudando en quedarse allí y esperar el retorno de Miller. Pero las órdenes del *Werwolf* eran encontrar a Miller y a Bayer, advertir al hombre de Odessa y enviarlo a su casa, y luego encargarse de Miller. Por tal razón no había telefoneado a Los Tres Moros. Advertir a Bayer entonces, significaría alertar a Miller de que había sido descubierto, dándole la posibilidad de desaparecer de nuevo.

Mackensen miró su reloj. Faltaban diez minutos para las once. Subió a su Mercedes y se dirigió al centro de la ciudad.

En un pequeño y modesto hotel situado en una calle apartada de Munich, Josef estaba echado en la cama, despierto, cuando lo llamaron desde el despacho de la recepción para decirle que había llegado un cable para él. Bajó y volvió a subir a su habitación.

Sentado en la destartalada mesa abrió el sobre y sacó su contenido. Empezaba así:

Detallamos los precios que estamos en disposición de aceptar para los géneros que interesan a nuestro cliente:

Apio: 481 marcos,   53 pfennings.
Melones: 362 marcos,   17 pfennigs.
Naranjas: 627 marcos,   24 pfennigs.
Toronjas: 313 marcos,   88 pfennigs.

La lista de frutas y verduras era larga, pero todos los artículos eran los ordinariamente exportados por Israel, y el cable tenía el aspecto de una respuesta a un pedido del representante en Alemania de una compañía de exportación, solicitando nota de precios. No era muy de fiar el uso de la red del cable público internacional, pero tantos cables comerciales pasaban todos los días a través de Europa Occidental que se hubiese necesitado un ejército de funcionarios para controlarlos todos.

Prescindiendo de las palabras, Josef escribió las cifras en una línea seguida. Los cinco grupos de cifras en que estaban divididos los marcos y los pfennigs, desaparecieron. Cuando tuvo todas las cifras alineadas las dividió en grupos de a seis. De cada grupo de seis cifras sustrajo la fecha, 20 de febrero de 1964, que escribió como 20264. En cada caso, el resultado fue otro grupo de seis cifras.

Era un sencillo libro de clave, basado en la edición de bolsillo del *New World Dictionary* de Webster, publicado por la Popular Library de Nueva York. Las tres primeras cifras del grupo representaban la página del diccionario; la cuarta cifra podía ser cualquiera entre uno y nueve. Un número impar significaba columna uno, un número par columna dos. Las dos últimas cifras indicaban el número de palabras bajando por la columna desde la primera línea. Trabajó duro durante media hora, luego leyó el mensaje completo y se puso la cabeza entre las manos.

Treinta minutos después estaba con Leon en la parte posterior de la casa. El jefe del vengativo grupo leyó el mensaje y blasfemó.

—Lo siento —dijo al fin—. No podía saberlo.

Ignorándolo ambos hombres, tres breves fragmentos de información habían llegado a manos del Mossad en los últimos seis días. Uno procedía del agente israelí residente en Buenos Aires, referente a que alguien había autorizado el pago de una suma equivalente a un millón de marcos alemanes a alguien llamado Vulkan «para permitirle completar la nueva fase para la investigación de su proyecto».

El segundo procedía de un empleado judío en un

banco suizo, Banco conocido habitualmente por efectuar transferencias de dinero desde los fondos secretos nazis en cualquier parte, a pagar a los hombres de Odessa en Europa Occidental; resultaba que un millón de marcos había sido transferido al banco desde Beirut, y cobrado en caja por un hombre, que respondía al nombre de Fritz Wegener, y que llevaba diez años siendo cuentacorrentista del referido banco.

El tercero procedía de un coronel egipcio, con un cargo importante en el *apparat* de seguridad alrededor de la Fábrica 333, quien, para conseguir una sustancial suma de dinero que lo ayudara a preparar un desahogado retiro, había hablado con un hombre del Mossad durante varias horas en un hotel de Roma. Lo que el hombre tenía que decir era que al proyectado cohete sólo le faltaba ser provisto de un sistema seguro de teledirección, que sería investigado y construido en una fábrica de Alemania Occidental, y que aquel proyecto estaba costando a Odessa millones de marcos.

Los tres fragmentos, entre cientos otros, habían sido procesados en las computadoras del profesor Yuvel Neeman, el genio israelí que fue el primero en utilizar una computadora para los análisis del contraespionaje, y que luego fue el padre de la bomba atómica israelí. Donde la memoria humana pudo haber fracasado, el zumbido de los microcircuitos había atado los tres cabos sueltos, recordando que, de acuerdo con la declaración de su mujer en 1955, Roschmann había usado el nombre de Fritz Wegener, y que había informado en conformidad.

Josef acompañó a Leon al cuartel general del sótano.

—Ahora no salgo de aquí. No me separo de este teléfono. Deme usted una potente motocicleta y ropa protectora. Téngalo todo preparado dentro de una hora. Si, y cuando, su precioso Miller los ataja, yo me habré adelantado.

—Si lo han desenmascarado, no irá usted muy lejos —dijo Leon—. No me extrañaría que le advirtieran que no volviera por allí. Lo matarán si se acerca a un kilómetro de ese hombre.

Cuando Leon salió de la bodega, Josef volvió a pasar los ojos por el cable de Tel Aviv. Decía:

ALERTA ROJA NUEVA INFORMACIÓN INDICA CLAVE VITAL COHETE ÉXITO ALEMÁN INDUSTRIAL OPERA(NDO) SU TERRITORIO STOP NOMBRE CÓDIGO VULKAN STOP PROBABLEMENTE IDENTIFICACIÓN ROSH MAN STOP UTILICE MILLER INSTANTÁNEAMENTE STOP RASTRO Y ELIMINE STOP CORMORANT.

Josef se sentó en la mesa y procedió a limpiar y cargar meticulosamente su Walther PPK automática. De vez en cuando echaba una mirada al silencioso teléfono.

Durante la cena, Bayer había sido un afable anfitrión, riendo hasta las lágrimas al contar sus chistes predilectos. Miller intentó varias veces llevar la conversación al tema de un nuevo pasaporte que tenía que proporcionarle.

Cada vez Bayer le daba una fuerte palmotada en la espalda, le decía que no se preocupara y añadía:

—Déjelo para mí, amigo, déjelo para el viejo Franz Bayer.

Daba un golpecito al lado derecho de su nariz con el dedo índice, parpadeaba varias veces para acabar en estrepitosa algazara.

Una de las cosas que Miller había adquirido en sus ocho años de periodismo era su capacidad para beber y mantener la cabeza despejada. Pero no estaba acostumbrado al vino blanco, del que tomaban numerosos tragos para pasar mejor la comida. Pero el vino blanco tiene una ventaja si uno intenta emborrachar a otro. Lo sirven en cubos de hielo y agua fresca, para conservarlo frío, y por tres veces Miller consiguió echar todo el contenido de su vaso en el cubo cuando Bayer estaba mirando a otra parte.

Al llegar los postres habían consumido dos botellas de vino del Rin helado, y Bayer, comprimido dentro de su cerrada y bien abrochada chaqueta, sudaba a torrentes. Esto le aumentaba la sed y pidió una tercera botella de vino.

Miller fingía estar preocupado por las aparentes dificultades en obtener un nuevo pasaporte. Asimismo expresaba temores de que lo detuvieran por la participación que había tenido en los acontecimientos de Flossenburg en 1945.

—Necesitará usted unas fotografías más, ¿no es verdad? —preguntó inquieto.

Bayer soltó una carcajada.

—Sí, un par de fotografías. No hay problema. Puede usted sacarlas de uno de los puestos automáticos en la estación. Espere a que le haya crecido un poco el cabello, y el bigote algo más espeso, y nadie se dará cuenta de que es el mismo hombre.

—Y esto, ¿cuándo ocurrirá? —preguntó Miller anhelante.

Bayer se apoyó y pasó su grueso brazo por los hombros de su compañero. Miller sintió el hedor del vino sobre su cara mientras el hombre gordo cloqueaba a su oído.

—Luego las enviaré a un amigo mío, y una semana después tendremos el pasaporte. Con el pasaporte podrá usted obtener permiso de conducir. Tendrá usted que pasar el examen, por supuesto. También podrá conseguir una tarjeta de seguridad social. En lo que concierne a las autoridades, acaba usted de volver a casa después de quince años en el extranjero. No hay problema, amigazo, no se apure.

Aunque Bayer estaba ya borracho, todavía controlaba su lengua. No quiso decir más, y Miller temía empujarlo demasiado lejos y así sospechara que había algo equívoco en su joven huésped y se cerrara del todo.

Aun cuando suspiraba por tomar un café, Miller lo rechazó, por si acaso el café devolvía la sobriedad a Franz Bayer. El hombre gordo pagó la comida de su bien nutrida cartera y se dirigieron al vestuario. Eran las diez y media.

—Ha sido una noche maravillosa, herr Bayer. Muchísimas gracias.

—Franz, Franz —jadeó el hombre gordo mientras luchaba con su abrigo.

—Supongo que esto es lo mejor que Stuttgart puede brindar en cuanto a vida nocturna —observó Miller mientras se ponía su propio abrigo.

—¡Ah!, criatura loca. Esto es todo lo que usted conoce. Ésta es una pequeña gran ciudad, ¿sabe usted? Tenemos media docena de buenos cabarets. ¿Le gustaría ir a uno?

—¿Quiere usted decir que hay cabarets con *striptease* y todo lo demás? —preguntó Miller, con la boca abierta.

Bayer respiraba con dificultad, pero estaba contento.

—¿Está usted dispuesto? No me desagrada la idea de ir a ver cómo esas señoritas se quitan los vestidos.

Bayer dio una espléndida propina a la chica del vestuario y salió a la calle como pudo.

—¿Cuántos clubes nocturnos hay en Stuttgart? —preguntó Miller inocentemente.

—Veamos, déjeme contar. Está el Moulin Rouge, el Balzac, el Imperial y el Sayonara. Luego está el Madeleine en Eberhard Strasse...

—¿Eberhardt? ¡Caramba, qué coincidencia! Es el nombre de mi patrón en Bremen, el hombre que me sacó de este embrollo y me envió al abogado de Nuremberg —exclamó Miller.

—Bueno, bueno. Excelente. Vayamos allá —dijo Bayer, y se dirigieron al coche.

Mackensen llegó a Los Tres Moros a las once y cuarto. Preguntó al *maître*, que estaba asistiendo a la salida de los últimos clientes.

—¿Herr Bayer? Sí, estuvo aquí esta noche. Se marchó hará cosa de media hora.

—¿Tenía un invitado con él? ¿Un hombre alto, cabello corto, castaño, y bigote?

—Exacto. Me acuerdo. Estuvieron sentados en la mesa del rincón, allí.

Mackensen, automáticamente, deslizó un billete de veinte marcos en la mano del hombre.

Es vital que lo encuentre. Es un caso de urgencia. Su esposa, ¿sabe usted?, ha tenido un colapso repentino...

El semblante del *maître* denotaba inquietud.

—¡Oh, señor, qué cosa más terrible!

—¿Sabe usted para dónde fueron?

—Confieso que no lo sé —respondió el *maître* y llamó a uno de los camareros—. Hans, usted sirvió a herr Bayer y a su huésped en la mesa del rincón. Oyó usted si hablaban de ir a algún sitio?

—No —dijo Hans—. No oí que dijeran nada sobre ir a algún sitio.

—Pruebe con la chica del vestuario —sugirió el *maître*—. Puede que ella oyera que dijeran algo.

Mackensen preguntó a la chica. Luego pidió un ejemplar de la guía turística. «Adónde ir en Stuttgart.» En la sección de cabarets había media docena de nombres. En las páginas centrales del folleto había un mapa del centro de la ciudad. Volvió a su coche y empezó por el primer nombre de la lista de cabarets.

Miller y Bayer se sentaron en una mesa para dos en el club nocturno Madeleine. Bayer, en su segundo copioso vaso de whisky, miraba con los ojos muy abiertos a una joven, generosamente dotada, cómo contorneaba sus caderas en el centro de la pista mientras sus dedos desabrochaban los pasadores de los sostenes. Cuando, al fin, se los quitó, Bayer dio un codazo a las costillas de Miller.

Se estremeció de júbilo.

—¡Vaya un par, eh, muchacho, vaya un par! —cloqueaba.

Era más de medianoche y estaba ya muy borracho.

—Oiga, herr Bayer, estoy preocupado —murmuró Miller—. Quiero decir que es a mí a quien persiguen. ¿Cuánto tardarán en procurarme este pasaporte?

Bayer rodeó con sus brazos los hombros de Miller.

—Oiga, Rolf, viejo, se lo he dicho. No tiene usted que preocuparse, ¿sabe? Déjelo en manos del viejo Franz —parpadeó—. De todos modos, yo no hago los pasaportes. Me limito a enviar las fotografías al chico que los hace, luego, una semana después, tenemos los pasaportes. No hay problema. Ahora beba, con el viejo compañero Franz.

Levantó una mano gordinflona y la agitó en el aire.

—Camarero, otra ronda.

Miller se recostó en su asiento y meditó. Si tenía que esperar que le creciera el cabello hasta poder sacar las fotografías de pasaportes, tendría que esperar semanas. Ni conseguiría el nombre y la dirección de la persona que hacía los pasaportes para Odessa burlando a Bayer. Podía estar borracho, pero no tanto como para delatar a su compañero en el asunto de falsificación yéndose de la lengua.

No podía llevarse del club al grueso hombre de Odessa hasta que terminara la primera exhibición en la pista. Cuando, al fin, salieron al frío aire de la noche, era ya más de la una. Los pies de Bayer no lo sostenían, una mano pendía de los hombros de Miller, y el repentino choque con el aire frío hizo que se sintiera peor.

—Lo mejor será que lo lleve a casa —dijo a Bayer cuando se acercaban al coche aparcado junto a la acera. Cogió las llaves del coche del bolsillo de Bayer y ayudó al hombre gordo, sin que éste protestara, a subir al asiento del pasajero. Cerrando la puerta tras sí, dio la vuelta y subió al asiento del conductor. En aquel momento, un Mercedes gris torció la esquina por detrás de ellos, y frenó a unos veinte metros más arriba.

Por el retrovisor, Mackensen, que ya había visitado cinco clubs nocturnos, se fijó en el número de matrícula del coche que salía de la acera enfrente del Madeleine. Era el número que le había dado frau Bayer. El coche de su marido. Sin pérdida de tiempo, lo siguió.

Miller conducía con cuidado, luchando con su propia dosis de alcohol. Lo que más temía era ser detenido por un coche patrulla y que lo acusaran de estar borracho. Se dirigía, no a la casa de Bayer, sino a su propio hotel. Por el camino, Bayer se adormeció, con la cabeza inclinada hacia adelante, apoyada en una inmensa papada.

Al llegar al hotel, Miller le tocó con el codo para despertarlo.

—Vamos —dijo—, vamos, Franz, viejo compañero, vamos a echar el último trago.

El hombre gordo lo miró atónito.

—Tengo que ir a casa —musitó—. Mi esposa espera.

—Venga, sólo un trago para terminar la noche. Tengo una botellita en mi habitación, y hablaremos de los viejos tiempos.

Bayer tuvo una risita de borracho.

—Hablaremos de los viejos tiempos. Aquellos fueron grandes días para nosotros, Rolf.

Miller salió del coche y pasó al otro lado para ayudar al hombre gordo a poner el pie en la calle.

—Hermosos tiempos —dijo, mientras ayudaba a Bayer a pasar la puerta—. Venga y conversaremos sobre los viejos tiempos.

Allá en la calle, el Mercedes había puesto las luces cortas y se confundía con las sombras grises de la calle.

Miller se había puesto en el bolsillo la llave de su habitación. Al otro lado de su pupitre, el portero de noche dormitaba. Bayer empezó a refunfuñar.

—Ssssh —dijo Miller— esté tranquilo.

—Esté tranquilo —repitió Bayer.

El antiguo SS caminó hacia las escaleras con las puntas de los pies, como un elefante. Se reía de su propio modo de moverse. Afortunadamente para Miller su habitación estaba en el primer piso, de otro modo Bayer nunca hubiese llegado. Consiguió abrir la puerta, alargó la mano hacia el interruptor eléctrico, e instaló a Bayer en la única butaca de la habitación, trabajo ímprobo a causa de los brazos del sillón.

Fuera, en la calle, Mackensen se situó frente al hotel y vigilaba la fachada a oscuras. A las dos de la mañana no había ninguna luz encendida. Cuando se encendió la luz de Miller, observó que estaba en el primer piso, a la derecha del hotel conforme se miraba de frente.

Estuvo pensando en entrar y matar a Miller en cuanto abriera la puerta de su habitación. Dos cosas lo decidieron en contra. A través de la puerta de cristales del pasillo podía ver cómo el portero de noche, desvelado por los torpes pasos de Bayer cuando pasó junto a su pupitre, estaba haciendo algo en el salón de descanso. A no dudar, se daría cuenta de que la persona que subiera por las escaleras a las dos de la madrugada no era cliente del hotel, y luego daría una exacta descripción de su persona a la policía. La otra cosa que disuadió a Mackensen fue el estado en que se encontraba Bayer. Había visto cómo Miller ayudó al hombre gordo a cruzar la calle, y se dio cuenta de que no podría escapar del hotel a toda prisa después de la muerte de Miller. Si la policía cogía a Bayer, sería causa de perturbación para el *Werwolf*. A pesar de las apariencias, Bayer era un hombre muy buscado bajo su nombre real, e importante en el interior de Odessa.

Otro factor persuadió a Mackensen a disparar frente a la ventana. Vecino al hotel había un edificio a medio construir. La estructura y los pisos estaban ya listos, con una quebrada escalera que subía a los dos primeros pisos. Podía esperar: Miller no se marcharía. Volvió a su coche a sacar el rifle de caza que guardaba en el portaequipajes.

Bayer fue cogido completamente por sorpresa cuando le cayó el golpe. Sus reflejos reducidos por la bebida, no le dieron posibilidad de reaccionar a tiempo. Miller, con la excusa de sacar su botella de whisky, abrió la puerta del armario y sacó una corbata. La otra, la llevaba puesta. También se la quitó.

No había vuelto a tener ocasión de utilizar los puños desde que él y sus compañeros reclutas los habían ejercitado en su campo de entrenamiento militar diez años atrás, y no estaba muy seguro de su efectividad. El hombre murmuraba: «Los viejos y buenos tiempos, los viejos y buenos tiempos...», mientras ofrecía a la vista de Miller la sonrosada masa de su cuello. El periodista asestó un golpe con todas sus fuerzas.

No llegó a ser un golpe que lo dejara fuera de combate, porque el canto de su mano era blando y falto de experiencia, y el cuello de Bayer quedaba protegido por capas mantecosas. Pero fue suficiente. Cuando se había disipado el vértigo del cerebro del hombre de Odessa, sus dos muñecas lo ataban fuertemente a los brazos del sillón.

—¿Qué demonios...? —gruñó sordamente, sacudiendo la cabeza para disipar la borrachera. Miller le quitó su propia corbata para atarle el tobillo izquierdo al pie de la butaca, y el hilo del teléfono aseguró el tobillo derecho.

Miraba con ojos de búho a Miller como si empezara a hacerse la luz en su cerebro. Como todos los de su clase, Bayer tenía una pesadilla que nunca lo abandonaba del todo.

—No puede usted llevarme fuera de Alemania —dijo—. Nunca me llevará usted a Tel Aviv. No puede usted probar nada. Yo nunca toqué a su pueblo.

Las palabras le salían entrecortadas porque Miller le había puesto en la boca un par de calcetines enrollados, y una bufanda de lana, regalo a Miller de su siempre solícita madre, le cubría la cara. Por encima de la bufanda, sus ojos tenían un brillo triste.

Miller cogió la otra silla que había en la habitación, la puso al revés y se sentó a horcajadas, situando su cara a dos dedos del rostro de su prisionero.

—Oiga, gruesa babosa. En primer lugar, no soy un agente israelí. En segundo lugar, no irá usted a ningún sitio. No se moverá de aquí, y hablará, enseguida. ¿Comprendido?

Por toda respuesta, Ludwig Bayer miró por encima de la bufanda. Sus ojos ya no centelleaban alegres. Estaban teñidos de rojo, parecían los de un irritado jabalí en un matorral.

—Lo que quiero, lo que tendré antes de que se acabe esta noche, es el nombre y la dirección del hombre que hace los pasaportes para Odessa.

Miró a su alrededor, avistó la lamparilla que estaba sobre la mesita de noche, desenganchó el soporte y se apoderó de ella.

—Y ahora, Bayer, o como se llame usted, voy a descubrir la banda. Va usted a hablar. Si intenta usted gritar, le parto la cabeza con esto. No me importa hacerlo. ¿Vamos?

Miller no estaba diciendo la verdad. Nunca había matado a nadie y no deseaba empezar en aquel momento.

Lentamente desenvolvió la bufanda y sacó los calcetines de la boca de Bayer, sosteniendo la lámpara en la mano derecha por encima de la cabeza del hombre.

—¡Hijo de perra! —siseó Bayer—. Eres un espía. No me sacarás nada.

Apenas había pronunciado estas palabras cuando calcetines y bufanda volvían a su puesto anterior.

—¿No? —preguntó Miller—. Ahora veremos. Empezaré por tus dedos y veremos si te gusta.

Cogió los dedos meñique y anular de la mano derecha de Bayer y los tiró para atrás hasta que quedaron casi verticales. Bayer cedió para atrás, de modo que por poco se caen él y silla. Miller aguantó firme, y alivió la presión sobre los dedos.

Soltó su presa.

—Puedo romperle todos los dedos de ambas manos, Bayer —murmuró—. Después, conectaré el enchufe de la lámpara con el interior de su boca, donde están los calcetines.

Bayer cerró los ojos y el sudor bajaba a torrentes por su cara.

—No, los electrodos no. No, no los electrodos. No aquí —murmuró.

—¿Sabes lo que es, verdad? —preguntó Miller, casi rozando con su boca una oreja de Bayer.

Bayer cerró los ojos y gimió blandamente. Sabía de

lo que se trataba. Veinte años antes él fue uno de los hombres que machacaron al Conejo Blanco, el comandante del Aire Yeo-Thomas, hasta convertirlo en un ser deforme, en los sótanos de la cárcel de Fresnes, en París. Sabía demasiado bien de lo que se trataba, pero no desde el punto de vista de la víctima.

—Habla —bramó Miller—. El falsificador, su nombre y dirección.

Bayer negó con la cabeza.

—No puedo —murmuró—. Me matarían.

Miller volvió a amordazarlo. Cogió el dedo meñique de Bayer, cerró los ojos y volvió a dar un tirón. El hueso se quebró en el nudillo. Bayer se levantó de la silla y vomitó sobre la mordaza.

Miller se la arrancó antes de que pudiera ahogarse. El obeso individuo se inclinó para adelante, y a causa de la cena demasiado abundante, acompañada por dos botellas de vino y varios dobles whiskys, le caía el pecho sobre las rodillas.

—Habla —dijo Miller—. Te quedan todavía varios dedos. Bayer sudaba, con los ojos cerrados.

—Winzer —dijo.

—¿Quién?

—Winzer. Klaus Winzer. Él hace los pasaportes.

—¿Es un falsificador profesional?

—Es un impresor.

—¿Dónde? ¿En qué ciudad?

—Me matarán.

—Te mataré yo si no lo dices. ¿En qué ciudad?

—Osnabrück —murmuró Bayer.

Miller volvió a colocar la mordaza en la boca de Bayer y pensó. Klaus Winzer, impresor en Osnabrück. Cogió su cartera, en la que llevaba el Diario de Salomon Tauber junto con varios mapas, y sacó un mapa de carreteras de Alemania.

La autopista a Osnabrück, allá lejos en la parte septentrional del país, en el Renania del Norte/Westfalia, pasaba por Mannheim, Francfort, Dortmund y Munster. Era un viaje de cuatro o cinco horas, según las condiciones de la carretera. Eran ya cerca de las tres de la madrugada del 21 de febrero.

Al otro lado de la calle, Mackensen tiritaba en su refugio del segundo piso del edificio a medio terminar. Seguía encendida la luz en la habitación al otro lado de la calle, en el primer piso de la fachada. Miraba fijamente, sin pestañear, la iluminada ventana de enfrente. Si Bayer saliera, pensaba, tendría a Miller solo. O si saliera Miller lo atraparía luego en la calle. O si alguien abriera la ventana para respirar un poco de aire fresco. Volvió a tiritar y abrazó el pesado rifle Remington 300. A una distancia de menos de treinta metros, no habría problemas con semejante fusil. Mackensen podía esperar, era un hombre paciente.

En la habitación, Miller empaquetó tranquilamente sus cosas. Necesitaba que Bayer se estuviera quieto al menos durante seis horas. Acaso el hombre estaría demasiado aterrorizado para advertir a sus jefes que había delatado el secreto del falsificador. Pero no podía contar con ello.

Miller dedicó unos minutos más en apretar las ataduras y la mordaza que mantenían a Bayer inmóvil y silencioso, luego puso la silla donde estaba antes, de modo que el hombre gordo no pudiera llamar la atención haciéndola rodar por el suelo con estrépito. Ya había cortado el hilo del teléfono. Dio una última ojeada a la habitación y salió, cerrando la puerta.

Estaba a punto de bajar las escaleras cuando se le ocurrió que el portero de noche podía haberlos visto a ambos subir. ¿Qué pensaría si sólo viera bajar a uno, pagar su cuenta y marcharse? Miller retrocedió y se dirigió a la parte trasera del hotel. En un extremo del pasillo había una ventana que comunicaba con una salida de urgencia. Corrió el pestillo y salió por la escalerilla de socorro. Segundos después estaba en el patio posterior donde se hallaba el garaje. Una puerta de servicio daba paso a una callejuela detrás del hotel.

Dos minutos después corría los casi cinco kilómetros que le separaban de donde había aparcado su Jaguar, a menos de un kilómetro de la casa de Bayer. El efecto de la bebida y de las actividades de aquella noche se combinaban para hacerle sentirse desesperadamente cansado. Necesitaba dormir, con urgencia, pero se daba cuenta de que tenía que llegar hasta Winzer antes de que hubieran dado la alarma.

Eran casi las cuatro de la madrugada cuando subió a su Jaguar, y media hora después había vuelto a la autopista que lo llevaría al Norte, por Heilbronn y Mannheim. Casi enseguida después que él se hubo marchado, Bayer, entonces ya completamente sereno, empezó a luchar para liberarse. Intentó adelantar la cabeza lo suficiente para usar los dientes, a pesar de los calcetines y la bufanda, contra los nudos de los lazos que ataban sus muñecas a la butaca. Pero su gordura le impedía inclinar lo suficiente la cabeza, y el calcetín en la boca no le dejaba utilizar los dientes. Cada uno o dos minutos tenía que detenerse para tomar aliento a través de la nariz.

Tiró de las ataduras de sus tobillos, pero se mantenían firmes. Al fin, a pesar del dolor que le producía el dedo meñique, roto y entumecido, resolvió dejar libres las muñecas.

Al no poder conseguirlo, observó la lamparilla de noche, que continuaba tirada en el suelo. Todavía tenía su bombilla, y una bombilla rota proporciona suficientes briznas de vidrio para cortar una corbata.

Empleó una hora para arrastrar la silla y aplastar la bombilla.

Utilizar una brizna de vidrio roto para cortar las ataduras en la muñeca parece fácil, pero no lo es. Se necesitan horas para hacer una hendidura en la ropa. Las muñecas de Bayer derramaban sudor, el sudor inundaba las ropas que lo ataban, y ello endurecía las ataduras. Eran las siete de la mañana, y la luz empezaba a filtrarse sobre los techos de la ciudad, cuando los primeros cabos que ataban su muñeca izquierda se rompieron bajo los efectos de los cortes efectuados por un trozo de vidrio roto. Eran casi las ocho cuando su muñeca izquierda se vio libre.

Entonces, el Jaguar de Miller corría por el cinturón de ronda de Colonia hacia el este de la ciudad, para recorrer los últimos ciento sesenta kilómetros hasta Osnabrück. Había empezado a llover, y un aguanieve que caía como una cortina sobre la resbaladiza autopista, y el efecto magnético del limpiaparabrisas, eran una invitación al sueño.

Aminoró la marcha, dejando el coche a una velocidad de 80, para evitar salir de la carretera y sumergirse en los fangosos campos del otro lado.

Con su mano izquierda libre, Bayer empleó sólo unos minutos en deshacerse de la bufanda, y luego otros minutos en aspirar grandes boqueadas de aire. El olor de la habitación era espantoso, una mezcla de sudor, miedo, vómito y whisky. Deshizo los nudos de su muñeca derecha, respingando de dolor cuando el dedo mutilado rozaba su brazo; luego se liberó los pies.

Su primer pensamiento fue para la puerta, pero estaba cerrada. Intentó el teléfono, andando pesadamente sobre sus pies, ya libres de ataduras. Finalmente, se tambaleó hacia la ventana, corrió las cortinas y abrió las ventanas.

En su puesto de vigilancia, al otro lado de la calle, Mackensen estaba casi dormitando, a pesar del frío, cuando vio que se abrían las cortinas de la habitación de Miller. Cogiendo su Remington y colocándolo en posición de disparar, esperó a que la persona que estaba detrás de las cortinas las corriera y se asomara a la ventana. Entonces disparó a la cara de aquella persona.

La bala alcanzó a Bayer en la base del cuello, y había muerto antes de que la tambaleante masa cayera al suelo. El estallido del rifle podía atribuirse durante un minuto, pero no más, al ruido de un coche que efectuara marcha atrás. En menos de un minuto, incluso en aquella hora de la mañana, Mackensen sabía que alguien saldría a investigar.

Sin detenerse a echar una nueva mirada a la habitación del otro lado de la calle, salió del segundo piso y bajó aprisa las estrechas escaleras del edificio hasta la planta baja. Salió por la parte de atrás, escabulléndose por entre dos mezcladores de cemento y un montón de grava en el patio trasero. Al cabo de dieciséis segundos de haber hecho fuego volvía a estar en su coche, puso el fusil en el portaequipajes, y arrancó.

Se dio cuenta, al sentarse al volante y poner la llave de contacto, que no todo marchaba bien. Sospechaba que había cometido un error. El hombre que el *Werwolf* le había ordenado matar era alto y delgado. La impresión que le quedó grabada en los ojos de la persona que se asomó a la ventana era la de un hombre gordo. Por lo que había visto la noche anterior, estaba seguro de haber herido a Bayer.

Aquél no era un problema demasiado serio. Al ver a Bayer muerto en la alfombra, Miller se vería obligado a huir tan rápidamente como sus piernas se lo permitieran. Volvería a su Jaguar, aparcado a unos cinco kilómetros de allí. Mackensen volvió atrás con el Mercedes, a donde había visto por última vez el Jaguar. Empezó a angustiarse al ver el espacio vacío entre el Opel y el camión Benz donde estuvo aparcado el Jaguar durante la noche anterior en la tranquila calle residencial.

Mackensen no hubiese sido el principal verdugo de Odessa de ser un hombre de los que se dejan dominar fácilmente por el pánico. Se había encontrado ya en situaciones difíciles. Estuvo al volante de su coche durante varios minutos antes de reaccionar ante la idea de que Miller pudiera estar ya a centenares de kilómetros lejos.

Pensó que si Miller había dejado a Bayer vivo, sólo podía ser porque no había sacado nada de él, o sí había sacado algo. En el primer caso, no había ocurrido nada malo; atraparía a Miller más tarde. No había prisa. Si Miller había sacado algo de Bayer sólo podía ser información. Sólo el *Werwolf* podía saber qué clase de información estaba buscando Miller, que Bayer podía dar. En consecuencia, a pesar de su miedo al enojo del *Werwolf*, se dispuso a llamarlo por teléfono.

Tardó veinte minutos en encontrar un teléfono público. Siempre llevaba encima un puñado de monedas de un marco para poder poner conferencias.

Cuando la comunicación alcanzó Nuremberg y oyó las noticias, el *Werwolf* se dejó llevar por la ira, insultando violentamente al asesino a sueldo. Tardó un poco en volver a calmarse.

—Idiota, lo mejor será que lo encuentre, Dios sabe a dónde habrá ido ahora.

Mackensen explicó a su jefe que necesitaba saber qué clase de información pudo haber dado Bayer, antes de morir, a Miller.

En el otro extremo de la línea, el *Werwolf* pensó un momento.

—¡Dios! —alentó—. El falsificador. Ha dado el nombre del falsificador.

—¿Qué falsificador, jefe? —preguntó Mackensen.

El *Werwolf* dictó una dirección al verdugo.

—Tengo que ponerme en contacto con el hombre y avisarlo —dijo—. Irá usted a Osnabrück como un condenado, a una velocidad como no ha ido nunca. Encontrará usted a Miller en esta dirección o en cualquier parte de la ciudad. Si no está en la casa, busque el Jaguar por toda la ciudad. Y esta vez no se separe usted de ese coche. Es el único lugar a donde siempre vuelve.

Colgó el aparato, luego volvió a llamar y pidió informaciones. Cuando tuvo el número que deseaba, marcó un número de Osnabrück.

En Stuttgart, Mackensen aguantó el rapapolvo; colgó, encogiéndose de hombros, y volvió a su coche, considerando la perspectiva de un largo y pesado viaje seguido de otro «trabajo». Estaba casi tan cansado como Miller, que entonces estaba ya a unos treinta kilómetros de Osnabrück. Ninguno de los dos había dormido en veinticuatro horas, y Mackensen ni tan sólo había probado nada desde la última comida.

Estremecido de frío después de su noche en vela, suspirando por un café muy caliente y un Steinhäger para acompañarlo, se metió en el Mercedes y se dirigió hacia el Norte, por la carretera de Westfalia.

14

Por su aspecto, nada revelaba en Klaus Winzer que hubiese pertenecido a las SS. Por una parte, no llegaba al metro ochenta requerido; por otra parte, era miope. Tenía cuarenta años, era regordete y pálido, cabello rubio espeso y maneras apocadas.

En realidad, su carrera fue de las más extrañas entre cualquiera que hubiese llevado el uniforme de las SS. Nacido en 1924, era hijo de un tal Johann Winzer, tocinero en Wiesbaden, un hombre grueso y turbulento quien, a partir de los primeros años veinte, fue un seguidor fiel de Adolf Hitler y del Partido nazi. Desde sus más tiernos años, Klaus podía acordarse de su padre regresando a casa después de las batallas callejeras contra los comunistas y los socialistas.

Klaus se parecía a su madre y, con gran disgusto de su padre, alcanzó poca estatura. Era débil, miope y pacífico. Odiaba la violencia, los deportes y pertenecer a las Juventudes hitlerianas. Sólo destacaba en una cosa: a partir de los diez años tuvo gran afición a escribir y a preparar manuscritos iluminados, una actividad que desagradaba a su padre, pues la consideraba una ocupación de gente débil.

Con la subida al Poder de los nazis, el tocinero prosperó, obteniendo como recompensa por sus servicios de la primera hora al Partido el contrato exclusivo para proporcionar carne a los cuarteles locales de las SS. Admiraba fuertemente el pavoneo de las juventudes SS, y de todo corazón esperaba ver un día a su propio hijo luciendo el blanco y plateado de las Schütz Staffel.

Klaus no se inclinaba por ahí, pues prefería pasar el tiempo trabajando en sus manuscritos, probando tintas de varios colores y hermosos tipos de letra.

Vino la guerra, y en la primavera de 1942 Klaus cumplió dieciocho años, la edad de ser llamado a filas. En contraste con su padre, pendenciero, camorrista, y que odiaba a los judíos, él era pequeño, pálido y tímido. Fracasando incluso en el examen médico que se exigía entonces para un servicio auxiliar de oficinas en el ejército, la caja de reclutamiento envió a Klaus a su casa. Para su padre, fue la gota que colmaba el vaso.

Johann Winzer fue en tren a Berlín para hablar con un viejo amigo de sus días de luchas callejeras, que desde entonces había subido mucho en las filas de las SS, con la esperanza de que el hombre podría interceder a favor de su hijo y obtener su entrada en alguna rama de servicio del Reich. El hombre se mostró dispuesto a hacer lo que estuviera en su mano, que no era mucho, y preguntó si había algo que el joven Klaus pudiera hacer bien. Avergonzado, el padre admitió que podía escribir manuscritos iluminados.

El hombre prometió hacer lo posible, pero, para complacer a su amigo, preguntó si Klaus prepararía un memorial iluminado sobre pergamino, en honor de un tal comandante de las SS Fritz Suhren.

De regreso a Wiesbaden, el joven Klaus hizo lo que le pedían, y una semana después, durante una ceremonia celebrada en Berlín, el manuscrito fue entregado a Suhren por sus colegas. Suhren, entonces comandante del campo de concentración de Sachsenhausen, fue destinado a tomar el mando del campo, más célebre, de Ravensbrück.

Suhren fue ejecutado por los franceses en 1945.

En la ceremonia de entrega, en el Cuartel General de la RSHA en Berlín, todo el mundo admiró el hermoso manuscrito, y entre los primeros admiradores figuró un teniente de las SS llamado Alfred Naujocks. Éste era el hombre que dirigió el ataque camuflado contra la estación de radio de Gleiwitz en la frontera germano-polaca en agosto de 1939, dejando allí los cuerpos de prisioneros de un campo de concentración, vestidos con uniformes del ejército alemán, como «prueba» del ataque polaco contra Alemania, excusa utilizada por Hitler para invadir Polonia la semana siguiente.

Naujocks preguntó quién había hecho el manuscrito, y al saberlo ordenó que el joven Klaus Winzer acudiera a Berlín.

Antes de darse cuenta de lo que estaba ocurriendo, Klaus Winzer fue alistado en las SS, sin ningún período formal de entrenamiento, prestó el juramento de lealtad, otro juramento de guardar el secreto, y le dijeron que sería destinado a un proyecto del Reich absolutamente secreto. El tocinero de Wiesbaden, encandilado, estaba en el séptimo cielo.

El proyecto en cuestión estaba siendo entonces llevado a término bajo los auspicios de la RSHA, Amt Seis, Sección F, en un taller de Dellbruck Strasse, en Berlín. Básicamente, la cosa era muy sencilla. Los SS estaban intentando falsificar centenares de miles de billetes ingleses de cinco libras y americanos de cien dólares. El papel se hacía en la fábrica de moneda del Reich, en Spechthausen, en las afueras de Berlín, y la misión del taller de Dellbruck Strasse era intentar conseguir la auténtica marca de agua de la moneda inglesa y americana. A causa de su pericia en papeles y tintas, llamaron a Klaus Winzer.

La idea consistía en inundar Inglaterra y América con moneda falsa, arruinando así la economía de ambos países. En los primeros meses de 1943, cuando ya estaba preparada la marca de agua para los billetes ingleses de cinco libras, el proyecto para fabricar las planchas impresas fue transferido al Block 19, en el campo de concentración de Sachsenhausen, donde grafólogos y artistas gráficos judíos y no judíos trabajaban bajo la dirección de las SS. El trabajo de Winzer consistía en el control de calidad, porque las SS temían que sus prisioneros deslizaran en su trabajo algún error deliberado.

Al cabo de dos años Klaus Winzer había aprendido de sus instructores todo lo que ellos sabían, lo que bastó para hacer de él un falsificador extraordinario. A últimos de 1944 lo que se proyectaba en Block 19 también era utilizado para preparar carnets de identidad destinados al uso de los oficiales SS después del colapso de Alemania.

En los primeros días de la primavera de 1945, aquel pequeño mundo cerrado, afortunado en contraste con la devastación que asolaba Alemania, llegó a su punto final.

El conjunto de la operación, dirigida por un capitán de las SS llamado Bernhard Krueger, recibió la orden de abandonar Sachsenhausen y trasladarse a las remotas montañas de Austria para continuar allí el trabajo. Con sus medios de transporte se dirigieron hacia el Sur y reanudaron sus trabajos de falsificación en la cervecería abandonada de Redl-Zipf, en Alta Austria. Unos pocos días antes del fin de la guerra, Klaus Winzer, con el corazón destrozado, estaba llorando a orillas de un lago mientras millones de libras y miles de millones de dólares, estupendamente falsificados, eran echados al lago.

Volvió a casa, en Wiesbaden. Con gran sorpresa por su parte, no habiéndole faltado nunca una sola comida en las SS, vio que la población civil alemana se estaba casi muriendo de hambre en aquel verano de 1945. Entonces, los americanos ocupaban Wiesbaden, y aunque ellos tenían comida de sobras, los alemanes mordisqueaban los mendrugos. Su padre, convertido en un antinazi de toda la vida, había vuelto a la realidad. En su tienda, antes repleta de jamones, una sola ristra de salchichas colgaba de las hileras de relucientes ganchos.

La madre de Klaus le explicó que toda la comida tenía que adquirirse mediante las tarjetas de racionamiento que expedían los americanos. Atónito, Klaus miró las tarjetas de racionamiento, vio que estaban impresas en la localidad sobre papel barato, tomó un puñado de ellas y se encerró en su habitación durante unos pocos días. Cuando salió, entregó a su asombrada madre varios ejemplares de tarjetas de racionamiento americanas, lo suficiente para alimentarlos durante seis meses.

—Pero están falsificadas —murmuró su madre.

Klaus explicó pacientemente lo que entonces creía con toda sinceridad: no estaban falsificadas, sólo impresas en una máquina distinta. Su padre apoyó a Klaus.

—¿Quieres decir, loca mujer, que las tarjetas de racionamiento de nuestro hijo son inferiores a las de los yanquis?

El argumento no tenía réplica, cuanto más que aquella noche se sentaron a la mesa ante una cena de cuatro platos.

Un mes más tarde, Klaus Winzer se encontró con Otto Klops, radiante, seguro de sí mismo, el rey del mercado negro de Wiesbaden, y se asociaron para el negocio. Winzer emitió infinitas cantidades de tarjetas de racionamiento, cupones de gasolina, pases para la frontera interzonal, permisos de conducir, pases militares USA, tarjetas PX; Klops las utilizaba para comprar alimentos, gasolina, neumáticos, medias de nailon, jabón, cosméticos y ropa, utilizando parte del botín para que él y los Winzer vivieran bien, vendiendo el resto a precios de mercado negro. Al cabo de treinta meses, en verano de 1948, Klaus Winzer era un hombre rico. En su cuenta bancaria descansaban cinco millones de Reichsmarks.

A su horrorizada madre le explicaba su filosofía elemental. «Un documento no es ni genuino ni falsificado, es eficiente o no lo es. Si un salvoconducto sirve para ir a un punto determinado, y de verdad te permite ir a un punto determinado, es un buen documento.»

En octubre de 1948, Klaus Winzer sufrió un segundo revés. Las autoridades reformaron el papel moneda, sustituyendo el viejo Reichsmark por el nuevo Deutschmark. Pero en lugar de dar uno por uno, abolieron simplemente el Reichsmark y dieron a cada uno la insuficiente cantidad de mil nuevos marcos. Estaba arruinado. Una vez más, su fortuna era sólo papel inútil.

El pueblo, no necesitando ya de los comerciantes del mercado negro porque las mercancías podían adquirirse libremente, denunció a Klops, y Winzer tuvo que huir. Utilizando uno de sus propios pases interzona, se fue a los cuarteles generales de la Zona británica en Hanover, y solicitó trabajo en la oficina de pasaportes del Gobierno militar inglés.

Sus referencias, procedentes de las autoridades norteamericanas en Wiesbaden, firmadas por un coronel de las Fuerzas Aéreas eran excelentes; podían serlo, porque las había escrito él mismo. El comandante inglés que le estaba interrogando, dejó su taza de té y dijo al candidato:

—Espero se dará usted cuenta de la importancia de que la gente lleve consigo la documentación adecuada en todo tiempo.

Con la mayor sinceridad, Winzer aseguró al comandante que él lo hacía así. Dos meses después llegó su afortunado comienzo. Estaba solo en el bar, tomándose una cerveza, cuando un hombre entró en conversación con él. El hombre se llamaba Herbert Molders. Confió a Winzer que los ingleses lo buscaban por crímenes de guerra y que necesitaba salir de Alemania. Pero sólo los ingleses podían dar pasaportes a los alemanes, y no se atrevía a recurrir a ellos. Winzer murmuró que la cosa podía arreglarse, pero que costaría dinero.

Ante su asombro, Molders exhibió un auténtico collar de diamantes. Explicó que había estado en un campo de concentración, y que uno de los prisioneros judíos había intentado comprar su libertad con las joyas de su familia. Molders se quedó con las joyas, se aseguró de que el judío figuraba en la primera lista para las cámaras de gas, y, contraviniendo las órdenes, se quedó con el botín.

Una semana después, provisto de una fotografía de Molders, Winzer preparó el pasaporte. Ni tan sólo lo falsificó. No necesitaba hacerlo.

El sistema, en la oficina de pasaportes, era sencillo. En la Primera Sección, los peticionarios acudían con toda su documentación y llenaban un formulario. Luego se marchaban, dejando sus documentos para estudio. La Segunda Sección examinaba los certificados de nacimiento, las tarjetas de identificación, los permisos de conducir, etc., para posible falsificación, comprobaban la lista de criminales de guerra que eran buscados, y si la confrontación era positiva pasaban los documentos, acompañados por una marca de aprobación firmada por el jefe del departamento, a la Tercera Sección. Ésta, al recibir la nota de aprobación de la Segunda Sección, cogía un pasaporte en blanco de la caja donde estaban guardados, lo llenaba, le pegaba la fotografía del solicitante, a quien, al presentarse una semana después, le entregaba el pasaporte.

Winzer fue destinado a la Tercera Sección. Muy sencillamente, llenó una solicitud para Molders bajo otro nombre, escribió en la parte exterior «Solicitud aprobada», como procedente del jefe de la Segunda Sección y falsificó la firma del oficial británico.

Fue a la Segunda Sección, cogió las diecinueve solicitudes aprobadas que esperaban su compilación, deslizó entre ellas la solicitud de Molders, y su aprobación, y llevó el paquete al comandante Johnstone. Johnstone comprobó que había veinte solicitudes aprobadas, fue a la caja fuerte, sacó veinte pasaportes en blanco y se los entregó a Winzer, quien los llenó debidamente, les puso el sello oficial, y entregó los diecinueve a otros tantos felices aspirantes que estaban aguardando. El vigésimo fue a parar a su bolsillo. El archivo recibió veinte solicitudes que correspondían con los veinte pasaportes despachados.

Aquella noche entregó a Molders su nuevo pasaporte y recibió el collar de diamantes. Había encontrado su nueva profesión.

En mayo de 1949 se creó la República de Alemania Occidental, y la oficina de pasaportes quedó bajo la jurisdicción del Gobierno regional de Baja Sajonia, capital Hanover. Winzer continuó allí. No quería más clientes. No los necesitaba. Cada semana, provisto de una fotografía tomada de frente, de algún cualquiera, en un estudio fotográfico, Winzer rellenaba cuidadosamente la solicitud, falsificaba la señal de aprobación con la firma del jefe de la Segunda Sección (entonces ya un alemán) y entraba a ver al jefe de la Tercera Sección con un paquete de solicitudes aprobadas. A condición de que los números cuadraran, recibía un fajo de pasaportes en blanco. Todos menos uno iban a los auténticos solicitantes. El último pasaporte en blanco se quedaba en su bolsillo. Aparte de esto, lo único que necesitaba era el sello oficial. Robarlo hubiese despertado sospechas. Se lo llevó para una noche, y a la mañana siguiente tenía el molde del sello de la oficina de pasaportes del Gobierno regional de Baja Sajonia.

En sesenta semanas obtuvo sesenta pasaportes en blanco. Dimitió de su empleo, con rubor recibió los elogios de sus superiores por su trabajo meticuloso y eficaz como empleado en aquella oficina, abandonó Hanover, vendió en Amberes el collar de diamantes, y fundó un pequeño y agradable negocio de imprenta en Osnabrück, en una época en que el oro y los dólares podían comprar cualquier cosa a precios inferiores a los del mercado.

Nunca se hubiese visto envuelto con Odessa si Molders no hubiese hablado. Pero una vez llegado a Madrid y entre amigos, Molders hizo grandes elogios de su contacto, que podría proveer de auténticos pasaportes germano-occidentales bajo falso nombre a quienquiera que se lo pidiera.

A últimos de 1950 un «amigo» fue a visitar a Winzer, quien acababa de establecerse como impresor en Osnabrück. Winzer no podía sino estar de acuerdo. A partir de entonces, cuando un hombre de Odessa estaba en apuros, Winzer proporcionaba el nuevo pasaporte.

El sistema era perfectamente seguro. Todo lo que Winzer necesitaba era una fotografía del hombre y su edad. Había sacado copia de los detalles personales, escrita en cada una de las solicitudes para posterior constancia en el archivo de Hanover. En un pasaporte en blanco había puesto los detalles personales ya escritos, desde 1949, en una de aquellas solicitudes. Por lo general, se trataba de un nombre ordinario, el lugar de nacimiento figuraba ser al otro lado del Telón de Acero donde nadie iría a comprobar, la fecha de nacimiento casi correspondía a la edad real del solicitante de las SS, y luego lo sellaba con el sello de Baja Sajonia. El receptor firmaba su nuevo pasaporte con su propia escritura y su nuevo nombre, cuando se lo entregaban.

Las renovaciones eran fáciles. Al cabo de cinco años, el SS perseguido no tenía más que pedir la renovación en la capital de un Estado que no fuera el de Baja Sajonia. El funcionario en Baviera, por ejemplo, se pondría en contacto con Hanover: «¿Expidieron ustedes un pasaporte número Tal-y-Tal, en 1950, a nombre de Walter Schumann, lugar de nacimiento tal y fecha de nacimiento cual?» En Hanover, otro funcionario comprobaba los registros en los archivos y replicaba: «Sí.» El funcionario bávaro, con la seguridad dada por su colega de Hanover que el pasaporte original era auténtico, emitía uno nuevo, sellado en Baviera.

Mientras no se comparara el rostro que figuraba en la solicitud de Hanover con el que estaba en el pasaporte presentado en Munich, no había problema. Pero la comparación de las fotografías no se realizaba nunca. Los funcionarios se fiaban de lo que estaba correctamente escrito y aprobado, así como en los números de los pasaportes, no en los rostros.

A partir de 1955, más de cinco años después de la emisión original del pasaporte de Hanover, la renovación inmediata iba a ser necesaria para el poseedor de un pasaporte de Winzer. Una vez obtenido el pasaporte, el SS perseguido podía hacerse con un permiso de conducir, tarjeta de seguridad social, cuenta en un banco, tarjeta de crédito. En resumen: una identidad completamente nueva.

En la primavera de 1964, Winzer había proporcionado cuarenta y dos pasaportes sobre su existencia original de sesenta.

Pero el astuto hombrecito había tomado una precaución. Se le ocurrió que un día Odessa podría prescindir de sus servicios, y de él. Así, llevó un registro. Nunca supo los nombres auténticos de sus clientes; el detalle no era necesario para hacer un nuevo pasaporte con un nuevo nombre. El detalle era inmaterial. Sacó una copia de cada fotografía que le enviaban, pegaba el original en el pasaporte que despachaba, y guardaba la copia. Cada fotografía quedaba pegada en una hoja de papel grueso. Al lado estaba escrito el nuevo nombre, la dirección (se exige la dirección en los pasaportes alemanes) y el número del nuevo pasaporte.

Tales hojas las guardaba en una carpeta. La carpeta era su seguro de vida. Tenía una carpeta en su casa, y una copia en el despacho de un abogado de Zurich. Si algún día Odessa llegaba a amenazarlo de muerte, les diría lo de la carpeta, advirtiéndoles que si algo le ocurriera el abogado de Zurich enviaría la copia a las autoridades alemanas.

Los alemanes occidentales, provistos de una fotografía, se apresurarían a compararla con su «Galería de los Bellacos» de nazis buscados. Sólo el número del pasaporte, rápidamente comparado con cada una de las dieciséis capitales de Estado, revelaría el domicilio del titular. Todo el proceso no duraría más de una semana. Era un plan que aseguraba a Klaus Winzer su vida y su bienestar.

Éste era, pues, el hombre que estaba comiendo tranquilamente sus tostadas con jamón, saboreando su café y echando una ojeada a la primera página del *Osnabrück Zeitung* al tiempo que desayunaba, a las ocho y media de aquel viernes, cuando sonó el teléfono. La voz, al otro extremo, empezó siendo perentoria, luego tranquilizadora.

—De ningún modo se inquiete usted por nosotros —le aseguró el *Werwolf*—. Se trata de este condenado periodista. Nos tememos que va a ir a verlo. Muy bien. Uno de nuestros hombres va tras el periodista, y todo el asunto quedará concluido en el día de hoy. Pero tiene usted que marcharse de ahí dentro de diez minutos. Esto es lo que deseo que haga usted.

Media hora después, un aturdido Klaus Winzer tenía preparado un maletín, dirigió una indecisa mirada a la caja fuerte donde guardaba la carpeta, llegó a la conclusión de que no la iba a necesitar, y explicó a la asustada criada, Barbara, que aquella mañana no iría a la imprenta. Por el contrario, había decidido tomarse unas breves vacaciones en los Alpes austriacos. Explicó que no había nada mejor que el aire fresco para vigorizar el sistema nervioso.

Barbara estaba de pie en la puerta principal, con la boca abierta, cuando el Kadett de Winzer salió en marcha atrás, penetró en el camino residencial frente a su casa, y se alejó. A las nueve y diez minutos había llegado a la hoja de trébol, cuatro o cinco kilómetros al oeste de la ciudad, donde la carretera sube hasta alcanzar la autopista. Cuando el Kadett giraba para entrar en su calzada correspondiente, un Jaguar negro bajaba por el otro lado, en dirección a Osnabrück.

Miller encontró una estación de servicio en la Saar Platz, en la entrada occidental de la ciudad. Se acercó a las bombas y, casi agotado, bajó del coche. Le dolían los músculos y sentía que su cuello era como un bloque sólido. El vino que había bebido la noche anterior daba a su boca un gusto como de excrementos de loro.

—Llénelo. Super —dijo al empleado—. ¿Tienen teléfono público?

—Allí en la esquina —dijo el muchacho.

Al ir para allá Miller vio una máquina automática de café y se llevó un vaso caliente a la cabina telefónica. Consultó la guía telefónica de la ciudad de Osnabrück. Había varios Winzer, pero sólo un Klaus. El nombre estaba repetido dos veces. En la primera línea figuraba la palabra «Impresor» y un número. El segundo Klaus Winzer tenía a continuación del nombre la abreviatura «res.», por residencia. Eran las nueve y veinte. Hora de trabajo. Llamó a la imprenta.

El hombre que contestó era, sin duda alguna, el regente.

—Lo siento, todavía no ha venido —dijo la voz—. Acostumbra a estar aquí a las nueve en punto. Acaso no vendrá directamente desde su casa. Llame dentro de media hora.

Miller le dio las gracias, y pensó en llamar a la casa. Mejor no. Si estaba en casa, Miller deseaba verlo en persona. Tomó nota de la dirección y salió de la cabina.

—¿Dónde está Westerberg? —preguntó al empleado cuando pagaba la gasolina, mientras advertía que sólo le quedaban 500 marcos de sus ahorros.

El chico señaló al norte de la carretera.

—Allí está. El suburbio elegante. Donde vive toda la gente acomodada.

Sin embargo, Miller compró un plano de la ciudad y señaló la calle que buscaba. Apenas habían transcurrido diez minutos.

Evidentemente, se trataba de una casa de aspecto próspero, y toda la zona respiraba bienestar ya que estaba habitada por profesionales bien situados. Dejó el Jaguar al final de la calzada y fue hasta la puerta principal.

La criada que le atendió aún no tenía veinte años y era muy bonita. Le sonrió ampliamente.

—Buenos días. Vengo a ver a herr Winzer —le dijo.

—Oooh, ha salido, señor. Hace unos veinte minutos.

Miller reflexionó. Indudablemente, Winzer estaba camino de la imprenta y allí lo encontraría.

—¡Oh, qué lástima! Esperaba encontrarlo aquí antes de que se fuera al trabajo —dijo.

—No ha ido al trabajo, señor. Esta mañana no. Ha salido de vacaciones —replicó la muchacha, contenta.

Miller sintió que le invadía una ola de pánico.

—¿Vacaciones? Es raro, en esta época del año. Además —inventó rápidamente—, estaba citado con él esta mañana. Me pidió con insistencia que viniera a verle.

—¡Oh, cuánto lo siento! —exclamó la muchacha evidentemente apenada—. Y se marchó tan de repente. Lo llamaron por teléfono, en la biblioteca, luego se fue arriba. Me dijo: «Barbara —me llamo así, ¿sabe usted?— Barbara, me voy a Austria de vacaciones. Sólo una semana», dijo. Bueno, nunca le oí que planeara unas vacaciones. Me dijo que llamara al taller y que estaría una semana ausente, y luego se marchó. Herr Winzer no acostumbra a hacer eso. Es un caballero tan reposado...

En el interior de Miller la esperanza empezaba a morir.

—¿Dijo a dónde se dirigía? —preguntó.

—No. Nada. Sólo dijo que se iba a los Alpes austriacos.

—¿No dejó una dirección más precisa? ¿No hay modo de ponerse en contacto con él?

—No. Esto es lo más extraño. Quiero decir, ¿qué pasa con la imprenta? Llamé allí antes de llegar usted. Se mostraron muy sorprendidos, con tantos pedidos para cumplimentar.

Miller calculaba aprisa. Winzer le llevaba media hora de ventaja. A una velocidad de ciento veinte hubiese recorrido sesenta kilómetros. Miller podía correr a ciento sesenta, ganándole cuarenta kilómetros por hora. Ello significaba dos horas antes de poder avistar la cola del coche de Winzer. Demasiado tiempo. Dentro de dos horas podría estar quién sabe dónde. Además, no había pruebas de que se dirigiera hacia el Sur, a Austria.

—¿Podría hablar con frau Winzer, por favor? —preguntó.

Barbara trataba de ahogar la risa y lo miraba, divertida.

—No hay frau Winzer —dijo—. ¿No conoce usted a herr Winzer?

—No, no lo he visto nunca.

—Bueno, de verdad no es de la clase de hombres que se casan. Quiero decir que es muy amable, pero de verdad no le interesan las mujeres. Supongo que sabe usted lo que quiero decir.

—Así, pues, ¿vive aquí solo?

—Bueno, excepto yo. Quiero decir que vivo aquí. Oiga, hay seguridad absoluta. Desde este punto de vista —se rió.

—Comprendo. Muchas gracias —dijo Miller, y se volvió para marcharse.

—Sea usted bien venido —dijo la muchacha.

La chica miró cómo bajaba a la calle y subía al Jaguar, que ya le había llamado la atención. Estando fuera herr Winzer, se preguntaba si sería capaz de pedir a un apuesto joven que pasara la noche con ella antes de que regresara su patrón. Vio cómo se alejaba el Jaguar, libre el tubo de escape, suspiró por lo que había podido haber sido y cerró la puerta.

Miller sintió cómo la fatiga se abatía sobre él, acentuada por el último, en lo que le afectaba, desengaño final. Supuso que Bayer había conseguido liberarse de sus ataduras y que había utilizado el teléfono del hotel en Stuttgart para llamar a Winzer y prevenirle. Había llegado tan cerca, a quince minutos de su objetivo, que casi lo había conseguido. En aquel momento sólo sentía la necesidad de dormir.

En su coche, atravesó la muralla medieval de la vieja ciudad, siguió el plano hasta la Theodor Heuss Platz, aparcó el Jaguar frente a la estación y tomó habitación en el hotel Hohenzollern, al otro lado de la plaza.

Tuvo suerte, tenían una habitación disponible, subió escaleras arriba, se desnudó y se echó en la cama. Había algo que le zumbaba en la mente, algún punto que no había localizado, algún pequeño detalle de la investigación que había quedado sin respuesta. Todavía no lo había resuelto cuando se quedó dormido. Eran las diez y media.

Mackensen llegó al centro de Osnabrück a la una y media. Circulando por la ciudad había dado con la casa en Westerberg, pero por allí no se veían rastros del Jaguar. Antes de ir allá telefoneó al *Werwolf* por si habían más noticias.

Por casualidad, la Casa de Comunicaciones de Osnabrück está en un costado de la Theodor Heuss Platz. Todo un lado y una esquina de la plaza está ocupada por la estación principal del ferrocarril, y el tercer lado está ocupado por el hotel Hohenzollern. Cuando Mackensen aparcó junto a Comunicaciones, su cara se dilató con una sonrisa. El Jaguar que buscaba estaba frente al principal hotel de la ciudad.

El *Werwolf* estaba de muy buen humor.

—Todo marcha. Por ahora desechemos el pánico —dijo al asesino—. Me he podido comunicar con el falsificador a tiempo y se ha marchado de la ciudad Acabo de telefonear de nuevo a su casa. Debió de ser la sirvienta quien contestó. Me ha dicho que su patrón se marchó escasamente veinte minutos antes de que un joven con un coche negro, deportivo, fuera a preguntar por él.

—Yo también tengo algunas noticias —dijo Mackensen—. El Jaguar está aparcado aquí mismo, lo tengo a la vista, en la plaza. Casi seguro que está durmiendo en el hotel. Puedo darle aquí mismo, en la habitación del hotel. Utilizaré silenciador.

—Espere, no vayamos demasiado aprisa —advirtió el *Werwolf*—. Estoy pensando. Por una parte, no debe volver al interior de Osnabrück. La sirvienta lo ha visto, a él y a su coche. Probablemente informaría a la policía. Esto atraería la atención sobre nuestro falsificador, que es un hombre asustadizo. No puedo mezclarlo a él. La declaración de la criada podría acarrear sospechas sobre Winzer. Primero recibe una llamada telefónica, luego sale precipitadamente y desaparece, después un joven pregunta por él, finalmente el hombre es asesinado en una habitación de hotel. Es demasiado.

Mackensen fruncía el ceño.

—Tiene usted razón —dijo al fin—. Tendré que cogerlo cuando se marche.

—Probablemente andará por ahí durante unas horas buscando una pista que lo lleve al falsificador. No encontrará ninguna. Hay otra cosa. ¿Lleva Miller una cartera de documentos?

—Sí —respondió Mackensen—. La llevaba al salir del cabaret la última noche. Y se la llevó consigo cuando regresó a su habitación en el hotel.

—Entonces, ¿por qué no la cierra en el maletero de su coche? ¿Por qué no la deja en su habitación del hotel? Porque es importante para él. ¿Me sigue usted?

—Sí —dijo Mackensen.

—La cosa está en que —dijo el *Werwolf*— me ha visto y sabe mi nombre y dirección. Conoce la conexión con Bayer y con el falsificador. Y los periodistas lo anotan todo. Esta cartera de documentos es ahora vital. Incluso si Miller muere, la cartera no debe caer en manos de la policía.

—Lo entiendo. ¿Quiere usted también la cartera?

—Conseguirla o destruirla —dijo la voz desde Nuremberg. Mackensen pensó durante un momento.

—El mejor modo de conseguir ambas cosas está en colocar una bomba en el coche. Colgada a la suspensión, estallará al chocar contra cualquier obstáculo corriendo a gran velocidad por la autopista.

—Excelente —dijo el *Werwolf*—. ¿La cartera quedaría destruida?

—Con semejante bomba creo que el coche, Miller y la cartera volarían en pedazos. Además, a gran velocidad, parece un accidente casual. Explotó el tanque de gasolina, dirán los testigos. Qué lástima.

—¿Puede usted hacerlo? —preguntó el *Werwolf*.

Mackensen sonrió. Matar al gatito dentro de la jaula de su coche era un sueño de asesino. Se necesitaban unas quince onzas de plástico explosivo y dos detonadores eléctricos.

—Seguro —gruñó—, no hay problema. Pero para colocarla en el coche necesito esperar que anochezca.

Se interrumpió, miró hacia afuera a través de la ventana de la Casa de Comunicaciones y gruñó al teléfono:

—Volveré a llamarlo.

Telefoneó al cabo de cinco minutos.

—Excúseme. Vi a Miller, con la cartera de documentos en la mano, subiendo a su coche. Se ha marchado. Acabo de llamar al hotel y me dicen que sigue alojado allí. Ha dejado su maleta, de modo que volverá. No nos alarmemos. Ahora voy a por la bomba, que colocaré esta noche.

Miller se había despertado junto con un sentimiento reconfortador y hasta cierto punto exaltante. Durmiendo se había acordado de lo que lo atormentaba. Volvió a la casa de Winzer. La sirvienta se mostró muy contenta de verlo.

—¡Hola!, ¿usted de nuevo? —dijo, alegre.

—Pasaba por aquí, de regreso a casa —dijo Miller— y me preguntaba, ¿cuánto tiempo lleva usted sirviendo aquí?

—Ooooh, casi diez meses. ¿Por qué?

—Bueno, no siendo herr Winzer de los que se casan, y al ser usted tan joven, ¿quién cuidaba de él antes de llegar usted?

—Oh, ya veo lo que usted quiere decir. Su ama de llaves. Fräulein Wendel.

—¿Dónde está ahora?

—Oh, en el hospital, señor. Temo que se esté muriendo. Cáncer del pecho, ¿sabe usted? Terrible cosa. Esto es lo que hace tan raro a herr Winzer, quebrándose la cabeza. Va a visitarla todos los días. La quiere mucho, sí señor, la quiere. No es que hayan *hecho* nunca nada, bueno, usted me entiende, pero ella llevaba tanto tiempo con él, desde 1950, creo, y él la consideraba lo mejor del mundo. Siempre me estaba diciendo. «Fräulein Wendel lo hacía así», y etcétera, etcétera...

—¿En qué hospital está? —preguntó Miller.

—Ahora no me acuerdo. No, aguarde un minuto. Está en el bloc de notas junto al teléfono. Voy a por él.

Volvió al cabo de dos minutos y le dio el nombre de la clínica, un establecimiento privado en los suburbios de la ciudad.

Buscó el camino en el plano, y Miller se presentó en la clínica cuando acababan de dar las tres.

Mackensen pasó las primeras horas de la tarde comprando los ingredientes para su bomba. «El secreto del sabotaje —le dijo una vez su instructor— reside en buscar materiales sencillos. Las cosas que se puedan comprar en cualquier tienda.»

En una ferretería adquirió un soldador y una varilla de soldadura; un rollo de cinta negra aislante; un metro de alambre delgado y un par de máquinas de cortar; una hoja de sierra de quince centímetros y un tubo de cola instantánea. A un electricista le compró una batería de transistor de nueve voltios; una pequeña ampolla de una pulgada de diámetro; y dos cables largos, finos, de cinco amperios, con alambre recubierto de plástico, cada uno de tres metros de largo, uno de color rojo y el otro azul. Era un hombre pulcro, y le gustaba que se distinguieran los extremos positivo y negativo. En una papelería le vendieron cinco gomas de borrar, las más largas que tenían, de dos centímetros y medio de ancho, cinco centímetros de largo, y más de un centímetro de grosor. En una farmacia compró dos paquetes de preservativos, conteniendo cada uno tres piezas de goma, y en un colmado adquirió una lata de té. La lata era de 250 gramos, y su tapadera estaba muy ajustada. Como buen operario que era, no toleraba la idea de que sus explosivos se mojaran, y una lata de té iba provista de una tapa para que no entrara el aire, con lo que se evitaba la humedad.

Hechas sus compras, tomó una habitación en el hotel Hohenzollern, desde donde se dominaba la plaza, de modo que desde allí podía vigilar la zona de estacionamiento a donde estaba seguro de que volvería Miller. Mientras, trabajaba.

Antes de entrar en el hotel tomó del maletero de su coche ocho onzas de explosivo de plástico, materia blanda como arcilla, y uno de los detonadores eléctricos.

Sentado a la mesa, frente a la ventana, sin perder de vista la plaza; a su lado una cafetera con café muy fuerte, se puso a trabajar.

Estaba haciendo una bomba de las más elementales. Empezó por vaciar el té en el retrete para quedarse sólo con la lata. Practicó un agujero en la tapa, sirviéndose del cortaalambres. Tomó el alambre rojo de casi tres metros de longitud y cortó de él un trozo de unos veinticinco centímetros.

Soldó un extremo de este trozo corto de alambre rojo al terminal positivo de la batería. Al terminal negativo le soldó un extremo del alambre largo de color azul. Para estar seguro de que los alambres no se tocarían nunca uno a otro, tiró de cada uno de ellos a un lado de la batería y envolvió los dos alambres y la batería con cinta aislante.

El otro extremo del trozo corto de alambre rojo lo arrolló alrededor del punto de contacto del detonador. Fijó, en el mismo punto de contacto, el otro extremo del otro, unos dos metros y medio, trozo de alambre rojo.

Colocó la batería y sus alambres en la base de la lata de té, encajó profundamente el detonador en el explosivo de plástico, y colocó, alisándolo, el explosivo en la lata en la parte superior de la batería, hasta que la lata quedó llena.

Entonces tenía que montar un circuito complementario. Un alambre iba de la batería al detonador. Otro partiendo del detonador tenía un cabo suelto, su final descubierto en el espacio. Desde la batería, otro alambre tenía un cabo suelto, con su final al descubierto. Pero cuando estos dos finales al descubierto, uno de dos metros y medio de alambre rojo, el otro de alambre azul, se tocaran uno a otro el circuito quedaba completo. La carga desde la batería inflamaría el detonador, que explotaría con un estallido agudo. Pero el ruido quedaría ahogado por el estruendo del plástico al hacer explosión, suficiente para derribar dos o tres habitaciones del hotel.

Quedaba por conseguir el mecanismo disparador. Para conseguirlo, se envolvió las manos en pañuelos y torció la hoja de sierra hasta romperla por la mitad, quedándole dos trozos de quince centímetros de longitud, cada uno perforado por un extremo por el pequeño agujero que acostumbra a fijar la hoja de sierra a su bastidor.

Apiló las cinco gomas una encima de otra de modo que juntas formaban un bloque. Sirviéndose de éste para separar las mitades de la hoja, las ató a lo largo de la parte superior y de la inferior del bloque de gomas, de modo que el acero, de quince centímetros de longitud asomaba hacia afuera, paralelos uno a otro con una separación de treinta centímetros. En perspectiva, parecían las mandíbulas de un cocodrilo. El bloque de goma estaba en un extremo del acero, de modo que diez centímetros de las hojas estaban separadas sólo por aire. Para estar seguro de que harían un poco más de resistencia que el aire y para prevenir que se tocaran, Mackensen alojó la bombilla eléctrica entre las mandíbulas abiertas, fijándola en su lugar con dos o tres gotas de cola. El vidrio no es conductor de electricidad.

Casi estaba listo. Escondió los dos trozos de alambre, el rojo y el azul, que sobresalían de la lata de explosivos, a través del agujero practicado en la tapadera y volvió a colocar la tapa en la lata, apretándola firmemente en su sitio. De los dos trozos de alambre, soldó el extremo de uno en la parte superior de la hoja de sierra, y el otro en la parte inferior. La bomba estaba lista.

Si pisaban el disparador, o quedaba sujeto a una presión repentina, la ampolla quedaría hecha pedazos, los dos trozos del resorte de acero se juntarían, y el circuito eléctrico de la batería quedaría completo. Restaba una última precaución. Para prevenir que las hojas de sierra descubiertas no tocaran nunca el mismo trozo de metal al mismo tiempo, lo cual también podía completar el circuito, alisó los seis preservativos sobre el disparador, uno encima de otro, hasta que el artilugio quedó protegido de una detonación exterior por seis capas de goma delgada pero aislante. Esto, al menos, impediría detonaciones accidentales.

Completada su bomba, escondió en el fondo del armario, junto con el alambre sobrante, el cortaalambres y el resto de las cintas de pegar, que podría necesitar para fijar el artefacto en el coche de Miller. Luego pidió más café, para mantenerse despierto, y se instaló en la ventana a esperar que Miller volviera al solar de aparcamiento en el centro de la plaza.

No sabía a dónde había ido Miller, ni le importaba. El *Werwolf* le había dado la seguridad de que Miller no podría descubrir de ningún modo el paradero del falsificador, y, en efecto, así era. Como buen técnico, Mackensen estaba preparado para cumplir su trabajo y el resto lo dejaba para los jefes. Él estaba dispuesto a ser paciente. Sabía que, más tarde o más temprano, Miller volvería.

15

El doctor miró con poco agrado al visitante. Miller, a quien no gustaban cuellos y corbatas y evitaba llevarlos siempre que le era posible, llevaba un suéter blanco de nailon de cuello alto y encima un pullover negro de cuello cerrado. Sobre los dos pullovers llevaba una chaqueta negra. La expresión del doctor proclamaba abiertamente que para una visita al hospital camisa y corbata hubiesen sido más apropiados.

—¿Su sobrino? —repitió sorprendido—. Es extraño, no tenía idea de que fräulein Wendel tuviera un sobrino.

—Creo que soy su único pariente que sobrevive —dijo Miller—. Está claro que hubiese venido antes, de haber sabido el estado de mi tía, pero herr Winzer no me ha llamado hasta esta mañana para informarme, y me ha pedido que la visitara.

—Herr Winzer acostumbra a venir a esta hora —observó el doctor.

—Creo que ha recibido una llamada que lo ha hecho salir de la ciudad —explicó Miller suavemente—. Al menos esto es lo que me dijo por teléfono esta mañana. Dijo que no estaría de regreso hasta dentro de unos días, y me pidió que la visitara en su lugar.

—¿Se ha marchado? Es muy extraordinario. Es

muy raro. —El doctor hizo una breve pausa, indeciso, y luego añadió—: ¿Quiere usted disculparme?

Miller vio cómo iba desde el vestíbulo, donde habían estado hablando, a un pequeño despacho que estaba al lado. A través de la puerta abierta oía fragmentos de conversación al llamar el doctor a la casa de Winzer.

—¿De verdad se ha marchado...? ¿Esta mañana...? ¿Varios días...? Oh, no, gracias, señorita, sólo deseaba confirmar que no va a venir esta tarde.

El doctor colgó y volvió al vestíbulo.

—Es extraño —murmuró—. Herr Winzer era puntual como un reloj desde que trajeron a fräulein Wendel. Evidentemente, es un hombre muy abnegado. Bueno, será mejor que regrese pronto si quiere volver a verla. Está muy acabada, ¿sabe usted?

Miller puso una mirada triste.

—Me lo dijo por teléfono —mintió—. ¡Pobre tía!

—Siendo pariente suyo, puede verla, pero por poco tiempo. De todos modos, debo advertírselo: apenas coordina. Le ruego que sea tan breve como pueda. Venga por aquí.

El doctor guió a Miller a través de varios pasillos de lo que, evidentemente, había sido una casa particular, muy grande, entonces convertida en clínica, y se detuvo ante la puerta de un dormitorio.

—Está aquí —dijo, e invitó a Miller que pasara, cerrando la puerta tras sí.

Miller oyó alejarse sus pasos, pasillo adelante.

La habitación estaba en una semioscuridad y hasta que sus ojos se acostumbraron a la débil luz de la tarde de invierno que llegaba a través de una abertura de las un poco abiertas cortinas, no empezó a distinguir las marchitas formas de la mujer que se hallaba en la cama. Estaba incorporada sobre varias almohadas que le sostenían la cabeza y los hombros, pero la palidez de su rostro hacía que éste se confundiera con su camisa de noche, así como con las almohadas y las sábanas. Tenía los ojos cerrados. Miller albergaba pocas esperanzas de conseguir de ella el escondrijo del desaparecido falsificador.

—Fräulein Wendel —murmuró.

Los párpados de la moribunda se agitaron y se abrieron.

Lo miraba sin rastro de expresión en sus ojos, y Miller dudó si en realidad podía verlo. Volvió a cerrar los ojos y empezó a musitar incoherentemente. Miller se acercó para captar las frases que salían en un monótono revoltillo de aquellos labios grisáceos.

Casi no tenían sentido. Decía algo sobre Rosenheim, que según él sabía era un pueblecito de Baviera, acaso el lugar donde la mujer había nacido. Algo como «toda vestida de blanco, tan bonita, pero tan bonita». Luego vino otra mezcla de palabras que no significaban nada.

Miller se acercó más.

Fräulein Wendel, ¿puede usted oírme?

La mujer agonizante todavía estaba murmurando. Miller distinguió las palabras «llevaba un libro de oraciones y un ramillete de flores, toda de blanco, tan inocente entonces».

Miller frunció el ceño, pensando, antes de comprender. En su delirio, estaba intentando recordar su primera Comunión. Como él mismo, la mujer había sido católica.

—¿Puede usted oírme, fräulein Wendel? —repetía, sin esperanzas de conseguir nada.

La enferma volvió a abrir los ojos y lo miró fijamente, fijándose en la tira blanca que llevaba en el cuello, en la ropa negra que le cubría el pecho y en la chaqueta negra. Ante el asombro de Miller, volvió a cerrar los ojos y su plano torso se levantó en un espasmo. Miller se inquietó. Pensó que sería mejor llamar al médico.

Luego, de ambos ojos cerrados brotaron dos lágrimas que resbalaron por las agostadas mejillas. Estaba llorando.

Sobre el cobertor, una de sus manos serpenteaba lentamente en busca de la muñeca del hombre que se había apoyado en la cama al inclinarse sobre la enferma. Con fuerza sorprendente, o desesperación, la mano se agarraba a la muñeca, posesivamente. Miller estaba a punto de liberarse y marcharse, convencido de que no podría decirle nada sobre Klaus Winzer, cuando la mujer dijo, con voz clara:

—Bendígame, padre, porque he pecado.

Durante unos segundos Miller no comprendió, luego un fulgor en su mente le hizo ver el error de la mujer en la luz confusa que allí reinaba. Durante un par de minutos dudó entre dejarla y regresar a Hamburgo o arriesgar su alma y disponer de una última posibilidad de localizar a Eduard Roschmann a través del falsificador. Siguió adelante.

—Hija mía, estoy dispuesto a oírla en confesión.

Entonces ella empezó a hablar. En un tono cansado, confuso y monótono, relató toda la historia de su vida. En tiempos, había sido una muchacha, nacida y criada entre los campos y los bosques de Baviera. Nacida en 1910, se acordaba de su padre que marchó a la Primera Guerra, para volver tres años después, cuando el Armisticio de 1918, irritado y enfurecido contra los hombres de Berlín que habían capitulado.

Se acordaba de los disturbios políticos de los primeros años veinte, y del intento de *putsch* en las cercanías de Munich cuando un puñado de hombres capitaneados por un demagogo callejero, llamado Adolf Hitler, intentaron derribar el Gobierno. Más tarde, su padre siguió a aquel hombre y a su Partido, y cuando tenía veintitrés años el demagogo callejero y su Partido se convirtieron en el Gobierno de Alemania. Se organizaban entonces las excursiones de verano de la Unión de Alemanas Solteras, la tarea del secretariado con el Gauleiter de Baviera y los bailes con los hermosos y rubios jóvenes uniformados de negro.

Pero ella era fea, alta, huesuda y angulosa, con cara de caballo y algo de bigote. Llevaba su cabello lacio atado atrás en cola de caballo, vestidos burdos y zapatos cómodos; al acercarse a la treintena se dio cuenta de que no se casaría, pues era distinta de las demás chicas del pueblo. En 1939 fue destinada, ya una mujer amargada y repleta de odio, como guardiana en un campo llamado Ravensbrück.

Habló de las personas a quienes ella había pegado y maltratado, de los días de poder y de crueldad en el campo de Brandeburgo. Mientras hablaba iba derramando lágrimas sin cesar y mantenía agarrada con sus dedos la muñeca de Miller, no dejándola, a pesar de la repugnancia que sentía el hombre, hasta que hubo terminado.

—¿Y después de la guerra? —preguntó con voz queda.

Fueron años de vagabundeo, abandonada por los SS, perseguida por los aliados, trabajando de fregona en las cocinas, lavando platos y durmiendo en los asilos del Ejército de Salvación. Luego, en 1950, encontró a Winzer, que se alojaba en un hotel de Osnabrück mientras buscaba una casa para comprarla. Ella había servido como criada. Winzer, aquel hombrecito no interesado por las cosas del sexo, le sugirió que fuera con él y le llevara la casa.

—¿Esto es todo? —preguntó Miller cuando ella se callo.

—Sí, padre.

—Hija mía, sabe usted que no puedo darle la absolución si no confiesa usted todos sus pecados.

—Esto es todo, padre.

Miller suspiró profundamente.

—¿Y qué hay de los pasaportes falsificados? Los que preparaba para los SS perseguidos.

Ella calló por un momento, y Miller temió que se hubiese quedado inconsciente.

—¿Sabe usted eso, padre?

—Lo sé.

—Yo no los hacía —dijo.

—Pero usted lo sabía, sabía del trabajo que estaba haciendo Klaus Winzer.

—Sí. —La palabra fue un débil susurro.

—Ahora se ha ido. Se ha marchado —dijo Miller.

—No. No se ha ido. No Klaus. No puede dejarme. Volverá.

—¿Sabe usted adónde ha ido?

—No, padre.

—¿Está usted segura? Piense, hija mía. Se ha visto obligado a marcharse. ¿Adónde ha ido?

El rostro enflaquecido se derrumbaba sobre la almohada.

—No lo sé, padre. Si lo amenazan, sacará la carpeta. Me dijo que lo haría.

Miller se sobresaltó. Miró a la mujer: en aquel momento tenía los ojos cerrados como si durmiera.

—¿Qué carpeta, hija mía?

Hablaron durante cinco minutos más, luego llamaron suavemente a la puerta. Miller se liberó de las manos de la mujer que le apretaban la muñeca y se levantó para marcharse.

—Padre...

La voz era plañidera, suplicante. Se volvió. La mujer lo estaba mirando con los ojos muy abiertos.

—Bendígame, padre.

El tono era de imploración. Miller suspiró. Era un pecado mortal. Esperó que alguien, en algún sitio, comprendería. Alzó la mano derecha e hizo la señal de la cruz.

—*In nomine Patris, et Filii et Spiritus Sancti, Ego te absolvo a peccatis tuis.*

La mujer suspiró profundamente, cerró los ojos y se sumió en la inconsciencia.

Fuera, en el pasillo, el doctor estaba esperando.

—Realmente, creo que han hablado bastante —dijo.

Miller asintió con la cabeza.

—Sí, está durmiendo.

Después de dar una mirada a la puerta, el doctor lo acompañó hasta el vestíbulo.

—¿Cuánto tiempo cree usted que puede durar? —preguntó Miller.

—Es difícil decirlo. Dos días, acaso tres. No más. Crea que lo siento.

—Sí, bueno, gracias por haberme permitido verla —dijo Miller.

El doctor abrió la puerta, cediéndole el paso.

—Oh, una cosa más, doctor. En nuestra familia somos todos católicos. Me ha pedido un sacerdote. Los últimos sacramentos, ¿comprende?

—Sí, claro.

—¿Cuidará usted de ello?

—Seguro —dijo el doctor—. No había pensado en ello. Lo arreglaré esta tarde. Gracias por haberme avisado. Adiós.

Estaba ya muy avanzada la tarde y en pleno crepúsculo vespertino. Miller volvió a la Theodor Heuss Platz y aparcó el Jaguar a unos veinte metros del hotel. Atravesó la calle y subió a su habitación. Dos pisos más arriba, Mackensen había estado espiando su llegada. Cogió su bomba, que mantuvo agarrada en la mano, y bajó a la recepción donde pagó su cuenta para la noche próxima, explicando que se marcharía por la mañana muy temprano, y salió en busca de su coche. Maniobró por la plaza colocándose de modo que pudiera espiar la entrada del hotel y el Jaguar, y se dispuso a esperar.

Había todavía demasiada gente por allí para permitirle trabajar en el Jaguar, y además Miller podía salir del hotel en cualquier instante. Si se marchaba antes de que hubiese podido colocar la bomba, Mackensen lo atraparía en la carretera principal varios kilómetros fuera de Osnabrück, y robaría la cartera de documentos. Si Miller se quedaba a dormir en el hotel, Mackensen colocaría la bomba a primeras horas de la madrugada, cuando no hubiera nadie presente.

En su habitación, Miller se devanaba los sesos tratando de recordar un nombre. Se le representaba la cara del hombre, pero el nombre seguía escapándosele.

Fue antes de las Navidades de 1961. Había estado en la tribuna de la Prensa en el Tribunal provincial de Hamburgo, a informar sobre un caso en el que estaba interesado. Llegó a tiempo del final del caso precedente. De pie en la barra estaba un hombrecito de aspecto huraño, y el abogado defensor solicitaba lenidad, aludiendo que se estaba casi en período navideño, y que su cliente tenía mujer y cinco hijos.

Miller se acordaba de sí mismo mirando hacia el público, entre el que distinguió el fatigado rostro de la mujer del acusado. Se cubría la cara con las manos, desesperada, cuando el juez manifestó que la sentencia hubiese sido más dura pero que en atención al alegato de la defensa pidiendo lenidad, sentenciaba al hombre a dieciocho meses de cárcel. El fiscal había descrito al detenido como uno de los más diestros ladrones de cajas fuertes de Hamburgo.

Quince días después, Miller estuvo en un bar a menos de doscientos metros de Reeperbahn, en un copeo navideño con algunos de sus contactos en el mundo del hampa. Tenía abundancia de dinero, porque aquel día le habían pagado un buen reportaje. En el otro extremo, una mujer estaba fregando el suelo. Reconoció la cara angustiada de la esposa del ladrón a quien habían sentenciado dos semanas antes. En un impulso de generosidad, que luego lamentó, le puso un billete de cien marcos en el bolsillo de su delantal y se marchó.

En enero recibió una carta de la cárcel de Hamburgo. Era de un semianalfabeto. La mujer debió preguntar al camarero por el nombre de Miller y se lo dijo a su marido. La carta había sido enviada a la revista en la que colaboraba alguna vez. De allí se la transmitieron.

Querido herr Miller, mi mujer me escribe lo que hizo usted en vísperas de Navidad. No lo conozco y, no sé por qué lo ha hecho usted, pero quiero decirle que se lo agradezco mucho. Es usted una persona extraordinaria. El dinero ayudará a Doris y a los chicos a celebrar la Navidad y el Año Nuevo. Si alguna vez puedo devolverle el favor, dígamelo. Suyo, con mis respetos...

Pero, ¿cuál era el nombre al pie de aquella carta? Koppel. Sí, Viktor Koppel. Rogando que no estuviera otra vez en la cárcel, Miller abrió su librito de nombres de contactos y números de teléfono, se puso el teléfono del hotel en las rodillas, y empezó a llamar a amigos del mundo del hampa hamburgués.

Dio con Koppel a las siete y media. Como era la noche del viernes estaba en el bar con un grupo de amigos, y Miller podía oír el tocadiscos en los sótanos del bar. Tocaba la canción de los Beatles *I Want to Hold Your Hand*, que lo atormentó durante aquel invierno, a causa de la insistencia con que la ponían en todas partes.

Como a la luz de un relámpago Koppel se acordó de él, y del obsequio que había hecho a Doris dos años antes. Evidentemente, Koppel había bebido poco.

—Fue muy amable de su parte, eso es, herr Miller, una bonita cosa la que hizo usted.

—Oiga, desde la cárcel me escribió usted diciéndome que si algún día podía hacer algo por mí, lo haría. ¿Se acuerda?

La voz de Koppel era precavida.

—Sí, me acuerdo.

—Bueno, necesito un poco de ayuda. No mucha. ¿Puede usted auxiliarme? —dijo Miller.

El hombre de Hamburgo seguía con su cautela.

—No dispongo de mucho, herr Miller.

—No quiero un préstamo —dijo Miller—. Le pagaré por un trabajo. Un pequeño trabajo.

La voz de Koppel denotó alivio.

—Oh, comprendo, sí, claro. ¿Dónde está usted?

Miller le dio sus instrucciones.

—Vaya enseguida a la estación de Hamburgo y coja el primer tren para Osnabrück. Lo esperaré en la estación. Última recomendación: lleve consigo sus herramientas de trabajo.

—Bueno, mire, herr Miller, yo nunca trabajo fuera de mi territorio, no sé nada de Osnabrück.

Miller habló en el dialecto de Hamburgo.

—Es un éxito seguro, Koppel. Vacío, propietario fuera, y un montón de mercancía dentro. Lo tengo localizado, y no hay problema. Podrá estar de vuelta en Hamburgo a la hora de comer, con un saco lleno de pasta, y nadie preguntará nada. El hombre estará una semana fuera, podrá descargar el material antes que él regrese, y los polis de aquí creerán que ha sido un trabajo local.

—¿Y qué hay de mi billete de tren? —preguntó Koppel.

—Se lo pagaré en cuanto nos veamos. A las nueve sale un tren de Hamburgo. Tiene usted una hora. Apresúrese.

Koppel suspiró profundamente.

—Muy bien, estaré en el tren.

Miller colgó, pidió al operador de la centralita que le llamara a las once, y se adormiló.

En el exterior, Mackensen continuaba su larga vigilia. Decidió que a media noche iría junto al Jaguar si Miller no había salido.

Pero Miller salió del hotel a las once y cuarto, cruzó la plaza y entró en la estación. Mackensen quedó sorprendido. Salió del Mercedes y fue a mirar desde el vestíbulo de entrada. Miller estaba en el andén, esperando la llegada de un tren.

—¿Cuándo llega el primer tren por este andén? —preguntó Mackensen a un portero.

—A las once treinta y tres, para Munster —respondió el portero.

Mackensen se preguntó por qué iría Miller a tomar un tren si tenía un coche. Todavía intrigado, volvió a su Mercedes para seguir su guardia.

A las once treinta y cinco su problema quedaba solucionado. Miller salió de la estación acompañado de un hombre pequeño y andrajoso que llevaba un maletín negro, de piel. Al parecer sostenían una interesante conversación. Mackensen blasfemó. Lo último que esperaba de Miller era que se metiera acompañado en el Jaguar. Ello complicaría la matanza que se aproximaba. Para alivio suyo, la pareja subió a un taxi y se marchó. Decidió concederles veinte minutos y luego ir hacia el Jaguar, todavía aparcado a veinte metros de donde él estaba.

A medianoche, la plaza estaba casi vacía. Mackensen salió de su coche, con una lamparilla eléctrica y tres pequeñas herramientas, cruzó frente al Jaguar, dirigió una mirada a su alrededor, y se escurrió debajo del coche.

Sabía que, entre el barro y el aguanieve de la plaza, su

traje le quedaría mojado y sucio en pocos segundos. Pero aquello era lo que menos le preocupaba. Utilizando la lamparilla eléctrica y situándose debajo de la parte posterior del Jaguar, localizó el conmutador donde se abrazaba el capó. Invirtió veinte minutos en dejarlo libre. El capó saltó unos dos centímetros y medio hacia arriba cuando el enganche quedó suelto. Por simple presión desde la punta volvería a quedar cerrado al terminar su trabajo. Al menos no necesitaría meterse en el coche para abrir el capó desde el interior.

Volvió al Mercedes y llevó la bomba al coche deportivo. Un hombre trabajando bajo el capó de un coche atrae poca o ninguna atención. Los transeúntes presumen que efectúa alguna reparación en su vehículo.

Utilizando el alambre encintado y unos alicates, ató la carga explosiva al motor, fijándola en la pared directamente frente a la dirección. Quedaría escasamente a un metro del pecho de Miller al hacer explosión. El mecanismo disparador, conectado con la carga principal por dos alambres de dos metros y medio de largo, bajaría a través del área del artefacto hasta el suelo.

Deslizándose hacia atrás por debajo del coche, examinó la suspensión frontal a la luz de la lamparilla. Al cabo de cinco minutos encontró el lugar que necesitaba, y ató estrechamente con hilo metálico la parte posterior del disparador a una barra-soporte fácil de manejar. Las abiertas mandíbulas del disparador, envainadas en goma y separadas por la bombilla, las estrujó entre dos de las espirales de los recios soportes que constituían la parte frontal cerca de la suspensión.

Cuando todo estaba firmemente asentado, sin temor a que se escapara por el traqueteo normal, salió de debajo del coche. Consideró que la primera consecuencia sería que el coche daría un topetazo al ir a toda velocidad, la suspensión en la rueda cercana obligaría a las fauces abiertas del disparador, al juntarse, a aplastar el vidrio quebradizo de la bombilla que las separaba, y a establecer contacto entre las dos longitudes de la hoja de sierra cargadas de electricidad. Cuando ocurriera tal cosa, Miller y sus peligrosos documentos volarían en pedazos.

Finalmente, Mackensen recogió la parte suelta de los alambres que conectaban la carga y el disparador, hizo con ellos un primoroso lazo y horadó el costado del vano del motor, de modo que no se arrastrara por el suelo provocando una fricción contra la superficie de la carretera. Hecho esto, cerró el capó con un fuerte golpe. Volviendo al asiento trasero del Mercedes, se acurrucó y se adormiló. Estimó que aquella noche había hecho un buen trabajo.

Miller ordenó al taxista que los llevara a la Saar Platz, le pagó y le despidió. Koppel tuvo el buen sentido de mantener la boca cerrada durante el trayecto, y no la abrió hasta que el taxi desaparecía camino de la ciudad.

Espero que sabrá usted lo que está haciendo, herr Miller. Quiero decir que es raro que se meta usted en una travesura como ésta, siendo usted periodista y todo lo demás.

—Koppel, no se apure usted. Lo que quiero es tener un manojo de documentos que están guardados en una caja de caudales en esta casa. Si los consigo, usted se quedará con algo más que esté a mano. ¿De acuerdo?

—Bueno, tratándose de usted, muy bien. Vamos a ello.

—Una última advertencia. En la casa vive una sirvienta —dijo Miller.

—Me dijo usted que no había nadie —protestó Koppel—. Si baja la chica, me escapo. No quiero meterme en violencias.

—Esperaremos hasta las dos de la madrugada. Entonces estará profundamente dormida.

Anduvieron el kilómetro que los separaba de la casa de Winzer, echaron una rápida mirada arriba y abajo de la calle, y se precipitaron a través del portillo. Para evitar la grava, los dos hombres caminaron sobre la hierba a los costados del camino, luego cruzaron el césped para ocultarse en las matas de rododendros frente a las ventanas de lo que parecía ser un estudio.

Koppel, moviéndose como un animal furtivo por la maleza, dio la vuelta a la casa, dejando que Miller custodiara el paquete de herramientas. Al regresar murmuró:

—La muchacha está todavía levantada, tiene la luz encendida. La ventana de atrás bajo los aleros.

No atreviéndose a fumar, se sentaron allí durante una hora, temblando de frío bajo las siempre verdes hojas de los gruesos arbustos. A la una de la madrugada Koppel dio otra vuelta, y dijo que la muchacha tenía apagada la luz de su dormitorio.

Estuvieron sentados otros noventa minutos hasta que Koppel apretó la muñeca de Miller, cogió su saco, y se fue de puntillas a través de la faja de luz de luna hacia las ventanas del estudio. Por algún sitio, allá en la carretera, ladró un perro, y más lejos rechinaron los neumáticos de un coche, de regreso a su casa.

Afortunadamente para ellos, la zona comprendida debajo de las ventanas del estudio estaba en sombra, porque la luna no había alcanzado la casa. Koppel encendió la lamparilla eléctrica y tanteó el marco de la ventana, luego a lo largo de la barra que dividía la parte alta de la baja. Había un buen cierre en la ventana, a prueba de ladrones, pero no sistema de alarma. Abrió su maletín, buscó allí durante un segundo, y luego dispuso de un rollo de cinta adhesiva, una succión con la que untó un palo, un cortavidrios igual que una pluma estilográfica, y un martillo de caucho.

Con notable pericia cortó un círculo perfecto sobre

la superficie del cristal, exactamente debajo del cierre de la ventana. Para asegurarse bien, introdujo dos trozos de cinta a través del disco con los extremos de cada cinta presionados contra la no cortada sección de la ventana. Entre las cintas introdujo la ventosa, bien lubricada, de modo que era visible desde cada lado una pequeña superficie de cristal.

Sirviéndose del martillo de caucho, sosteniendo el palo que portaba la ventosa en su mano izquierda, dio un golpe incisivo al área visible del círculo que había cortado en la ventana.

Al segundo golpe se produjo una grieta y el disco cayó para adentro, en la habitación. Los dos hombres se detuvieron, esperando por si se producía una reacción, pero nadie había oído el ruido. Todavía agarrando el extremo de la ventosa, al que estaba adherido el disco de cristal en el interior de la ventana, Koppel arrancó las dos piezas de cinta adhesiva. Mirando a través de la ventana, distinguió una gruesa alfombra a metro y medio de distancia, y lanzó el disco de cristal y la ventosa hacia dentro, de modo que fueran a caer sin ruido sobre la alfombra.

Alargando la mano a través del agujero destornilló el aparato de seguridad y tiró para arriba la parte inferior de la ventana. Fue tan rápido como el vuelo de un pájaro, y Miller lo siguió con más cautela. La habitación estaba muy oscura en contraste con la luz de la luna que brillaba sobre el césped, pero Koppel parecía capaz de ver perfectamente bien.

—Estése quieto —siseó.

Miller estaba helado. Mientras, el ladrón cerraba la ventana sin hacer ruido y corría las cortinas. Circuló por la habitación, evitando los muebles por instinto, y cerró la puerta que conducía al pasillo, y sólo entonces encendió la lamparilla eléctrica.

Su luz recorrió toda la habitación, en la que vio una

mesa de despacho, un teléfono, una pared con estanterías de libros, una cómoda butaca, y finalmente fijó la luz en un bonito hogar enmarcado de ladrillos rojos.

Volvió junto a Miller.

—Éste debe de ser el despacho, amigo. En una casa no pueden existir dos habitaciones como ésta, con dos hogares de ladrillo. ¿Dónde está la palanca que abre la mazonería?

—No lo sé —murmuró Miller a su espalda, imitando el susurro del ladrón, habiendo aprendido que el murmullo es mucho más difícil de detectar que un cuchicheo—. Tiene usted que encontrarlo.

—Me llevará tiempo —dijo Koppel.

Hizo que Miller se sentara en una silla, advirtiéndole que no se quitara los guantes de conducir en ningún momento. Cogiendo su saco, Koppel se dirigió al hogar, se arrolló una venda en la cabeza y fijó la lamparilla en un soporte de modo que iluminara hacia adelante. Pulgada a pulgada, recorrió toda la mazonería con sus sensibles dedos, en busca de abolladuras o combas, cortes o partes vacías. Dejándolo después de haber recorrido toda la pared, volvió a empezar con una espátula para buscar hendiduras. Lo encontró a las tres y media.

La hoja del cuchillo se introdujo en una hendidura entre dos ladrillos y entonces se produjo un golpecito seco. Una sección de ladrillos, setenta centímetros por setenta, se movió dos centímetros y medio hacia afuera. La obra había sido hecha con tanta destreza que a simple vista no se podía decir cuál era el sitio preciso entre todo el resto.

Koppel abrió la puerta silenciosamente, haciéndola girar sobre su gozne por el lado izquierdo. El área de un metro veinte cuadrado de mazonería estaba asentada sobre una bandeja de acero que formaba una puerta. Detrás de la puerta, un tenue destello de luz de la lámpara de Koppel daba sobre la puertecita de la caja de seguridad.

Adelantó la luz, pero se puso alrededor del cuello un estetoscopio y se ajustó los auriculares. Al cabo de cinco minutos mirando el cuádruple disco de la combinación, captó el registro donde supuso que estaba el rodete, y empezó a dar la primera vuelta de la combinación.

Miller, desde su asiento unos tres metros más allá, miraba el trabajo y se ponía cada vez más nervioso. Por contraste, Koppel estaba completamente tranquilo, absorto en su trabajo. Aparte de esto, sabía que ambos no provocarían la entrada de nadie a investigar en el estudio mientras permanecieran inmóviles. Entrar en la casa, llevar a cabo la operación y después salir eran los momentos peligrosos.

Le llevó cuarenta minutos antes que cayera el último rodete. Amablemente abrió la puerta de la caja de seguridad y se volvió hacia Miller. La luz de su frente daba sobre una mesa donde había un par de candelabros de plata y una vieja y pesada caja de rapé.

Sin decir palabra, Miller se levantó y se aproximó a donde estaban Koppel y la caja fuerte. Cogió la luz de la cabeza de Koppel, y la utilizó para explorar el interior. Había varios fajos de billetes de banco que sacó y entregó al agradecido ladrón, quien emitió un silbido que no se oyó a tres pasos de allí.

El estante superior de la caja sólo contenía un objeto, un plegador de piel de ante envuelto en papel de Manila. Miller lo sacó, lo abrió y recorrió las hojas que contenía. Había unas cuarenta hojas. Cada una contenía una fotografía y varias líneas mecanografiadas. Cuando llegó a la decimoctava hizo una pausa y exclamó en voz alta:

—¡Santo cielo!

—Calle —se apresuró a murmurar Koppel.

Miller cerró la carpeta, devolvió la luz a Koppel y dijo:

—Cierre.

Koppel corrió la puerta otra vez a su lugar e hizo girar el disco no sólo hasta que la puerta quedó cerrada, sino hasta que las cifras quedaron en el mismo orden en que las había encontrado. Cuando lo hubo hecho corrió la mazonería hasta su sitio y la apretó firmemente. Dio otro golpe seco y cerró.

Se metió los billetes de banco en el bolsillo, dinero procedente de los últimos cuatro pasaportes que había hecho Winzer, y sólo se detuvo para poner los candelabros y la caja de rapé en su bolsa de cuero negro donde cabía todo.

Apagando la luz, condujo a Miller del brazo hasta la ventana, corrió las cortinas a derecha e izquierda, y miró atentamente al exterior a través del cristal. El césped estaba desierto, y una nube tapaba la luna. Koppel saltó fácilmente por la ventana, con el saco y todo lo demás, y esperó a que Miller lo alcanzara. Bajó la ventana y empezó a marchar a través de los arbustos, seguido por el periodista, quien se había metido la carpeta en el interior de sus suéteres.

Fueron por los arbustos hasta cerca de la puerta, luego salieron al camino. Miller tenía prisa.

—Vayamos despacio —dijo Koppel en su tono normal de voz—. Andemos y hablemos como si estuviéramos regresando a casa después de una fiesta.

Estaban a unos tres kilómetros lejos de la estación de ferrocarril y faltaba ya poco para las cinco. Las calles no estaban completamente desiertas, aunque fuera sábado, porque los obreros alemanes se levantan temprano para ir a sus trabajos. Siguieron hasta la estación sin que nadie los detuviera ni les preguntara nada.

No había tren para Hamburgo antes de las siete, pero Koppel dijo que estaría encantado de esperar en la cantina y calentarse con un café y un doble de licor de maíz.

—Una estupenda diversión, herr Miller —dijo—. Espero que tenga usted lo que deseaba.

—Oh, sí, perfectamente —dijo Miller.

—Bueno, qué le voy a decir. Adiós, herr Miller.

El ladronzuelo hizo un signo con la cabeza y se dirigió sin prisas a la cantina de la estación. Miller se volvió y cruzó la plaza hacia el hotel, sin sospechar de unos que le estaban espiando desde la parte trasera de un Mercedes allí aparcado.

Era demasiado temprano para efectuar las investigaciones que Miller necesitaba; por tal razón se concedió tres horas de sueño y pidió que lo despertaran a las nueve y media.

Sonó el teléfono a la hora exacta, y entonces pidió café y bollos, que le sirvieron en el preciso instante en que acababa de darse una ducha muy caliente. Se sentó a tomar el café y estudiar el rimero de papeles, entre los que reconoció media docena de caras, pero ninguno de los nombres. Consideró que aquellos nombres eran todos falsos.

La hoja decimoctava fue la primera que sacó. El hombre era más viejo, con el cabello más largo, y un fino bigote cubría su labio superior. Pero las orejas eran las mismas, la parte de la cara que es más característica de cada uno que cualquier otro rasgo, aunque se mire siempre desde lo alto. Las estrechas ventanas de la nariz eran las mismas, la cabeza inclinada, los ojos de color pálido.

El nombre era de lo más común. Lo que llamó la atención de Miller fue la dirección. A juzgar por el distrito postal tenía que estar en el centro de la ciudad, y probablemente quería significar un bloque de apartamentos.

A las diez en punto llamó a la oficina de información de la ciudad citada en la hoja de papel. Pidió el número del administrador del bloque de apartamentos de la dirección allí consignada. Era algo aventurado, y salió bien. *Era* un bloque de pisos y de pisos caros.

Llamó al regente del bloque, en realidad un portero con gloriosa fachada, ascendido a administrador por su germánica adoración de los títulos, y le explicó que había llamado repetidamente a uno de los arrendatarios sin obtener respuesta, lo que le parecía extraño, porque le habían rogado encarecidamente que llamara al hombre a aquella hora. ¿Podía ayudarlo el gerente del bloque? ¿Estaba estropeado el teléfono en cuestión?

El hombre, al otro extremo del teléfono, era muy servicial. El señor director probablemente estaba en la fábrica, o acaso en su casa de campo, adonde iba los fines de semana.

¿De qué fábrica se trataba? De la suya, por supuesto. La fábrica de radios. «Oh, sí, por supuesto, qué estúpido soy», dijo Miller, y colgó. En Informaciones le dieron el número de la fábrica. La muchacha que respondió pasó la comunicación a la secretaria del jefe, quien dijo que el señor director estaba pasando el fin de semana en su casa de campo y que estaría de regreso el lunes por la mañana. El número de su casa particular no lo podían dar en la fábrica. Era asunto reservado. Miller dio las gracias y colgó.

El hombre que al fin le dio el número particular y la dirección del propietario de la fábrica de radios era un viejo contacto, corresponsal de asuntos comerciales e industriales para un gran periódico de Hamburgo. Tenía la dirección del hombre en su agenda.

Miller se sentó y miró fijamente la cara de Roschmann, leyó el nuevo nombre y la dirección privada en su libro de notas. Entonces se acordó de haber oído hablar del hombre, se trataba de un industrial del Ruhr, también había visto los aparatos de radio en las tiendas.

Sacó su mapa de Alemania y localizó la villa en el campo en su propiedad particular, o al menos el área de pueblos donde estaba situada.

Eran más de las doce cuando recogió sus cosas, bajó al vestíbulo y pagó su cuenta. Estaba hambriento, y se fue al comedor del hotel, llevándose consigo sólo la cartera de documentos, y pidió un bistec de buenas dimensiones.

Después de comer decidió efectuar la última parte de la caza aquella misma tarde y confrontar su objetivo a la mañana siguiente. Todavía guardaba el trozo de papel con el número del teléfono particular del abogado de la Comisión Z, de Ludwigsburg. Podía haberlo llamado entonces, pero deseaba, estaba decidido a hacerlo, enfrentarse primero con Roschmann. Si intentaba hablar con el abogado aquella tarde, temía que no estuviera en casa cuando lo llamara para pedirle, para dentro de media hora, una patrulla de policías. El domingo por la mañana sería el momento preciso, exactamente entonces.

Cuando, al fin, salió, eran casi las dos, puso su bagaje en el portaequipajes del Jaguar, dejó la cartera de documentos en el asiento de pasajeros y se instaló al volante.

No se dio cuenta del Mercedes que lo siguió hasta la salida de Osnabrück. El coche que le iba detrás penetró en la autopista principal detrás suyo, aminoró la velocidad durante unos segundos mientras el Jaguar aceleraba carretera abajo, hacia el Sur, y luego abandonó la carretera principal veinte metros más allá, y volvió a la ciudad.

Desde una cabina telefónica junto a la carretera, Mackensen llamó al *Werwolf* en Nuremberg.

—Ya está en camino —dijo a su superior—. Acabo de dejarlo pasado el límite de la ciudad en dirección Sur, disparado como una pelota de béisbol.

—¿Lo acompaña su invento?

Mackensen sonrió.

—Ya lo creo. Sujeto en la parte delantera de la suspensión. Cuando haya recorrido ochenta kilómetros saltará en trozos que no podría usted identificar.

—Excelente —murmuró el hombre de Nuremberg—. Debe de estar cansado, mi querido *Kamerad*. Vuelva a la ciudad y duerma algo.

Mackensen no necesitó que se lo repitieran. No había dormido una noche entera desde el miércoles.

Miller recorrió aquellos ochenta kilómetros, y ciento cincuenta más. Mackensen no había tenido en cuenta una cosa. Su artefacto disparador hubiese, es cierto, detonado rápidamente de haber sido instalado en el cojinete del sistema de suspensión de un turismo continental. Pero el Jaguar era un coche deportivo inglés, con un sistema de suspensión mucho más sólido. Mientras corría por la autopista hacia Francfort, el traqueteo originó que el pesado muelle situado encima de las ruedas delanteras se encogiera ligeramente, aplastando la pequeña ampolla entre las fauces del disparador de la bomba, reduciéndola a trozos de vidrio. Pero la electricidad que corría a lo largo del acero no puso en contacto un polo con otro. En las más fuertes combas del terreno llegaron a un milímetro uno de otro, para separarse luego.

Ignorando cuán cerca había estado de la muerte, Miller hizo el viaje por Munster, Dortmund, Wetzlar y Bad Homburg hasta Francfort en tres horas justas, desviándose luego hacia Königstein y las montañas del Taunus, agrestes y cubiertas de nieve.

16

Estaba ya casi oscuro cuando el Jaguar entró en la pequeña ciudad balnearia, al pie de la parte oriental de la cadena montañosa. Una ojeada al plano informó a Miller de que se hallaba a unos treinta kilómetros de la propiedad que buscaba. Decidió no proseguir aquella noche, buscar un hotel y esperar hasta la mañana siguiente.

Al Norte estaban las montañas, cruzadas por la carretera que conducía a Limburg, reposando, quietas y blancas, bajo la tupida alfombra de nieve que ocultaba los peñascos y amortajaba kilómetros y kilómetros de bosques de pinos. Titilaban luces en la calle mayor de la pequeña ciudad, y su resplandor destacaba la esquelética silueta del castillo en ruinas, anidado en la montaña, en tiempos morada y fortaleza de los señores de Falkenstein. El cielo estaba limpio, pero un viento helado era la promesa de más nieve durante la noche.

En la esquina de Haupt Strasse y Frankfurt Strasse encontró un hotel, el Park, y pidió una habitación. En febrero, en una ciudad termal, la cura con agua fría no tiene los mismos encantos que en los meses de verano. Había muchas habitaciones disponibles.

El portero le indicó que aparcara su coche en el pequeño espacio de la parte trasera del hotel, cercado por árboles y matojos. Se bañó y salió a cenar, eligiendo la hostería Grüne Baum, en la Haupt Strasse, una entre la docena de casas de comidas, viejas y alegres, que la ciudad podía ofrecer.

Estaba terminando de comer cuando el nerviosismo se apoderó de él. Se dio cuenta de que sus manos temblaban al levantar el vaso de vino. En buena parte estaba exhausto: había dormido muy poco en los últimos cuatro días; sólo una cabezada de una o dos horas cada vez.

En parte era una reacción diferida, producto de la tensión a causa del robo perpetrado con Koppel, y, en parte, sensación de asombro ante la suerte que había recompensado a su instinto de volver a la casa de Winzer después de la primera visita, y preguntar por la doncella que había cuidado del falsificador solterón durante aquellos años.

Pero lo peor, a su parecer, era el sentimiento del inminente final de la caza, el enfrentamiento con el hombre que odiaba y que había perseguido a través de tantos desconocidos caminos de la investigación, junto con el miedo de que todavía algo iba mal.

Volvió a pensar en el anónimo doctor en el hotel de Bad Godesberg que le había advertido que no se metiera con los hombres de la Camaradería; y en el judío cazador de nazis de Viena, que le dijo: «Tenga cuidado; estos hombres pueden ser peligrosos.» Recordando todo lo ocurrido, se maravilló de que todavía no le hubiesen derribado. Sabían que se llamaba Miller, la visita que recibió en el Dreesen Hotel lo demostraba; y, bajo el nombre de Kolb, la paliza dada a Bayer en Stuttgart, todo había quedado al descubierto. Sin embargo, no había visto a nadie. Una cosa no podían saber, de esto estaba seguro: que había llegado tan lejos. Acaso habían perdido su pista, o habían decidido dejarlo solo, convencidos, con el falsificador oculto, que terminaría dando vueltas sobre un mismo punto.

Y, sin embargo, tenía la carpeta, el explosivo secreto de Winzer, y con él la más grandiosa nueva historia de la década en Alemania Occidental. Se sonrió a sí mismo, y la camarera que acertó a pasar en aquel momento creyó que la sonrisa le iba dirigida. Cuando volvió a pasar cerca de su mesa meneó el trasero, y Miller pensó en Sigi. No la había llamado desde que estuvo en Viena, y la última carta que tenía de él era de primeros de enero, seis semanas atrás. Entonces sintió que la necesitaba, como nunca lo había sentido antes.

Es divertido, pensó, cómo siempre los hombres necesitan más a las mujeres cuando están asustados. Tuvo que admitir que *estaba* asustado, en parte por lo que había hecho, en parte por el asesino de tanta gente que, sin saberlo, lo esperaba en las montañas.

Movió la cabeza para expulsar el mal humor, y pidió otra media botella de vino. No era ocasión de ponerse melancólico. Había sacado a luz la mayor hazaña periodística de que nunca hubiera oído hablar, y estaba a punto de rematarla espléndidamente.

Repasó su plan mientras seguía bebiendo vino. Una sencilla confrontación, una llamada telefónica al abogado de Ludwigsburg, la llegada media hora después de un jeep de la policía para llevarse el hombre a la cárcel, el proceso, y la sentencia de muerte. De haber sido un hombre duro, hubiese intentado matar él mismo al capitán de las SS.

Pensó en todo, y se dio cuenta de que estaba desarmado. ¿Y si Roschmann tenía un guardaespaldas? ¿Estaría realmente solo, seguro de que su nuevo nombre impediría que lo descubrieran? ¿O estaría allí un secuaz fuertemente armado para caso de peligro?

Durante su servicio militar, un amigo de Miller, condenado a una noche de calabozo por haber llegado tarde al campo de instrucción, había robado, de la policía militar, un par de esposas. Luego temió que pudieran encontrarlas en su petate, y se las dio a Miller. El periodista las guardó, simplemente como un trofeo de una agitada noche en el ejército. Estaban en el fondo de un baúl en su apartamento de Hamburgo.

También poseía una pistola, una pequeña Sauer automática, comprada legalmente cuando en 1960 se dedicó a hacer un reportaje sobre los traficantes del vicio en Hamburgo. Entonces se vio amenazado por la banda del Pequeño Pauli. El arma estaba encerrada en un cajón del escritorio, también en Hamburgo.

Sintiéndose algo aturdido por los efectos del vino, un doble coñac y el cansancio, se levantó, pagó la nota y volvió al hotel. Estaba a punto de entrar para hacer una llamada por teléfono cuando vio dos cabinas telefónicas muy cerca de la puerta del hotel. Era más seguro llamar desde allí.

Eran casi las diez, y encontró a Sigi en el club donde trabajaba. Por encima de la algarabía de la orquesta que tocaba en la sala, tuvo que gritar para que ella lo oyera.

Miller cortó en seco el torrente de preguntas que le hacía la muchacha sobre por qué no le había dicho nada y dónde estaba entonces. Le dijo lo que deseaba. Objetó que no podía marcharse, pero algo en la voz de Peter la detuvo.

—¿Estás bien? —gritó al aparato.

—Sí. Muy bien. Pero necesito que me ayudes. Por favor, querida, no me abandones. Ahora no. Esta noche no.

Hubo una pausa, luego Sigi dijo, simplemente:

—Iré. Les diré que se trata de una emergencia. Asunto familiar o algo así.

—¿Tienes bastante dinero para alquilar un coche?

—Creo que sí. Puedo pedir prestado a una de las chicas.

Le dio la dirección de una empresa de alquiler de coches que tenía servicio durante toda la noche, y le recomendó que mencionara su nombre porque él conocía al propietario.

—¿Está muy lejos? —preguntó.

—Desde Hamburgo, 500 kilómetros. Puedes hacerlo en cinco horas. Digamos seis horas desde aquí. Llegarás aproximadamente a las cinco de la madrugada. Y no te olvides de traer las cosas.

—Muy bien. Espérame —se produjo una pausa, y luego—: Peter querido...

—¿Qué hay?

—¿Estás asustado por algo?

Se habían terminado las fichas y no tenía más piezas de un marco.

—Sí —dijo, y colgó el receptor cuando ya estaba cortada la comunicación.

En el vestíbulo del hotel preguntó al portero de noche si tenía un sobre grande, y después de buscar en el mostrador, el hombre amablemente extrajo un gran sobre de papel fuerte y color pardo, suficiente para contener una hoja de papel tamaño holandés. Miller también compró los sellos necesarios para enviar el sobre por correo urgente, con su contenido. Acabó con la provisión de sellos que tenía el portero, que, por lo general, sólo eran pedidos cuando un cliente precisaba enviar una tarjeta-postal.

De vuelta a su habitación, cogió la cartera de documentos, que había llevado consigo durante toda la noche, la dejó sobre la cama, y sacó el Diario de Salomon Tauber, el legajo de papeles de la caja de seguridad de Winzer, y dos fotografías. Volvió a leer las dos páginas del Diario que en un principio le habían lanzado a la persecución de un hombre de quien nunca había oído hablar, y estudió las dos fotografías, colocándolas una junto a la otra.

Finalmente cogió una hoja de papel en blanco de su cartera y escribió un mensaje, breve pero claro, en el que explicaba a un posible lector lo que eran en realidad los documentos allí contenidos. En el sobre iban: la nota, los documentos sacados de la caja de Winzer y una de las fotografías. Puso la dirección y pegó en el sobre todos los sellos que había comprado.

La otra fotografía se la metió en el bolsillo interior de su chaqueta. El sobre cerrado y el Diario volvieron a su cartera de documentos, que deslizó debajo de la cama.

En la maleta llevaba un pequeño frasco de coñac, y se puso un poco de licor en el vaso para los dientes que estaba sobre el lavabo. Se dio cuenta de que sus manos temblaban, pero el líquido ardiente lo relajó. Se metió en la cama, la cabeza le daba vueltas. Se durmió.

En Munich, en la habitación de los sótanos, Josef se paseaba de arriba abajo, irritado e impaciente. Sentados a la mesa, Leon y Motti se contemplaban las manos. Hacía cuarenta y ocho horas que había llegado el cable de Tel Aviv.

Sus propios intentos de dar con la pista de Miller no habían dado resultado alguno. Al ser preguntado por teléfono, Alfred Oster dijo que había ido al estacionamiento de coches en Bayreuth y que luego volvió para decirles que el coche se había marchado.

—Si localizan el coche, verán que no puede ser el de un obrero que trabaja en una panadería de Bremen —gruñó Josef al oír las noticias—, incluso si no saben que el propietario del coche es Peter Miller.

Luego un amigo de Stuttgart informó a Leon de que la policía local estaba buscando a un joven en relación con el asesinato en una habitación de hotel de un ciudadano llamado Bayer. La descripción correspondía a Miller en su disfraz de Kolb demasiado exactamente para referirse a otro hombre, pero por fortuna en el registro del hotel no figuraba ni Kolb ni Miller, y tampoco se hacía mención de un coche negro deportivo.

—Al menos tuvo el buen sentido de inscribirse con un falso nombre —dijo Leon.

—Esto estaría de acuerdo con el carácter de Kolb —dijo Motti—. Se supone que Kolb huía de la policía de Bremen por crímenes de guerra.

Pero aquello constituía un parco consuelo. Si la policía de Stuttgart no podía encontrar a Miller, tampoco podría el grupo de Leon, y éste temía, además, que Odessa se volviera más impenetrable que antes.

—Tuvo que darse cuenta, después de haber dado muerte a Bayer, que con ello se quitaba la careta, y que a partir de entonces todo revertía sobre el nombre de Miller —razonaba Leon—. Por eso ha tenido que abandonar la búsqueda de Roschmann, a menos que sacara algo de Bayer que lo llevara hasta Roschmann.

—Entonces, ¿por qué diablos no lo denuncia? —estalló Josef—. ¿Está lo suficiente loco como para creer que se bastará para coger a Roschmann?

—No sabe que Roschmann tiene una importancia real para Odessa —indicó Motti tosiendo con suavidad.

—Bueno, si se acerca lo bastante lo descubrirá —dijo Leon.

—Y entonces será hombre muerto y nosotros tendremos que volver a empezar —estalló Josef—. ¿Por qué no nos telefonea, el muy idiota?

Pero las líneas telefónicas trabajaban firme aquella noche, porque Klaus Winzer había llamado al *Werwolf* desde un pequeño chalet de montaña en la región de Regensburg. Las noticias que obtuvo fueron tranquilizadoras.

—Sí, creo que no hay peligro para usted en volver a casa —contestó el jefe de Odessa en respuesta a la pregunta del falsificador—. El hombre que intentó hablar con usted, ahora ya no podrá molestarlo.

El falsificador le dio las gracias, pagó la cuenta de aquella noche y se puso en marcha en la oscuridad hacia el Norte, en busca del grato bienestar de su amplia cama casera, en Westerberg, Osnabrück. Esperaba llegar a tiempo para tomar un buen desayuno, bañarse y dormir después a pierna suelta. El lunes por la mañana volvería a su taller de impresor, para supervisar la marcha del negocio.

A Miller le despertó un golpecito dado en la puerta de la habitación. Parpadeó, al darse cuenta de que la luz estaba todavía encendida, y abrió. El portero de noche estaba ahí y, detrás suyo, Sigi.

Miller tranquilizó los temores del hombre explicando que la señora era su esposa, que había venido a traerle algunos importantes papeles que guardaba en casa para una reunión de negocios a la mañana siguiente. El portero, un simple mozo campesino con un indescifrable acento de Hessen, cogió la propina y se marchó.

Sigi se abalanzó para abrazarse al cuello del hombre, mientras él cerraba la puerta de una patada.

—¿Dónde has estado? ¿Qué estás haciendo aquí?

Cortó el alud de preguntas por el procedimiento más sencillo. Al separarse uno de otro, las frías mejillas de Sigi estaban sonrojadas y ardientes, y Miller se sentía como un gallo de pelea.

Cogió la chaqueta de la muchacha y la colgó en el gancho de detrás de la puerta. Ella volvió a hacer más preguntas.

—Primero, lo más importante —dijo Miller, y la derribó sobre la cama, todavía caliente bajo el edredón de plumas donde había estado dormitando. Ella trató de ocultar la risa.

—No has cambiado.

La muchacha aún llevaba puesto el vestido de camarera del cabaret, muy escotado, con los finos sostenes debajo. Él le desabrochó el vestido por detrás y le ayudó a bajar los tirantes.

—¿Y tú? —preguntó en voz baja.

Ella suspiró profundamente y se dejó caer de espaldas cuando él se inclinó sobre ella, y apretó su cara contra la del hombre. Sigi sonreía.

—No —murmuró—, no he cambiado nada. Sabes lo que me gusta.

—Y tú sabes lo que me gusta —murmuró Miller confusamente.

Ella lanzó un chillido.

—Yo primero. Te he echado más de menos que tú a mí.

No hubo respuesta, sólo el silencio roto por los crecientes suspiros y gemidos de Sigi.

Pasó una hora antes de que hicieran una pausa, jadeantes y felices. Miller llenó el vaso para limpiarse los dientes con coñac y agua. Sigi sorbió un poco, porque no bebía mucho a pesar de su profesión, y Miller se tomó el resto.

—Ahora —dijo Sigi importunamente— lo más importante habiendo sido negociado con...

—Por un rato —interpuso Miller.

Ella se rió.

—Por un rato, ¿te importaría decirme por qué la carta misteriosa, por qué las seis semanas de ausencia, por qué este horrible corte de cabello y por qué una pequeña habitación en un oscuro hotel de Hessen?

Miller se puso serio. Al fin se levantó, cruzó la habitación y volvió a la cama con su cartera de documentos. Se sentó al borde de la cama.

—Muy pronto sabrás lo que he estado haciendo —dijo—, y por eso lo mejor es que te lo diga ahora.

Habló durante casi una hora, empezando por el descubrimiento del Diario, que le enseñó, y terminando con el robo en la casa del falsificador. Mientras él hablaba, ella se horrorizaba cada vez más.

—Estás loco —dijo cuando Miller hubo terminado—. Has perdido la razón por completo, deliras... Te hubiesen podido matar, o encarcelar, o mil cosas más.

—Tenía que hacerlo —dijo, acongojado por una explicación de los hechos que en aquel momento le parecían demenciales.

—¿Y todo eso por un podrido y viejo nazi? No estás en tus cabales. Se terminó, Peter, se acabó todo. ¿Por qué necesitas perder tu tiempo detrás de esa gente?

Lo miraba fijamente, aturdida.

—Bueno, lo haré —dijo en tono de desafío.

Ella suspiró profundamente y movió la cabeza para indicar que no acertaba a comprender.

—Muy bien —dijo—, ahora ya está hecho. Sabes quién es y dónde está. Puedes volver a Hamburgo, coger el teléfono y avisar a la policía. Ellos harán lo demás. Para eso cobran.

Miller no sabía cómo contestarle.

—No es tan sencillo —dijo al fin—. Voy a subir allí esta mañana.

—¿Subir... adónde?

Apuntó con el pulgar en dirección a la ventana y a la cordillera de montañas, todavía sumidas en la oscuridad, a lo lejos.

—A su casa.

—¿A su casa? ¿Para qué? —sus ojos, horrorizados, se dilataban—. ¿No irás allí a verlo?

—Sí. No me preguntes por qué: no podría decírtelo. Es algo que debo hacer.

La reacción de la muchacha lo asustó. Se sentó de un brinco, giró sobre sus rodillas y dirigió la mirada hacia abajo, donde él estaba tendido fumando, con la cabeza hundida en la almohada.

—Para eso querías la pistola —le gritó, mientras sus pechos subían y bajaban en señal de creciente ira—. Vas a matarlo...

—No voy a matarlo...

—Bueno, en este caso te matará él a ti. Vas a subir allí solo con una pistola, contra él y su pandilla. Eres un ser despreciable, apestoso, horrible...

Miller la miraba asombrado.

—¿Por qué te trastornas de este modo? ¿Por Roschmann?

—No me trastorno por ese horrible y viejo nazi. Estoy hablando de mí. De mí y de ti, estúpido y bruto idiota. Vas a arriesgar que te maten allá arriba, sólo para demostrar alguna tontería y escribir una historia para tus idiotas lectores de la revista. Ni por un minuto piensas en mí...

Mientras hablaba, se puso a llorar y las lágrimas formaron amplios surcos en su maquillaje, parecidos a las negras vías del ferrocarril.

—Mírame, vieja facha, sanguinario, mírame. ¿Qué te crees que soy, un simple tornillo? ¿Crees de verdad que voy a ofrecerme todas las noches a un periodista atolondrado para que pueda sentirse contento de sí mismo cuando salga a la caza de alguna historia idiota que le pueda ocasionar la muerte? ¿De verdad crees esto? Oye, cabeza de chorlito: quiero casarme. Quiero ser frau Miller. Quiero tener hijos. Y tú vas a que te maten... Dios mío...

Salió de la cama y corrió al cuarto de baño, dando un portazo y cerrando tras sí.

Miller seguía en la cama, con la boca abierta, y el cigarrillo ardiendo entre los dedos. No la había visto nunca tan irritada, y esto le chocó. Pensaba en lo que ella le había dicho mientras oía el correr del agua en el cuarto de baño.

Aplastando el cigarrillo, cruzó la habitación hasta la puerta del cuarto de baño.

—Sigi.

No obtuvo respuesta.

—Sigi.

En aquel momento estaban cerrados los grifos.

—Vete.

—Sigi, por favor, abre la puerta. Quiero hablarte.

Se produjo una pausa, la puerta ya no estaba cerrada. Sigi estaba allí, desnuda y con mirada arisca. Se había lavado las rayas negras de su cara.

—¿Qué quieres? —preguntó.

—Ven a la cama. Quiero hablarte. Vamos a helarnos si nos quedamos aquí.

—No, lo que tú quieres es volver a hacer el amor.

—No. De verdad. Te prometo que no quiero. Sólo quiero hablar.

La tomó de la mano y volvió con ella a la cama y al calor que ésta brindaba. Su cara, en la almohada, parecía dar muestras de agresividad.

—¿De qué quieres hablar? —preguntó, suspicaz.

Se puso a su lado, con la cara cerca del oído de la muchacha.

—Sigrid Rahn, ¿quieres casarte conmigo?

Ella se volvió a mirarle.

—¿Lo dices de verdad? —preguntó.

—Sí, de verdad. En realidad, antes no había pensado nunca en esto. Pero antes nunca habías estado tan enfadada.

—¡Gracias a Dios! —se frotó los oídos, como si no pudiese darles crédito—. Tendré que enfadarme más a menudo.

—¿Puedo esperar una respuesta? —preguntó él.

—Sí, Peter, quiero. ¡Estaremos tan bien los dos juntos!

Él empezó a acariciarla de nuevo, excitándose mientras lo hacía.

—Dijiste que no ibas a volver a empezar —comentó ella en tono acusador.

—Bueno, sólo una vez más. Prometo que después te dejaré tranquila.

Apretó su muslo contra el cuerpo del hombre y deslizó las caderas sobre la parte superior de su bajo vientre. Mirándolo de arriba abajo exclamó, desafiante:

—¡A que no te atreves, Peter Miller!

Miller alargó la mano hasta el interruptor. Al extinguirse la luz, ella ya había empezado a hacerle el amor.

Fuera, en la nieve, una confusa luz empezaba a abrirse camino en el horizonte, hacia Oriente. Si Miller hubiese consultado su reloj habría sabido que eran las siete menos diez de la mañana de aquel domingo, 23 de febrero. Pero ya estaba dormido.

Media hora después, Klaus Winzer recorría el camino que llevaba a su casa, se detuvo frente a la puerta cerrada del garaje y subió a su domicilio. Estaba aterido y cansado, pero contento de haber regresado.

Barbara no se había levantado todavía, aprovechándose de la ausencia de su patrón para dormir más de lo acostumbrado. Cuando apareció, después que Winzer hubo entrado en la casa y la hubo llamado desde el pasillo, iba en camisón. Aquello hubiese hecho latir más aprisa el pulso de cualquier otro hombre. En lugar de ello, Winzer pidió huevos fritos, tostadas y jamón, una taza de café y un baño. No pudo hacer nada de lo que deseaba.

En su lugar, ella le contó su descubrimiento del sábado por la mañana. Al entrar a quitar el polvo del estudio, había observado que la ventana estaba rota y que faltaba la vajilla de plata. Había llamado a la policía, y estaban seguros de que el orificio, tan perfecto, era obra de un ladrón profesional. Había tenido que explicarles que el propietario de la casa estaba ausente, y dijeron que esperaban saber cuándo estaría de regreso, sólo para las preguntas de rutina sobre los objetos que faltaban.

Winzer escuchaba con absoluta calma el parloteo de la chica, mientras su rostro empalidecía, y una sola vena latía aprisa en su sien. La envió a la cocina a preparar café, fue a su estudio y cerró la puerta. Le bastaron treinta segundos y un frenético hurgar en el interior de la caja fuerte vacía para convencerse de que la carpeta de los cuarenta criminales de Odessa había desaparecido.

Cuando se alejaba de la caja fuerte sonó el teléfono. Era el doctor que llamaba desde la clínica para informarle que fräulein Wendel había muerto durante la noche.

Durante dos horas permaneció sentado en una silla, antes de encender fuego, sin darse cuenta del frío que se colaba por el agujero de la ventana, mal tapado por un periódico. Sólo advirtió los fríos dedos que le roían en su interior mientras intentaba pensar en lo que tenía que hacer. Las llamadas repetidas de Barbara desde el otro lado de la puerta cerrada, anunciando que el desayuno estaba servido, quedaron sin respuesta. A través del ojo de la cerradura pudo oír cómo, de vez en cuando, murmuraba:

—No es culpa mía, de ningún modo es culpa mía.

Miller había olvidado cancelar la llamada de la mañana que había ordenado la noche anterior, antes de telefonear a Sigi en Hamburgo. El teléfono, al lado de la cama, sonó a las nueve. Respondió, con la mente embotada, murmuró las gracias y salió de la cama. Sabía que no podía volverse a dormir. Sigi estaba todavía durmiendo, exhausta por su viaje desde Hamburgo, por haber practicado el amor y por la satisfacción de que, al fin, estaba comprometida.

Miller se duchó, estuvo varios minutos bajo el chorro frío como la nieve, se frotó con fuerza con la toalla que había dejado sobre el radiador durante toda la noche, y se sintió como si fuera millonario. Se habían esfumado la depresión y la angustia de la noche anterior. Se sentía dispuesto y seguro.

Se puso las botas altas, un pullóver grueso, cerrado por el cuello, y una *joppe* azul, prenda de invierno típicamente alemana, algo entre el abrigo y la chaqueta. Tenía hondos bolsillos cortados a cada lado, donde cabían la pistola y las esposas, así como un bolsillo interior para la máquina de fotografiar. Sacó las esposas del bolso de Sigi, y las examinó. No había llave, y las esposas se cerraban automáticamente, lo que las hacía inservibles para otra cosa que no fuere maniatar a un hombre hasta que la policía lo soltara, o tenían que ser cortadas con una sierra.

Abrió la pistola y la examinó. No la había utilizado nunca, y el interior conservaba la grasa que le puso el fabricante. La cámara estaba llena, y así la dejó. Para familiarizarse con la máquina, abrió la recámara varias veces, para estar seguro de saber en qué posición del pestillo de seguridad estaba el «Apunten» y el «Fuego», apretó el cerrojo de la cámara, le dio una vuelta, y puso el pestillo de seguridad en «Apunten». Se puso en el bolsillo del pantalón el número de teléfono del abogado de Ludwigsburg.

Recogió la cartera de documentos que estaba sobre la cama, y sacando de ella una hoja de papel escribió un mensaje para que Sigi lo leyera al despertar. Decía:

Querida mía. Me marcho a ver al hombre a quien he estado persiguiendo. Tengo mis razones para verle la cara y estar presente cuando la policía se lo lleve, esposado. Es un buen trabajo, y esta tarde te lo podré contar. Pero si surgiera algún obstáculo aquí está lo que quiero que hagas.

Las instrucciones en este punto eran muy precisas. Escribió el número de teléfono de Munich a donde tenía que llamar, y el mensaje que tenía que dar a su interlocutor. Terminaba así: «Bajo ninguna circunstancia debes seguirme a la montaña. Sólo empeorarías las cosas, cualquiera que sea la situación. Por lo tanto, si a mediodía no he regresado, o si para entonces no te he llamado a esta habitación, telefonea a este número, da este mensaje, abandona el hotel, deposita el sobre en cualquier buzón de Francfort, y vuelve a Hamburgo. Mientras, no hables ni te confíes a nadie. Te quiero, Peter.»

Puso la nota debajo del teléfono, en la mesita de noche, junto con un gran sobre que contenía el archivo de Odessa y tres billetes de a cincuenta marcos. Poniéndose el Diario de Salomon Tauber bajo el brazo, salió de la habitación sin hacer ruido, y bajó las escaleras. Al pasar por el despacho de la recepción, dijo al portero que hiciera otra llamada a su habitación a las once y media.

A las nueve y media salía a la calle y quedó sorprendido de la cantidad de nieve que había caído durante la noche.

Miller dio la vuelta hasta la parte trasera del hotel, subió al Jaguar y lo puso en marcha. Pasaron varios minutos antes de que el motor respondiera. Mientras se calentaba, cogió un cepillo y barrió la gruesa alfombra de nieve que se había posado sobre la capota, el techo y los cristales.

Ya al volante, se dirigió a entrar en la carretera principal. La densa capa de nieve que lo cubría todo hacía las veces de una especie de cojín y podía oírla aplastarse bajo las ruedas. Después de echar una ojeada al mapa que había comprado en la tarde anterior, antes de que cerraran las tiendas, se dirigió a Limburg.

17

La mañana se había vuelto gris y nublada, después de un breve y luminoso amanecer que Miller no había visto. Por debajo de las nubes brillaba la nieve bajo los árboles y de las montañas venía un viento sutil.

La carretera era sinuosa al salir de la ciudad e inmediatamente se perdía en el mar de árboles característico del bosque de Romberg. Desde que dejó atrás la ciudad, la alfombra de nieve a lo largo de la carretera era casi virgen, sólo unos surcos paralelos, por donde lo había precedido una hora antes un madrugador visitante a Königstein para el servicio de la iglesia.

Miller tomó por el desvío que llevaba a Glashütten, que flanqueaba la alta montaña de Feldberg, y bajó por una carretera que, según las señales, llevaba al pueblo de Schmitten. En los flancos de las montañas el viento se metía por entre los pinos, cuyo alarido pasaba sobre las cimas y entre las cargadas ramas de los árboles.

Aunque a Miller no se le ocurrió pensar en ello, pasaba por uno de los océanos de pinos y hayas, poblados antiguamente por las viejas tribus germánicas contenidas por César en el Rin. Más tarde, convertidas al Cristianismo, habían prestado servicio temporal al Príncipe de la Paz, sólo pensando en las horas oscuras de los dioses antiguos, de fuerza, lujuria y poder. Hitler inflamó con toque mágico este antiguo atavismo, la adoración a los dioses privados, en el oscuro fragor de los árboles que no tenían fin.

Al cabo de otros veinte minutos de conducir con cuidado, Miller volvió a consultar su mapa y buscó un camino que lo llevara de la carretera a la propiedad particular. Cuando lo encontró, dio con una puerta atrancada, firme en su lugar gracias a un tope de acero, con un tablero de anuncios a un lado, que decía: «Propiedad particular. Prohibida la entrada.»

Dejando el coche con el motor en marcha, trepó y abrió la puerta desde dentro.

Miller entró en la finca y ascendió por el camino de coches. La nieve estaba intacta. Conducía en marcha corta, porque allí sólo había arena helada debajo de la nieve.

Unos doscientos metros camino arriba había caído, durante la noche, una rama de un gran roble cubierta con media tonelada de nieve. La rama se había quebrado sobre la maleza, a la derecha, y algunas de sus ramitas estaban esparcidas por el camino. También arrastró un poste de teléfono, delgado y negro, que quedó debajo y de través en la calzada.

Sin quitar el obstáculo, condujo con cuidado hacia delante, sintiendo el golpe cuando pasaba la estaca bajo las ruedas delanteras y las traseras.

Libre ya de la obstrucción, condujo hacia la casa y salió a un espacio libre, que contenía la villa y sus jardines, a los que hacía frente un área circular de grava. Detuvo el coche frente a la puerta principal, salió del auto y tocó la campana.

Cuando Miller se apeaba de su coche, Klaus Winzer tomaba una decisión y llamaba al *Werwolf*. El jefe de Odessa estaba brusco e irritable, porque ya pasaba con mucho la hora en que tenía que haber escuchado las noticias de un coche deportivo que había volado en pedazos, aparentemente a causa de la explosión de su tanque de gasolina, en la autopista al sur de Osnabrück. Pero al oír lo que le decía el hombre al otro extremo de la línea, su boca se convirtió en una tensa y fina línea.

—Usted hizo... ¿qué? Loco, increíble, estúpido pequeño cretino. ¿Sabe usted lo que le pasará si no recuperamos la carpeta...?

En Osnabrück, solo en su estudio, Klaus Winzer colgó el auricular después de haberle llegado las últimas frases del *Werwolf*, y volvió a su escritorio. Estaba completamente tranquilo. Ya por dos veces la vida le había jugado la peor de las jugarretas, primero con la destrucción, en el fondo del lago, de su trabajo de guerra; luego la ruina de su fortuna en papel moneda, en 1948; y, por fin, aquello. Cogiendo del fondo de un cajón una vieja pero todavía útil Lüger, se puso el cañón en la boca y disparó. El plomo que le obligó a torcer la cabeza no era falsificado.

El *Werwolf* se sentó y miró hacia el teléfono mudo con un sentimiento muy cercano al horror. Pensó en los hombres para quienes había sido necesario obtener pasaportes a través de Klaus Winzer y en el hecho de que cada uno de ellos era un hombre perseguido en la lista de aquéllos que estaban destinados, si eran hallados, a ser detenidos y procesados. La publicación del archivo conduciría a una oleada de persecuciones que sacarían a la población de su creciente apatía para pedir que fuera continuada la persecución de los SS reclamados, galvanizando con ello de nuevo a los perseguidores... La perspectiva era aterradora.

Pero la protección de Roschmann estaba ante todo;

sabía que éste era uno de los que estaban en la lista sustraída a Winzer. Por tres veces marcó el número del área de Francfort, y luego el número privado de la casa de la colina, y por tres veces dio la señal de «estar comunicando». Al fin intentó a través del operador, quien le dijo que la línea debía de estar estropeada.

Entonces llamó al hotel Hohenzollern, en Osnabrück, y atrapó a Mackensen cuando estaba a punto de marcharse. En pocas palabras informó al asesino sobre el último desastre, y le dijo dónde vivía Roschmann.

—Parece que su bomba no ha explotado —le comunicó—. Vaya allí con la máxima rapidez —dijo—. Esconda su coche y no se mueva de junto a Roschmann. Allí hay también un guardaespaldas llamado Oskar. Si Miller va a la policía con todo lo que sabe, estamos listos. Pero si va al encuentro de Roschmann, cójalo vivo y hágalo hablar. Antes de que muera, tenemos que saber qué ha hecho con todos aquellos papeles.

Mackensen miró el mapa de carreteras que estaba en la cabina telefónica y estimó la distancia.

—Estaré allí a la una —dijo.

Se abrió la puerta a la segunda llamada. En el vestíbulo flotaba un ambiente de aire caliente. Sin duda, el hombre que estaba frente a él venía de su despacho, cuya puerta Miller podía ver abierta, y a donde se llegaba a través del pasillo.

Los años de bienestar habían hecho aumentar de peso al en otros tiempos delgaducho oficial de las SS. Sus mejillas tenían color, ya fuera producto de la bebida, o bien por el aire del campo, y su cabello era gris a ambos lados. Tenía el aspecto de un hombre maduro, de la clase media elevada. Parecía gozar de buena salud. Pero aunque distinta en los detalles, la cara era la misma que Tauber había visto y descrito. Observó a Miller sin excesivo entusiasmo.

—¿Sí? —preguntó.

Transcurrieron diez segundos antes de que Miller pudiera hablar. El discurso que tenía preparado se le había ido de la cabeza.

—Me llamo Miller —dijo—, y usted Eduard Roschmann.

Ante la mención de los dos nombres algo llameó en los ojos del hombre que tenía frente a sí, pero un control férreo hizo que no se movieran sus músculos.

—Esto es absurdo —dijo al fin—. Nunca oí hablar del hombre de quien está usted hablando.

Detrás de la tranquila fachada, corría el pensamiento del antiguo oficial de las SS. Varias veces en su vida, a partir de 1945, había sobrevivido gracias a pensar con perspicacia en una crisis. Identificó muy bien el nombre de Miller, y recordó su conversación con el *Werwolf* unas semanas antes. Su primer instinto fue cerrar la puerta en la cara de Miller, pero se sobrepuso.

—¿Está usted solo en la casa? —preguntó Miller.

—Sí —contestó Roschmann, diciendo la verdad.

—Pasemos a su despacho —dijo Miller llanamente.

Roschmann no puso reparos, porque se daba cuenta de que estaba obligado a dejar que Miller sentara las premisas y esperar, hasta que...

Se dio media vuelta y echó a andar pasillo adelante. Miller cerró de golpe, tras sí, la puerta principal y estaba ya detrás de Roschmann cuando entraron en el estudio. Era una habitación confortable, con una gruesa puerta acolchada que Miller cerró a sus espaldas, y un fuego de leños que ardía en el hogar.

Roschmann se detuvo en el centro de la habitación y se volvió de cara a Miller.

—¿Está aquí su esposa? —preguntó Miller.

Roschmann negó con la cabeza.

—Se ha marchado este fin de semana a visitar a unos parientes.

Aquello también era verdad. La llamaron durante la tarde anterior y se había llevado el segundo coche. El otro coche que poseía la pareja estaba, por desgracia, en el taller de reparaciones. Esperaba que regresara aquella noche.

Lo que no mencionó Roschmann, aunque era el principal pensamiento en su inquieta mente, era que Oskar, su chófer-guardaespaldas, corpulento y de cabeza rapada, había bajado al pueblo media hora antes para informar que el teléfono estaba estropeado. Sabía que tenía que retener a Miller, hablando hasta que volviera el hombre.

Cuando se volvió de cara a Miller, la mano derecha del joven periodista apuntaba a su pecho con una pistola automática. Roschmann se asustó, pero lo disimuló con una fanfarronada.

—¿Me amenaza con una pistola en mi propia casa?

—Puede llamar a la policía —dijo Miller, señalando el teléfono.

Roschmann no dio ni un paso hacia allí.

—Todavía cojea usted un poco —observó Miller—. El zapato ortopédico casi lo disimula, pero no del todo. Los dedos que le amputaron a consecuencia de una operación en el campo de Rimini. Fue a causa de la helada que se apoderó de sus pies cuando vagabundeaba usted por Austria, ¿verdad?

Los ojos de Roschmann se empequeñecieron algo, pero no dijo nada.

—Como puede ver, si viene la policía lo identificará, señor director. La cara sigue siendo la misma, la herida de bala en el pecho, la cicatriz bajo el sobaco izquierdo cuando intentó usted borrar el tatuaje del grupo sanguíneo de las Waffen-SS, indudablemente. ¿De verdad quiere usted llamar a la policía?

Roschmann expulsó el aire de sus pulmones en un profundo suspiro.

—¿Qué quiere usted, Miller?

—Siéntese —dijo el periodista—. No en el escritorio, aquí en la butaca, donde pueda verlo. Y mantenga sus manos en los brazos de la butaca. No me dé pretexto para disparar, porque, créame, lo estoy deseando.

Roschmann se sentó en la butaca, no perdiendo de vista la pistola. Miller se sentó en un extremo de la mesa, frente a él.

—Ahora hablaremos —dijo.

—¿Sobre qué?

—Sobre Riga. Sobre ochenta mil personas, hombres, mujeres y niños, que usted asesinó allí.

Viendo que no iba a utilizar la pistola, Roschmann empezó a recuperar confianza. En parte, el color volvió a sus mejillas. Fijó los ojos en la cara del joven que tenía delante.

—Esto es mentira. Jamás hubo ochenta mil en Riga.

—¿Setenta mil? ¿Sesenta mil? —preguntó Miller—. ¿Piensa de verdad que importa precisar cuántos miles mató usted?

—Ésta es la cuestión —dijo Roschmann vivamente—. No importa, ahora no, ni entonces. Oiga, joven, no sé por qué me ha estado usted persiguiendo. Pero puedo adivinarlo. Alguien le ha llenado la cabeza con una retahíla de discursos sentimentales sobre los llamados crímenes de guerra y cosas por el estilo. Todo son tonterías. Absolutamente tonterías. ¿Cuántos años tiene usted?

—Veintinueve.

—Entonces, ¿cumplió usted el servicio militar?

—Sí. Uno de los primeros servicios nacionales del ejército de posguerra. Dos años de uniforme.

—Bueno, en este caso sabe usted cómo es el ejército. Un hombre recibe órdenes; y las obedece. No debe preguntar si son buenas o malas. Usted lo sabe tanto como yo. Todo lo que hice fue obedecer las órdenes.

—En primer lugar, usted no era un soldado —dijo Miller con calma—. Usted fue un ejecutor. Para decirlo lisa y llanamente, un asesino, y un asesino en masa. No se compare con un soldado.

—Tonterías —dijo Roschmann con viveza—. Todo son tonterías. Éramos soldados, como los demás. Obedecíamos las órdenes recibidas, como todo el mundo. Ustedes, los jóvenes alemanes, todos son iguales. No quieren comprender lo que era aquello.

—Dígamelo, ¿qué era aquello?

Roschmann, que había avanzado para dar su argumentación, volvió a su butaca, casi tranquilo porque había pasado el peligro inminente.

—¿Qué era aquello? Era algo así como gobernar el mundo. Porque gobernamos el mundo, nosotros, los alemanes. Habíamos derrotado a todos los ejércitos que habían lanzado contra nosotros. Durante años nos tuvieron sometidos, a nosotros, pobres alemanes, y les demostramos, sí, a todos, que éramos un gran pueblo. Vosotros, los jóvenes de hoy, no sabéis lo que es estar orgulloso de ser alemán. Es como un fuego que arde en tu interior. Cuando redoblaban los tambores y tocaban las bandas de música, cuando ondeaban las banderas y la nación entera estaba unida detrás de un hombre, pudimos marchar hasta el fin del mundo. Esto es la grandeza, joven Miller, grandeza que su generación no ha conocido y nunca conocerá. Y nosotros, los de las SS, éramos la selección y seguimos siéndolo. Sí, ahora nos persiguen, primero los aliados y luego las aguadas y viejas mujerzuelas de Bonn. Quieren aplastarnos. Porque quieren aplastar la grandeza de Alemania, que nosotros representamos antes y todavía representamos. Dicen una sarta de estupideces sobre lo que ocurrió entonces en unos pocos campos. Un mundo sensato haría tiempo que lo hubiese olvidado. Se lamentan porque tuvimos que limpiar Europa de la contaminación de aquellos asquerosos judíos que impregnaban todas las facetas de la vida alemana y que nos oprimían mezclándonos en su mismo barro. Le aseguro que tuvimos que hacerlo. Era sólo un inicio en el gran esquema de una Alemania y de un pueblo alemán, de sangre e ideales puros, dirigiendo el mundo como está en su derecho, *nuestro* derecho, Miller, *nuestro* derecho y nuestro destino, si esos ingleses, que se lleve el diablo, y los eternamente estúpidos americanos no hubiesen metido dentro sus sucias narices. Para que usted no tenga empacho en esto, puede cargar sobre mí la culpa, pero estamos en el mismo lado, joven, una generación entre nosotros, pero siempre en el mismo lado. Porque somos alemanes, el pueblo más grande del mundo. ¿Y va usted a dejar que su opinión sobre todo esto, sobre la grandeza que un día conoció Alemania, y que un día volverá a conocer, sobre nuestra esencial unidad, la de todos nosotros, el pueblo alemán, va usted a permitir que su opinión sobre todo esto se vea afectada por lo que les ocurrió a unos pocos miserables judíos? ¿No puede usted ver, despistado joven loco, que estamos en el mismo lado, usted y yo, en el mismo lado, el mismo pueblo, el mismo destino? —A pesar de la pistola, se levantó de su asiento y se puso a andar sobre la alfombra entre el escritorio y la ventana—. ¿Necesita usted pruebas de nuestra grandeza? Considere la Alemania de hoy. Aplastada, hecha trizas en 1945, completamente destruida y presa de los bárbaros del Este y de los locos del Oeste. ¿Y ahora? Alemania vuelve a levantarse, de forma paulatina y segura, aunque aún le falta la disciplina esencial que nosotros fuimos capaces de darle, pero creciendo cada año en poder industrial y económico. Sí, y en poder militar, un día, cuando hayan sido borrados los últimos vestigios de la influencia de los aliados de 1945, volveremos a ser tan poderosos como fuimos siempre. Necesitamos tiempo, y un nuevo capitán, pero los ideales serán los mismos, y la gloria, sí, volverá a ser la misma, también. ¿Y sabe usted lo que lleva a eso? Se lo diré, sí, se lo diré, joven. Me refiero a la disciplina y a la dirección. Disciplina rígida, cuanto más rígida mejor; y dirección, nuestra *dirección*, la más brillante cualidad que poseemos después del valor. Podemos dirigir, lo hemos demostrado. Considere todo esto, ¿lo ve usted? Esta casa, esta hacienda, la fábrica allá en el Ruhr, la mía y millares como aquélla, decenas, centenares y miles, forjando cada día nuestro poder y nuestra fuerza, a cada giro de la rueda añadiendo una onza de poder para hacer Alemania fuerte otra vez. ¿Y quién cree usted que hizo todo esto? ¿Cree usted que el pueblo, que estaba preparado para gastar su tiempo en ampulosas palabras huecas sobre unos pocos y miserables *yids*, que aquel pueblo hizo todo esto? ¿Cree usted que los cobardes y traidores que están persiguiendo a los buenos, honestos y patrióticos soldados alemanes hicieron todo esto? *Nosotros* lo hicimos, nosotros devolvimos la prosperidad a Alemania, los mismos hombres de veinte, de treinta años atrás.

Se volvió, desde la ventana y miró con ojos iluminados a Miller. Medía la distancia desde el punto extremo a donde llegaba en su paseo sobre la alfombra hasta el pesado atizador de hierro junto al fuego. Miller se dio cuenta de a dónde miraba.

—Ahora, venga usted acá, usted, representante de la nueva generación, henchido de idealismo y de ansiedades, y apunte su pistola contra mí. ¿Por qué no ser idealista por Alemania, por su propio país, por su propio pueblo? ¿Cree usted representar el pueblo, viniendo aquí a cazarme? ¿Cree usted que esto es lo que quiere el pueblo de Alemania?

Miller negó con la cabeza.

—No, no lo creo —dijo brevemente.

—Bueno, aquí estamos, pues. Si llama usted a la policía y me entrega, pueden organizar un proceso, sólo digo «pueden» porque incluso ni esto es seguro, tanto tiempo después, con todos los testigos desparramados o muertos. Por tanto, métase la pistola en el bolsillo y vuelva a casa. Vuelva a casa y lea la verdadera historia de aquellos días, estudie la grandeza de Alemania y su actual prosperidad debida a patriotas alemanes como yo.

Miller estuvo sentado sin despegar los labios durante toda la perorata, observando con asombro y creciente disgusto al hombre que, frente a él, paseaba sobre la alfombra, intentando convertirlo a la vieja ideología. Hubiese deseado decir cosas a centenares, a miles, sobre la gente que conocía y sobre los millones, detrás de ellos, que no deseaban o no veían la necesidad de buscar la gloria a costa de la carnicería de millones de otros seres humanos. Pero no se le ocurrían las palabras. Nunca acuden cuando se las necesita. Por eso se limitaba a estar sentado y a mirar, hasta que Roschmann hubiese terminado.

Después de unos segundos de silencio, Miller preguntó:

—¿Ha oído usted hablar de un hombre llamado Tauber?

—¿Quién?

—Salomon Tauber. También era alemán. Judío. Estuvo en Riga desde el principio hasta el fin.

Roschmann se encogió de hombros.

—No puedo recordarlo. Hace mucho tiempo. ¿Quién era?

—Siéntese —dijo Miller—. Y ahora no se mueva.

Roschmann se encogió de hombros con impaciencia y volvió a su butaca. Con la creciente convicción de que Miller no dispararía, su pensamiento estaba ocupado en el problema de cómo atraparlo antes de que se marchara, y no en un anónimo judío fallecido largo tiempo atrás.

—Tauber murió en Hamburgo el 22 de noviembre del año pasado. Se gaseó. ¿Está usted escuchando?

—Sí, tengo que hacerlo.

—Dejó un Diario. Era un resumen de su historia, de lo que le sucedió, de lo que usted y otros hicieron con él, en Riga y en otras partes. Pero principalmente en Riga. Pero sobrevivió, volvió a Hamburgo, y vivió allí durante dieciocho años antes de morir, y se suicidó porque estaba convencido de que usted estaba vivo y nunca le juzgarían. Su Diario llegó a mis manos. Fue mi punto de partida para encontrarlo a usted, hoy, aquí, bajo su nuevo nombre.

—El Diario de un muerto no es una evidencia —gruñó Roschmann.

—No ante un tribunal, pero lo suficiente para mí.

—¿Y usted realmente ha venido aquí para carearme con el Diario de un judío muerto?

—No, de ningún modo. Hay una página de este Diario que quiero que lea usted.

Miller abrió el Diario en una página determinada y lo puso en el regazo de Roschmann.

—Cójalo —ordenó—, y léalo en voz alta.

Roschmann empezó a leer. Era el pasaje en el que Tauber describía el asesinato por Roschmann de un oficial del ejército alemán que ostentaba la Cruz de Caballero con Hojas de Roble.

Roschmann llegó al final del relato y alzo la vista.

—¿Y qué? —dijo, confundido—. El hombre me golpeó. Desobedecía las órdenes. Tenía el derecho de ordenar que aquel barco se llevara los prisioneros.

Miller puso una fotografía en el regazo de Roschmann.

—¿Es éste el hombre que usted mató?

Roschmann miró y se encogió de hombros.

—¿Cómo puedo saberlo? Han pasado veinte años.

Se oyó un pequeño ruido cuando Miller puso a punto el disparador y apuntó a la cara de Roschmann.

—¿Era este el hombre?

Roschmann volvió a mirar la fotografía.

—Muy bien. Éste era el hombre. ¿Y qué?

—Era mi padre —dijo Miller.

El color se retiró del rostro de Roschmann, como se desagua tirando de un tapón. Tenía la boca caída, su mirada no se apartaba del cañón de la pistola, que casi rozaba su cara, y la mano firme que la sostenía.

—Oh, buen Dios —murmuró—, resulta que usted no venía sólo por los judíos.

—No. Lo siento por ellos, pero no hasta semejante punto.

—Pero, ¿cómo pudo usted saber, cómo tenía modo de saber a través de este Diario que el hombre era su padre de usted? Yo nunca supe cómo se llamaba, tampoco lo sabía el judío que escribió el Diario, ¿cómo pudo usted saber?

—Mi padre fue muerto el 11 de octubre de 1944, en Ostland —dijo Miller—. Durante veinte años fue todo lo que supe. Luego leí el Diario. Era el mismo día, la misma región, los dos hombres tenían la misma graduación. Por encima de todo, ambos ostentaban la Cruz de Caballero con Hojas de Roble, la máxima recompensa por valor en el campo de batalla. No eran muchos los que recibían esta recompensa, y muy pocos los que no eran más que capitanes del ejército. La posibilidad era de millones contra uno: dos oficiales de las mismas condiciones muriendo en la misma región, el mismo día.

Roschmann se dio cuenta que tenía enfrente a un hombre a quien no podían influir las argumentaciones. Miraba fijamente, como magnetizado por la pistola.

—Va usted a matarme. No debería hacerlo. No a sangre fría. No debería hacer esto. Por favor, Miller, no quiero morir.

Miller se inclinó hacia adelante, y habló.

—Escúcheme, repulsivo excremento de perro. Lo he escuchado a usted y a sus retorcidas ampulosidades hasta revolvérseme las tripas. Ahora me escuchará usted a mí mientras resuelvo si morirá usted aquí o irá a pudrirse en algún calabozo por el resto de sus días. Tiene usted desfachatez, la ruda y sanguinaria desfachatez para decirme que usted, usted por encima de todos, era un patriota alemán. Le voy a decir lo que es usted. Usted y todos los de su calaña son la basura más repelente que haya subido jamás desde los arroyos de la calle de este país a las posiciones del Poder. Y en doce años ensuciaron mi país con su lodo de un modo como nunca había ocurrido a través de nuestra Historia. Lo que ustedes hicieron asqueó y repugnó a toda la Humanidad civilizada y dejó a mi generación una herencia de vergüenza con la que viviremos el resto de nuestros días. Ustedes, bastardos, usaron y abusaron de Alemania y del pueblo alemán hasta dejarlos inservibles y luego lo abandonaron todo, mientras había tiempo de escapar. Nos hundieron tanto que hubiese sido inconcebible antes de la aparición de su pandilla, y no me refiero a los daños causados por los bombardeos. Ustedes no eran ni siquiera valientes, sino los más nauseabundos cobardes que produjo Alemania o Austria. Asesinaron ustedes a millones para su único provecho y en nombre de su maníaca ambición de poder, y luego se marcharon y al resto de nosotros nos dejaron en el estercolero. Huyeron ustedes de los rusos, ahorcaron y asesinaron a los soldados para impedirles combatir, y luego desaparecieron y dejaron que yo arreglara las cosas. Incluso si puede olvidarse lo que hicieron ustedes a los judíos y a los demás, nunca podremos olvidar cómo huyó su pandilla y se ocultó, como perros que son ustedes. Me ha hablado de patriotismo, usted, que no ha sabido nunca el significado de esta palabra. Y en cuanto a la osadía de invocar a los soldados del ejército y a otros que combatieron, que realmente combatieron, como alemanes *Kamerad*, es ésta una sangrienta obscenidad. Voy a decirle otra cosa, como joven alemán de la generación que usted tan claramente desprecia. Esta prosperidad·que hoy tenemos, no tiene nada que ver con ustedes. Se debe a millones que trabajan duro todos los días y que nunca, en sus vidas, asesinaron a nadie. Y en cuanto a los asesinos como usted que todavía pueden quedar entre nosotros, en cuanto a mí y a mi generación se refiere aceptaríamos un poco menos de prosperidad si estuviéramos seguros de no tener por ahí desperdicios como usted. Quien, incidentalmente, no lo estará por mucho tiempo.

—Va usted a matarme —musitó Roschmann.

—En realidad, no.

Miller pasó detrás de su interlocutor y empujó el teléfono hacia donde él estaba sentado, junto al escritorio. No quitaba los ojos de Roschmann y lo apuntaba con la pistola. Cogió el auricular, lo puso sobre la mesa y marcó un número. Cuando hubo terminado alargó el receptor.

—Hay un hombre en Ludwigsburg que desea tener una charla con usted —dijo, y le puso el teléfono al oído, aunque no se oía nada.

Volvió a colgar, lo cogió de nuevo y escuchó si se oía el tono. Nada.

—¿Lo ha interceptado usted? —preguntó.

Roschmann negó con la cabeza.

—Oiga, si ha desconectado usted le levanto la tapa de los sesos, aquí y ahora mismo.

—No he hecho nada. No he tocado el teléfono esta mañana. De verdad.

Miller se acordó de la rama de roble caída y del poste tendido en mitad del camino que llevaba a la casa. Blasfemó en voz baja. Roschmann esbozó una pequeña sonrisa.

—Las líneas deben de estar estropeadas —dijo—. Tendrá usted que bajar al pueblo. ¿Qué va usted a hacer ahora?

—Voy a meterle una bala en el cuerpo a menos que haga lo que le digo —insistió Miller, y se sacó del bolsillo las esposas que había pensado usar para el guardaespaldas.

Arrojó las esposas a Roschmann.

—Vaya hasta la chimenea —ordenó, y siguió al hombre a través de la habitación.

—¿Qué va usted a hacer?

—Voy a atarlo a la chimenea, y luego iré al pueblo a telefonear —dijo Miller.

Estaba examinando el marco de hierro que formaba el contorno de la chimenea, cuando Roschmann dejó caer las esposas a sus pies. El hombre de las SS se agachó a recogerlas, y Miller fue cogido por sorpresa cuando Roschmann tomó de la chimenea un hierro pesado y lo arrojó torpemente contra las rodillas de Miller. El periodista retrocedió a tiempo, el atizador no lo alcanzó y Roschmann perdió el equilibrio. Miller se abalanzó, lo golpeó con la culata de la pistola y retrocedió.

—Inténtelo de nuevo y lo mato —dijo.

Roschmann se puso en pie, doliéndose del golpe en la cabeza.

—Cierre una de las esposas alrededor de su muñeca derecha —ordenó Miller, y Roschmann hizo lo que le decía—. ¿Ve usted estas hojas de parra ornamentales frente a usted? A la altura de la cabeza. Cerca de ellas hay una rama que sale de la obra y vuelve a ella de nuevo. Sujete ahí la otra esposa.

Cuando Roschmann hubo atado allí el segundo anillo, Miller se acercó y dio un puntapié a las llamas para dejarlas fuera de alcance. Manteniendo su pistola contra la chaqueta de Roschmann, le hizo dar un salto y quitó de los alrededores del hombre encadenado todos los objetos que podían permitirle destrozar la ventana.

Fuera, en la calzada para coches, el hombre llamado Oskar pedaleaba hacia la puerta, cumplido su encargo de avisar que la línea telefónica estaba estropeada. Se detuvo sorprendido al ver el Jaguar, porque su patrón le había asegurado antes de marcharse que no esperaba a nadie.

Apoyó la bicicleta a un lado de la casa y sin hacer ruido se fue hacia la puerta principal. Se quedó indeciso en el pasillo, al no oír nada a través de la puerta almohadillada que daba al estudio, y no siendo oído por los que estaban dentro.

Miller dio una última ojeada y se mostró satisfecho.

—Incidentalmente —dijo a Roschmann— no hubiese resultado nada bueno para usted si llega a darme. Ahora son las once, y he dejado todos los documentos que constituyen una prueba contra usted en manos de mi cómplice, para depositarlos en correos, dirigidos a las autoridades competentes, si a mediodía no he regresado o telefoneado. Por eso voy a telefonear desde el pueblo. Estaré de vuelta dentro de veinte minutos y me traeré una sierra. Cuando regrese, al cabo de media hora tendremos aquí a la policía.

Mientras hablaba, las esperanzas de Roschmann empezaron a vacilar. Sabía que sólo le quedaba una oportunidad: si volvía Oskar, coger a Miller vivo de modo que se viera obligado a hacer la llamada telefónica desde un teléfono del pueblo que ellos le indicarían y recuperar los documentos en la oficina de correos. Dirigió una mirada al reloj que estaba sobre el manto de la chimenea, cerca de su cabeza. Eran las diez cuarenta.

Miller abrió y pasó la puerta que estaba en el otro extremo de la habitación. Se encontró frente a un pullóver de cuello cerrado. El hombre era una cabeza más alto que él. Desde su lugar junto al fuego, Roschmann reconoció a Oskar y le gritó:

—¡Agárralo!

Miller retrocedió hacia el interior de la habitación y tiró de la pistola que se había vuelto a poner en el bolsillo. Fue demasiado lento. La garra de Oskar se movió hacia la izquierda, y con el revés de la mano le quitó la automática del puño, haciéndola rodar por la habitación. Al mismo tiempo, Oskar oyó que su patrón le gritaba:

—¡Dale!

Dio con la derecha en la mandíbula de Miller. El periodista pesaba unos 90 kilos, pero el golpe lo hizo tambalearse y lo echó para atrás. Sus pies tropezaron en un revistero, y al enderezarse, su cabeza chocó en la esquina de una librería de caoba. Plegado como un muñeco de trapo, su cuerpo resbaló sobre la alfombra y rodó a un lado.

Durante unos segundos reinó el silencio mientras Oskar contemplaba el espectáculo de su patrón esposado junto a la chimenea, y Roschmann miraba fijamente la inerte figura de Miller, de cuya parte posterior de la cabeza manaba un hilo de sangre que caía al suelo.

—Loco —gritó Roschmann al darse cuenta de lo que había ocurrido—. Ven aquí.

El gigantesco Oskar parecía desconcertado y atravesó pesadamente la habitación, deteniéndose a la espera de órdenes. Roschmann pensó con rapidez.

—Ven a quitarme estas esposas —ordenó—, usa los hierros de la chimenea.

Pero la chimenea había sido construida en un tiempo en que los artesanos hacían su trabajo para que durara largo tiempo. El resultado de los esfuerzos de Oskar fue un atizador rizado y un par de tenazas retorcidas.

—Tráemelo aquí —dijo a Oskar, al fin.

Mientras Oskar levantaba a Miller, Roschmann abría los párpados del periodista y le tomaba el pulso.

—Todavía está vivo, aunque inconsciente —dijo—, preciso que lo vea un médico antes de una hora. Dame lápiz y papel.

Escribiendo con su mano izquierda anotó dos números de teléfono en el papel, mientras Oskar iba a buscar una sierra en la caja de herramientas del piso superior. Cuando volvió, Roschmann le entregó el papel.

—Baja al pueblo tan aprisa como puedas —dijo a Oskar—. Llama a este número de Nuremberg y dices al hombre que te contestará lo que ha ocurrido. Luego llamas a este número de la localidad y tráete el doctor inmediatamente. ¿Comprendes? Dile que es un caso urgente. Y ahora, apresúrate.

Cuando Oskar salía de la habitación, Roschmann volvió a mirar el reloj. Eran las diez cincuenta. Si Oskar podía llegar al pueblo a las once, y él y el doctor estar de vuelta a las once veinticinco, podrían hacer volver en sí a Miller a tiempo para que estuviera en condiciones de telefonear y entretener a su cómplice, incluso si el doctor sólo quería curar la herida. Roschmann miró con impaciencia las esposas que llevaba puestas.

Frente a la puerta, Oskar agarró la bicicleta, luego se detuvo y miró el Jaguar aparcado. Miró a través de la ventanilla del conductor y vio que estaba puesta la llave de contacto. Su patrón le había dicho que se diera prisa, por tanto, dejando la bicicleta, se puso al volante del coche, lo puso en marcha, e hizo saltar la grava en un amplio círculo mientras conducía el coche deportivo fuera del patio y hacia el camino.

Había puesto la tercera marcha y avanzaba bajando por la pista resbaladiza tan aprisa como podía cuando chocó con el poste de teléfonos cubierto de nieve caído de través en el camino.

Roschmann todavía estaba serrando la cadena que unía los dos brazaletes, cuando un estruendo, como de algo que se quebrara, y que procedía del bosque de pinos, lo detuvo. Haciéndose a un lado, pudo atisbar a través de la ventana. Aunque el coche y el camino estaban fuera del alcance de la vista, el penacho de humo que subía hacia el cielo le hizo adivinar que, al menos, el coche había sido destruido por una explosión. Recordó la seguridad que le habían dado de que Miller sería víctima de la explosión. Pero Miller yacía sobre la alfombra, a pocos pasos de donde estaba él; seguramente había muerto su guardaespaldas, y corría el tiempo sin esperanzas de que mejoraran las cosas. Reclinó la cabeza sobre el frío metal del marco de la chimenea y cerró los ojos.

—Esto se acabó —murmuró en voz baja.

Al cabo de varios minutos continuó serrando. Transcurrió una hora antes de que el duro acero de las esposas militares cediera ante un nuevo impulso de la sierra. Cuando estuvo libre, con sólo un brazalete en su muñeca derecha, el reloj dio las doce.

De haber tenido tiempo, se hubiese detenido a dar una patada al cuerpo que estaba sobre la alfombra. Pero tenía prisa. Abrió la caja fuerte, de donde sacó un pasaporte y varios gruesos fajos de billetes de banco nuevos. Veinte minutos después, con aquello y unas pocas prendas de vestir en una maleta, pedaleaba camino abajo, daba la vuelta a los destrozados restos del Jaguar y al todavía humeante cuerpo que yacía con la cara hundida en la nieve, dejó atrás los chamuscados y rotos pinos, y llegó al pueblo.

Desde allí llamó un taxi y le ordenó que lo llevara

al aeropuerto internacional de Francfort. Al llegar a esta ciudad, fue al despacho de informaciones y preguntó:

—¿Cuando es el próximo vuelo para Argentina? Si puede ser dentro de una hora... De no ser así...

18

Era la una y diez cuando el Mercedes de Mackensen se desvió de la carretera provincial y entró por la puerta de la finca. A mitad de camino hacia la casa encontró bloqueado el paso.

Evidentemente, el Jaguar había sido volado desde el interior, sin que sus ruedas se separaran de la carretera. Estaba todavía en pie, pero destrozado, de través sobre la calzada. Las partes delantera y trasera podían reconocerse como pertenecientes a un coche, y estaban todavía unidas por los fuertes cables de acero que formaban el chasis. Pero la sección central, incluido el entarimado, estaba deshecha por completo. Trozos de aquella sección estaban esparcidos alrededor del lugar del siniestro.

Mackensen inspeccionó el esqueleto con torva sonrisa y anduvo sobre un lío de vestidos chamuscados y su contenido, esparcidos en un área de cinco o seis metros. Algo sobre el tamaño del cadáver le llamó la atención y se detuvo sobre él durante varios minutos. Luego se apresuró en llegar a la casa.

Evitó tocar la campana de la puerta principal, y probó el picaporte. Abrió y penetró en el pasillo. Escuchó durante varios segundos, en la misma actitud de un animal predador ante una trampa, sensible a una atmósfera de peligro. No se oía nada. Puso la mano en el sobaco izquierdo de donde sacó una Lüger automática, de largo cañón, de la que quitó el seguro y se dispuso a abrir las puertas que comunicaban el vestíbulo con el interior de la casa.

La primera era el comedor, la segunda el despacho. Aunque vio enseguida el cuerpo junto a la chimenea, no se apartó de la puerta entreabierta hasta haber abarcado con la vista el resto de la habitación. Había visto caer a dos hombres por culpa de aquel truco: el anzuelo de manifiesto y el emboscado oculto. Antes de entrar miró por la hendedura entre los goznes de la puerta, y cuando estuvo seguro de que nadie esperaba detrás, entró.

Miller estaba echado de espaldas con la cabeza vuelta a un lado. Durante varios segundos, Mackensen miró fijamente el pálido rostro, luego se inclinó a escuchar la débil respiración. La sangre coagulada en la parte posterior de la cabeza le decía con harta elocuencia lo que había ocurrido.

Empleó diez minutos rebuscando por la casa, hurgando los cajones abiertos en el dormitorio del dueño, los efectos de aseo que faltaban en el cuarto de baño. De vuelta al despacho, dio un vistazo a la abierta y vacía caja de seguridad, luego se sentó al escritorio y cogió el teléfono.

Estuvo escuchando durante varios segundos, blasfemó en su interior y volvió a colgar. No tuvo dificultad en encontrar las herramientas debajo de las escaleras, porque la puerta del armario estaba todavía abierta. Cogió lo que necesitaba y volvió a salir a la calzada, pasando por el despacho para asegurarse de que Miller seguía igual y salió por la ventana.

Le llevó casi una hora encontrar los cabos sueltos de la línea telefónica, los separó de la espesa maleza y los empalmó de nuevo. Cuando quedó satisfecho de su trabajo volvió a la casa, se sentó en el despacho y probó el teléfono. Obtuvo el tono, y llamó a su jefe en Nuremberg.

Había esperado que el *Werwolf* estaría ansioso de recibir sus noticias, pero la voz del hombre que le llegaba a través del hilo parecía cansada y sólo interesada a medias. Como un buen sargento, informó de lo que había encontrado: el coche, el cadáver del guardaespaldas, la media esposa todavía sujeta al adorno de la chimenea, la sierra sobre la alfombra, Miller inconsciente en el suelo. Terminó hablando del propietario ausente.

—No se ha llevado muchas cosas, jefe. Cosas de aseo, probablemente dinero de la caja de caudales, que estaba abierta. Puedo arreglar todo esto, puede volver y necesitarlo.

—No, no volverá —le dijo el *Werwolf*—. Antes de que usted llamara he tenido una conferencia telefónica. Él me ha puesto una conferencia desde el aeropuerto de Francfort. Tiene billete para un vuelo a Madrid, que sale dentro de diez minutos. Esta misma tarde enlaza con Buenos Aires...

—Pero, ¡no es necesario! —protestó Mackensen—. Haré que Miller hable, sabremos dónde dejó sus papeles. En el coche siniestrado no hay ninguna carpeta de documentos, y él no lleva nada encima, excepto una especie de Diario que está en el suelo del despacho. Pero el resto de sus papeles debe de estar en alguna parte, no muy lejos.

—Bastante lejos —replicó el *Werwolf*—. Está en Correos.

En tono cansado, dijo a Mackensen lo que Miller había robado del domicilio del falsificador, y lo que Roschmann le acababa de decir por teléfono desde Francfort.

—Esos papeles estarán en manos de las autoridades mañana por la mañana, o el martes a más tardar. Cuando esto ocurra, todos los que figuran en la lista vivirán de prestado. Queda incluido Roschmann, el propietario de la casa donde está usted ahora, y yo. He pasado toda la mañana intentando advertir a todos los afectados, diciéndoles que abandonen el país dentro de veinticuatro horas.

—Bueno, y ahora, ¿adónde iremos? —preguntó Mackensen.

—Sus papeles se han perdido —replicó su jefe—. No está usted en aquella lista. Yo sí estoy, y por eso debo marcharme. Vuelva a su apartamento y espere hasta que mi sucesor se ponga en contacto con usted. Por lo demás, todo está perdido. *Vulkan* ha escapado y no volverá. Con su marcha, toda la operación que dirigía se derrumba, a menos que algún otro pueda volver a hacerse cargo del proyecto.

—¿Qué *Vulkan*? ¿Qué proyecto?

—Puesto que ya todo está listo, puede usted saberlo, *Vulkan* era el nombre de Roschmann, el hombre que tenía usted que proteger de Miller...

En pocas palabras, el *Werwolf* explicó al asesino por qué había sido Roschmann tan importante, por qué su lugar en el proyecto, y el proyecto mismo, eran irremplazables. Cuando hubo terminado, Mackensen articuló un débil silbido y miró, desde donde estaba, la forma de Peter Miller.

—Este jovenzuelo seguro que hurgaba por cuenta de alguien —dijo.

Pareció que el *Werwolf* se concentraba en sí mismo, y algo de su antigua autoridad volvió a su voz.

—*Kamerad*, pondrá usted orden a la confusión que reina ahí. ¿Se acuerda usted de aquellos hombres a los que ya utilizó en una ocasión?

—Sí, sé dónde están. No lejos de aquí.

—Llámelos. Que vengan. Que dejen el lugar sin rastros de lo ocurrido. La esposa de Roschmann regresará esta noche, tarde. No debe saber lo que ha ocurrido. ¿Comprendido?

—Así se hará —dijo Mackensen.

—Luego escóndase usted. Última advertencia. Antes de marcharse, remate a ese bastardo de Miller. De una vez para siempre.

Mackensen dirigió al periodista inconsciente una mirada de odio.

—Será un placer —dijo con los dientes apretados.

—Bueno, adiós y buena suerte.

El teléfono enmudeció. Mackensen volvió a colgar, abrió una libreta de direcciones, la recorrió y marcó un número. Dijo quién era al hombre que le respondió y le recordó el anterior servicio que el hombre había prestado a la Camaradería. Le explicó a dónde tenía que ir, y lo que encontraría.

—El coche y el cuerpo que está dentro echadlo en una profunda garganta de la montaña. Rociadlo con gasolina, una buena llamarada. El hombre no es identificable: vaciadle los bolsillos y quedáoslo todo, incluso el reloj.

—De acuerdo —dijo la voz al teléfono—. Traeré un remolque y un torno.

—Otra cosa. En el estudio de la casa encontraréis otro fiambre en el suelo y una chimenea con rastros de sangre. Limpiadlo todo, desembarazaos de todo. No en el coche, una buena inmersión en el fondo de un lago grande y frío. Bien lastrado. Sin rastros. ¿De acuerdo?

—No hay problema. Estaremos ahí a las cinco y nos marcharemos a las siete. No me gusta trasladar esta clase de carga a la luz del día.

—Estupendo —dijo Mackensen—. Yo me habré marchado antes de que lleguen ustedes. Pero encontrarán las cosas como he dicho.

Colgó, se levantó de la mesa y fue hacia Miller. Se

sacó la Lüger y, de forma mecánica, comprobó la recámara, aunque sabía que el arma estaba cargada.

—Basura inmunda —dijo al cuerpo, y alargó la mano armada, apuntando hacia abajo, a la frente.

Años de vivir como un animal acosado y sobreviviendo donde otros, víctimas y colegas, habían acabado en el depósito de cadáveres, proporcionaron a Mackensen los reflejos de un leopardo. No vio la sombra que, desde la ventana abierta, se proyectaba sobre la alfombra; la presintió y se volvió en redondo, a punto de disparar. Pero el hombre estaba desarmado.

—¿Quién demonios es usted? —gruñó Mackensen, sin dejar de apuntarle.

El hombre estaba de pie en la ventana, vestido con la chaqueta y las polainas negras de cuero de un motociclista. En la mano izquierda sostenía el casco, que le protegía el estómago. El hombre echó una mirada al cuerpo que estaba a los pies de Mackensen y a la pistola en su mano.

—Me han enviado aquí —dijo inocentemente.

—¿Quién? —preguntó Mackensen.

—*Vulkan* —replicó el hombre—. Mi *Kamerad*, Roschmann.

Mackensen gruñó y bajó la pistola.

—Bueno, se ha marchado.

—¿Se ha marchado?

—Ha tenido que volar camino de la América del Sur. El proyecto se ha ido abajo. Y todo gracias a este bastardo gacetillero.

Apuntó la pistola hacia Miller.

—¿Va usted a acabar con él? —preguntó el hombre.

—¡Claro! Hizo trizas el proyecto. Identificó a Roschmann y envió por correo todo el lío a la policía, junto con otros materiales. Si está usted en el archivo, lo mejor será que se largue.

—¿Qué archivo?

—El archivo de Odessa.

—No estoy en él —dijo el hombre.

—Ni yo tampoco —gruñó el otro—. Pero está el *Werwolf*, y sus órdenes son de acabar con éste antes de marcharnos.

—¿El *Werwolf*?

Algo empezó a dar la señal de alarma en el interior de Mackensen. Le acababan de decir que en Alemania nadie, aparte del *Werwolf* y de él mismo, sabía nada del proyecto *Vulkan*. Los demás estaban en América del Sur, de donde pensaba que el recién llegado venía. Pero aquel hombre debía saber la existencia del *Werwolf*. Sus ojos se contrajeron ligeramente.

—¿Viene usted de Buenos Aires? —preguntó.

—No.

—¿De dónde, pues?

—De Jerusalén.

Pasó medio segundo antes que el significado del nombre dijera algo a Mackensen. Entonces levantó su Lüger para disparar. Pero medio segundo es mucho tiempo, tiempo de sobras para morir.

En el interior del casco se chamuscó el caucho cuando se disparó la Walther. Pero la Parabellum de 9 mm se descargó a través de la fibra de vidrio sin pausa y dio a Mackensen en la parte superior del esternón con la fuerza de una coz de mulo. El casco cayó al suelo para dejar al descubierto la mano derecha del agente y desde dentro de la nube de humo azul, la PPK volvió a disparar.

Mackensen era un hombre alto y fuerte. A pesar de la bala en el pecho hubiese disparado, pero la segunda bala le penetró en la cabeza, dos dedos por encima de la ceja derecha, haciendo inútil que apuntara. Esto acabó de matarlo.

Miller se despertó el lunes por la tarde en una habitación privada del Hospital General de Francfort. Descansó durante media hora, dándose poco a poco cuenta de que su cabeza estaba vendada. Encontró un timbre, y lo utilizó, pero la enfermera que acudió le dijo que descansara tranquilo porque tenía una fuerte conmoción.

Descansó, pues, y pieza a pieza reconstruyó los acontecimientos del día anterior hasta mediada la mañana. Después, no se acordaba de nada. Se durmió y al despertar estaba oscuro fuera y un hombre estaba sentado junto a su cama. El hombre sonrió. Miller lo miró fijamente.

—No lo conozco —dijo.

—Bueno, yo sí lo conozco a usted —dijo el visitante.

—Le he visto a usted —dijo al fin Miller pensativo—. Usted estuvo en casa de Oster. Con Leon y Motti.

—Exacto. ¿De qué más se acuerda usted?

—Casi de todo. Voy recuperando la memoria.

—¿Roschmann?

—Sí. Hablé con él. Iba a avisar a la policía.

—Roschmann se ha ido. Ha volado a América del Sur. El asunto se ha terminado. Completamente. Acabado. ¿Comprende usted?

Miller movió lentamente la cabeza.

—No se ha acabado todo. He conseguido una historia endiablada. Voy a escribirla.

Se borró la sonrisa del visitante. Se inclinó hacia adelante.

—Oiga, Miller. Usted es un aficionado, y tiene suerte de estar con vida. No escribirá usted nada. En primer término, no tiene usted nada de qué escribir. Tengo en mi poder el Diario de Tauber, que vendrá conmigo, a donde tiene que estar. Lo leí anoche. En el bolsillo de la chaqueta de usted había una fotografía de un capitán del ejército. ¿Su padre?

Miller asintió.

—Entonces, ¿era éste el motivo de todo? —preguntó el agente.

—Sí.

—Bueno, por una parte lo siento. En lo que se refiere a su padre, quiero decir. Nunca pensé que diría esto a un alemán. Ahora hablemos del archivo. ¿Qué contenía?

Miller se lo dijo.

—Entonces, ¿por qué diablos no nos lo entregó usted? Es usted un ingrato. Nos tomamos un sin fin de molestias para infiltrarlo y cuando consigue algo lo entrega a su propio pueblo. Nosotros hubiésemos sacado el máximo partido a esa información.

—Tenía que enviarlo a alguien, a través de Sigi. Quiero decir por correo. Son ustedes tan astutos que nunca me permitieron saber la dirección de Leon.

Josef movió la cabeza.

—Muy bien. Pero, como sea, no hay historia que contar. No tiene usted pruebas. El Diario se ha volatilizado, el archivo también. Todo lo que queda es su palabra. Si insiste usted en hablar, nadie le creerá, excepto los de Odessa, y ellos irán a por usted. O, mejor dicho, probablemente matarán a Sigi o a su madre. Juegan fuerte, ¿se acuerda?

Miller pensó durante un instante.

—¿Qué hay de mi coche?

—¡Ah, sí! He olvidado explicárselo.

Josef dijo a Miller lo de la bomba, y cómo estalló.

—Le dije que juegan fuerte. El coche fue hallado destruido por el fuego en una hondonada. El cuerpo es inidentificable. Pero no es el suyo. Su historia es ésta: fue usted agredido por un profesional, quien lo golpeó con una barra de hierro hasta dejarlo por muerto. El hospital confirmará que fue usted traído aquí por un motorista que iba de paso, quien llamó una ambulancia al verlo a usted a un lado de la carretera. No pueden reconocerme, porque entonces llevaba yo casco y gafas. Ésta es la versión oficial y así quedará. Para estar seguro, hace dos horas he llamado a la Agencia alemana de Prensa, diciendo que era desde el hospital, y les he comunicado la misma historia. Fue usted la víctima de un atracador que luego tuvo un choque y se mató.

Josef se levantó y se preparó para irse. Miró a Miller.

—Es usted un sujeto afortunado, aunque no parezca darse cuenta de ello. Su amiga me entregó el mensaje ayer al mediodía, seguramente siguiendo sus instrucciones. Corriendo como un loco fui de Munich a la casa de la colina en dos horas y media mortales. Usted estaba ya medio muerto. El hombre tenía una pistola con la que iba a matarle. Pude intervenir a tiempo.

Se volvió, con la mano sujetando el pomo de la puerta.

—Siga mi consejo. Reclame el seguro de su coche, cómprese un Volkswagen, vuelva a Hamburgo, cásese con Sigi, tenga hijos y siga con los reportajes. No vuelva a enredarse con profesionales.

Media hora después de haberse marchado el hombre, volvió a entrar la enfermera.

—Una llamada telefónica para usted —dijo.

Era Sigi, que le habló entre risas y llanto. Había recibido una llamada anónima diciendo que su Peter estaba en el Hospital General de Francfort.

—Voy para allá, salgo enseguida —dijo, y colgó.

El teléfono volvió a sonar.

—¿Miller? Soy Hoffmann. Acabo de recibir una nota de agencia. Le han dado un porrazo en la cabeza. ¿Está usted bien?

—Muy bien, herr Hoffmann —dijo Miller.

—Estupendo. ¿Cuándo estará usted dispuesto?

—Dentro de pocos días. ¿Por qué?

—Tengo una historia ocurrida en su misma calle. Un grupo de muchachas alemanas de papás ricos van a las pistas de esquí y se dejan embarazar por aquellos jóvenes y hermosos instructores. Hay una clínica en Baviera que las saca de apuros a cambio de unos buenos honorarios, para que papá no se entere. Parece ser que algunos de los jóvenes sementales cobran comisión de la clínica. Una pequeña gran historia. Sexo entre la nieve, orgías en Oberland. ¿Cuándo puede usted empezar?

Miller pensó.

—La semana próxima.

—Excelente. Y ahora que hablamos, aquello en que estaba usted metido. La caza de nazis. ¿Atrapó usted al hombre? ¿Se puede sacar una historia?

—No, herr Hoffmann —respondió Miller lentamente—. No hay historia.

—No piense más en ello. Apresúrese y póngase bien. Nos veremos en Hamburgo.

El avión de Josef, desde Francfort vía Londres, llegó al aeropuerto de Lod, Tel Aviv, al oscurecer de la tarde del martes. Lo esperaban dos hombres en un coche y le llevaron a los cuarteles generales para informar al coronel que había firmado el cable de Cormorant. Hablaron hasta casi las dos de la madrugada, mientras una taquígrafa tomaba nota de todo. Cuando hubo terminado, el coronel se recostó en su butaca, sonrió y ofreció un cigarrillo a su agente.

—Buen trabajo —dijo sencillamente—. Hemos detenido el trabajo en la fábrica y hemos informado a las autoridades, anónimamente, por supuesto. La sección de investigación será desmantelada. Vigilaremos todo esto, incluso si las autoridades alemanas no lo hacen.

Pero lo harán. En apariencia, los científicos no sabían para quién estaban trabajando. Nos pondremos en contacto con todos ellos de modo privado y la mayor parte estarán de acuerdo en destruir sus papeles. Saben que si la historia se hace pública, hoy el peso de la opinión en Alemania es proisraelí. Encontrarán otros empleos en la industria y no abrirán boca. Así lo hará Bonn, y así lo haremos nosotros. ¿Y en cuanto a Miller?

—Hará lo mismo. ¿Qué hay de los cohetes?

El coronel soltó una columna de humo y miró a las estrellas en el firmamento nocturno, fuera.

—Ahora tengo la sensación de que no volarán nunca. Nasser estará dispuesto para el verano del 67, y si el trabajo de investigación en la fábrica de *Vulkan* es detenido, no podrán montar otra operación en el tiempo necesario para ajustar los sistemas teledirigidos a los cohetes antes del verano del 67.

—Se acabó el peligro —dijo el agente.

El coronel sonrió.

—Nunca se acaba el peligro. No hace más que cambiar de forma. Este peligro particular puede haberse acabado. Ahora viene el peligro mayor. Tendremos que luchar de nuevo, y acaso después otra vez, antes de que se haya terminado. Pero debe usted de estar cansado. Ahora puede irse a su casa.

Abrió un cajón de donde sacó una bolsa de efectos personales, mientras el agente depositaba sobre la mesa su pasaporte alemán falso, dinero, una cartera, llaves. En una habitación aparte se cambió de ropa, dejando allí la ropa alemana a su superior.

Ya en la puerta, el coronel miró de arriba abajo aquella persona, con aprobación, y le dio un apretón de manos.

—Bienvenido a casa, mayor Uri Ben Shaul.

El agente se sintió mejor en su nueva identidad, la

que había adoptado en 1947 cuando llegó a Israel por primera vez y se alistó en el Palmach.

Tomó un taxi para volver a casa, a su apartamento en los suburbios. Para entrar en él utilizó la llave que acababa de serle devuelta con sus demás efectos personales.

En el dormitorio a oscuras distinguió la forma de Rivka, su mujer, que dormía mientras el ligero cobertor subía y bajaba con su respiración. Echó una mirada a la habitación de los niños y miró a ambas criaturas, Shlomo, de seis años, y el pequeño, de dos, Dov.

Sintió tremendos deseos de meterse en la cama al lado de su mujer y dormir durante varios días, pero tenía otro trabajo que hacer. Puso la bolsa en el suelo y se desnudó sin hacer ruido, quitándose incluso la ropa interior y los calcetines. Volvió a vestirse con ropa limpia que sacó de la cómoda. Rivka seguía durmiendo con igual tranquilidad.

Sacó del armario sus pantalones de uniforme, los limpió y planchó como hacía siempre al llegar a casa, y encima de ellos se calzó las negras y resplandecientes botas de becerro. Sus impecablemente planchadas camisas kaki y las corbatas estaban donde siempre. Encima se puso la guerrera, sólo adornada con las alas de reluciente acero de oficial paracaidista y los galones de cinco campañas que había ganado en el Sinaí y en incursiones a través de las fronteras.

El punto final era su boina colorada. Cuando estuvo vestido cogió varias cosas y las puso en un maletín. Ya aparecía un confuso destello hacia el Este cuando volvió a salir a la calle y encontró su pequeño coche donde lo había dejado aparcado un mes antes, frente al bloque de apartamentos.

Aunque sólo era el 26 de febrero, tres días antes del fin del último mes de invierno, el aire volvía a ser benigno y prometía una brillante primavera.

Salió de Tel Aviv hacia el Este, por la carretera de Jerusalén. Le gustaba aquel sosiego del alba, una paz y una tersura que nunca dejaba de maravillarlo. Había visto miles de veces al patrullar por el desierto el fenómeno de una salida de sol, fría y bella, antes de la irrupción de un día de fuerte calor, y algunas veces de combate y de muerte. Era la mejor hora del día.

La carretera se extendía a través del campo llano y fértil del litoral hacia las ocres montañas de Judea, a través del pueblo de Ramleh, que estaba despertándose. En aquellos días después de Ramleh había que dar una vuelta por el saliente de Latroun, ocho kilómetros hacia la falda de las posiciones avanzadas de las fuerzas jordanas. A su izquierda podía ver los fuegos del desayuno de la Legión Árabe, que producían pequeñas volutas de humo azul.

Había unos pocos árabes despiertos en el pueblo de Abu Gosh, y cuando hubo ascendido por las últimas colinas camino de Jerusalén, el sol había limpiado el horizonte hacia el Este y lucía sobre la cúpula de la Roque en el sector árabe de la ciudad dividida.

Aparcó el coche a menos de quinientos metros de su destino, el mausoleo de Yad Vashem, y anduvo el resto del trayecto; bajó por la avenida flanqueada de árboles, plantados en memoria de los gentiles que habían cooperado, y hacia las grandes puertas de bronce que guardaban el altar dedicado a seis millones de hermanos judíos que murieron en el holocausto.

El viejo portero le dijo que no abrían tan pronto por la mañana, pero él le explicó lo que deseaba y el hombre le dejo entrar. Pasó por el salón de las conmemoraciones y miró a su alrededor. Había estado allí antes, a rezar por su propia familia, y volvieron a intimidarle los macizos bloques de granito gris de que estaba construido el salón.

Avanzó hacia la baranda y leyó los nombres escritos en negro sobre el suelo de piedra gris, en caracteres hebreos y latinos. En el sepulcro no había más luz que la de la Eterna Llama, vacilando sobre el poco profundo cuenco negro de donde emergía.

Bajo aquella luz pudo ver los nombres que llenaban el suelo, línea tras línea: Auschwitz, Treblinka, Belsen, Ravensbrück, Buchenwald... Eran muchos, pero encontró el que buscaba: Riga.

No necesitó una *yarmulka* para cubrirse, porque todavía llevaba su boina colorada, que bastaba. Sacó de su bolso un chal de seda con flecos, el *tallith*, la misma clase de chal que Miller había hallado entre los efectos del viejo, en Altona, y no supo su significado. Se lo puso en los hombros.

Cogió de su maletín un libro de rezos y lo abrió por la página que deseaba. Avanzó hacia la barrera de bronce que dividía la estancia en dos partes, se apoyó con una mano en la barrera y miró hacia la llama que tenía enfrente. No era un hombre religioso, y por ello tuvo que consultar con frecuencia su libro de oraciones al recitar la plegaria con cinco mil años de antigüedad.

Yisgaddal,
Veyiskaddash,
Shemay rabbah...

Y así fue como veintiún años después de haberse extinguido en Riga, un comandante del ejército de Israel, de pie en una colina de la Tierra Prometida, finalmente dijo *kaddish* por el alma de Salomon Tauber.

Sería agradable que las cosas de este mundo acabaran siempre con todos los cabos perfectamente atados. Sin embargo, raras veces ocurre esto. La gente sigue su camino, vive y muere en su determinado tiempo y lugar.

En todo lo que ha sido posible conocer, esto es lo que les ocurrió a los principales personajes de esta historia.

Peter Miller volvió a su casa, se casó y se puso a hacer reportajes sobre la clase de temas que a la gente le gusta leer a la hora del desayuno y en la peluquería. En el verano de 1970, Sigi estaba esperando su tercer hijo.

Los hombres de Odessa se dispersaron. La mujer de Eduard Roschmann volvió a su casa y más tarde recibió un cable de su marido, en el que le anunciaba que estaba en la Argentina. Ella se negó a seguirlo. En el verano de 1965, escribió a Roschmann a su antigua dirección, Villa Jerbal, para pedirle el divorcio ante los tribunales argentinos.

La carta fue enviada a su nueva dirección, y la mujer obtuvo respuesta consintiendo a su petición, pero ante los tribunales alemanes, y adjuntaba un documento legal consintiendo al divorcio. Ella consiguió el divorcio en 1966 y sigue viviendo en Alemania, pero ha vuelto a adoptar su nombre de soltera, Müller, del que hay decenas de millares en Alemania. La primera esposa de Roschmann, Hella, continúa residiendo en Austria.

Al fin, el *Werwolf* pudo hacer las paces con sus indignados superiores en la Argentina, y se instaló en una pequeña finca que compró con el producto de la venta de sus bienes, en la isla española de Formentera.

La fábrica de radios se liquidó. Los científicos que trabajaban en los sistemas teledirigidos para los cohetes de Helwan encontraron todos trabajo en la industria o en el mundo académico. El proyecto en el que habían trabajado para Roschmann, sin propósito deliberado por parte de ellos, sufrió un colapso.

Nunca volaron los cohetes de Helwan. Los fuselajes estaban dispuestos, junto con el combustible para los cohetes. Las cabezas atómicas habían entrado en producción. Los que duden de la autenticidad de aquellas cabezas atómicas pueden examinar el testimonio del profesor Otto Yoklek, prestado en el proceso de Yossef Ben Gal, de los días 10 a 26 de junio de 1963, en el Tribunal provincial de Basilea, Suiza. Los cuarenta cohetes en estado de preproducción, a los que faltaba el sistema electrónico necesario para guiarlos contra sus objetivos en Israel, todavía estaban en la fábrica abandonada de Helwan donde fueron destruidos por bombarderos durante la guerra de los Seis Días. Antes de aquello, los científicos alemanes, desconsolados, habían vuelto a Alemania.

La revelación a las autoridades del archivo de Klaus Winzer desbarató los planes de Odessa. El año, que empezaba tan bien, acabó para ellos desastrosamente. Hasta tal punto que, años después un abogado e investigador de la Comisión Z en Ludwigsburg pudo decir que «1964 fue un buen año para nosotros, sí, un año muy bueno».

A últimos de 1964 el canciller Erhard, excitado por las revelaciones, pronunció un llamamiento a toda la nación y al mundo pidiendo a todos aquéllos que supieran de las andanzas de los buscados y criminales de las SS que se presentaran a informar a las autoridades. La respuesta fue considerable y el trabajo de los hombres de Ludwigsburg recibió un enorme estímulo, que continuó durante varios años más.

En cuanto a los políticos que sostuvieron el tratado sobre armamentos entre Alemania e Israel, el canciller Adenauer de Alemania vivió en su villa de Rhöndorf, sobre su querido Rin y cerca de Bonn, y murió allí el 19 de abril de 1967. El primer ministro israelí David Ben Gurion fue miembro del Knesset (Parlamento) hasta 1970, cuando finalmente se retiró a su casa en el *kibbutz* de Sede Boker, en el corazón de las pardas colinas del Negev, en el camino de Beer Sheba a Eilat. Le gusta recibir visitas y habla animadamente sobre varias cosas, pero no de los cohetes de Helwan ni de la campaña de represalias contra los científicos alemanes que trabajaron en ellos.

En cuanto a los hombres del Servicio Secreto en esta historia, el general Amit continuó como interventor hasta septiembre de 1968, y sobre sus espaldas cayó la abrumadora responsabilidad de asegurar que su país dispusiera de la más minuciosa información durante la guerra de los Seis Días. Según nos indica la Historia, tuvo un éxito brillante.

Al retirarse, fue nombrado presidente y director ejecutivo de las Industrias Koor de Israel. Vive muy modestamente, y su encantadora esposa, Yona, no quiere contratar una sirvienta, prefiriendo cuidar ella misma de su hogar.

Su sucesor, que sigue en el puesto, es el general Zvi Zamir.

El comandante Uri Ben Shaul murió el viernes 7 de junio de 1967, al frente de una compañía de paracaidistas cuando luchaba para abrirse camino hacia la parte antigua de Jerusalén. Un legionario árabe le disparó en la frente, y cayó a cuatrocientos metros al este de la Puerta de Mandelbaum.

Simon Wiesenthal todavía vive y trabaja en Viena, recogiendo un hecho aquí, un cabo suelto allá, persiguiendo lenta pero tenazmente las andanzas de los criminales de las SS. Cada mes y cada año cosecha diversos éxitos.

Leon murió en Munich en 1968, y después de su muerte el grupo de hombres que él había dirigido en su cruzada personal de venganza, se desanimó y dispersó.

Por último, el sargento mayor Ulrich Frank, el comandante de un tanque en cuyo camino se cruzó Miller cuando iba a Viena. Estaba equivocado en cuanto al destino de su tanque, el *Dragón de la Peña*. No lo enviaron a desguace. Se lo llevó un transportista, y no lo volvió a ver más. Cuarenta meses después no lo hubiese reconocido.

El acero gris de su carrocería había sido repintado con un tono pardo apagado que se confundía con el paisaje del desierto. De la torrecilla quitaron la cruz negra del ejército alemán, que fue reemplazada por el azul pálido de la estrella de seis puntas de David. El nombre anterior también desapareció, y fue vuelto a bautizar como *El Espíritu de Masada*.

Fue también mandado por un sargento mayor, un hombre llamado Nathan Levy, de nariz aguileña y barba negra. El 5 de junio de 1967, el M-48 empezó su primera y única semana de combate desde que fue puesto en rodaje en los talleres de Detroit, Michigan, diez años antes. Fue uno de los tanques que el general Israel Tal lanzó a la batalla contra el desfiladero de Mitla dos días después. A mediodía del sábado 10 de junio, recubierto por una especie de costra de polvo y grasa, horadado por las balas, perdido el rumbo, chocando contra las rocas del Sinaí, el viejo Patton dio tumbos hasta encontrar un obstáculo en la orilla oriental del canal de Suez.